Totenbande

W0389673

Für den Schnippelkönig,

Dagmar

Dietmar Lykk, Jahrgang 1949, wurde in Kiel geboren und studierte Rechtswissenschaften, Soziologie und Philosophie in Kiel und Hamburg. Er lebt und arbeitet bei Flensburg.

Dieses Buch ist ein Roman. Handlungen und Personen sind frei erfunden. Ähnlichkeiten mit lebenden oder toten Personen sind nicht gewollt und rein zufällig.

DIETMAR LYKK

Totenbande

KÜSTEN KRIMI

emons:

Bibliografische Information der Deutschen Nationalbibliothek
Die Deutsche Nationalbibliothek verzeichnet diese Publikation in der Deutschen Nationalbibliografie; detaillierte bibliografische Daten sind im Internet über http://dnb.d-nb.de abrufbar.

FSC www.fsc.org
MIX
Papier aus verantwortungsvollen Quellen
FSC® C083411

© Emons Verlag GmbH
Alle Rechte vorbehalten
Umschlagmotiv: iStockphoto.com/Jan-Otto
Umschlaggestaltung: Tobias Doetsch
Gestaltung Innenteil: César Satz & Grafik GmbH, Köln
Lektorat: Dr. Marion Heister
Druck und Bindung: CPI – Clausen & Bosse, Leck
Printed in Germany 2015
ISBN 978-3-95451-484-7
Küsten Krimi
Originalausgabe

Unser Newsletter informiert Sie
regelmäßig über Neues von emons:
Kostenlos bestellen unter
www.emons-verlag.de

»Das Böse ist nicht außerhalb von uns.«
Martina Müller-Wallraf
in »Das Böse: Eine Standortbestimmung«, WDR

»Das Gute ist ein Versprechen, das in die Zukunft vertröstet.
Das Böse ist eine Drohung, die an die Ewigkeit erinnert.«
Kriminalhauptkommissar und Pastorensohn Gerson Malbek

1

»Glauben Sie denn, ich stech ihn ab und leg mich dann in dem Schweinkram direkt neben der Leiche zum Schlafen hin?«

»Als die Bauarbeiter Sie weckten, haben Sie in dem Blutbad neben dem Toten geschlafen!«, sagte Kriminalhauptkommissar Malbek.

»Als wir uns schlafen legten, lebte er noch. Und morgens hab ich nur das Blut gesehen. Ich hab überhaupt nicht gecheckt, was los war.«

»Ihre Kleidung war voller Blut. Wie erklären Sie sich das?«

»Jemand will mir die Sache anhängen. Ich war im Tiefschlaf.«

»Ihr Blutalkoholpegel zur Tatzeit war zwei Komma null Promille.«

»Wir haben uns nachts die Birne zugezogen. Sonst können Sie bei der Kälte nicht einschlafen. Das hab ich Ihnen schon gesagt. Wir haben uns einen Absacker genommen. Nennen Sie es, wie Sie wollen. Das riecht jeder, der an einem vorbeikommt.«

»Sie waren morgens aber schon ziemlich nüchtern. Sagen jedenfalls die Bauarbeiter.«

»Das wären Sie auch gewesen. Überall Blut. Die haben mich auch geschlagen und getreten! Das hat der Arzt bestätigt!«

»Der hat an Ihnen blaue Flecken festgestellt. Vielleicht hat sich das Opfer gewehrt?«

»Scheiße! Ich war's nicht!«

»Hatten Sie das Messer schon bei sich, als Sie Herrn Leptien in der Kneipe ›Hempels‹ trafen?«

»Ich hatte kein Messer. Außerdem ist das keine Kneipe, sondern ein Treffpunkt. Wohnzimmer und Beratungsstelle.«

»Hatten Sie das Messer schon vorher am Tatort versteckt?«

»Quatsch, Schwachsinn! Sie hören mir überhaupt nicht zu! Merken Sie das nicht?« Die Stimme des Mannes wurde lauter. Die beiden Beamten der Schutzpolizei, die an der Wand standen, kamen näher.

»Wie viel haben Sie denn gestern getrunken?«

»Weiß ich nicht mehr. Ich hab in die Tüte geblasen und mich anzapfen lassen. Dann wissen Sie es doch besser als ich.«

Die Tür ging langsam auf, ohne dass es geklopft hätte. Kommissarin Hoyer betrat vorsichtig den Raum und schloss die Tür hinter sich. Sie umrundete den Stuhl, auf dem der befragte Mann saß, in einem deutlichen Sicherheitsabstand und legte Malbek von der Seite eine Telefonnotiz auf den Schreibtisch. Malbek warf einen Blick darauf und sah Hoyer mit leicht hochgezogenen Augenbrauen an. Sie antwortete mit einem langsamen Nicken und schlich sich wieder hinaus.

Kuhlbrodt starrte auf den Zettel, den Malbek rechts neben seine Notizen gelegt hatte.

»Vorhin haben Sie gesagt, dass Sie drei Bier und drei Schnaps getrunken hätten«, sagte Malbek.

»Möglich.« Kuhlbrodts Blick klebte immer noch an der Telefonnotiz.

»Sie sagten eben, dass Ihnen jemand die Sache anhängen wolle. Haben Sie einen Verdacht?«

»Feinde hat man immer genug.« Er hielt inne, als ob ihm etwas eingefallen wäre. »Das werden immer mehr, ohne dass man dazu was tun muss. Es reicht schon, dass man einfach nur da ist und seine Ruhe haben will.« Er blickte auf und sah Kriminalhauptkommissar Malbek das erste Mal in die Augen. »Verstehen Sie, was ich meine?«

Malbek zögerte. Er verstand es gut. Zu gut. Er wischte die Welle der Erinnerungen weg und konzentrierte sich auf den Mann, der vor ihm saß.

Der Mann hieß Gernot Kuhlbrodt. Er hatte erzählt, dass er seit sechs Jahren obdachlos war, »Platte mache«. Vor drei Jahren war er mit einer Mitfahrgelegenheit von Kiel nach Berlin »umgesiedelt«, wie er es nannte. In der Nähe des Ostbahnhofs habe er gelebt, am Stralauer Platz. Vor zwei Jahren war er wieder zurück nach Kiel gekommen, weil er es in Berlin nicht mehr ausgehalten habe. Kommissarin Hoyer hatte sich die Angaben zwischendurch telefonisch in Berlin bestätigen lassen. Tatsächlich hatte er sich dort in einer Anlaufstelle für Obdachlose gemeldet, direkt gegenüber dem Ostbahnhof.

Kuhlbrodt hatte gesagt, dass er erst seit sechs Jahren Platte mache. Das war wohl auch der Grund dafür, dass sein Gesicht nicht so verknittert und gegerbt aussah wie bei den anderen Obdachlosen, denen Malbek in seinem Berufsleben begegnet war, die alle schon zehn, zwanzig oder mehr Jahre auf der Straße gelebt hatten. Kuhlbrodt hatte keine Boxernase. Der Haarwuchs war ausgedünnt, aber noch ohne kahle Stellen. Sein Bart sah sogar halbwegs gepflegt aus.

Und seine Sprache war noch nicht ganz »schichtspezifisch«. Er bediente sich der Obdachlosenvokabeln nur selten. Und er schien ein Einzelgänger zu sein.

Er redete, obwohl er in seiner Situation nur seinen Namen hätte nennen müssen, einen Anwalt verlangen und ansonsten den Mund hätte halten können. Er hatte also noch nicht oft mit der Polizei zu tun gehabt.

Die Kleidung – die war fast neu. Die hatte er nämlich erst vor ungefähr zwei Stunden in einer Kleiderkammer auf dem Ostufer bekommen. Die Kleidung, in der er am Tatort vorgefunden worden war, hatten die Kriminaltechniker mitgenommen. Sie habe ausgesehen wie ein »Schlachterhandtuch«, so hatte es ein Beamter der Spurensicherung beschrieben.

Deshalb hatten sie ihn vorläufig festgenommen. Inzwischen glaubte Malbek aber nicht mehr, dass es für einen Haftbefehl reichen würde.

Zunächst hatten sie nur an der Leiche sehen können, dass es vielleicht Schriftzüge waren. Malbek hatte Kuhlbrodt wieder neben die Leiche legen lassen, nach den Angaben des Bauarbeiters, der ihn frühmorgens um sieben im dritten Stockwerk des Rohbaus neben der Leiche vorgefunden hatte. Dabei hatte man erkennen können, dass der Täter auf die Leiche und auf Kuhlbrodts Kleidung das Wort »Verräter« mit Blut geschmiert hatte. Das hatte nur jemand tun können, der gleichzeitig über den beiden stand. Darüber waren sich alle am Tatort einig, auch der Chef der Spurensicherung, Hauptkommissar Prebling. Also konnte Kuhlbrodt mit an Sicherheit grenzender Wahrscheinlichkeit nicht der Täter sein.

Kuhlbrodt hatte sich nicht gewehrt, als sie ihn neben die Leiche legten, sodass sie prüfen und fotografieren konnten, in welcher Stellung er gelegen hatte, als die Schrift aus Blut vom Täter aufgetragen worden war. Er war nur in eine Art Schockstarre gefallen. Er hatte mit aufgerissenen Augen auf den blutbefleckten Rücken des Mannes gesehen, der nicht mehr atmete. Und erst in diesem Moment schien er zu begreifen, was passiert war, und nach ein paar Sekunden quälte sich ein Winseln aus seinem Mund, wie bei einem Säugling, das sich zu einem gequälten Schreien steigerte. Er sprang auf, um wegzurennen, und sie hatten zu viert Mühe gehabt, ihn zu bändigen.

»Wo haben Sie das Opfer das erste Mal gesehen?«, fing Malbek noch einmal an, um Kuhlbrodt in Widersprüche zu verwickeln, um vielleicht doch etwas zu finden, was Kuhlbrodt bisher geschickt verschwiegen hatte und was ihn zumindest als Mittäter überführen könnte.

»Das hab ich Ihnen doch auch schon hundertmal erzählt!«

»Na, höchstens zweimal. Sie müssen doch zugeben, dass die Geschichte ziemlich abenteuerlich ist. Versuchen Sie es noch mal, aber diesmal mit der Wahrheit.«

Kuhlbrodt wiederholte seine Version der Geschichte. Die zwei oder drei Widersprüche, die Malbek diesmal feststellte, konnten auf seine Erschöpfung zurückzuführen sein. Jedenfalls brachten sie nichts Neues.

»Bringen Sie ihn in eine Zelle und geben Sie ihm etwas zu essen und zu trinken«, sagte Malbek zu den Beamten. »Aus der Kantine. Sagen Sie, es geht auf meine Rechnung. Ich regele das später.«

»Es gibt heute Hähnchenkeule mit Rotkohl«, sagte der eine Beamte schmunzelnd.

Kuhlbrodt nickte zufrieden und stand auf.

»Einen Moment noch, Herr Kuhlbrodt«, sagte Malbek beiläufig, als er seinen Notizblock und die frisch angelegte Akte zuklappte. »Wir haben da auf dem Stockwerk eine kleine Dose mit schwarzer Farbe gefunden. Und einen Malerpinsel. Gehört das Ihnen?«

»Nee«, sagte Kuhlbrodt überrascht. »Wieso?«

»Na, denn nehmen Sie doch bitte noch mal Platz, Herr Kuhlbrodt«, sagte Malbek gedehnt.

Kuhlbrodt setzte ein gequältes Gesicht auf, gehorchte aber.

»An den Wänden des Stockwerkes stand mehrfach der Spruch ›Stadt selber machen‹«, fuhr Malbek fort, »warum geben Sie nicht einfach zu, dass Sie das geschrieben haben, Farbtopf und Pinsel gehören doch Ihnen.«

Er schüttelte wieder den Kopf und schien nach Worten zu suchen.

»Sie sind also der Typ«, sagte Malbek langsam mit einem wissenden Lächeln, »der im ganzen Stadtgebiet an allen möglichen Hauswänden und Treffpunkten von Obdachlosen diesen Spruch gemalt hat. Wo haben Sie sonst den schwarzen Fleck an der rechten Hand her? Und ich wette, an Ihrer Kleidung werden auch noch ein paar Farbflecke sein. Da werden sich die Leute von der Spurensicherung drüber wundern. Blut und Farbe.«

»Ich sag Ihnen doch, ich …«

»Wie kommen Sie auf diesen Spruch? ›Stadt selber machen‹? Was wollen Sie damit sagen?«

»Ich hab den mal in Berlin gesehen. Kurz bevor ich wieder nach Kiel … äh … gefahren bin. Heimweh, verstehen Sie? Ich hatte wieder eine Mitfahrgelegenheit. Na ja, und der Spruch … das heißt, dass man als Obdachloser sein Leben auch gut allein regeln kann, wenn man uns nur lässt. Es stehen so viele Wohnungen leer. Wir brauchen keine Vorschriften, wo wir uns aufzuhalten haben.«

»Ach so. Wieso haben Sie eigentlich keine Spraydose?«

»Das Zeug ist gesundheitsschädlich. Reicht nur für ein paar Quadratmeter, und dann sind zehn Euro futsch.«

»Besitzen Sie ein Handy?«, fragte Malbek. Sie würden das sowieso überprüfen, aber es könnte ja sein, dass er doch irgendwo eins liegen oder verkauft hatte.

»Sie haben doch meine Klamotten durchsucht! Haben Sie da was gefunden, das wie ein Handy aussieht?«

Malbek atmete tief durch. »Beantworten Sie nur meine Frage: Besitzen Sie ein Handy?«

»Nein.«

»Hatten Sie noch jemandem von Ihrer Schlafgelegenheit in dem Rohbau erzählt?«

»Nein, ich wollte nicht, dass die anderen, ich meine die Leute aus der Kneipe, es erfahren. Das hätte sich rumgesprochen. Und es liegt ziemlich weit vom Ostufer entfernt. Schöne Strecke zu laufen. Aber mir macht das nichts aus.«

Malbek hatte das ganze Gebäude absuchen lassen, aber es schien so, als ob Kuhlbrodt und Leptien in dieser Nacht die einzigen Gäste im Gebäude gewesen wären. Wenn man vom Täter absah.

»Wir haben außerdem am Tatort ein Bierglas gefunden. Gehört Ihnen das auch?«

Kuhlbrodt nickte.

»Sie trinken aus dem Glas und nicht aus der Flasche?«

»Ich hab mir einige Sachen abgewöhnen müssen, aber das ist geblieben«, sagte er.

»Sie sollten sich nach einem neuen Bierglas umsehen. Die Spurensicherung hat es beschlagnahmt, und hinterher werden Sie damit nicht mehr viel Freude haben«, sagte Malbek.

Kuhlbrodt sah Malbek einen Moment fragend an. Dann hellten sich seine erschöpften Gesichtszüge auf, und er fragte: »Kann ich jetzt … Ich meine das Essen …«

Malbek nickte den beiden Schutzpolizisten zustimmend zu. Sie nahmen Kuhlbrodt in ihre Mitte und verließen den Raum.

Auf der Telefonnotiz stand: »Eine Frau namens Vera Hansen hat im Mordfall Leptien über die Leitstelle angerufen und wollte ihren Verlobten Dirk Leptien als vermisst melden. Er wollte eine Nacht als Obdachloser verbringen. Man hat sie auf meinen Apparat vermittelt. Ich habe sie darüber informiert, dass wir wahrscheinlich ihren Verlobten gefunden haben … Sie hat aufgelegt.«

Malbek ging in Hoyers und Vehrs' Dienstzimmer auf der gegenüberliegenden Seite des Flures und bedankte sich bei Hoyer, dass sie die schwere Aufgabe übernommen hatte, Frau Hansen über den Tod ihres Verlobten zu informieren. Malbek vermutete, dass es für Hoyer wahrscheinlich das erste Mal war. Er selbst hatte es während der Ausbildung ständig machen müssen. Als Begründung hatte sein damaliger Chef gesagt, Malbeks Vater sei doch Pastor, da müsse es ihm doch im Blut liegen ...

»Ja, es war das erste Mal«, antwortete Hoyer, als Malbek sie fragte. »Als Frau Hansen mir erzählte, dass sie ihren Verlobten Dirk Leptien vermisse ... Er habe sich heute Morgen schon melden wollen, aber sein Handy war ausgeschaltet ...« Sie hielt einen Moment inne und holte tief Luft. »Da wusste ich plötzlich, jetzt ist es so weit. Du musst einem Menschen, dem das Opfer sehr viel bedeutet hat, die schreckliche Wahrheit sagen. Ich konnte mir da keine Ausrede ausdenken ... Ich meine, dass mein Chef sie zurückrufen wird oder so ...« Sie sah Malbek fragend an und schluckte. Kommissarin Hoyer war erst seit einem knappen Jahr im K1 der Bezirkskriminalinspektion Kiel. Sie hatte sich von der Polizeistation Schleswig nach Kiel beworben und war sofort angenommen worden. Malbek hatte damals in der Kantine Gespräche aufgeschnappt, dass sie ihren Job in Malbeks Kommissariat nur ihrem attraktiven Äußeren verdanke.

»Ihr Chef ist Ihnen sehr dankbar, Frau Hoyer.« Er deutete ihr gegenüber eine Verbeugung an.

Vehrs nickte, klatschte lautlos und lächelte dabei verlegen.

»Hat sie nach Details gefragt?«, fragte Malbek schnell in Richtung Hoyer, weil er den Eindruck hatte, dass Vehrs nach gesalbten Worten suchte.

»Sie hat gefragt, wo und wann es passiert ist. Ich hab ihr die Straße genannt und dass es im Laufe der Nacht passiert sein muss. Ja, so hab ich mich ausgedrückt.« Sie sah Malbek unsicher an.

»Okay. Was für einen Eindruck hat sie gemacht, ich meine, soweit das über Telefon überhaupt möglich ist?«

»Erst hat sie gar nichts gesagt. Ziemlich lange. Ich hab nachgefragt, ob sie noch am Apparat ist. Danach hat sie diese Fragen gestellt. Sie hat sich ziemlich zusammengenommen, glaub ich. Dann war wieder so eine lange Pause. Und dann sagte sie nur noch schnell: ›Ich meld mich wieder.‹ Sie hat einfach aufgelegt.«

Vehrs reichte Malbek wortlos eine weitere Telefonnotiz. Achtzehn Minuten nach dem Anruf von Vera Hansen hatte ein Schulrektor angerufen. Die Verlobte einer seiner Lehrkräfte hätte ihm soeben gesagt, dass er ermordet worden sei. Sie hätte gleich wieder aufgelegt. Es handele sich um Dirk Leptien. Der hätte für heute doch einen Urlaubstag eingetragen.

»Ach so, ich hab vergessen, den Namen des Rektors aufzuschreiben. Dr. Casper heißt er. Mit C. Hat er ausdrücklich gesagt«, sagte Vehrs.

Malbek lächelte. »Ich ruf nachher zurück. Nächster Punkt. Leptiens Wohnung.«

Es hatte damit angefangen, dass sie keine Wohnungsschlüssel bei Leptien gefunden hatten. Ansonsten war alles da, was man für eine Nacht auf der Straße wohl so brauchte: einen Geldgürtel, der sich wie ein Waffenholster um den Brustkorb befestigen ließ. So ein Ding konnte in der verkehrten Umgebung natürlich zu Missverständnissen führen. Darauf hatte ihn Kuhlbrodt sicher hingewiesen. Wenn er es überhaupt gesehen hatte. Im Holster steckten Ausweis, Führerschein, Impfpass, Krankenkassenkarte und Bargeld in kleinen Scheinen, zweihundertfünfzig Euro insgesamt. Die Bankkarte fehlte, aber vielleicht hatte er sie gar nicht mitgenommen. Bargeld hatte er also genug dabei für eine Nacht.

Genug, um sofort ein angenehmes Hotelzimmer zu bekommen, fiel Malbek dazu ein. Die gefütterte Jacke war abgewetzt und fleckig, wahrscheinlich eine aus Studententagen, das Leptien für diesen Selbstversuch als Obdachloser aus einem alten Kleidersack geholt hatte. In der linken Jackentasche mit Reißverschluss steckte ein Handy. Ausgeschaltet. Sie hatten bereits herausgefunden, dass er in der Nacht keine Gespräche geführt hatte und keine SMS empfangen oder versendet worden waren. Die Mailbox war leer. In der rechten Jackentasche steckte ein einfacher Flaschenöffner, Prinzip Kapselheber.

Aber die Schlüssel hatten gefehlt. Malbek schloss daraus, dass der Mörder sie haben könnte. Leptiens Adresse stand im Personalausweis.

Als sie fünfzehn Minuten später im dritten Stock die offene Wohnungstür sahen und Geräusche in der Wohnung hörten, zogen sie sich in das untere Stockwerk zurück und forderten das Sondereinsatzkommando an.

In diesem Moment war ein Mann in blauem Handwerkeroverall auf den Flur gekommen, hatte einen Werkzeugkasten auf den Flur gestellt und war wieder zurück in die Wohnung gegangen. Kurz danach stellte er noch einen Werkzeugkasten vor die Wohnungstür, ging wieder hinein und redete mit jemandem. Ein anderer Mann stellte eine Kabeltrommel und einen Müllsack auf den Hausflur. Er summte vor sich hin. Malbek sprach den Mann vom Treppenabsatz her an. Es stellte sich heraus, dass es sich um Handwerker handelte, die den Auftrag hatten, in der Wohnung Beleuchtungsanlagen zu installieren und Malerarbeiten durchzuführen. Die Wohnung stand fast leer, bis auf einige Gegenstände, die die Vermutung zuließen, dass man dabei war, sie in eine Nachtbar zu verwandeln. Plüschige Polstermöbel, eine Art Dance-Table, ein Tresen mit verspiegelter Bar. Im Schlafzimmer ein paar große Betten und schummerige Rotlichtbeleuchtung und natürlich jede Menge Spiegel.

Der ältere Handwerker hatte ihnen erzählt, dass er den Auftrag habe, in der Wohnung ein paar »Effektbeleuchtungen« zu installieren.

»Wir müssen nur noch ein paar Lüsterklemmen anbringen«, setzte er mit wichtiger Miene hinzu.

Es sollte wohl irgendetwas gefeiert werden. Er zeigte einen Arbeitsauftrag, die Arbeiten seien von einem Herrn Mühlenstedt in Auftrag gegeben und von Herrn Leptien genehmigt worden. Demonstrativ zog der Handwerker die Wohnungsschlüssel aus seiner Hosentasche und hielt sie hoch. Malbek nahm ihm die Schlüssel und den Arbeitsauftrag aus der Hand und ließ sich die Ausweise zeigen, Vehrs und Hoyers notierten fleißig. Als Malbek den Handwerkern sagte, dass Herr Leptien, also der Wohnungsinhaber, ermordet worden sei, erblassten die beiden, sagten, dass sie sowieso gerade fertig geworden seien, und verschwanden.

Das Sondereinsatzkommando, das inzwischen angekommen war, schickte Malbek wieder zurück ins »Polizeidorf«, das Landespolizeiamt am Eichhof.

Als Malbek die Lage schilderte, brüllte Prebling wütend: »Die scheiß Handwerker haben uns bestimmt alle Spuren versaut!« Hoyer hatte erwidert, dass er das mit dem Spurenversauen nicht so eng sehen sollte. Vielleicht habe man die Fingerabdrücke der Freunde des Toten im Set. Prebling fiel die Kinnlade runter, und er sah die junge, vorlaute Kommissarin an, als habe er sie noch nie gesehen.

Das war gegen neun Uhr dreißig gewesen. Jetzt war es zwölf Uhr fünfunddreißig, und die Kriminaltechnik hatte immer noch keine Ergebnisse gemeldet.

»Vielleicht hat Prebling Frau Hoyer ihre freche Bemerkung übel genommen und lässt uns jetzt ein bisschen länger hängen«, sagte Vehrs.

Hoyer streckte ihm die Zunge raus.

Die Anrede »Frau Hoyer« war ironisch gemeint. Eigentlich war Frau Hoyer für Volker Vehrs schlicht Kerstin. Die beiden waren nämlich seit einigen Monaten ein Paar. Malbeks Kollege und Freund Eric Lüthje hätte das Paar sofort getrennt. Dienstlich jedenfalls. Aber Malbek sah das gelassener.

Als die beiden ihrem Chef das Geständnis ablegten, hatte er Verhaltensregeln aufgestellt: »Im Dienst solltet ihr euch nur mit Nachnamen anreden. Und dabei duzen. Siezen schafft ihr nicht mehr überzeugend. Ich weiß nicht, ob das die Situation rettet, aber ich bin bereit, es auszuprobieren.« Denn sich versetzen lassen wollte keiner von den beiden. Hoyer nicht, weil sie erst ein knappes Jahr im Kommissariat 1 war, und Vehrs nicht, weil er schon über drei Jahre bei Malbek war.

»Habt ihr diesen Bekannten oder Freund von Leptien, Mühlenberg oder wie der heißt, erreichen können?«

»Mühlenstedt heißt er. Arnold Mühlenstedt«, sagte Vehrs und holte sich ein Blatt mit Notizen von seinem Schreibtisch. »Unsere Suchmaschine hat sogar jede Menge Fotos von ihm ausgespuckt. Dann ist mir eingefallen, dass ich ihn neulich in einer Talkshow gesehen hab …«

»Wir!«, unterbrach Hoyer ihn.

»Was?«, fragte Vehrs irritiert.

»Wir haben die Talkshow zusammen gesehen«, sagte sie süßlich lächelnd. »Du mochtest ihn nicht. Hast du das vergessen?«

»Bitte, würdest du …« Vehrs wirkte genervt.

»Wieso mochten Sie ihn nicht, Vehrs?«, fragte Malbek.

»Zwar wirkte er sehr kompetent, schlagfertig, gut informiert, zu allem wusste er was zu sagen. Aber … zeitweise hat er das Gespräch sogar moderiert, fast hat er die Moderatorin ersetzt, irgendwie ein Besserwisser, Partylöwe, charmant und schleimig …«

»Ich fand ihn nett«, sagte Hoyer.

»Er war nicht authentisch«, entgegnete Vehrs, froh, das richtige Wort gefunden zu haben.

»Zu glatt?«, fragte Malbek.

»Das ist es!« Vehrs fühlte sich verstanden.

Malbek sah sich ein paar der Fotos an, die Vehrs ausgedruckt hatte. Glatze. Ausdrucksvolle Augen, schmale Nase und ausgeprägter Unterkiefer, gut rasiert. Auf allen Fotos das Strahlen, das beide Zahnreihen zeigt.

»Habt ihr wenigstens seine Telefonnummer?«, fragte Malbek mit sarkastischem Unterton.

»Seine Agentin sagte mir, dass er in München einen Termin habe. Sie würde versuchen, ihn zu erreichen. Wahrscheinlich eine Besprechung. Dann hab ich noch die Zentrale seiner gastronomischen Kette angerufen, die – man höre und staune –

nicht in München, sondern in Kiel ist.« Er machte eine kurze Pause, um in seinen Notizen herumzusuchen.

Malbek hätte ihm am liebsten das Papier aus der Hand gerissen. Aber dann kam Vehrs endlich in Fahrt. Das passierte meist erst, wenn er am Computer ermittelte.

»Dank Internet ist sein Lebenslauf ein offenes Buch. Ich hab ein paar Interviews aus Presse und Fernsehen der letzten zehn Jahre ausgewertet und mit dem geschönten Pressefutter auf seiner Website abgeglichen.«

»Website?«, fragte Malbek.

»Mühlenstedt Punkt com. Er hat als Betriebswirtschaftsstudent nebenbei eine Kneipe in Kiel gehabt. ›BierArt‹ hieß die. Das A wird großgeschrieben. Wegen der Kunst- und Fotoausstellungen, die er veranstaltete. In der Ringstraße war das.«

»Ach, da war ich mal drin«, sagte Malbek. »Das ist schon ein paar Jährchen her. Ich glaub, da war ich an der Verwaltungsfachhochschule.«

Hoyer lächelte. Malbek fragte sich, ob das Mitleid war. Weil er schon über vierzig war? Oder weil ihr Chef von sentimentalen Erinnerungen überwältigt wurde? Malbek nahm sich vor, etwas zurückhaltender mit spontanen Äußerungen über sein privates Leben in den vergangenen zwanzig Jahren zu sein.

»Er entwickelte das sogenannte ›Konzept der Mühlenstedt-Kette‹. Gasthäuser mit regionalen Bierspezialitäten und Restaurants im oberen Marktsegment. Vor vier Jahren eröffnete er Häuser in Hamburg und Berlin. Jetzt ist er auf Wachstumskurs. Hat Betriebswirtschaftslehre studiert. Machte eine Ausbildung als Biersommelier«, fuhr er fort.

»Was? Bier… «

»Es gibt Weinsommeliers, also warum nicht Biersommeliers?« Vehrs ruderte mit den Armen. Hoyer sah ihm dabei versonnen zu. »Die wissen, wie man das Getränk genießt, und bringen es zahlungskräftigen Genießern bei. Die richtige Temperatur, zuerst den Schaum kosten und das richtige Schnalzen der Zunge und so weiter. Bierverkostung eben. Seit zwei Jahren bringt er eine Zeitschrift heraus, jeden Monat, die heißt natürlich ›BierArt‹. Jetzt hat er …«, Vehrs blätterte in seinen Unterlagen, »… hier, zweiunddreißig ›Bierbistros‹, in Planung sind Filialen in Flughäfen, großen Bahnhöfen, in Einkaufszentren und Citylagen, und zwölf Mühlenstadtrestaurants gibt es auch schon.«

»Und was isst man da so?«, fragte Malbek.

»Warten Sie …« Vehrs blätterte wieder in seinen Unterlagen. »Hier! Zitat aus den Pressemitteilungen: ›Regionale Bierspezialitäten und frische Produkte aus der Region bilden die Grundlage für innovative und exklusive Kompositionen mit Biersoße, Biersud, Biermarinaden‹ und so weiter. Kann man auf Mühlenstedt Punkt com auch bestellen. Zweihundert Gramm Biermarmelade im exklusiven Steinguttöpfchen aus Nordfriesland für neunzehn Euro neunzig.«

»Vehrs, sind Sie sicher, dass das der Mühlenstedt ist, der mit dem Lehrer Dirk Leptien, dem Mordopfer, eine Wohnung in ein Bordell verwandeln wollte?«

»Die Hamburger Agentin, mit der ich telefoniert hatte, sagte, sie wüsste nichts davon, dass Herr Mühlenstedt sich in Kiel eine Wohnung umbaut. Das war ihr einziger Kommentar. Von dem geplanten Einrichtungsstil der Wohnung und dem Mord am Mieter habe ich ihr nichts gesagt.«

»Sagen Sie der Agentin ruhig, dass wir in einer Mordsache ermitteln. Wir schicken ihr die Kollegen aus Hamburg ins Haus, wenn sie seinen Aufenthaltsort nicht sofort ausspuckt. Wir lassen ihn sonst bundesweit zur Fahndung ausschreiben.«

2

Wieder in seinem Zimmer, wählte Malbek die Nummer von Vera Hansen, die Hoyer ihm auf die Telefonnotiz geschrieben hatte. Ihr Anrufbeantworter schaltete sich ein.

Malbek sprach langsam, bezog sich auf Kommissarin Hoyer und nannte seine Handynummer. Er wartete so lange, bis sich der Anrufbeantworter abschaltete. Sie brauchte vielleicht Ruhe, hatte einen Arzt aufgesucht, der sie krankschrieb, oder die Nähe einer besten Freundin gesucht oder vielleicht alles zusammen.

Dann versuchte er, den Rektor der Schule zu erreichen. Eine Frau Fieder meldete sich, Vorzimmer Rektor Dr. Casper. Als er den Grund seines Anrufs nannte, sprach sie nur noch mit flüsternder Stimme, die sich allerdings vor Eifer mehrfach überschlug. Rektor Dr. Casper sei in einer Konferenz, aber sicher gegen fünfzehn Uhr wieder in seinem Büro. Sie würde ihm eine entsprechende Nachricht hineinreichen. Malbek hatte also noch etwas Zeit.

Malbeks Dienstwagen besaß kein Navigationsgerät, und da die Beantragung auf dem Dienstweg nicht zwangsläufig zur Folge hatte, dass ihm ein Navi innerhalb von ein paar Monaten genehmigt würde, hatte er sich nur eine Halterung gekauft, in die er bei Bedarf das Navi aus seinem Wohnmobil einklickte.

Das Gymnasium lag in der Timkestraße und hieß Küsten Gymnasium. Er gab einen Umweg in das Navi ein und fuhr durchs Stadtzentrum, über das Sophienblatt nordwärts am Hauptbahnhof vorbei, bis zur Ecke Gablenzbrücke und hielt vor dem Gebäude, in dem mit an Sicherheit grenzender Wahrscheinlichkeit der Mord geschehen war.

Der Rohbau war mit rot-weißem Flatterband abgesperrt. Handwerker waren dabei, sämtliche Türöffnungen im Erdgeschoss mit Holzplatten zu verschließen, auf denen leuchtend rote Zettel aufgeklebt waren. »Beschlagnahmt! Betreten verboten! Verstöße werden strafrechtlich verfolgt! Landespolizei«.

Das machte natürlich jeden Passanten neugierig. Sie verrenkten sich die Hälse und diskutierten darüber, in welchem Stockwerk und hinter welchem Fensterloch das Gemetzel stattgefunden hatte. Außerdem wuselten Pressefotografen und Kamerateams um das Gebäude herum, um aufschlussreiche Perspektiven zu finden. Auf der gegenüberliegenden Straßenseite an der Sachaustraße befand sich sinnigerweise ein Matratzendiscounter. Auf der Seite zum Sophienblatt eine Krankenversicherung in Stahl und Glas.

Auf dem Dach des Matratzendiscounters sah Malbek ein Kamerateam, das versuchte, durch die offenen Fensterhöhlen des »Mordhauses« interessante Bilder vom Inneren des Rohbaus einzufangen, um so vielleicht herauszufinden, in welchem Stockwerk der Mord geschehen war. Was sie zu sehen bekamen, waren wahrscheinlich nur die Polizeibeamten, die alle Stockwerke und jeden Winkel nach Beweisstücken oder Spuren absuchten. Der Tatort in einer Ecke des dritten Stockwerks war von den umliegenden Gebäuden nicht einsehbar. Das hatte Kuhlbrodt gut bedacht, als er den Schlafplatz im Gebäude ausgesucht hatte. Und das war sicher eines der Details, auf das Kuhlbrodt Leptien aufmerksam gemacht hatte, weil der für seine Projektarbeit vielleicht Überlebensstrategien der Obdachlosen kennenlernen wollte.

Schwer vorzustellen, dass jemand in so einem offenen Rohbau schlafen konnte. Der Verkehrslärm, der im Bahnhofsviertel nie ganz zur Ruhe kam, drang ungehindert durch die leeren Fensteröffnungen. Ein Sturm musste in dem Gebäude ein orchestrales Gebrause hervorrufen. Malbek hatte sich die Werte beim Deutschen Wetterdienst in Schleswig erfragt. Gestern war der Wind aus Nord bis Nordwest gekommen, Stärke fünf bis sieben, in Böen acht. Schlafen war wohl nur bei einem Alkoholpegel von mindestens zwei Komma null Promille möglich. Leptien hatte sicher dankbar Kuhlbrodts Rat befolgt, so viel zu trinken, bis man »genug« hatte, um den Lärm nicht mehr zu hören.

Malbek fragte sich zum wiederholten Mal, worüber sich die beiden Männer unterhalten hatten. Sie konnten doch nicht schweigend nebeneinanderher gelaufen sein. Leptien unternahm einen Selbstversuch im Obdachlosendasein und wollte sicher so viele Informationen wie möglich aus seinem Untersuchungsobjekt Kuhlbrodt herausholen. Und dabei war es sicher nicht nur um Details wie Ernährung, Kleidung und soziale Kontakte gegangen. Sicher hatte Leptien Kuhlbrodt nach seinem Leben gefragt, wie er in diese Lebensumstände geraten war. Und Kuhlbrodt hatte sicher gefragt, in welchen Umständen der Lehrer Dirk Leptien denn lebte. Oder interessierten Kuhlbrodt diese Dinge nicht mehr?

Malbek hatte bei der Befragung den Eindruck gehabt, dass Kuhlbrodt noch sehr viel von seinem vorigen Leben mit Wohnung und Beruf in sich trug. Doch Kuhlbrodt hatte nichts davon erwähnt. Malbek hatte ihn nicht danach gefragt, das hatte Zeit. Nach seiner Erfahrung redeten Obdachlose über solche Dinge erst, wenn sie Vertrauen gefasst hatten.

Kuhlbrodt hatte nur Berlin als Teil seiner Vergangenheit erwähnt. Als er schon auf der Straße lebte. Und dann war er wieder »umgezogen« nach Kiel. In die alte Heimat. Ob das wirklich der einzige sentimentale Grund war?

Malbek stieg aus dem Wagen und sah sich die Grundstücksgrenze zum Sophienblatt an. Noch vor ein paar Monaten hatte hier ein Wohn- und Geschäftshaus gestanden, ein roter Klinkerbau aus den fünfziger Jahren. Unten war eine Apotheke, die über der Tür eine stilisierte qualmende Dampflokomotive auf weißem Grund zeigte und in der Dunkelheit beleuchtet wurde. So wusste jeder gleich von Weitem, das ist die Bahnhofsapotheke, damals die einzige Apotheke in der Nähe des Hauptbahnhofs Kiel. Im ersten Stock hatte ein Zahnarzt eine Praxis gehabt, in der sich Malbek vor fast zwanzig Jahren ein paarmal hatte quälen lassen. Er hatte sich damals schon gefragt, wem das Gebäude wohl gehörte. Dem Apotheker oder dem Zahnarzt? Oder beiden? Beide waren hier schon, seit Malbek in Kiel war.

Vermutlich war der Hauseigentümer, der Apotheker oder der

Zahnarzt, gestorben, und die Erben hatten, um alles Dingliche schnell zu viel Geld zu machen, das Grundstück samt Haus an einen Projektunternehmer verkauft, der nur am Grundstück interessiert war. Am Bauzaun hing ein großes Schild, auf dem das Architektenbüro Dittmer und Partner, eine Grundstücksgesellschaft und die ausführenden Handwerksfirmen genannt waren.

Malbek fiel ein, dass er mit seinem Freund und Kollegen Eric Lüthje einmal am Hindenburgufer über einen Fall grübelnd spazieren gegangen war. Als sie am Bootshafen vor dem Regierungsviertel vorbeigingen, hatte Lüthje auf ein stattliches Motorboot gezeigt. Er war ins Schwärmen gekommen: aus Tropenholz mit Mahagonibeplankung. Ein Oldtimer aus den Sechzigern. In dem Zustand auch heute noch Millionen wert. Lüthje hatte es mal in den Laboer Hafen einfahren sehen. Es gehöre dem Zahnarzt an der Gablenzbrücke, hatte er gesagt. Den Namen hatte Lüthje auch genannt, aber der wollte Malbek nicht mehr einfallen. Verdrängt wegen der Schmerzen, die er dort hatte erleiden müssen. Er erinnerte sich noch, dass der Name mit einem Ortsnamen in der Nähe zu tun hatte und mit mehreren M. Irgendwas mit Meier oder so.

Was könnte das mit diesem Fall zu tun haben? Vielleicht gar nichts. Man müsste alle Bauarbeiter befragen, die an dem Bau beschäftigt waren. Alle Verwandten und Kollegen des Lehrers. Verwandte und Freunde von Kuhlbrodt, was wahrscheinlich besonders zeitaufwendig und frustrierend werden würde, weil Verwandte von Obdachlosen erfahrungsgemäß merkwürdig einsilbig und wortkarg waren.

Jede Menge Alibis würde man überprüfen müssen. Malbek würde Verstärkung brauchen. Er würde Kriminalhauptkommissar Lüthje fragen müssen. Lüthje hatte er bisher nur als Freund und Kollegen gekannt. Seit ein paar Monaten war er wegen der Erkrankung von Polizeirat Schackhaven kommissarischer Leiter der Bezirkskriminalinspektion Kiel und deshalb sein Vorgesetzter. Damit konnte Malbek noch nicht umgehen. An Schackhavens Schreibtisch ihn, Lüthje, als seinen Vorgesetzten um etwas bitten müssen – nein, das ging nicht. Er würde Lüthje zu einem Bier einladen, am besten zu seinem Lieblingsbier, das es nur in Laboe gab. Das wäre eine gute Gesprächsbasis.

Malbek fiel das Bierglas ein, das sie am Tatort entdeckt hatten. Sie hatten es ein paar Meter neben der Leiche an der Betonwand gefunden, zerschellt in Scherben und Splitter. Der dicke Glasfuß und ein Stück der Glaswand, bemalt mit dem Rest einer grünen Hopfenranke, waren noch erhalten. Daneben stand eine geöffnete Farbdose mit Acrylfarbe, schnell trocknend und wasserlöslich, und ein Malerpinsel. Auf der Wand war in großen Buchstaben das Wort »Verräter« geschrieben. Bei den ersten drei Buchstaben mischten sich noch Reste der schwarzen Farbe mit dem Blut, wie auf Kuhlbrodts und Leptiens Kleidung. Beim dritten Buchstaben verlor sich das Schwarz endgültig im Rot des erkalteten Blutes.

Die Schreibschrift war merkwürdig ungelenk, die Buchstaben stolperten abwechselnd nach hinten und nach vorn. Vielleicht war es nur die Folge eines besonders hohen Blutalkoholwertes.

Malbek hatte das gesamte Spurenbild mit dem Chef der Spurensicherung und Kriminalhauptkommissar Prebling so interpretiert, dass der Täter mit dem Bierglas das Blut aufgefangen hatte, das nach dem Schnitt aus der Kehle des Opfers herausquoll. Dann war er zur Wand gegangen – dafür sprachen auch die Blutstropfen auf dem Boden zwischen Tatort und der Betonwand –, vor der die Farbdose stand, hatte den noch mit schwarzer Acrylfarbe getränkten Pinsel in das Blut im Bierglas getaucht, dann den Schriftzug »Verräter« auf den im Rausch schlafenden Kuhlbrodt und den toten Leptien und danach auf die Wand geschrieben. Zwischendurch hatte er den Pinsel immer wieder ins warme Blut getunkt.

Danach hatte der Täter das noch mit Blut gefüllte Bierglas an die Wand geworfen, wie man ein Sektglas bei einer Siegesfeier an die Wand warf. Deshalb waren die Wand und der Boden davor mit Blutspritzern übersät. Der Täter hatte vielleicht noch einmal befriedigt sein Gesamtwerk betrachtet und war dann in die Nacht verschwunden.

Es gab auch so etwas wie Fingerabdrücke. Die Spurensicherung war sich nach kurzer Prüfung aber ziemlich sicher, dass der Täter während des gesamten Tatgeschehens Gummi- oder Einmalhandschuhe getragen hatte. Deshalb hatten die Fingerabdrücke keine Pappilarleisten, die einen Fingerabdruck erst zu dem machten, was er war. Hier waren jedoch nur »Blankoprints« zu sehen, wie die Kriminaltechniker es nannten.

Die Handschuhe fanden sie ein paar Meter links vom Gebäudeeingang. Es waren Einmalhandschuhe, wie man sie in jedem Drogeriemarkt in einer Packung zu zwanzig oder hundert Stück kaufen konnte. Der Täter hatte sie einfach beiseitegeworfen, so als würde es ihm erst jetzt, hier draußen, bewusst, dass er sie noch immer trug. Vorher war er vielleicht in einer Art Rausch gewesen.

Das Navigationsgerät verkündete mit einer samtenen Frauenstimme, dass das Ziel erreicht sei. Malbek fuhr die Timkestraße entlang, am Haupteingang des Gymnasiums vorbei. Kein Parkplatz in Sicht. Er beschloss, in den Seitenstraßen zu suchen. Nichts. Wieder zurück zur Schule. Da! Ein Schild: »Nur für Lehrkräfte«. Keine Schranke und fast leer. Malbek war ja dienstlich hier …

Sein Handy klingelte.

»Na? Hat Kuhlbrodt was Erhellendes von sich gegeben?« Es war Prebling.

»Einen Moment. Ich muss rückwärts einparken. Hier sind so niedrige Metallpfosten. So, jetzt bin ich auf dem Lehrerparkplatz. Ja, Kuhlbrodt hat sogar geredet. Nicht viel, aber immerhin. Hatte Gott sei Dank keine Erfahrung mit Festnahmen. Aber gestanden hat er natürlich nichts, falls du das meinst«, sagte Malbek. »Hast du Neuigkeiten?«

»Unsere erste Einschätzung von heute Morgen war wohl ganz richtig«, antwortete Prebling. »Das heißt: Es sieht nicht so aus, dass Kuhlbrodt der Täter war, sondern ein Dritter. Was nicht ausschließt, dass Kuhlbrodt Mittäter war, der Leptien in eine Falle gelockt hat. Die Buchstaben auf Kuhlbrodts Kleidung sollen ihn vielleicht von einer Beteiligung freisprechen.«

»Aber für einen Haftbefehl reicht das also nicht!«

»Der Richter würde das sogar zugunsten Kuhlbrodts auslegen. Noch etwas zum Tatablauf. Nur noch ein Gedanke, der nicht zu meinem Handwerk gehört.« Prebling zögerte.

»Na los, spuck's aus.«

»Das Spurenbild sagt mir, dass der Täter das Schreiben des Wortes ›Verräter‹, das Zerschellen des Glases und so weiter nicht geplant hat. Er hat die Dinge vorgefunden und sie spontan benutzt. Als ob er sich Luft gemacht hätte.«

»Ich verstehe. Könnte es auch eine Täterin sein?«

»Ein Messerstich … ein bisschen Malerei … Dazu ist keine männliche Körperkraft notwendig. Tut mir leid, aber … viel mehr kann ich dir im Moment nicht anbieten. Die Auswertung der DNA-Spuren gestaltet sich auch etwas schwierig. Ob da mehr ist als vom Opfer und dem Obdachlosen, kann ich dir noch nicht sagen. Wenn der Täter Einmalhandschuhe getragen hat … Aber das ist Spekulation. Ich ruf dich an, sobald ich mehr weiß. Viel Erfolg.«

»Gleichfalls, danke und tschüss.« Malbek legte auf und stieg aus.

Das Küsten Gymnasium sah Malbeks alter Lornsenschule in Schleswig verdammt ähnlich. Aber so sahen die Gymnasien, die vor dem Ersten Weltkrieg gebaut worden waren, alle aus: die Gebäudefront mit riesigen Fenstern, weil sich dort immer die Aula und darunter die Turnhalle befand. Mitten auf dem Dach ein gewichtiger Turm, hier sogar mit Uhr, die allerdings die falsche Zeit anzeigte.

Malbek sah verunsichert auf seine Armbanduhr. Die zeigte Viertel vor drei. Und die Schuluhr Viertel vor zwei. Das wäre Winterzeit. Es schien niemanden zu stören, sonst wäre es doch längst korrigiert worden. Oder war die Schulleitung etwas träge?

Malbek wählte nicht den Haupteingang, sondern die Glastüren, die den Altbau mit einem Neubau verbanden – eine von Licht durchflutete kleine Glashalle mit einem Kiosk, leider geschlossen, wahrscheinlich wurden dort in den Pausen mehr oder weniger gesunde Getränke wie Milch und Kakao verkauft. An der gegenüberliegenden schwarz gekachelten Wand stand ein kleiner Brunnen mit einem kleinen Fabelwesen mit Hörnern, Faun oder Satyr, das auf einer Panflöte blies. Ein Mischwesen, das aus der griechischen und römischen Mythologie stammte, das Wein, Weib und Gesang sehr nahestand, so erinnerte Malbek es aus seiner Schulzeit.

Was hatte der Künstler sich dabei wohl gedacht? In diesen heiligen Hallen der gehobenen Bildung, gefüllt mit jungen Menschen in der Pubertät. Brunnen der Lust nannte es Malbek. Auf einem kleinen Schild am Brunnenrand stand jedoch: »Grüner Frosch«. Das hatte sicher ein Rektor entschieden, der das Problem rechtzeitig erkannt und eine Sprachregelung dafür gefunden hatte.

Die Flure waren leer. Um diese Zeit waren nur noch Arbeits- oder Projektgruppen in den Klassenzimmern oder Musikräumen, ähnlich der Projektgruppe, die Studienrat Leptien geplant hatte.

So würde der fremde Mann in der abgewetzten Lederjacke mit dem wirren Haar und der Ledertasche, der sich neugierig umsah, nicht auffallen und keine Panik hervorrufen. Von fern hallte dramatisch ein Klavier oder Flügel durch die verlassenen Gänge. Malbeks Schritte wurden langsamer. Er sog den Geruch, den Duft ein, den er als Schuljunge als entsetzlichen Gestank empfunden hatte. Es war zwar über zwanzig Jahre her, dass er sein Gymnasium in Schleswig nach dem Abitur für immer verlassen hatte, aber er erinnerte sich genau: der Geruch nach verschwitzten Turnschuhen, nach Pubertät (dazu gehörten auch die überparfümierten Mädchen), verstaubten Büchern, beißenden Reinigungsmitteln und schlichtem Bohnerwachs.

Er suchte das Zentrum des alten Gebäudeteils, hier mussten die Verwaltungsräume, also auch der Rektor sein. Er kam an ein paar offenen Räumen vorbei, ohne Türen fast kahl und leer, die ihn an den Tatort erinnerten, nur dass hier die Wände weiß gestrichen waren. Weiß war in einigen Religionen die Farbe der Trauer und des Todes, dachte er.

Eine Frau stand nachdenklich vor den türlosen Räumen, die linke Hand an ihre linke Gesichtshälfte gepresst, den rechten Arm vor der Brust, um den linken Arm zu stützen. Sie sah Malbek aus den Augenwinkeln vorbeigehen, entschloss sich, ihn anzusprechen, und löste die Hand von ihrem Gesicht.

»Kann ich Ihnen helfen, suchen Sie jemanden?«, fragte sie.

»Was sind das für Räume?«, fragte Malbek.

»Das soll unsere neue Bücherei werden.«

Er nickte.

»Und ich überlege, wie ich die Regale anordnen sollte und die Systematik, verstehen Sie?«

»Ja, ich verstehe«, antwortete Malbek.

»Bei uns sind die Abläufe etwas durcheinandergekommen«, sagte sie hilflos lächelnd.

»Diese Räume würden sich gut als Gedenkräume für Ihren toten Kollegen Leptien eignen«, sagte Malbek. »Zumindest, bis Sie die Systematik wiedergefunden haben.«

Sie starrte ihn mit offenem Mund an.

»Wo kann ich den Rektor finden?«, fragte er.

»Dahinten. Einfach den Flur weiter«, sagte sie tonlos.

Malbek wandte sich ab und ging weiter. Er spürte ihren Blick in seinem Rücken.

Der Flur gab rechts durch Glaswände den Blick auf ein Atrium frei, das im Sommer mit Bänken und Büschen lockte. Auch das sah seiner Schule sehr ähnlich, ganz einfach, weil es ein neu angebauter großer Verwaltungstrakt war, in dem er sich jetzt befand, den wohl jedes große Gymnasium benötigte und der übergangslos an den Altbau »angeklebt« worden war.

Der Flur endete an einer offenen Tür, die in einen großen Raum führte, in dem fünfzehn oder zwanzig Schreibtische standen. Dies war offensichtlich das Lehrerzimmer. Links war eine fensterlose Wand, rechts ging der Blick zur gegenüberliegenden Seite des Atriums, wieder ein Flur, in dem man Türen zu Klassenzimmern erkennen konnte.

Am letzten Schreibtisch des großen Raumes, ganz hinten in einer Ecke, stand ein Lehrer, der einen Stapel Hefte durchblätterte. Er sah nur kurz zu Malbek auf, nickte grüßend und widmete sich wieder seiner Arbeit.

»In so einem Raum habe ich meine mündliche Abiturprüfung gemacht«, sagte Malbek zu ihm mit erhobener Stimme über den großen Raum hinweg.

Der Lehrer bewegte sich langsam hinter seinen Schreibtisch, als ob er Schutz suchte, und setzte sich auf seinen Stuhl.

»Transparent sollte ja alles sein«, fuhr Malbek fort. »Dabei war es nur durchsichtig. Das gesamte Kollegium saß hier dicht gedrängt auf Stühlen, gegenüber an den Scheiben hingen die Mitschüler und sahen zu. Es war entsetzlich. Machen Sie das heutzutage auch noch so?«

Malbek fiel auf, dass der Lehrer eigentlich an ihm vorbeisah. Malbek drehte sich um und sah einen langen dürren Mann mit langem Hals in der Nähe hinter einem Schreibtisch stehen. Er musste sich reingeschlichen und Malbek zugehört haben.

»Wir schätzen es nicht, wenn ein Fremder einfach im Schulgebäude herumläuft, ohne dass wir Kenntnis davon haben«, sagte er und streckte nach jedem Halbsatz sein Kinn vor. »Können Sie sich nicht vorstellen, was für eine Gemengelage das ist, wenn hier jeder rein- und rausläuft? Sie haben die Möglichkeit, sich als ehemaliger Schüler für eine Führung anzumelden.«

Malbek zog seinen Dienstausweis aus der Lederjacke und hielt ihn dem Mann so dicht vor die Nase, dass er zurückzuckte. »Sind Sie Dr. Casper?«

Der Rektor brachte ein heiseres »Ja« heraus.

»Ich bin Kriminalhauptkommissar Malbek von der Kripo Kiel und habe …« Malbek sah auf seine Armbanduhr. Es war fünf Minuten nach drei. »… hatte um fünfzehn Uhr einen Gesprächstermin mit Ihnen. Hat Ihre Sekretärin Sie nicht unterrichtet?«

»Doch, ich …«

»Können wir uns vielleicht hier unterhalten, hier im Lehrerzimmer?«, fragte Malbek.

Vielleicht sollte man noch ein paar Kollegiumsmitglieder dazubitten, das wäre ein Abwasch, dachte er. Noch eben hatte Malbek verklärt von den Gerüchen der Schulvergangenheit geschwärmt. Jetzt spürte er die Wut in sich aufsteigen, gegen die Ungerechtigkeiten, Gehässigkeiten und Gemeinheiten von Lehrern und Mitschülern, damals, als ihn jeder nur als den aufsässigen Sohn des umstrittenen Dompastors kannte.

Malbek versuchte, langsam durchzuatmen.

»Nein, kommen Sie bitte in mein Büro«, sagte Dr. Casper mit gesenkter Stimme und wandte sich zum Gehen, nicht ohne dem Lehrer in der fernen Ecke des Lehrerzimmers einen giftigen Blick zuzuwerfen.

Dr. Casper bot Malbek einen Sessel in der Besprechungsecke seines Büros an. Eine Geste der Versöhnung. Oder der Unterwerfung.

Malbek sagte seinen Spruch auf, der gegenüber dem Dienstherrn eines Opfers üblich war, schon um einen unnötigen Streit über das Missverständnis im Lehrerzimmer zu vermeiden.

»Ich bin der Ermittlungsleiter in der Mordsache gegen den Studienrat Dirk Leptien. Was könnten Sie mir über Ihren Kollegen erzählen?«

Dr. Casper stockte. Er hatte wohl eine andere Frage erwartet. »Schrecklich ... ich, wir, ich meine, der ganze Lehrkörper und die Schülerschaft sind geschockt. Wie ist das passiert? Ich meine, was ist passiert?«

»Er soll ein Schülerprojekt zum Thema Obdachlosigkeit geplant haben. Wussten Sie davon?«

»Äh, ja, er hat davon im Kollegenkreis berichtet.«

»Also wussten Sie es auch nur vom Hörensagen?«

»Ja, nein, natürlich nicht. So habe ich das nicht gemeint. Ein Kollege hat es mir berichtet, weil ich ja nicht immer im Lehrerzimmer anwesend sein kann.«

»Waren Details über die Planung bekannt?«

»Nein, ich wusste eigentlich nichts darüber.« Er schüttelte heftig den Kopf.

»Datum? Uhrzeit? Vorgehen?«

»Nein, nichts.« Wieder dieses heftige Schütteln des Kopfes. Ihm musste doch schwindelig werden.

»Haben Sie einen Verdacht?«

»Nein, natürlich nicht! Er war ein im Kollegium beliebter Kollege, sehr engagiert und auch bei den Schülern sehr beliebt. Er hatte neue Ideen und hat sich weit über das übliche Maß engagiert.« Es hätte das Zitat aus einem Zeugnis oder der Entwurf eines Nachrufes sein können. »Und er hat sich als Rektor an einer anderen Schule beworben.«

»Ach. Wann?«

»Vor ein paar Monaten. Soll ich nachsehen?« Dr. Casper stützte seine Arme demonstrativ auf die Lehnen des Sessels, ohne sich auch nur einen Zentimeter zu erheben.

»Nicht nötig«, sagte Malbek. »Mir reicht es im Moment, wenn ich weiß, dass Sie seine Personalakte griffbereit haben. Die muss ich nachher mitnehmen.«

Dr. Casper schluckte. »Eigentlich müsste ich meinen Dienstherrn fragen … wegen des Datenschutzes, verstehen Sie, es gibt da eine Geheimhaltungspflicht.«

»Was glauben Sie, was der zuständige Staatsanwalt dazu sagt?«, fragte Malbek. »In zwei Stunden bin ich mit dem vom Richter unterschriebenen Beschlagnahmebeschluss wieder hier.« Staatsanwalt Köhner brauchte für seine Beschlussanträge meist ein paar Stunden länger, aber gerade diese Wartezeit wollte Malbek vermeiden.

Und er schien Erfolg zu haben.

Dr. Casper wischte sich mit einem Finger eine Schweißperle von der in Falten gelegten Stirn, schloss eine Schublade seines Schreibtisches auf, entnahm ihr einen Schlüsselbund, suchte den richtigen Schlüssel, schloss einen Aktenschrank auf und legte die Akte auf den Besprechungstisch zwischen ihnen. Er öffnete sie und sah Malbek an. Sollte wohl heißen: Sehen Sie, ich habe keine Geheimnisse.

»Wie waren seine Chancen als Bewerber für … welche Schule war das eigentlich?«, fragte Malbek.

»Das Friedrich-Mönkemeier-Gymnasium in Flintbek.«

»Wie hat man in Flintbek auf die Bewerbung reagiert, beziehungsweise wer ist der Ansprechpartner?«

»Nun, er ist … war ein verdienter Kollege, das wird man anerkennen. Und seine Leistungen sind überdurchschnittlich.«

»Verdienter Kollege? Und warum machen Sie dabei so ein säuerliches Gesicht?«

»Mach ich das?« Dr. Casper hüstelte. »Nein, ich meinte, nicht nur aus der Sicht des Ministeriums ist er ein verdienter Kollege, sondern auch aus Sicht seiner Kolleginnen und Kollegen.«

»… und seiner Schüler?«

»Ja, natürlich. Das sagte ich bereits.«

»Sie haben meine Frage noch nicht ganz beantwortet … Wer ist in dem Gymnasium über die Bewerbung informiert?«

»Der kommissarische Leiter, Herr Breitholz.«

»Und im Ministerium?«

»Herr Mönkemeier …«

»Wie? Ich dachte, das Gymnasium heißt so …«

»Bei dem Namensgeber handelt es sich um den Pädagogen, Schriftsteller und Künstler Felix Mönkemeier. 1879 bis 1949. Staatssekretär Kai Mönkemeier ist sein Urenkel.«

Dr. Casper war in seinem Element. Er durfte Wissen vermitteln. Er lächelte zum ersten Mal. Malbek hätte nicht für möglich gehalten, dass er überhaupt dazu in der Lage war.

»Ach. Interessant, wie das Leben so spielt«, sagte Malbek gedehnt. »Wann haben Sie Herrn Leptien das letzte Mal gesehen?«

Dr. Caspers Lächeln hatte sich in eine Grimasse verwandelt. *Wie können Sie mir so eine ekelerregende Frage stellen?*

»Was soll diese Frage?«

»Sie ist bei Mordermittlungen üblich. Beantworten Sie sie einfach.«

Dr. Casper griff nach seinem Terminkalender, der rechts von ihm lag, und fing an zu blättern. Seine Hände zitterten etwas. Er versuchte, es durch schnelle Handbewegungen zu kaschieren, und erreichte das Gegenteil. Wie hatte dieser Mann nur Rektor werden können?, fragte sich Malbek. Nicht belastbar, stressanfällig. Oder war er einfach nur mit den Nerven fertig, aus Gründen, die nichts mit dem Mord zu tun hatten? Oder war er ein verdienter Kollege, den man zum Rektor ernannt hatte?

»Ach …« Dr. Casper schlug den Terminkalender zu. »Ich hab es doch im Kopf!« Er schlug sich an die schweißbedeckte Stirn. »Ich habe ihn vorgestern in der großen Pause in den fast fertigen Räumen unserer Bibliothek gefunden … äh, getroffen. Wir haben uns über das Konzept unterhalten. Er ist in der Arbeitsgruppe. Wie ich schon sagte, er ist … war überall engagiert.«

»Und darüber haben Sie geredet?«

»Ja, ja, natürlich.« Eine neue, dicke Schweißperle rann an der Schläfe herunter.

Malbek holte Luft. »Herr Dr. Casper, wenn da etwas ist, was Sie mir verschweigen, dann sollten Sie es jetzt ausspucken. Jetzt ist der richtige Zeitpunkt dafür. Später … Später kann zu spät sein. Auch für Sie. Es ist ein Mordfall. Ich kann mir vorstellen, dass Sie von Ihrem Dienstherrn schon Verhaltensregeln bekommen haben. Die sollten Sie vergessen. Wir können den Mörder nur fassen, wenn Sie sich an eine einzige Regel halten: die Wahrheit und nichts als die Wahrheit.«

Malbek schaffte es mit ein wenig Anstrengung, ihm ermutigend zuzulächeln.

»Ich hatte mit ihm in der Bibliothek für heute Nachmittag einen Besprechungstermin verabredet.« Dr. Caspers Stimme veränderte sich, sie klang nicht mehr überzeugend, sondern belegt und dunkel. Er sah auf die Uhr. »Ja, fünfzehn Uhr fünfundzwanzig. Er hätte jetzt hier vor mir gesessen, wenn das nicht passiert wäre. Ich wollte etwas mit ihm bereden. Mehr hatte ich ihm noch nicht gesagt. Er dachte sicher, es gehe um seine Bewerbung.«

»Und worum ging es wirklich?«

»Es gab einen anonymen Hinweis, dass Herr Leptien ein Verhältnis mit einer Schülerin habe.«

»Erzählen Sie!«

»Da hat irgendjemand angerufen und Frau Fieder gesagt, dass der Leptien mit einer Oberstufenschülerin ein Verhältnis habe! Das war alles! Aber ich muss natürlich einen Vorgang daraus machen. Aber ich meine, jetzt, wo er verstorben ist …«

»… ermordet wurde.«

»Ja gut, ich verstehe. Aber mehr kann ich Ihnen nicht sagen. Ich bin nicht dazu gekommen, ihn mit diesem Anruf zu konfrontieren. Ich habe bisher auch keine weiteren Gespräche darüber geführt.«

»Was meinen Sie, woher der Hinweis kam? Aus der Schule?«

»Nein, das glaube ich nicht!«

»Sie haben also nur mit Frau Fieder darüber gesprochen?«

»Wie? Ja, mit Frau Fieder habe ich über den Anruf gesprochen, ob sie die Stimme erkannt habe.«

»Und?«

»Die Stimme habe verstellt geklungen. Künstlich, piepsig und geflüstert. Es war sicher ein schlechter Schülerscherz.«

»Ist sie noch da, Ihre Frau Fieder?«

Er griff zum Telefon, erreichte aber niemanden. Er sah auf die Uhr. »Sie hat wohl schon Feierabend gemacht.«

Malbek nahm sich die Personalakte vom Tisch und steckte sie in seine Umhängetasche. »Das wär's für heute. Einer meiner Mitarbeiter wird Sie anrufen, wenn wir weitere Fragen haben. Vielen Dank für Ihre Hilfe.«

Dr. Casper erhob sich. Sie gaben sich die Hand.

»Herr Malbek, sind Sie denn kein Ehemaliger dieser Schule?«

»Nein, ich war auf der Lornsen-Schule in Schleswig. Uwe Jens Lornsen, 1793 bis 1838, Jurist und Beamter der dänischen Regierung, Vorkämpfer für ein unabhängiges Schleswig-Holstein.«

3

»Hallo, Herr Malbek, Herr Lüthje will Sie sprechen!«, rief der Pförtner, als Malbek in die Bezirkskriminalinspektion zurückkam.

Komisch, dachte Malbek. Wenn Schackhaven im Hause war, hatte es immer geheißen: »Der Chef will Sie sprechen!« Lüthje war jetzt vertretungsweise Chef, aber wurde an der Pforte nicht Chef genannt. Für die Pförtner blieb er einfach Herr Lüthje. Hoffentlich. Er hatte die Meldung über den Mordfall bekommen und Malbeks kurzen Vorbericht in der »Landeslage«, der Informationsplattform im Intranet der Landespolizei, gelesen.

In seinem Büro fiel Malbeks Blick auf den Stapel alter Akten mit Fettflecken und tausend Eselsohren, der auf seinem Schreibtisch lag. Wenn nicht viel zu tun war, suchte man sich einen ungelösten Fall aus dem Archiv. Als Malbek Lüthje vor einem Monat gefragt hatte, ob es einen alten Fall im Bereich Kiel gebe, den Lüthje »empfehlen« könne, hatte der ihn auf einen Mord hingewiesen, der zwölf Jahre zurücklag.

In einem Mietshaus im Kieler Stadtteil Gaarden war ein Stricher in seiner Wohnung ermordet worden. Es war ein neunzehnjähriger drogensüchtiger Prostituierter, der polizeibekannt war und gerade versuchte, sich zum Callboy »hochzuarbeiten«. Er war durch einen Messerstich in den Hals getötet worden. Die Waffe wurde nie gefunden. DNA-Spuren gab es zwar in der verwahrlosten Dachmansarde jede Menge, aber in der Datenbank keine Entsprechung. Was auch heißen konnte, dass der Täter einfach keine Spuren hinterlassen hatte, indem er zum Beispiel Einmalhandschuhe trug. Die Nachbarn im Haus wollten nichts bemerkt haben.

Lüthje hatte Malbek auf diesen Fall hingewiesen, weil es vier Jahre vorher in Flensburg einen ähnlichen Fall gegeben hatte.

An der Akte saß Lüthje mit großen Unterbrechungen schon

seit einem Jahr. Immer wieder hatte er sie aus dem Schrank geholt, gelesen und nach unbeachteten Ermittlungsansätzen gesucht.

In einem Apartmenthaus, nur hundert Meter vom Hauptbahnhof entfernt, war eine Prostituierte in ihrer Wohnung im Erdgeschoss erstochen worden. Mit einem ähnlichen Messer wie in Kiel, so sagte der Gerichtsmediziner. Und wie in Kiel ohne verwertbare Spuren. Zwar gab es immerhin eine Zeugin, eine Nachbarin aus dem zweiten Stock, die die Frau hatte schreien hören. Mehr konnte sie jedoch nicht sagen, weil es nach der Aussage aller Mieter in dem Haus öfter laut zugegangen war und keiner nur deswegen je die Polizei gerufen oder auch nur nachgesehen hätte. Der Täter war vielleicht über den fast ebenerdigen Balkon gesprungen und spurlos verschwunden. War er mit einem Auto geflüchtet? Hatte er bereits eine Fahrkarte und hatte sich in den nächsten Zug Richtung Kiel, Hamburg oder Dänemark gesetzt?

Apropos Hamburg. In der Falldatenbank fand man unter den Schlüsselbegriffen »Mord«, »Messer«, »Bahnhof« oder »Bahnhofsviertel«, »Opfer«, »Prostituierte/-r« ein paar ähnliche Fälle. Gelöst und ungelöst. Aber die Parameter waren oft ungenau oder unvollständig.

Trotzdem hatten Malbeks und Lüthjes Team inzwischen acht weitere ähnliche ungelöste Fälle aus den letzten zehn Jahren isoliert, die vom selben Täter begangen worden sein könnten. Nach Flensburg war Kiel dran. Dann Frankfurt, Hannover, Berlin, Köln und wieder Berlin. In keinem Fall hatten sich DNA-Entsprechungen gefunden. Wenn es ein und derselbe Täter war, hatte er jedes Mal »sauber« gearbeitet.

Noch etwas sprach dafür, dass die Fälle zusammenhingen: Der zeitliche Abstand zwischen diesen Morden wurde geringer. Waren es zwischen dem ersten und zweiten Mord, also zwischen Flensburg und Kiel, noch vier Jahre gewesen, so lagen zwischen Frankfurt, Hannover und Berlin jeweils fünfzehn und zwischen Köln und dem zweiten Berlin-Fall nur noch acht Monate. »Zeitparadigma« hatte Lüthje das benannt, damit bei ihren Gesprächen in der Kantine nicht jeder an den Nachbartischen wusste, wovon sie redeten.

Vielleicht hatte er sich in seiner neuen Leitungsfunktion schon daran gewöhnt, dass man den Dingen einen neuen Namen geben musste, um sie in den Griff zu bekommen.

In seinem letzten Fall hatte es Malbek schon mit einem Täter zu tun gehabt, der mehrere Menschen umgebracht hatte. Der Täter war in der Presse oft als Serienmörder bezeichnet worden, obwohl er es im engen Wortsinn nicht war. Er hatte eine Gruppe von Menschen ausgewählt, die ihm alle vorher bekannt waren und an denen er sich für ein konkretes, ihm zugefügtes Übel rächen wollte.

Er war aber vielleicht auf dem Weg zum Serientäter gewesen. Ob er mit seinen Morden aufgehört hätte, wenn er je am Ende seiner Liste angelangt wäre, blieb offen. Vielleicht hätte ihm dann plötzlich eine innere Stimme gesagt, dass auch andere Menschen seine Feinde waren und den Tod verdienten. Und das war der Schritt zum wirklichen Serientäter: die Spaltung der Persönlichkeit. In den schlauen Büchern, die Malbek dazu gelesen hatte, stand, dass der Serientäter neben seinen Morden ein ganz normales Leben als Familienvater, fleißiger Beamter oder erfolgreicher Unternehmer führen konnte. Oder als ein netter Single mit ehrgeizigen Plänen.

Aber da Polizisten nicht in die Psyche der Menschen sehen konnten, nützte einem dieser Hinweis wenig. Denn das Böse im Menschen sah man seinem Äußeren leider nur sehr selten an.

Das Telefon riss Malbek aus seinen Gedanken. Es war Lüthje.

»Du bist seit über zwanzig Minuten im Haus. Warum meldest du dich nicht?«, knurrte er.

»Hat der Pförtner gepetzt?«

»Er hat seine Pflicht getan, mein lieber Gerson, und mir in dem Moment Bericht erstattet, als du in deine Abteilung eiltest. Und ich warte auf deinen Sachstandbericht über den neuen Mordfall.«

»Wo?«, seufzte Malbek.

Er hatte keine Lust auf eine Besprechung in Schackhavens

Dienstzimmer. Es roch muffig, so wie Schackhaven selbst. Lüthje hatte versichert, dass er mehrfach am Tag lüftete, aber es half nichts. Die Muffigkeit saß fest in den Wänden, Tapeten und Möbeln, vor allen Dingen im Schreibtisch, dem Schackhaven ja immer am nächsten gewesen war.

»Ich ordne eine Dienstbesprechung in den Laboer Seeterrassen an«, sagte Lüthje.

Malbeks Stimmung hellte sich auf. »Wann?«

»In circa neunzig Minuten. Ich versuche, unseren Stammplatz zu reservieren.«

»Okay, bis gleich!«

Malbek räumte die Akten in seinen Schreibtisch und würde sie dort erst wieder rausholen, wenn dieser Fall abgeschlossen war. Falls dann nicht schon ein neuer wartete.

Sie bekamen den Tisch mit Fördeblick und bestellten zwei große Gläser Probsteier Herold und je einen Fördeteller. Eigentlich hatte Malbek keinen Hunger. Aber er wollte ja was von Lüthje, und außerdem kam der Appetit manchmal mit dem Essen.

In den Seeterrassen war es, der Jahreszeit entsprechend, angenehm leer, sodass sie ungestört reden konnten. In der Mitte des großen Raumes waren zwei Tische zusammengeschoben worden, an denen eine Frau und fünf Männer im Rentenalter saßen, deren Unterhaltung einen überdurchschnittlichen Geräuschpegel hatte, alle paar Minuten gab es großes Gelächter und zwischendurch auch Streit.

»Bei der Zusammensetzung kann es sich nur um ein Klassentreffen handeln«, meinte Lüthje.

Ansonsten gab es vier Paare in den Ecken, die sich leise unterhielten oder nur in die Augen sahen.

Die Kellnerin brachte die Biere.

»Passt der Fall in unser Zeitparadigma?«, fragte Lüthje und goss sich das Bier langsam in das schräg gehaltene Tulpenglas ein, damit es schnell gefüllt war, ohne dass der Schaum in sich zusammenfiel. Dann nahm er einen tiefen Schluck.

»Der zweite Berlin-Fall geschah vor sechs Monaten«, sagte Malbek. »Der Zeitabstand zum Köln-Fall davor betrug acht Monate. Der Zeitraum hätte sich also weiter verkürzt, wenn es der Serientäter war. Auch das räumliche Paradigma stimmt in etwa: die Bahnhofsnähe. Und die Tatwaffe war sehr wahrscheinlich wieder ein handelsübliches Küchenmesser. Aber das war es auch schon. Leptien war Lehrer und kein Callboy oder Strichjunge. Das Opfer war nicht allein. Kuhlbrodt lag neben ihm. Und dann sind da noch die Schriftzüge mit dem Wort ›Verräter‹. Es war eine andere Inszenierung als sonst.«

»Manchmal wechseln Serientäter absichtlich den Modus Operandi, weil sie die Polizei irreführen wollen«, sagte Lüthje nachdenklich.

Malbek wiegte skeptisch den Kopf. »Hier lagen zwei Menschen vor dem Täter. Ein Serienmörder hätte beide umgebracht, oder?« Er hielt inne.

»Was ist?«, fragte Lüthje.

»Mit fiel gerade ein, dass der vorletzte Mord in die Zeit fiel, in der Kuhlbrodt sich in Berlin aufgehalten hat.«

»Und?«

»Nichts. Gar nichts. Was soll das mit diesem Paradigmakram zu tun haben? Das ist Zufall. Prost.«

Sie tranken einen tiefen Schluck und genossen eine Weile schweigend den Blick auf die Förde. Containerfrachter glitten langsam Richtung Ostsee, einer hinter dem anderen, wie an einer Perlenschnur. Eine Schleusenkammer hatte sich geleert. Die nächsten Schiffe würden jetzt vor Holtenau aus der Parkposition in die Schleusenkammer und danach Richtung Brunsbüttel fahren. Ein Frachter, der auf dem Deck den Mast einer riesigen Windkraftanlage transportierte, kam in ihr Blickfeld. Wie würde sich das Schiff bei Sturm verhalten? Möglicherweise würde sich der Mast losreißen und das Schiff zum Kentern bringen.

Malbek fragte sich, wie er das Gespräch auf die Frage nach einer Verstärkung seiner Mannschaft bringen könnte. Sicher nicht vor dem zweiten Bier. Vielleicht sollte er Lüthje erst was Privates fragen? Nein, dann könnte er schlechte Laune bekommen. Also langsam mit der Tür ins Haus fallen.

Eine Kellnerin stellte eine große Platte, gefüllt mit drei Sorten gebratenem Fischfilet natur, auf den Tisch und wünschte guten Appetit. Lüthje bestellte noch ein Bier. Malbek schloss sich an.

Lüthje brachte das Gespräch auf das Private.

»Wie oft fährst du zu Tanja?«

Mist, dachte Malbek. Damit hatte er nicht gerechnet.

»An den Wochenenden. Wenn es geht. Hast du was von Schackhaven gehört?«, fragte Malbek, als sie ihre Teller füllten.

»Ich hörte, dass er nächste Woche in die Rehaklinik kommt. Dann wird das Bett für mich frei …«

»Selbstmitleid? Kenn ich gar nicht von dir«, sagte Malbek ironisch.

»Sir, geben Sie Gedankenfreiheit!«, rief Lüthje und erhob theatralisch beide Arme, in den Händen hatte er Messer und Gabel drohend auf Malbek gerichtet. Ein paar Gäste drehten sich irritiert nach ihnen um. Das Personal hinter dem Tresen blieb gelassen. Man kannte die beiden schon.

»Heinrich der Achte?«, fragte Malbek.

»Quatsch! Schiller, Don Carlos, erster Akt. ›Ein Federzug von dieser Hand und neu erschaffen wird die Erde. Geben Sie Gedankenfreiheit!‹«, deklamierte Lüthje dramatisch.

»Na, du bist doch noch der Alte. Hast du deinen Tolstoi endlich durch? Wie hieß der Schinken noch?«

»›Verbrechen und Strafe‹. Dostojewski! Bin jetzt beim dritten Durchgang.«

»Schön, dass du trotz deiner Beförderung auch noch deine alten Gewohnheiten hast.«

»Beförderung?«, grummelte Lüthje kauend. »Ein Galeerenjob ist das!«

»Ich wünsche mir einen Federzug von Ihnen, Sir«, sagte Malbek. Diese Einführung müsste Lüthje milde stimmen, dachte er.

»Was willst du?«, fragte Lüthje misstrauisch.

Während Malbek sein Besteck beiseitelegte und ihn zunächst

über den letzten Ermittlungsstand ins Bild setzte, aß Lüthje weiter, mit hochgezogenen Schultern und – wie Malbek es empfand – mit zunehmend lauerndem Blick.

»Du siehst, es sind unzählige Ermittlungsansätze. Das schulische Umfeld, der Rektor, die Sekretärin, Kolleginnen und Kollegen, er war Klassenlehrer, also sind da seine Schüler, dann natürlich die Verlobte, sonstige Freunde und Bekannte, zu denen auch dieser Mühlenstedt gehört, Alibis müssen überprüft werden, Kuhlbrodts Aussage muss abgeklopft werden, sein Berlinaufenthalt muss durchleuchtet werden, wir müssten alle Bauarbeiter befragen, die an dem Rohbau beschäftigt sind, die Bewohner der umliegenden Gebäude. Verwandte und Freunde von Kuhlbrodt, sofern vorhanden, was wahrscheinlich besonders zeitaufwendig und frustrierend werden wird. Jede Menge Alibis wird man überprüfen müssen. Und dazu werden womöglich noch Gutachterkosten kommen.«

»Du willst mehr Geld in deinem Etat, womöglich wieder eine Ermittlungsgruppe?«, fragte Lüthje.

Immer noch dieser lauernde Ton. Aber die richtige Richtung.

»Ja, freut mich, dass du das auch so siehst!« Malbek freute sich wirklich. Es schien zu klappen.

»Ich finde, du übertreibst etwas«, sagte Lüthje. »Aber viel schlimmer ist, dass du dabei etwas vergessen hast.« Seine Schultern entspannten sich, er streckte sich.

Malbeks vorsichtiger Optimismus verpuffte wie eine Seifenblase in der Mikrowelle. »Du wirst mir jetzt sagen, was du meinst«, sagte er mit schwacher Stimme. Er fühlte Ärger, Protest, Kampfeslust in sich aufsteigen. Vorsichtshalber trank er das Bier aus, das die Kellnerin gerade auf den Tisch gestellt hatte.

»Du brauchst in deiner Truppe auch noch einen erfahrenen Ermittler, der für Spezialaufgaben einzusetzen wäre, zum Beispiel. Befragungen von Personen aus dem Umfeld des Opfers, Bekannten und Freunden. Einen der weiß, wie man ermittlungstechnische Klippen umschifft, der sich den Ermittlungsstand mal kritisch ansieht, wenn keiner mehr durchblickt ...«

»Wovon redest du?« Ein fürchterlicher Verdacht stieg in Malbek auf.

»Denk mal nach.« Lüthje strahlte ihn mit einem gewinnenden Lächeln an und nahm sich ein neues Stück Fisch. »Vergiss nicht zu essen, Gerson, der Lachs schmeckt warm am besten.«

»Du meinst doch nicht etwa …«

»Doch. Mich.« Lüthje kaute mit einem strahlenden Lächeln, soweit so etwas überhaupt möglich war.

»Aber … du hast deinen Job, du bist Chef! Kommissarischer Leiter der Bezirkskriminalinspektion Kiel. Hast du das vergessen?«

»Ich glaube, du hast einiges vergessen. Ich muss da etwas weiter ausholen, und bitte unterbrich mich nicht. Zunächst bist auch du dafür verantwortlich, dass Schackhaven den großen Herzkasper bekommen hat und jetzt in der Reha ist und, so Gott will, es auch noch überlebt. Wir beide haben ihm beim letzten Fall ein Verfahren auf den Hals gehetzt, weil er Dinge getan hat, die falsch waren. Du hast dich dabei genauso engagiert wie ich. Du bist also Mittäter. Guck nicht so fassungslos. Das ist noch nicht so lange her. Aber du – und nur du – hast ihn danach auch noch mit schottischen Buttercookies versorgt!«

»Was?«

Lüthje nahm sein Bierglas, aber es war leer. Er winkte der Kellnerin zu und wies auf die leeren Gläser auf dem Tisch.

»Die Geschichte mit der großen Dose aus Schottland«, fuhr er fort und nahm noch einen großen Löffel Bratkartoffeln, »die du aus dem Urlaub für Schackhaven mitgebracht hast. Hast du mir brühwarm erzählt, erinnerst du dich nicht? Und kurz danach ist Schackhaven umgefallen. Butter, Mehl und Zucker in hohen Dosen … ich meine, in größerer Dosis … dass wird dir jeder Arzt bestätigen. Das hat ihm den Rest gegeben.«

»Aber …«

»Das sind die Fakten, mein Sohn. Da beißt die Maus keinen Faden ab. So weit zur Schuldfrage und deiner Verantwortlichkeit für die Situation, in der ich jetzt stecke. Du denkst vielleicht, ich hab den Job als kommissarischer Leiter dankbar angenommen, weil es einen Zuschlag zum Salär gibt und ich ansonsten einen ruhigen Lenz schieben will. Auch hier irrst du dich. Ich habe den Job unter der Bedingung angenommen, dass ich mich um die Statistik und das Feilschen, um die Finanzen und den Haushalt, der ja bis ins Parteipolitische geht, nicht kümmern muss. Ich hab davon schlicht keine Ahnung. Und trotzdem tue ich im Moment nichts anderes. Man hat mich veräppelt und für dumm verkauft.«

Die Kellnerin servierte die bestellten Biere. Lüthje trank einen Schluck und fuhr fort. »Wenn mir die getroffenen Entscheidungen nicht passen, schmeiß ich den Job, das hab ich klar und deutlich gesagt. Das hat der Polizeidirektor geschluckt. Und was passiert jetzt? Ich werde als Tanzbär am Nasenring herumgeführt. Personaleinsparungen, ein Jahrgang fehlt, Beförderungsstau. Ich glaube, irgendwann krieg ich die ganze Schuld an dem Schlamassel. Oder gab es noch einen anderen Grund, Lüthje zu nehmen? Na ja, sie denken, weil ich der dienstälteste Kriminalhauptkommissar im Land bin, ist es leichter, mich loszuwerden, wenn ich unbequem werde.«

Inzwischen hatte Malbek wieder angefangen zu essen. Er hatte plötzlich einen Riesenhunger. So als ob er die Energie ersetzen müsste, die Lüthje ihm raubte.

Lüthje kaute und machte weiter: »Urlaubsanträge, Urlaubsplan, strategische Planung, Finanzpoker, Einsatzbesserwisserei für die Kieler Woche im nächsten Jahr. Nur weil ich während der letzten Kieler Woche einen Mordfall aufgeklärt habe, glaubt man auf Landesebene, dass ich der Richtige bin und womöglich Spaß am Entwurf eines Strategiepapiers für den Einsatz in der nächsten Kieler Woche habe. Das der Polizeipräsident mit einem Bürohengst aus dem Ministerium wieder umschreibt. Vorbild ist das Papier vom letzten Jahr in der Handschrift Schackhavens. Und die endlosen Besprechungen über die Konsequenzen des neuen Landeshaushaltes für die Polizei in S-H, ich kann dir sagen. Wenn ich das weiter mitmache, bin ich bald so herzkrank wie …«

»Gut, es reicht«, sagte Malbek erschöpft. »Mir kommen die

Tränen. Wenn ich dich richtig verstanden habe, bist du mit der großzügigen Genehmigung und Finanzierung des Falls einverstanden, wenn du mitmischen darfst.«

Diesmal sah Malbek Lüthje lauernd an.

Lüthje nickte und sagte immer noch kauend: »Richtig.«

»Aber nur unter der Bedingung, dass ich der Ermittlungschef bleibe«, erwiderte Malbek. »Wir besprechen regelmäßig die Lage, und du sagst mir immer, was du denkst und vorhast.«

Lüthje nickte.

»Lauter!«

»Ja doch!«, kaute Lüthje.

Er sah sehr zufrieden aus.

Sie gingen am Strand zurück. Es dämmerte unter dunkelgrauem Himmel. Positionslichter der Frachter blinzelten von der nahen Fahrrinne durch die feuchte Luft herüber, und die Schiffsdiesel rasselten über das Wasser. Malbek hatte sein Zuhause, ein Wohnmobil, seit dem Sommer auf dem Grundstück von Lüthjes Elternhaus geparkt, das der an Sommergäste vermietete. Malbek hatte bei seinem letzten Fall seinen Standplatz an der Eckernförder Bucht aufgeben und sich eine Zeit lang verstecken müssen. Jetzt war er hier hängen geblieben.

Lüthje hatte zwar wegen seines Jobs als Chef eine kleine Dienstwohnung in Kiel, um nicht jeden Tag von Flensburg pendeln zu müssen, übernachtete aber lieber, so wie heute, in der kleinen Souterrainwohnung in seinem Elternhaus, die er und seine Frau Hilly besonders im Sommer nutzten. Aber er war nicht jeden Feierabend oder am Wochenende da. Das würde Malbek sonst wahrscheinlich auf die Nerven gehen.

Malbeks Handy meldete sich. Es war Hoyer. Sie fragte ihn, ob sie ihm Vera Hansen, die Verlobte des Mordopfers, aufs Handy durchstellen dürfe.

»Guten Tag, Frau Hansen, vielen Dank, dass Sie mich zurückrufen«, sagte Malbek ins Handy.

Lüthje stand mit den Händen in den Hosentaschen ein paar Meter weiter am Wasser, ließ sich die Schuhspitzen von den anlaufenden Wellen bespülen und sah einem Kreuzfahrtschiff nach, das Richtung Kiel oder Kanalschleuse Holtenau unterwegs war.

»Hallo, Herr Malbek. Ich habe gerade Ihre Nachricht auf dem Anrufbeantworter gehört. Wir könnten uns morgen gegen fünfzehn Uhr treffen. Kommen Sie zur Probebühne im Theater im Werftpark. Wissen Sie, wo das ist?«

»Ich finde es.«

»Fragen Sie dort einfach nach mir.«

»Okay, bis morgen um fünfzehn Uhr.«

»Bis dann.« Sie beendete das Gespräch.

»Theater im Werftpark als Treffpunkt«, sagte Malbek nachdenklich. »Wieso da? Vera Hansen, die Verlobte des Opfers, war es.«

»Lass dich überraschen. Wie hat sie geklungen?«

»Wie meinst du ...« Malbek sah Lüthje fragend an. »Ach so, ja, sie klang gefasst. Vermutlich keine Tabletten.«

»Gut. Ich seh mich morgen mal am Tatort um. Hat Kuhlbrodt erzählt, wo er mit Leptien unterwegs war?«

»Bis abends im Hempels in Gaarden, dann zum anderen Treffpunkt, in der Schaßstraße, ›Café Zum Sofa‹ heißt die Kneipe, dann bis zur Gablenzbrücke zum Übernachten. Hoyer und Vehrs wollten ihn heute Nachmittag noch näher dazu befragen.«

»Dann versuch, die beiden zu erreichen, und erzähl ihnen, dass ich mich aktiv an der Ermittlung beteilige. Das wäre schon mal 'ne Sprachregelung fürs Erste. Ich erkundige mich morgen Nachmittag bei denen mal nach der Kuhlbrodt-Route durch Kiel.«

»Okay«, antwortete Malbek. Was hätte er jetzt sonst antworten können?

Sie gingen eine Weile schweigend nebeneinanderher, bis der Laboer Fähranleger mit seinen Positionslichtern vor ihnen auftauchte.

»Ich sag dir was«, begann Lüthje unvermittelt. »Weißt du, wovor mir graut? Die Versetzung in den vorzeitigen Ruhestand und der Ruhestand überhaupt. Hilly weiß es auch. Noch bevor ich jemals davon gesprochen habe. Sie hat es mir an den Ohrläppchen angesehen.«

»Warum suchst du dir dann nicht was in der sogenannten freien Wirtschaft, du hattest doch schon mal so ein Angebot.«

»Nun, warten wir erst mal ab. Schließlich hab ich noch einige Dienstjahre vor mir.«

Genauso plötzlich, wie er sich geöffnet hatte, machte Lüthje wieder zu. Malbek erlebte das nicht das erste Mal.

»Wann fährst du wieder nach Hamburg?«, fragte Lüthje.

»Eigentlich am Wochenende«, antwortete Malbek.

Lüthje wollte wissen, wie es mit seiner neuen Freundin so lief, die er hier in Laboe im Sommer kennengelernt hatte. Sie arbeitete als Kommissarin in Hamburg und hatte damals gerade mit viel Glück und Beziehungen eine neue Wohnung am Großneumarkt in der Hamburger Neustadt gefunden.

»Eigentlich?«, fragte Lüthje.

»Ich weiß noch nicht, wie sich dieser Fall entwickelt.«

Lüthje lachte leise. »Du übst wohl schon eine Formulierung ein. Wenn ihr nachher telefoniert.«

»Und was sagst du Hilly, wenn sie dich nach dem Wochenende fragt?«

»Darf ich dann deine Formulierung übernehmen?«

Lüthje reichte Malbek noch ein Bier in das Wohnmobil. Dann legte er sich aufs Bett, goss sich noch ein Bier ein und nahm sich ein dickes Buch aus dem kleinen Regal. Nach etwa zwanzig Minuten hörte er, wie sich die Tür zum Souterrain öffnete. Er dachte, Malbek würde zum Bad gehen, das er mitbenutzte. Stattdessen klopfte es an Lüthjes Zimmertür, und Malbek erschien leicht schwankend im Türrahmen und holte tief Luft.

»Aber eins kann ich dir sagen, mein lieber Eric, nur weil du keinen Bock auf Polizeirat hast, lass ich mir die Arbeit nicht versauen!«

Und schlug die Tür wieder zu.

4

Die Polizei hatte ihn gehen lassen. Unter einer Bedingung: Er musste sich jeden Tag im 4. Polizeirevier auf dem Ostufer melden, seinen Ausweis vorlegen und sich in eine Liste eintragen. Das 4. Polizeirevier lag an der Ecke Werftstraße/Karlstal, schräg gegenüber der Postfiliale. Dort kam er sowieso jeden Tag vorbei. Nachmittags auf dem Weg vom Hempels zur Innenstadt und morgens denselben Weg zurück. In der Autowerkstatt auf der anderen Seite der Werftstraße hatte er seinen alten BMW damals öfter zur Reparatur gegeben. Aber das war in einem anderen Leben gewesen.

Jetzt war es halb fünf. Zu spät für das Hempels in Gaarden, das war schon seit sechzehn Uhr geschlossen. Der Treffpunkt »Café Zum Sofa« in der Schaßstraße hatte seit sechzehn Uhr geöffnet. Er stand unentschlossen vor der Bezirkskriminalinspektion am Lehmberg. Zur Schaßstraße waren es zu Fuß ungefähr nur zwanzig Minuten.

Aber die Angst siegte. Er würde den Abend allein und nicht an den bekannten Treffpunkten verbringen.

Im Supermarkt am Dreiecksplatz könnte er sich ein paar Bier, Wurst, Brot und Käse für den Abend holen. Und dann runter zum kleinen Kiel, auf eine Parkbank, und nachdenken über die Scheiße, in der er steckte. Und wie er da überhaupt reingekommen war.

Gestern um diese Zeit war er mit Dirk unterwegs gewesen, von Gaarden über die Hörnbrücke in den Supermarkt im Bahnhof. Dirk hatte danach Pizzas spendiert, die sie am Tisch in der Pizzeria gegessen hatten. Allein konnte er da nicht hingehen, sie hätten ihn rausgeschmissen. Aber Dirk hatte ziemlich ordentliche Klamotten, in seiner Begleitung hatte man ihn akzeptiert.

Nach dem Essen hatten sie noch eine extra große Pizza mitgenommen, für den Abend. Dann in den »dritten Stock«, in den Rohbau am Sophienblatt, gemütlich wie ein Parkhaus. Bis gestern hatte er gedacht, es wäre wenigstens sicher. Jetzt war Dirk tot. Ermordet.

Zwar kannte er noch ein paar Unterkünfte und Treffpunkte, wo man reden und trinken konnte. Aber er hatte nach seiner Rückkehr aus Berlin hier keinen richtigen Kontakt mehr gefunden. Nicht einmal zu den wenigen Freunden vor der Berliner Zeit, als er hier in Kiel alles verloren hatte, sein Leben sich auf den Kopf gestellt hatte und ihn aus der Hosentasche rausrutschen ließ, direkt aufs Straßenpflaster. Der Schmerz war immer noch da. In der Seele, im Kopf, in jedem Knochen, in jeder Körperzelle. Vor allen Dingen die Scham, die er täglich spürte, wenn andere Menschen ihn auf der Straße verächtlich ansahen.

Die Kripoleute hatten ihn ausgefragt nach dieser Zeit vor Berlin, und er hatte ein bisschen darüber erzählt. Gerade so viel, bis er merkte, dass sie zufrieden waren. Er hatte gelernt, dass es wichtig war, der Polizei Geschichten detailreich zu erzählen, ihnen Futter zu geben, an dem sie kauen konnten. Es musste schlüssig sein, wie sie es nannten. Er hatte ja auch immer die Wahrheit erzählt. Dann fiel es nicht auf, dass er das Wichtigste wegließ.

Deshalb hatte er ihnen haarklein vom Hempels erzählt, wo er sich tagsüber immer aufhielt. Man könnte sein Bier mitbringen oder für einen Euro ein Bier kaufen. Ein gutes Frühstück kostete ihn zwischen dreißig und, wenn er großen Hunger hatte, achtzig Cent. Das Mittagessen fünfzig Cent. Aber wenn Hempels um sechzehn Uhr die Schotten dicht machte, dann wollte er raus aus dem Stadtteil Gaarden, der auf dem Ostufer lag. Es wurde ihm zu gefährlich. Hier blieb man nur, wenn man sich an den Schlägereien beteiligen wollte oder zu betrunken war, um es bis zum Westufer zu schaffen. Wer halbwegs nüchtern war, ging über die Hörnbrücke oder die Gablenzbrücke zur Innenstadt auf dem Westufer und verbrachte hier den Abend und die Nacht.

Er hatte ihnen zum Beispiel nicht erzählt, dass sein Leben

eine nicht enden wollende Flucht geworden war. Erst war er aus Kiel geflohen. Dann aus Berlin. Und jetzt war er wieder in Kiel, und es war wieder schiefgelaufen. Er war wieder auf der Flucht. Dabei hatte er gar nichts gemacht. Es war einfach passiert, als ob ihn das Unglück verfolge. In Berlin hatte er Dinge gesehen. Er war zur falschen Zeit am falschen Ort gewesen.

»Warum sind Sie von Kiel nach Berlin gegangen?«, hatten die beiden Schlaumeier gefragt. Gegangen. Als ob das so einfach gewesen wäre.

Sein Vater war Richter. Er sollte Jurist werden. Er zerstritt sich mit ihm, obwohl er doch so brav Geschichte und Indologie studierte. Seine Mutter war schon kurz nach seinem mühsam erkämpften Abitur von einem Tag auf den anderen mit einem anderen Mann verschwunden. Die monatlichen Überweisungen seines Vaters blieben eines Tages aus. Kuhlbrodt beantragte Ausbildungsförderung und bekam sie auch, aber nur, wenn er seinen Vater verklagte.

Damit begann das Elend. Sein Vater beauftragte eine Detektei, um dunkle Stellen im jungen Leben seines Sohnes zu finden, und verklagte ihn wegen Undankbarkeit und Unwürdigkeit und anderen unaussprechlichen und gelogenen Sünden gegen ihn. Zweimal wurde Kuhlbrodt in der Nähe seiner Studentenbude zusammengeschlagen, einmal sogar im Flur seiner Wohnung, nachdem er auf ein Klingeln geöffnet hatte. Sein Knie und ein Jochbeinbruch wurden operiert, aber so ganz verschwanden die Schmerzen nie. Dann erbte er von seiner Tante, der Schwester seines Vaters, vierhundertdreiundfünfzigtausend Mark. Daraufhin verklagte sein Vater die Erben seiner Schwester. Seitdem hatte er nichts mehr von ihm gehört.

Kuhlbrodt schmiss sein Studium, machte den Sportbootführerschein und kaufte sich einen kleinen Kutter, Baujahr 1990, von gerade mal elf Metern Länge. Er kostete achtzigtausend. Danach merkte Kuhlbrodt, dass er über einhundertfünfzigtausend für die Restaurierung reinstecken musste. Obwohl er doch so viel in Eigenarbeit gemacht hatte. Dazu kamen noch behördliche Auflagen für die Fahrgastbeförderung und die Kosten für den Sportbootführerschein. Nach vier Jahren hatte er alles geschafft. Sein Traumberuf.

Aber es waren nur noch einhundertzwanzigtausend da. Es reichte immerhin für den Anfang. Er machte Ausflugsfahrten entlang der Küste, durch den Kanal und die Eider entlang. Er durfte nur elf Fahrgäste auf dem Kutter mitnehmen, aber es lief.

Daniela war einer seiner ersten Fahrgäste. Ihre Schulfreundinnen hatten ihr die Eidertour zum Geburtstag geschenkt. Ein paar Wochen später zog sie zu ihm aufs Schiff. Die Winter über mussten sie von seinem Geld leben. Es war die glücklichste Zeit seines Lebens.

Bis sein Kahn in einem Eiswinter Leck schlug und absoff. Glücklicherweise war das tagsüber passiert, als sie im Supermarkt einkaufen gegangen waren.

Auf dem Konto waren plötzlich nur noch knapp vierzigtausend Euro. Was ja früher achtzigtausend Mark waren. Er ließ sein Boot heben und schwimmfähig machen. Und machte es wie so viele, die ihr Boot erst in der Hörn hatten und dann nach dem Bauboom an der Fördespitze ein paar Kilometer weiter an die Schwentinemündung umzogen, weil dort die Liegegebühren erschwinglich blieben.

Aber in der Schwentinemündung gab es manchmal eine starke Strömung. Irgendwann schlug sein Kahn auch hier Leck. Der Käufer gab ihm hundert Euro und bezahlte die fällig gewordenen Liegegebühren. Es reichte eine Weile zum Leben, aber nicht mehr für die Miete der kleinen Wohnung im Stadtteil.

Also war er mit Daniela nach Berlin gefahren, ganz großkotzig per Bahn mit Normalticket. Er hatte von den Hausbooten auf der Spree gehört, in denen man leben konnte. Als sie da waren, fand er sehr schnell heraus, dass die alle zu teuer für ihn waren. Und einen altersschwachen Kahn mit Schlagseite wollte er nicht haben.

Das Geld war schnell aufgebraucht, und Daniela schmiss ihn

bei sich raus. Sie hatte inzwischen einen Job und einen neuen Typen gefunden, beides am Alex.

Es kam die erste Nacht auf der Straße. Er fragte rum, und ein Kumpel nahm ihn mit zum Stralauer Platz. Es war so was Ähnliches wie Hempels in Kiel, nur viel größer. Was man zum Überleben brauchte, war da: Frühstück, Mittagessen, Abendessen kostenfrei, täglich geöffnete Arztpraxis und Zahnarzt. »Mut« hieß die Anlaufstelle sinnigerweise, das, was man am meisten brauchte zum Überleben.

Und ein bisschen verdienen konnte er sich in der Gegend auch. Man fand in den umliegenden Straßen so viele Pfandflaschen in den Abfallbehältern, dass man im Supermarkt unter dem Ostbahnhof täglich drei bis fünf Euro dafür bekam. Am Wochenende sogar mehr. Die Pfandflaschen des Stadtteils Friedrichshain reichten für alle, die da ab achtzehn Uhr Schlange standen am Leergutautomaten. Und das waren pro Stunde immer zehn bis zwanzig Kumpel. Der Supermarkt hatte einen Sicherheitsbeamten in schwarzem Outfit, der sie überwachte, damit es nicht zu Schlägereien kam, wegen der Tüte des Vormanns oder der Drängelei. Täglich bis Mitternacht konnte man da seine Beute hinbringen.

Im Umkreis von ein paar hundert Metern gab es mehrere leer stehende Gebäude. Zum Schlafengehen brauchte man nur aus dem Bahnhof raus und über die Straße zu gehen. Gleich rechts neben »Mut« war ein verlassenes Bürogebäude aus DDR-Zeiten, das einer Lampenfabrik gehört hatte und unter Denkmalschutz stand, wie so viele leer stehende Häuser in diesem Stadtteil.

Die Tapeten hingen in allen Räumen lose von der Wand. Wenn der Wind durch die leeren Fensterhöhlen strich, und das war fast immer so, raschelten die Tapeten im ganzen Haus. Das war ein Geräusch, knisternd, zischend, wie nasses Feuer. Das hatte er nicht ertragen.

Dazu kamen noch die Stimmen der Verrückten auf dem Flachdach, die Drogen nahmen und sich die Seele aus dem Leib schrien, kreischten und heulten.

Deshalb war er nach einer Nacht in das sogenannte Pintsch-Haus gezogen, wo die Hauptverwaltung der DDR-Lampenfritzen war, gleich links neben der Schienenunterführung in der Andreasstraße am Ostbahnhof. Dort hörte man auch nachts manchmal das Kreischen der S-Bahn auf den Gleisen, aber da wusste man wenigstens, was es war.

In einer Sommernacht war er aufgewacht und hatte diese Stimmen gehört. Aus einem Raum nebenan, der durch eine Tür von seinem Raum getrennt war, die schief in den Angeln hing.

Einer von seinen Kumpeln, der manchmal im fünften Stock übernachtete, hatte ihn davor gewarnt. Man solle sich da nicht blicken lassen oder womöglich einmischen. Es gebe nämlich Männer, die törne die Atmosphäre in diesen Häusern an.

Kuhlbrodt konnte sich gut vorstellen, dass man sich hier mit Drogen in diese kaputte Endzeitstimmung reinsteigern konnte, aber dass jemand diese echten Kulissen für den Sex brauchte – nein, das lag außerhalb seiner Vorstellungskraft. Er wusste nicht mehr genau, warum er von seinem Lager aufgestanden war, um durch den Türspalt zu sehen. Vielleicht wollte er sich nur vergewissern, dass keine fremden Kumpel sich dort ihr Lager einrichten wollten. Das wäre okay gewesen.

Ja, das war's, er wollte sich vergewissern, dass für ihn keine Bedrohung von diesem Raum ausging. Und wenn da zwei ihren Sex machen wollten, dann würde er sich verdrücken.

Er hatte sich an den Türspalt geschlichen. Auf dem Boden stand eine dicke brennende Kerze, zwei Männer sahen sich an und fummelten rum. Der eine war sehr jung, höchstens zwanzig, der andere sicher über dreißig. Ihre Schatten bewegten sich übergroß an den Wänden. Kuhlbrodt hatte sich gerade entschlossen, sich zurückzuschleichen und ein anderes Stockwerk aufzusuchen, als der ältere Mann plötzlich ein Messer am Hals des jungen Mannes hatte, ihn mit dem anderen Arm an sich presste.

Dummerweise erstarrte Kuhlbrodt, anstatt wegzulaufen. Der junge Mann fiel zu Boden wie ein nasser Sack und blutete unendlich. Das Gesicht des älteren Mannes kam in den Lichtkegel der Kerze.

In seinen Augen sah Kuhlbrodt das Aufblitzen eines Erkennens, sie weiteten sich und schlossen sich im nächsten Moment zu schmalen Schlitzen. Er musste auch in Kuhlbrodts Augen das Erkennen wahrgenommen haben.

Kuhlbrodt erinnerte sich dann nur noch an den grässlichen Wutschrei des Mannes, mit dem er auf ihn zustürzte, die Gänge, die mit Graffiti bedeckten Wände, die Treppen, die Kuhlbrodt nach unten flog, schlitterte, fast fiel, und wie ihn in der endlosen Spirale abwärts immer wieder im letzten Moment ein Griff zum brüchigen Geländer rettete. Hinter ihm das gierige Keuchen eines Wahnsinnigen, der den Speichel seiner Mordlust wie ein Bluthund aus den tropfenden Lefzen schleckte, der nichts anderes wollte als seinen, Kuhlbrodts, Tod.

Erst als er im Dunkeln draußen in der Schwärze der mondlosen Nacht unter einem Busch lag und nach Luft rang, begriff er, dass er noch lebte. Er blieb dort bis zum Morgen. Er wachte nach einem traumlosen, totenähnlichen Schlaf auf und bemerkte später, dass er fast bis zur Karl-Marx-Allee, quer durch Gärten, Straßen und wieder Gärten, geflohen war.

Warum hatte der Mann ihn verfolgt? Sicher nicht, um ihm zu sagen, dass er den Mund halten solle über das, was er gesehen hatte, dass er ihn gesehen hatte in dieser Umgebung mit einem Jüngling, der vielleicht nicht einmal volljährig war. Nein, er wollte kein Versprechen von Kuhlbrodt. Er wollte ihn zum Schweigen bringen. Auf der Stelle und für immer.

Drei Tage später las er im Ostbahnhof in einer Zeitung von dem Mord an einem Strichjungen im Pintsch-Haus. Jemand hatte den Toten im dritten Stock gefunden. Im »Mut« redete man drei Tage lang von nichts anderem. Aber Kuhlbrodt hielt den Mund.

Danach wurde er zum Zeitungsleser. Jedenfalls ein paar Wochen lang. Täglich sah er sich in der Buchhandlung im Ostbahnhof das Zeitungsregal mit den beiden Berliner Zeitungen durch, die garantiert alles über die täglichen Verbrechen in der großen Stadt berichteten. Jeder piepnormale Überfall wurde ausgewalzt.

Es kamen noch etliche Meldungen über die Sache, anklagende Worte über die unfähige Polizei. Auch weil man keine Spuren gefunden hatte, die zum Täter führen konnten. Hatte der bei der Verfolgungsjagd nicht Speichel im Treppenhaus verloren? Aber wie viele Menschen waren seitdem durch das Treppenhaus getrampelt, ehe die Polizei aufkreuzte?

Nach zwei Wochen gab es eine Meldung, dass die Polizei immer noch im Dunkeln tappe. Dazu ein Foto von dem angeblichen Tatort. Der abgebildete Raum mit den kahlen Wänden zeigte hinten rechts seine Matratze, die er auf dem Sperrmüll in der Andreasstraße gefunden hatte.

Er war dem Tod damals das erste Mal von der Schippe gesprungen.

Hatte er den Wahnsinnigen wirklich erkannt? Oder war es doch nur eine Ähnlichkeit? Bildete er sich nur ein, der Wahnsinnige hätte ihn, Kuhlbrodt, erkannt? Das alles war bei Kerzenschein abgelaufen. Und der Schock hatte seine Wahrnehmung getrübt. Eigentlich hatte er nur eine schwammige Vermutung, die er selbst abwegig fand.

Das war zu wenig für einen polizeilichen Verdacht, das wusste er selbst. Außerdem war er nur ein Obdachloser. Sie würden ihm vielleicht vorwerfen, dass er sich nur eine Geschichte ausgedacht habe, um den Verdacht wegen des Mordes an dem toten Lehrer von sich abzulenken. Und einen Beweis für seine Geschichte hatte er natürlich nicht. Außerdem war das alles schon über ein Jahr her.

»Warum kommen Sie erst jetzt damit?«, würden sie ihn fragen. »An was können Sie sich denn überhaupt noch richtig erinnern?«

Den beiden Kripoleuten hatte er bei der Vernehmung in Kiel von dem Mord im Pintsch-Gebäude nichts erzählt. Er hatte gesagt, dass er immer nur im »Lampengebäude neben dem ›Mut‹« übernachtet habe. Damit sie nicht auf dumme Gedanken kamen. Und er hatte immer wieder vom Ostbahnhof und den

Pfandflaschen und dem Haus neben dem »Mut« erzählt. Und dass die Wege hier in Kiel länger waren als in Berlin, weil er hier immer vom Ostufer zum Westufer gehen musste, um einen sicheren Schlafplatz zu finden.

Immer wieder sagte er sich, dass die Berliner Geschichte nichts mit dem Mord an Dirk zu tun hatte. In diesen Gebäuden, in denen er übernachten musste, passierten solche Sachen öfter, und er hatte eben zweimal das Pech gehabt, zur falschen Zeit am falschen Ort zu sein. Was nicht unwahrscheinlich war, weil hier mehr passierte, als die Leute für möglich hielten.

Deshalb hatte er ihnen nichts von der Ahnung erzählt. Jetzt würde man auch keine Spuren finden. Nur seine und Dirks. Sie beide hatten gelacht, geniest, sich verschluckt, gehustet und die Pizzastücke mit besoffenem Kopf herumgeschmissen und das Stockwerk vollgepinkelt.

Kuhlbrodt war am kleinen Kiel angelangt, setzte sich auf eine Parkbank und packte Käse und Wurst aus. Er würde sich nachher eine neue Schlafgelegenheit suchen müssen. Allerdings hatte er keine Lust mehr, groß auf die Suche zu gehen.

Ob der Erfrierungsschutzcontainer in der Adolf-Westphal-Straße schon geöffnet war? Das war in der Nähe vom 4. Polizeirevier, wo er morgen früh sowieso hinmusste. Aber es war nachts immer noch um die fünf bis zehn Grad. Außerdem erinnerte er sich an die eine Nacht, die er einmal im Winter im Container verbracht hatte. Es war wirklich nur was für den Notfall, weil der Gestank im Laufe der Nacht ohne Gasmaske nicht zu ertragen war.

Nein, er würde sich heute einen geheizten Bankenvorraum mit Geldautomaten suchen. Er wusste, wie er da reinkam. Allerdings musste er jederzeit damit rechnen, dass jemand, der an den Geldautomaten wollte, die Polizei rief. Aber irgendwie war ihm der Gedanke gar nicht unangenehm. Es gab ihm ein Gefühl von Sicherheit.

Wenn Dirk Leptien diese Geschichte in Berlin erlebt und sie der Polizei erzählt hätte, würde man ihm glauben, weil er Lehrer war.

Aber ihm, Kuhlbrodt, würde man nicht glauben, weil es so lange her war, dass es bei Kerzenschein passiert war, er ein Obdachloser war, der trank.

So einfach war das.

Jetzt war Dirk tot. Und er, Gernot Kuhlbrodt, lebte noch. Warum, ja, warum eigentlich hatte der Mörder ihn nicht auch getötet?

5

Das »Theater im Werftpark« lag in Wirklichkeit *am* Werftpark des Stadtteils Gaarden. Wer sich nicht sicher war, ob er es gefunden hatte, brauchte nur in Richtung einer bunten Plastikpalme zu fahren. Der Parkplatz war fast leer, so fiel für Malbek die eingeplante Parkplatzsuche weg, und er hatte Zeit, das Gebäude zu umrunden. So konnte man Fluchtmöglichkeiten aus dem Gebäude entdecken.

Typisch Polizist, dachte Malbek. Es war immer gut, die öffentlichen Gebäude in seinem Bezirk genau zu kennen. Er umrundete das Gebäude. Es lag idyllisch an einem Abhang zu einem kleinen See. Mit seinem großen Fenster im ersten Stock besaß es den Charme eines Logenhauses der Jahrhundertwende. Malbek hatte aber gelesen, dass es vor Jahrzehnten ein Kino und Veranstaltungshaus gewesen war. Vermutlich mit Restaurant und Biergarten speziell für die Bevölkerung des Stadtteils Gaarden, die damals noch überwiegend aus Werftarbeitern bestand, jedenfalls solange die Werft den Namen Howaldtswerft trug.

Auf der kleinen Treppe zum Eingang standen rauchend ein paar junge Männer, die in eine lebhafte Diskussion vertieft waren. Malbek schaffte es beim zweiten Anlauf, sie zu unterbrechen und nach dem Probenraum zu fragen. Sie hatten offensichtlich gedacht, dass er sich an der Diskussion beteiligen wollte. Einer wies mit der Hand zum ersten Stock. »Einfach die Treppe hoch«, sagte er. Danach redeten sie sofort wieder aufeinander ein. Es ging um die richtige Beleuchtung einer Szene.

Im ersten Stock öffnete Malbek eine Tür und sah in dem halbdunklen Raum eine kleine Bühne, auf der vier Frauen, als Hexen verkleidet, im Kreis um ein künstliches Feuer aus Licht mit täuschend echter Rauchentwicklung saßen und dabei kicherten und merkwürdige Reime aufsagten. Von Zeit zu Zeit unterbrach eine von ihnen den Dialog und gab Anweisungen. Dann fingen sie wieder von vorn an.

Malbeks Augen hatten sich an das Halbdunkel gewöhnt und sahen das Gestühl des Zuschauerraumes vor sich. Er setzte sich direkt neben eine Frau, gleich am Gang. Sie sah ihn erschrocken an und schien aufstehen zu wollen.

»Sind Sie Vera Hansen?«, flüsterte er.

Sie schüttelte den Kopf und deutete zur Bühne. Was wohl heißen sollte, dass Frau Hansen eine der vier Hexen auf der Bühne war. Hatte sie ihn dazu hierhergebeten?

»Also noch mal ab der Zeile mit dem Glück«, sagte eine Hexe. Die Stimme kam Malbek bekannt vor.

Die Hexe Hansen begann mit dem Satz: »Dort verkünden wir ihm sein Glück.«

Alle Hexen bewegten ihre Arme wie Schlangen, die über der Glut des Feuers tanzten.

Dann die Hexe gegenüber: »Aber die Meisterin wird uns schelten, wenn wir mit trüglichem Schicksalswort ins Verderben führen den edeln Helden, ihn verlocken zu Sünd und Mord.«

Die Hexe daneben: »Er kann es vollbringen, er kann es lassen; doch er ist glücklich, wir müssen ihn hassen.«

Alle Hexen kicherten teuflisch gut.

Hexe Hansen sprach: »Wenn er sein Herz nicht kann bewahren, mag er des Teufels Macht erfahren.« Wieder teuflisches Kichern.

Die Hexe gegenüber: »Wir streuen in die Brust die böse Saat, aber dem Menschen gehört die Tat.«

Die Hexen schienen etwas ins Feuer zu streuen. Sie kicherten wieder und jaulten wie Katzen.

Die zweite Hexe von rechts: »Er ist tapfer, gerecht und gut; warum versuchen wir sein Blut?«

Hexe Hansen und die Hexe rechts neben ihr: »Strauchelt der Gute und fällt der Gerechte, dann jubilieren die höllischen Mächte.«

Ein Theaterdonner dröhnte aus einem Lautsprecher im Hintergrund, und ein paar Lichtblitze erhellten die Szene.

Hexe Hansen deklamierte dramatisch: »Wann kommen wir vier uns wieder entgegen, in Donner, in Blitzen oder in Regen?«

Aus.

Hexe Hansen fragte blinzelnd in den Zuschauerraum: »Wie spät ist es?«

»Viertel nach drei«, rief die Frau neben Malbek und sah ihn dabei an. Sein linkes Ohr dröhnte.

Vera Hansens Blick wanderte durch den Zuschauerraum und fixierte schließlich Malbek. Ich falle hier wohl völlig aus dem Bild, dachte er.

Hexe Hansen: »Bin gleich wieder da«, und sie verschwand nach hinten ins Dunkel.

Nach etwa zwanzig Minuten, in denen Malbek dem Abbau des Lagerfeuers der Hexen zusah, einer raffinierten Konstruktion aus einer flackernden Lampe und einer kleinen Maschine, die weißen Rauch produzierte, erschien Vera Hansen. Sie hatte sich das Hexenkleid aus Sackleinen ausgezogen und trug eine enge Jeans, einen Rollkragenpulli und eine grüne Windjacke. Sie schlug vor, nach draußen zu gehen, zu dem kleinen See hinter dem Haus.

Sie schwiegen, bis sie auf ihren Wunsch hin auf einer Parkbank Platz genommen hatten. Malbek bemerkte, dass sie zu dicht beieinandersaßen. Wenn er sich ihr zuwenden würde, würde er direkt in ihre Augen sehen müssen. Aber wenn er jetzt etwas von ihr abrücken würde, könnte sie das auch missverstehen.

Er kam sich vor wie ein Schuljunge. Dabei fiel ihm der Trick von damals wieder ein. Er wandte sich ihr zu, während er gleichzeitig etwas von ihr abrückte und etwas sagte.

»Wieso haben Sie Kostüme getragen? Es war doch nur eine Probe?«

»Es war so was wie eine Generalprobe nur für uns«, erklärte sie. Sie hatte die Hände gefaltet und die Augen geschlossen.

»Der Text kam mir irgendwie bekannt vor«, sagte Malbek. Sie hat Angst vor meinen Fragen, dachte er.

»›Macbeth‹. William Shakespeare. Wir haben den Dialog der Hexen ein klein wenig verändert.« Sie lächelte schwach.

»Und wie geht es dann weiter?«

»Wir treten in zehn Szenen in verschiedener Besetzung auf. Die Frau, die nachts vor dem offenen Kühlschrank steht und ihren Beziehungsfrust in sich reinfrisst. Die Frau, die neben dem stummen Telefon sitzt und ihre Einsamkeit beschreibt und warum sie sich von ihrem Partner getrennt hat und so weiter, dazwischen ein paar Gesangseinlagen … eine Revue, ›Beziehungskisten‹ haben wir sie genannt. Ich weiß, ist als Begriff schon etwas abgenutzt, aber schließlich begreift man sofort, worum es geht.«

»Sie sind Schauspielerin?«, fragte Malbek.

»Nein, eine schlichte Amateurin. Und Lehrerin für Englisch und Deutsch. Siegfried-Lenz-Schule in Schulensee.«

»Also nicht die Schule, an die sich Ihr Verlobter beworben hatte?«

»Nein, das ist das Friedrich-Mönkemeier-Gymnasium in Flintbek.«

»Wie lange arbeiten Sie an so einem Stück, so einer Revue?«

»Monate. Wir haben hier im Theater angefangen und hatten sehr viel Erfolg. Dann bekamen wir Vorstellungen im Schauspielhaus. Und jetzt haben wir ein kleines Tourneeangebot. Dafür überarbeiten wir gerade alles. Seit vier Wochen.«

»Meinen Glückwunsch.« Mein Gott, fällt dir nichts anderes dazu ein, dachte Malbek.

»Danke«, sagte sie und wischte sich eine Strähne aus der Stirn. »Aber es fällt mir schwer, aus diesem Theater auszuziehen und immer woanders zu spielen. Dieses Gebäude ist Teil meiner Jugend. Jedenfalls ein kleiner wichtiger Teil.« Sie atmete tief ein und wieder aus. »Wenn Sie das alles nicht mehr hören wollen und Ihre Fragen stellen wollen, sagen Sie Bescheid, okay?« Sie sah ihn das erste Mal richtig an. Prüfend.

»Okay.«

»Ich bin in der Dorotheenstraße aufgewachsen, in der Nähe der Waldwiese. Ich war damals dreizehn und wollte unbedingt Gitarrenunterricht nehmen. Den gab es hier in dem Gebäude. Ich bekam von meinen Eltern kein Geld für den Bus, sondern musste die ganze Strecke zu Fuß gehen, den ganzen Ostring bis hierher. Mit der Gitarre. Es war ein Spießrutenlaufen. Und der Gitarrenlehrer hatte schrecklich vergammelte Zähne. Schließlich habe ich immer ein Unwohlsein vorgetäuscht, wenn sich der nächste Unterrichtstermin näherte. Das war das Ende meiner Gitarrenepisode.«

»Und jetzt sind Sie Lehrerin und Schauspielerin?«

»Genau! Beides!« Sie wandte sich ihm zu und sah ihn an.

»Was hat Ihr Verlobter dazu gesagt?«

»Zum Theaterspielen?«, fragte sie.

Er nickte.

»Er war selbst Theaterfan. Da haben wir uns kennengelernt. ›Macbeth‹ im Schauspielhaus vor fünf Jahren.«

»Darf ich jetzt meine erste unangenehme Frage stellen?«, fragte er vorsichtig.

»Ja, Sie dürfen.« Sie faltete die Hände und sah zum Teich, auf dem Möwen und Krähen sich eine Schlacht lieferten.

»Wann haben Sie ihn zuletzt gesehen?«

»Am Nachmittag, als er sich umgezogen hat. Dann ist er gegangen … Er hatte mir schon Wochen vorher von seinem Plan für ein neues Schülerprojekt erzählt. Obdachlosigkeit. Ein großes Thema, nicht nur in diesem Stadtteil. Und vor … ja, vorige Woche erzählte er mir, dass seine Männerclique einen Junggesellenabschied plante. Wir wollten nämlich nächste Woche heiraten.« Sie hielt inne und presste sich ein Taschentuch vor die Augen. »Sie müssen wissen, dass er sich in letzter Zeit von dieser Clique entfernt hatte.«

»Was war da geplant für den Junggesellenabschied?«

»Dirk hatte ihnen irgendwann erzählt, dass er so ein Schülerprojekt plante … Ich glaube, die haben sich ohne Dirk beraten und ihm dann den Vorschlag gemacht, er könnte sich die lächerliche Rolle als Mann in Frauenkleidern in der Einkaufsstraße, der kleine Schnapsflaschen verteilt, ersparen, wenn er eine Nacht Platte macht. Das ist bei solchen Stagpartys üblich, kennen Sie das?«

»Ich habe das schon mal in der Holstenstraße gesehen.«

»Stellen Sie sich vor, Dirks Schüler oder Lehrer hätten ihn

dabei erkannt! Dann wäre auch seine Bewerbung hinüber gewesen. Er hatte sich nämlich als Rektor beworben, wissen Sie?«

»Wer gehört denn zu dieser Clique?«

»Da ist zuerst Ben Friese, Maler, also Kunstmaler, vielleicht haben Sie schon Bilder von ihm gesehen, in der Kunsthalle Kiel hängt was, ach, überall eigentlich, und ... ja, Kai Mönkemeier. Er ist Anfang des Jahres Staatssekretär geworden. Im Landesministerium für Bildung und Wissenschaft.«

»Moment mal, Frau Hansen. Mönkemeier ... so heißt doch die Schule, an die sich Ihr Verlobter beworben hatte ...«

Sie lächelte das erste Mal, so als ob es ihr Schmerzen verursachen würde. »Richtig. Das Friedrich-Mönkemeier-Gymnasium in Flintbek.«

»Und ist das Zufall, oder ist der Kai Mönkemeier mit dem Friedrich verwandt?«

»Gut kombiniert, Herr Malbek. Kai ist der Urenkel des Friedrich. Und der war ein dänischer Regierungsbeamter in Tondern. So tritt Kai also in die Fußstapfen seines Urgroßvaters.«

»Ach so. Hat der Kai auch etwas mit der Bewerbung Ihres Mannes zu tun?«

»Natürlich. Er ist zuständig für den Bereich Bildung und hat die Aufsicht für alle Schulen. Er war bis zum vorigen Jahr auch Rektor. Er ist also plötzlich die Treppe hochgefallen.«

»Können Sie mir auch was über die Hintergründe sagen?«

»Dirk erzählte, dass Kai Mönkemeiers Vorgänger in den vorzeitigen Ruhestand versetzt worden sein soll. Glück gehabt, hat Dirk dazu gesagt.«

»Wer hat Glück gehabt?«

»Kai Mönkemeier. Aber Sie haben recht, kann man auch anders verstehen ...«

»Wie denn?«, fragte Malbek.

»Es ist kein Geheimnis. Zumindest unter Pädagogen. Es geht um die Schulzeitverkürzung. Beim Turboabitur wird das Abitur nach zwölf Jahren gemacht, beim alten Modell nach dreizehn Jahren. Innerhalb der Regierung und im Landtag gibt es einen Machtkampf um diese Frage. Es könnte sogar sein, dass die Regierungskoalition deswegen zerbricht und Neuwahlen notwendig werden. Der Bildungsminister gehört zum kleinen Koalitionspartner, der mehr rechts angesiedelt ist. Die wollen das Turboabi. Das beutet mehr Stress für die Schüler und weniger Kosten, weil man zum Beispiel weniger Schulräume und weniger Lehrkräfte braucht.«

»Und wofür ist Herr Mönkemeier?«

»Für das Turboabitur. Das ist der wahre Grund, warum der Minister den alten Staatssekretär in den vorzeitigen Ruhestand geschickt hat. Das war nämlich ein alter Philologe und Anhänger einer umfassenden humanistischen Bildung. Und Mönkemeier ist der richtige Mann für die Verfechter des Turboabis. Und deshalb hat man ihn auf den Sessel gesetzt.«

»Hört sich so an, als ob Sie ihn nicht mögen.«

»Stimmt.«

»Und Ihr Verlobter?«

»War Gegner des Turboabis. Genau wie ich.«

»Dann muss er sich doch eigentlich mit seinem Cliquenfreund Kai ständig gestritten haben.«

»So kann man das nicht sagen. Die haben sich immer ausgetauscht.«

»Was meinen Sie damit? Ausgetauscht?«

»Dirk war immer für Ausgleich und Vermittlung. Er hatte die Vorstellung, Kai irgendwann umdrehen zu können, indem er ihm ständig Beispiele aus dem Schulalltag präsentiert, die gegen das Turboabi sprechen. Ich hab manchmal mitbekommen, wie Dirk mit ihm telefoniert hat, abends oder auch nachmittags, wenn Dirk bei mir war oder ich bei ihm. Meistens hat, glaube ich, Kai angerufen. Und bei Einladungen bei Freunden haben die beiden immer irgendetwas zu besprechen gehabt, haben sich in eine Ecke zurückzogen, auch wenn sich die Clique bei Ben Friese traf.«

»Wissen Sie, worüber die beiden in letzter Zeit gesprochen haben?«

»Ich hab nur einmal versucht, mich am Gespräch zu beteiligen … Es ging um die Integration von Ausländerkindern in den Unterricht. Sie haben mir brav zugehört, und das war's. Ich habe sie gelangweilt! Hinterher habe ich mit Dirk darüber gestritten. Ich wollte ihm keinen Vorwurf deswegen machen, aber … ich glaube, da war diese arrogante Cliquenmentalität …«

»Wie oft hat die Clique sich getroffen?«

Sie überlegte. »Weiß ich eigentlich gar nicht. Manchmal hab ich es erst hinterher erfahren, dass Dirk da war. Na, mindestens alle zwei Monate. Manchmal mehr, manchmal weniger.«

»Wo trafen die sich?«

»Anscheinend immer bei Ben Friese. In seinem Atelier in Nordfriesland. In Süderstapel. Ich war einmal da, er wohnt da auch. Eine alte Schule. Das sollten Sie sich mal ansehen. Mehr will ich gar nicht dazu sagen.« Sie sah Malbek mit hochgezogenen Augenbrauen an.

»Klingt ja spannend!«

»Ben Friese ist aus meiner Sicht der Mittelpunkt. Hat eine sonore bassbetonte Stimme, deshalb klingt das, was er sagt, immer wahr und richtig. Ich weiß, das hört sich alles gehässig an, aber es ist besser, ich sag Ihnen gleich meine Meinung, Sie merken es sowieso. Ich mag Ben Friese nicht. Ich hab mich mit Dirk öfter darüber gestritten. Ben Friese als Guru, zu dem die anderen Jünger pilgern. Die haben eine etwas verschwurbelte Weltanschauung, über die sie sich wieder und wieder austauschen …« Ihre Stimme bekam einen ärgerlichen Ton, und sie strich sich hektisch mit dem rechten Arm die halblangen schwarzen Haare in den Nacken. »… und zu dieser Weltanschauung gehörte auch, dass sie es nicht mochten, wenn man sie als Clique bezeichnete. Dirk sagte mir mal, dass sie sich selbst als Bande bezeichnen. Hört sich so nach Cowboyspielen oder Gangsterromantik an. Oder beides.« Sie begann, auf ihren Lippen zu kauen.

»Haben Sie sich auch mit den Partnern getroffen, zu Partys oder sonstigen Anlässen? Ich meine, die Clique und ihre Frauen?«

»Eher selten …«

»Wieso nicht? Die Männer sind miteinander befreundet, da liegt es doch nahe, dass man die Partnerinnen miteinander bekannt macht. Es könnten sich da doch auch Freundschaften bilden.«

»So einfach ist das bei dieser Männerclique nie gewesen«, unterbrach sie Malbek.

»Wer gehört noch zur Clique?«

»Arnold Mühlenstedt. Er hat uns übrigens diese Tournee vermittelt.«

»Mühlenstedt. Ist er Theateragent?« Das stand nicht in Vehrs' Liste über Mühlenstedts Aktivitäten.

»Nein, aber Arnold hat unsere Vorstellung im Schauspielhaus gesehen. Und er hat eine Agentin. Und die kennt einen Theateragenten. Na ja, so kam das. Das war mir nicht recht, diese Mauschelei, aber anders läuft es heutzutage nicht. Und jetzt bin ich dankbar dafür. Wenn ich das hier mit dem Theater nicht hätte, dann weiß ich nicht … ich würde durchdrehen.«

»Wann gehen Sie auf Tournee?«

»Die Tourdaten stehen noch nicht alle fest. Aber es wird wohl Mitte November werden. Hamburg, Köln, Berlin, vielleicht Frankfurt und München, vielleicht noch Bremen.«

»Und mit wem ist der Mühlenstedt zusammen?«

»Weiß ich nicht. Ich hab Dirk voriges Jahr mal danach gefragt. Er soll mal vor Jahren in der Clique erzählt haben, dass er eine uneheliche Tochter hat. Und dass er vor einem halben Jahr eine Superfrau in München kennengelernt hat. Vielleicht sollte ich Ihnen noch sagen, dass Mühlenstedt beidseitig begabt ist.«

»Beidseitig …?«

»Bisexuell! Kannten Sie den Ausdruck nicht?«, fragte sie überrascht.

»Nein, leider nicht«, sagte Malbek. Wieder kam er sich wie ein pubertierender Schüler im persönlichen Gespräch mit seiner attraktiven Lehrerin vor.

Sie schien noch etwas sagen zu wollen, fand aber wohl keine Worte.

»Wo haben Sie und Dirk sich kennengelernt?«

»Nicht über die Clique, falls Sie das meinen! Dirk hätte mich nicht haben wollen, wenn ich mit einem von der Clique mal verbandelt gewesen wäre. So ist das.«

»Und Sie? Hätten Sie ihn denn haben wollen?«

»Was Sie alles wissen wollen, ist doch unglaublich.« Sie sagte es mit sanfter Stimme und sah ihn erstaunt von der Seite an, als würde sie ihn das erste Mal sehen. »Ich … ich muss Ihnen noch etwas zu Arnold Mühlenstedt sagen. Ich kann mir vorstellen, dass zumindest Ben Friese Ihnen das genüsslich unterjubeln könnte…«

»Na, dann mal raus damit!« War vielleicht etwas zu salopp, dachte Malbek.

»Arnold Mühlenstedt hat mich mal angebaggert … Als Dirk mich vorgestellt hat … Es war ihm anscheinend völlig egal, dass Dirk mich als seine Freundin vorgestellt hat. Das ging etliche Wochen so, Anrufe, Blumensträuße, Briefe … die ich alle Dirk gezeigt habe! Dann hörte es schlagartig auf. Die Bande hätte mit ihm gesprochen, sagte Dirk. Die Bande …«

»Und was haben Sie zu Mühlenstedts Bemühungen gesagt?«

»Ich mag Glatzköpfe nicht.«

»Oh, ich verstehe«, antwortete Malbek. »Kam das denn vor in der Clique, dass da kreuz und quer verbandelt wurde?«, fragte er.

»Kreuz und quer? Das ist wohl etwas übertrieben, aber ein bisschen in die Richtung ging das schon manchmal.«

»Können Sie mir Namen nennen? Welcher von den Männern der Clique, die Sie mir genannt haben, war mit wem?«

»Also das könnte ich Ihnen nicht einmal auf einer Schultafel aufzeichnen! Ich hab zur Clique nur in den ersten Wochen zwei- bis dreimal Kontakt gehabt. Die waren neugierig auf mich. Wollten mich taxieren, die Männer und vielleicht auch die Frauen. Als ich das merkte, habe ich mich zurückgezogen. Und Dirk hat das akzeptiert. Auch er hat sich innerlich immer mehr von den anderen zurückgezogen, auch wenn er bei den Treffen immer dabei war.«

»Wie hat sich dieses Zurückziehen konkret geäußert?«

»Er hat sich nur einsilbig geäußert, wenn ich ihn in letzter Zeit nach seinen Treffen fragte. Ich habe einmal versucht, ihn zu necken, indem ich sagte: ›Hast du wieder eine monosyllabische Phase?‹ Aber dann wurde er nur ärgerlich.«

»Mono… was?«

»Monosyllabisch. Wenn die Sprache praktisch nur aus einsilbigen Lauten besteht. ›Mm‹ oder ›ah ja‹ oder ›nein‹ oder ›was‹ und so weiter. Das gibt es auch in der frühen Phase der kindlichen Sprachentwicklung.«

Malbek hatte ihr nicht richtig zugehört, sondern nur auf ihre Lippen gestarrt. »Ah ja.«

»Genau, das meinte ich.« Sie lächelte wieder.

»Wissen die eigentlich schon Bescheid? Mühlenstedt, Friese, Mönkemeier?«

»Das nehme ich an. Jedenfalls hat Mühlenstedt mir auf den Anrufbeantworter gesprochen und seine Hilfe angeboten. Ach ja, eine Freundin von mir, Nina Sinjen, hat auch angerufen. Ich hab ihr das mit Mühlenstedts Anruf erzählt. Sie meint, dass es wahrscheinlich ein neuer Versuch war. Die anderen Männer haben vielleicht auch angerufen, dann aber keine Nachricht hinterlassen. Ich hatte keine Lust, irgendjemand anzurufen.«

»Aber Sie haben den Rektor von Dirks Schule angerufen.«

»Das ist doch etwas anderes. Ich empfand das als meine Pflicht. Obwohl mir klar war, dass Sie dort vielleicht schon längst angerufen hatten.«

»Hatten wir aber nicht. Der Rektor hat sich bei uns gemeldet. Wir haben bei Ihrem Verlobten übrigens nichts gefunden, was darauf hinweist, dass er Lehrer war.«

Sie nickte und schluckte. Wischte sich mit dem Handrücken über die Wangen.

»Wir haben übrigens auch keine Wohnungsschlüssel bei Ihrem Verlobten gefunden«, fuhr Malbek fort. »Deshalb haben wir sofort seine Wohnung aufgesucht. Wir haben dort ein paar Handwerker angetroffen, die uns einen Arbeitsauftrag zeigten, von Herrn Mühlenstedt, der die Sache offensichtlich bezahlen sollte, und ihrem Verlobten, der als … Mieter der Wohnung sein Einverständnis erklärt hatte. Was wissen Sie darüber?«

»Er hatte die Wohnung gekündigt, zum 1. November. Weil wir dann in ein neues Haus in Kiel-Friedrichsort ziehen wollten. Das war schon bezugsfertig, und wir hatten schon einen Teil unserer Möbel dorthin gebracht. Seine Wohnung war schon fast leer.« Sie atmete tief ein. »Während Dirk also die Nacht Platte machen sollte, wollten die anderen was in der Wohnung vorbereiten, eine Überraschung, irgendeine Männerparty, was weiß ich. So kommt diese Geschichte mit den Handwerkern wohl zustande.«

»Okay. Noch eine Frage: War Ihr Verlobter irgendwann anders als sonst? Ist Ihnen irgendetwas Besonderes aufgefallen, Anrufe Fremder zum Beispiel. Irgendetwas, was Sie nicht verstanden haben.«

»Ich weiß nicht. Nein, ich glaube, da war nichts Besonderes. Das Einzige war … wir waren beide sehr aufgeregt… weil wir uns endlich entschlossen hatten zu heiraten, eine gemeinsame Wohnung, ein Haus. Wir haben vier Jahre gewartet! Es war so weit. Und jetzt …« Sie krümmte sich zusammen, schluchzte, weinte, heulte.

Malbek wollte seinen Arm um sie legen, ließ es und machte es dann doch. Sie legte ihren Kopf auf seine Schulter und heulte aus ganzem Herzen. Es gab wohl doch keine beste Freundin, bei der sie das hätte machen wollen. Jetzt war er eben dran.

Sie löste sich langsam von ihm und tupfte sich mit einem Papiertaschentuch ihr Gesicht ab, in dem er noch Reste der Theaterschminke entdeckte. Sie zog noch ein Taschentuch aus der Packung und hielt es ihm hin. Er lächelte dankbar und schüttelte den Kopf. Die feuchten Augen waren ihm also doch anzusehen.

»Sollen wir das Gespräch ein anderes Mal fortsetzen?«, fragte er. Hoffentlich sagt sie Nein, dachte er.

Sie putzte sich die Nase und sah über ihre Schulter hinweg zum Theatergebäude.

»Werden wir beobachtet?«, fragte Malbek, ohne den Blick von ihr zu lassen.

»Ist doch egal. Hätte mich aber nicht gewundert«, sagte sie und schnäuzte sich mehrfach lauter, als er es für möglich gehalten hätte.

Dann sagte sie mit fester Stimme: »Und zu Ihrer anderen Frage … Nein, lassen Sie uns jetzt weitersprechen, wenn Sie noch etwas Dringendes haben, denn sonst schleppe ich den Gedanken daran wie einen Felsbrocken hinter mir her. Ich wohne übrigens zurzeit bei einer Freundin. Ich kann es in meiner Wohnung nicht aushalten. Da habe ich mit Dirk doch eigentlich schon seit Monaten zusammengewohnt. So viele Sachen von ihm sind da. Außerdem hab ich genau wie er meine Wohnung gekündigt, kann aber nicht in das Haus ziehen, weil ich die Finanzierung nicht allein bezahlen kann. Jetzt muss ich den Kaufvertrag für das Haus kündigen und mir eine neue Wohnung suchen. Für meine Wohnung gibt es nämlich schon Nachmieter. Verstehen Sie? Eine absolut beschissene Situation.«

»Allerdings. Beschissen«, bekräftigte Malbek hilflos.

»Und jetzt fällt mir etwas ein zu der Frage, ob er anders war als sonst. Natürlich. Er war doch ziemlich nervös wegen der Nacht auf der Straße. Er vermutete, dass sie ihn kontrollieren wollten …«

»Wen meinen Sie mit ›sie‹?«, unterbrach Malbek sie.

»Die anderen Männer der Clique. Kai, Ben und Arnold. Kontrollieren, ob er die Vereinbarung bricht und die Nacht stattdessen in einem Hotel verbringt.«

Malbek dachte an die zweihundertfünfzig Euro, die sie bei Leptien gefunden hatten.

»Er hat mir gesagt, so ganz nebenbei, dass er die Freunde gefragt hätte, woher sie denn wissen wollten, dass er sich nicht tatsächlich in ein Hotel oder zu mir verdrücken wollte. Da sagten sie, wenn er schummelt, würden sie es schon rausbekommen.«

»Wer hat das gesagt?«

»Hat Dirk nicht erwähnt. Vielleicht alle. Er sagte, er hätte das

Handy dabei und würde mich morgens gleich anrufen. Hat er aber nicht. Und da wurde ich unruhig und hab ihn angerufen. Aber sein Handy war aus. Da hab ich bei Ihnen angerufen.«

»Wozu sollte diese Nacht als Obdachloser für das Schülerprojekt überhaupt gut sein?«, fragte Malbek. »Entschuldigen Sie diese provokante Frage, aber ich bin kein Lehrer.«

»Um zu wissen, worüber er mit den Schülern reden soll. Er wollte mit den Schülern auch eine Nacht draußen in der Stadt schlafen. Das wollte er eben austesten. Und das war jetzt ein Anlass.«

»Hier ist meine Karte.« Malbek griff in seine Jackentasche und reichte sie ihr.

Er erhob sich, um sich zu verabschieden, aber sie schob den Arm unter seinen und ging mit ihm schweigend bis zum Theatereingang zurück.

Er drückte verhalten ihren Arm und wandte sich zum Gehen.

»Warten Sie!«

Sie gab ihm ihre Karte mit ihrer Handynummer und schrieb die Nummer der Freundin dazu, bei der sie wohnte.

»Und noch etwas«, sagte sie. »Ich will nicht wissen, wie er gestorben ist. Später vielleicht, irgendwann. Aber jetzt kann ich nichts davon ertragen.«

6

Malbek wollte gerade seine Karte in den Automaten der Parkplatzschranke am BKI stecken, als jemand rief: »Das ist er! Im Wohnmobil!«

Innerhalb weniger Sekunden war er von mindestens vier Kamerateams und mehreren Reportern eingekesselt, von denen die mit den größten Ellbogen sich vor seiner Fahrertür drängelten.

Heute Morgen war er mit seinem Wohnmobil ins Büro gefahren, weil er am späten Nachmittag in der Werkstatt die Lenkung nachsehen lassen wollte. Sie hatte wieder zu viel Spiel. Wenn das Nachstellen nicht mehr half, musste er das Lenkgetriebe auswechseln lassen.

Vorsichtig zog er seinen linken Arm wieder ins Wageninnere. Die Schranke öffnete sich.

»Haben Sie schon eine Spur?«

»Wir hörten, dass Sie schon einen Verdacht haben …«

»Herr Malbek, nur ein kurzes Statement …«

»Haben Sie schon mit dem Rektor gesprochen?«

»Wie ist die Stimmung in der Schule?«

»Wie ist Ihre Stimmung?«

»Nur ein Wort, bitte!«

Malbek hob gebieterisch den linken Arm, um die Meute zum Schweigen zu bringen, und wartete, bis es ruhig wurde.

»Kein Kommentar!«

Er schaffte es gerade noch, durch die Schranke zu kommen, die sich schon zitternd senkte.

»Wer zum Teufel hat denen erzählt, dass das Mordopfer Lehrer war? Und warum hatten Sie mich nicht gewarnt vor dieser Meute?«

Vehrs und Hoyers blieben gelassen. Sie klärten Malbek darüber auf, dass von der Meute bisher nichts zu sehen gewesen war. Sie hatten sich offensichtlich in den Seitenstraßen versteckt und einen »Melder« in der Nähe der Parkplatzschranke postiert.

Man hatte sich in der Kantine erzählt, dass sich Lüthje von einem Chauffeur vor dem Haupteingang hatte absetzen lassen und im Gebäude verschwunden war, ohne dass jemand von der Presse aufgetaucht war. Malbek war ihr eigentliches Ziel.

»Es gibt also Kollegen, die den ganzen Tag nichts anderes tun, als aus dem Fenster zu sehen«, sagte Malbek nachdenklich. Er hatte sich auf ein Fensterbrett gesetzt und sah hinunter zur Straße.

»Die Spurensicherung hat angerufen. Sie haben jede Menge DNA-Spuren am Tatort gefunden. Teilweise muss die DNA verstärkt werden, um sie überhaupt analysieren zu können, das würde aber etwas länger dauern«, sagte Hoyer.

»Wie viel länger?«, fragte Malbek, obwohl er die Antwort ahnte.

»Zwei bis vier Wochen.«

»Na prima«, sagte Malbek. Er wartete einen Moment, ob noch etwas kam, aber Hoyer und Vehrs sahen ihn nur erwartungsvoll an. Die Antennen im Haus hatten wohl irgendwelche Signale gesendet, in denen der Code »Lüthje« vorkam.

»Ich hab gestern mit unserem Chef konferiert«, sagte Malbek. »Er will uns bei den Ermittlungen behilflich sein.«

Hoyers und Vehrs sahen ihn gequält an.

»Nicht nur das«, fuhr Malbek fort. »Er wird den erhöhten Personalbedarf bei uns wohlwollend prüfen. Er denkt auch an eine Ermittlungsgruppe. Vielleicht auch nicht.« Die Botschaft war klar. »Nur damit ihr Bescheid wisst.«

Er hatte sie geduzt. Malbek überlegte einen Augenblick, ob er sich entschuldigen sollte. Aber das würde es noch peinlicher machen. Es war doch nur eine Vertraulichkeit, die seine ungeschickte Förmlichkeit überdecken sollte. Seine Unsicherheit, um genau zu sein. Dazu stand er. Immerhin hatte er ehrlicherweise rübergebracht, dass er mit Lüthjes Einmischung nicht einverstanden war.

Sie nickten simultan mit ein paar Sekunden Verzögerung.

Die beiden schienen sich gut zu verstehen. Sie könnten fast im selben Moment durch Nachdenken zu gleichen Ergebnissen kommen, dachte er. Ein ideales Paar.

»Der Mühlenstedt hat angerufen«, sagte Hoyer und hielt Malbek eine Notiz hin.

Er hüpfte von der Fensterbank.

»Er hat sein Entsetzen und seine Trauer ausgedrückt und wird im Laufe des Tages in Kiel eintreffen und uns zur Verfügung stehen. Das war der Text, den er gesprochen hat. Es hörte sich wirklich so an, als ob er es vom Blatt abgelesen hätte.«

»Hat vielleicht seine Agentin entworfen«, sagte Malbek. »Ich bin in meinem Zimmer.«

Malbek überlegte, warum die Pressemeute eigentlich da war. Was war an diesem Fall so ungewöhnlich? Das Aufgebot war unverhältnismäßig groß. Er hatte Erfahrung damit, konnte abschätzen, welchen Stellenwert ein Fall in der Presse hatte, wenn er die Größe der Meute vor dem BKI oder die Anzahl der Anrufe betrachtete. Sein Festnetztelefon summte aufgeregt.

Es war die Zentrale. »Eine Redakteurin von Nordjoy sagt, Sie hätten versucht, sie anzurufen.«

»Das ist der blödeste Versuch, der mir je untergekommen ist«, schimpfte Malbek. »Den Sender kenn ich nicht. Sagen Sie ihr das, wenn sie noch mal anruft. Stellen Sie niemanden von den Medien an mich durch!«

Er legte auf.

Malbek überlegte, ob er heute das Wohnmobil in die Werkstatt bringen oder nach Hamburg zu Tanja fahren sollte. Denn heute und am nächsten Wochenende hatte Tanja frei. Ihre Tochter Sybille war bis nächste Woche auf Klassenfahrt. Gab es eine Gewissheit, dass er am Wochenende Zeit hätte?

Eher nicht. Das sagte ihm sein Bauchgefühl. Und das funktionierte bisher bei allem, was mit Tanja zu tun hatte, außerordentlich gut. Und die Lenkung würde auch bis morgen noch mitmachen.

Die Ausläufer des ersten Herbststurms fegten aus Nordwest, als Malbek vom Westring auf die A 7 Richtung Hamburg einbog.

Seit zwei Wochen kam der Wind aus dieser Richtung, die Temperatur lag zwischen fünf und zwölf Grad. Das Einzige, was sich änderte, war die Windstärke. Und die lag ausgerechnet heute bei Stärke sieben für den Mittelwind, es gab allerdings auch Böen von Stärke neun. Das sagte gerade die Moderatorin auf Welle Nord mit fröhlicher Stimme. Er schob eine CD ein.

In seinem Dienstwagen, einem neuen Passat, wäre vom Wind fast nichts zu spüren gewesen. Die Fahrt in seinem betagten Wohnmobil aber war ein Kampf mit den Elementen und der Lenkung, die nervös hin- und herflatterte.

Wenn seine Tochter Sophie jetzt neben ihm sitzen würde, hätte sie die neueste Hochglanzbroschüre des Wohnmobilhändlers an der sogenannten Automeile in Kiel aus der Ablage unter dem Armaturenbrett herausgesucht und ihm wie so oft in solchen Situationen den Abschnitt auf Seite drei über die Vorzüge der neuesten Wohnmobile vorgelesen, deren Lenkung auch bei extremen Seitenwinden mit einem Finger zu beherrschen war.

Er entgegnete dann immer, dass das natürlich unverschämt übertrieben sei und dass er das nicht glaube, denn die neuen Wohnmobile hätten eine dreimal so große Angriffsfläche wie dieser Ford Transit.

Tanjas Tochter Sybille dagegen liebte dieses Fahrzeug. Aber sie war ja auf Klassenfahrt. Am liebsten hätte er am Großneumarkt draußen vor Tanjas Wohnung in seinem Wohnmobil übernachtet. Mit Tanja. Aber das würde sie nur im Sommer mitmachen, und dann nur in der Nähe eines Strandes. Deshalb würde er die Nacht mit ihr in den gemauerten Wänden ihrer Vier-Zimmer-Neubauwohnung verbringen. Man sah aus den Fenstern zwar nicht auf den Markt, sondern auf den Steinweg, aber der Großneumarkt lag um die Ecke, mit seinen Cafés und Kneipen und Restaurants.

Eine beliebte Wohngegend, Tanja hatte wirklich Glück gehabt. Aber wie lange würde das für ihn gut gehen? Vielleicht sollte er sich doch ein großes Wohnmobil kaufen, in dem Tochter Sybille und Sophie eine eigene Koje hätten. Und wenn Tanja irgendwann darauf bestand, dass sie zusammenzogen?

Eine heftige Böe drückte ihn in bedrohliche Nähe eines überholenden Lastwagens. Er zog das Steuer nach rechts und beschloss, seine hypothetischen Gedanken vorerst über Bord zu werfen.

Sie hatten sich zur Begrüßung ausführlich geküsst, aber dann hatte sie ihn von sich geschoben und prüfend angesehen.

»Was ist?«, fragte er irritiert.

»Bist du dem Täter auf der Spur?«

»Woher weißt du das?«

»Ich sehe da dieses irre Glitzern in deinen Augen. Das hattest du auch, als wir uns in Laboe kennenlernten. Als du unter deinem Wohnmobil hervorgekrochen kamst und wir uns das erste Mal in die Augen sahen.«

»Ich war schweißüberströmt. Ein heißer Sommer, hast du das vergessen?«

»Nein, das hab ich nicht vergessen ...« Sie drängte sich wieder an ihn.

Er schob sie von sich weg. »Was weißt du von dem Fall?«

»Ein Kollege aus der Abteilung Drogendelikte hat heute Mittag in der Kantine davon erzählt. Ein Lehrer und ein Obdachloser tot in einer Bauruine. Stimmt das?«

»Und woher hat der davon gehört?«

»Er hat eine Informantin, die Journalistin bei der Klatschpresse hier in Hamburg ist. Die hat ihn gefragt, ob er Näheres weiß.«

»Und? Hat er Näheres gewusst?«

»Nein, er hat dann bei seinem Kollegen in Kiel angerufen.«

»Und hat dann alles an die informative Journalistin weitergegeben. Das find ich interessant. Dass in Hamburg anders Auto gefahren wird als in Kiel, weiß ich. Aber dass die Abteilung Drogendelikte in Hamburg mit der Klatschpresse zusammenarbeitet... Was haben die denn davon?«

»Na, wenn zum Beispiel am Flughafen ein prominenter Fluggast bei der Ankunft verhaftet werden soll, bekommt die Informantin rechtzeitig einen Tipp und ist mit ihrer Kamera zufällig vor Ort, wenn die Show beginnt. Dafür gibt sie im Gegenzug einen Tipp, wenn sie auf einem Prominentenevent etwas von einem Deal hört. Das kann wie ein Mosaikstein sein oder gleich wie eine Bombe losgehen.«

»Aus deiner Wortwahl spricht praktische Erfahrung, Frau Kriminalkommissarin.«

»Wie wäre es mit einer Fortbildung in Hamburg, Herr Kriminalhauptkommissar?«

»Hatten wir uns nicht geschworen, den Beruf draußen zu lassen?«, fragte Malbek.

»Übrigens mag ich es, wenn du schweißüberströmt bist«, sagte sie und drängte sich wieder an ihn.

»Der Berufsverkehr auf der Autobahn war etwas anstrengend.« Er löste sich von ihr, ging ins Bad, hielt die Hand unter den Wasserhahn und stellte die Temperatur ein. »Erst möchte ich gern ein Bad nehmen, und dann sehen wir weiter. Der Abend ist noch lang.«

Er zog sich schnell aus, warf die Kleidungsstücke in eine Ecke des Badezimmers, stieg in die Badewanne und betrachtete den Strahl des einlaufenden Wassers.

»Wann musst du morgen früh los?«, fragte sie.

»Bevor der Hahn kräht.«

»Das heißt, du willst dich wieder rausschleichen.« Sie zog ihren Pulli über den Kopf und begann betont langsam, den Reißverschluss ihres Rockes zu öffnen.

»Was machst du da?«, fragte er irritiert.

»Lass nicht so viel Wasser ein. Sonst schwappt es gleich über.«

Der Hunger siegte über die Erschöpfung, und sie gingen in ihr Stammrestaurant auf der gegenüberliegenden Seite des Großneumarktes. Es hieß schlicht »Hollywood«, aber das Essen war besser, als der Name vermuten ließ. An den Wänden hingen natürlich Filmplakate und Porträts der Stars aus allen

Epochen. Aus den unsichtbaren Lautsprechern hörte man in gedämpfter Lautstärke gerade »As Time Goes By«. Da es schon spät war und morgen ein Werktag, fanden sie schnell einen Tisch am Fenster.

Sie nahm wie immer ein Ragout fin, und Malbek versuchte wie immer, mit seiner Gabel, an der noch Rollmopsreste seines Labskaus hingen, auf ihrem Teller herumzustochern.

»Wohin geht Sybilles Klassenfahrt eigentlich?«

»Berlin. Regierungsviertel, Parlament, Brandenburger Tor, Alexanderplatz, Spreefahrt. Und die Museumsinsel. Kurfürstendamm. DDR-Museum. Das ganze Programm. Unsere Hauptstadt Berlin.«

Er nickte nachdenklich und aß wieder einen Bissen von ihrem Teller. »Hat sich Sybilles Vater mal wieder gemeldet?«

»Nein.«

»Aber er zahlt doch weiter, oder?«

Mehr hatte Malbek nie interessiert. Er wollte den Namen des Mannes nicht kennen, nicht wissen, wo er wohnte. Nachdem ihm Tanja einmal andeutungsweise erzählt hatte, wie er sie behandelt hatte, brauchte er über eine Woche, um seine Gewaltphantasien in den Griff zu bekommen. Es wurde besser, als er sich eingestand, dass er ihn gern mehrfach krankenhausreif schlagen würde.

»Meine Anwältin würde ihm sonst auf die Füße treten!«, sagte sie.

Malbek nickte zufrieden. Er schwieg und stocherte ausnahmsweise auf seinem Teller herum. Draußen war es dunkel, und man sah nur erleuchtete Fenster und bunte Lampions. Ein Paar studierte die Speisekarte neben dem Eingang. Malbek trank einen Schluck Bier.

»Willst du wirklich nicht darüber reden?«, fragte sie.

»Worüber?«, fragte er irritiert. »Mir reicht es, wenn ich weiß, dass der verdammte Kerl zahlt. Wenn ich ihn näher kennen würde … dann würde ich …«

»Nein, das meine ich nicht. Über den Fall! Du hast da oben an der Nasenwurzel wieder diese Falte. Das ist typisch, wenn du ein berufliches Problem hast.« Sie deutete mit der Gabel auf seinen Kopf.

»Tut mir leid.«

»Wir können das doch jetzt nicht wegreden. Auch wenn wir uns das versprochen haben. Los, erzähl. Ich hab doch recht, oder?«

Er seufzte und trank sein Bier aus. »Du weißt doch, dass ich zur Verschwiegenheit verpflichtet bin, auch gegenüber Kollegen, die nicht an derselben Ermittlung beteiligt sind. Außerdem bist du aus einem anderen Bundesland, da gilt das erst recht.«

»Dann nicht.« Sie sah richtig beleidigt aus und stocherte mit ihrer Gabel trotzig in ihrem Ragout herum, als müsse sie die Fleischstücke vor dem Verzehr töten.

Sie ging offenbar davon aus, dass er ihr nicht vertraute. Nicht nur wegen dieser Sache. Die Flunsch, die sie jetzt zog, sagte Malbek: Du hast also grundsätzlich kein Vertrauen zu mir. Wenn du bei so einer lächerlichen Angelegenheit dichtmachst, wie soll das mit uns überhaupt mal was werden!

Er fand sich plötzlich blöd. Hatte er Grund, ihr zu misstrauen? Nein! Warum klammerte er sich dann wie ein Paragrafenreiter an irgendeine Vorschrift, die für ihre Beziehung keinerlei Bedeutung hatte? Was sollte sie denn aus den paar Einzelheiten machen, die er ihr über den Fall erzählen würde?

»Entschuldige.« Er fasste nach ihrer Hand. »Ich bin etwas überdreht.«

»Ist schon gut.« Sie schickte ihm einen Luftkuss.

»Also. Stell dir vor, am Tatort liegt ein Mordopfer, ein Lehrer. Unmittelbar daneben ein Obdachloser. Der Lehrer wollte aus beruflichen Gründen wissen, wie das ist, ›Platte machen‹. Ein Selbstversuch. Der Mörder hat mit dem Blut des Opfers das Wort ›Verräter‹ geschrieben, aber dem Obdachlosen kein Haar gekrümmt, der neben dem Opfer seinen Rausch ausschlief. Fallen dir Gründe ein, warum der Mörder den Obdachlosen nicht auch getötet hat?«

»Das heißt, es gab gar nicht zwei Mordopfer?«

»Vergiss diese Boulevardinformantin. Morgen früh hat sie

vielleicht sogar einen Serienmörder dazu erfunden. Also, was denkst du?« Er begann wieder zu essen.

»Du meinst, dass der Täter im Mordrausch war? Wegen der Schrift?«

»Ich habe dir nur einen Teil des Ermittlungsstandes beschrieben. Nicht meine Meinung.«

»Ich höre nicht nur, was du sagst, sondern auch immer die Untertöne, das Unausgesprochene, was du denkst.«

»Glaube ich dir aufs Wort.«

Ja, wahrscheinlich hatte sie recht. Es hatte schon mehrfach solche Augenblicke gegeben, in denen sie wusste, was er dachte. Diese Fähigkeit hatte noch keine Frau besessen, mit der er zusammen war. Aber auf der Grundlage konnte man keine beruflichen Diskussionen führen.

»Und du denkst, dass wir deshalb nicht weiter über deinen neuen Fall reden können? Lass es uns doch weiter versuchen.«

Er zuckte mit den Achseln und hob die Hände, er ergab sich. Sie hatte ihn schon oft überrannt, überwältigt, warum nicht auch jetzt? Es war jedenfalls besser als ein handfester Streit. Der es aber werden könnte.

»Hast du schon Ermittlungsansätze? Spuren?«

»Okay, verschiedene Ermittlungsfelder. Erstens: Spuren am Tatort? Bisher nichts, was uns wirklich weiterbringt. Der Täter hat Einmalhandschuhe getragen.«

»Das ist doch interessant!«

Er lächelte sie an. »Unterbrich mich nicht. Ich habe heute auch die Verlobte des Opfers befragt. Danach gibt es zwei weitere Ermittlungsfelder. Das berufliche Umfeld des Opfers. Er hatte sich übrigens als Rektor an einer anderen Schule beworben. Und ein anonymer Anrufer hat gesagt, er hätte was mit einer Schülerin.«

Malbek machte eine Pause. Aber sie sagte nichts.

»Dann gibt es natürlich noch das private Umfeld«, fuhr Malbek fort. »Hier gibt es was Besonderes. Er war Mitglied einer Männerclique, die seinen Junggesellenabschied feiern wollte. Die hatten die Idee, dass er eine Nacht Platte machen sollte, und in der Zeit wurde seine schon von ihm gekündigte Wohnung für die eigentliche Männerparty hergerichtet.«

»Nacktbar?«

»Ich glaube, mehr als das.«

»Na ja. Das ist heutzutage doch nicht mehr so ungewöhnlich. Wenn man der Klatschpresse glauben soll. Hier in Hamburg …«

»… ist das so üblich, auch ohne Junggesellenabschied, wolltest du sagen? Lassen wir das mal beiseite. Es gibt nun zwei bemerkenswerte Überschneidungen zwischen den beruflichen und privaten Ermittlungsfeldern. Ein Mitglied der Clique hat der Verlobten durch seine Beziehungen eine Theatertournee vermittelt. Und ein anderes Cliquenmitglied war in seiner Eigenschaft als frischgebackener Staatssekretär im Innenministerium für die Prüfung der Bewerbung des Lehrers Leptien als Rektor zuständig.«

»Ich wette, dass es da noch mehr Überschneidungen gibt, oder sollten wir sagen, Gefälligkeiten über Kreuz?«

»Vielleicht.«

»Wer ist denn noch in dieser Männerclique?«

»Bis jetzt weiß ich nur noch von einem ziemlich bekannten Künstler.«

»Die Namen magst du mir nicht sagen?«

»Nein, besser nicht. Ich vertraue dir. Das weißt du. Darum geht es aber nicht. Es könnte doch sein, dass du dich in einer dienstlichen Situation verplapperst. Und bekommst dann womöglich Schwierigkeiten. Oder du könntest auf eigene Faust Ermittlungen anstellen.« Er sah sie mit einem strahlenden Lächeln an, um zu unterstreichen, dass er den letzten Satz nicht ernst gemeint hatte.

»Wie kommst du denn darauf? So etwas würde ich nie tun!«, sagte sie übertrieben entrüstet. Aber da war so ein listiges Lächeln, das in ihren entzückenden Grübchen hervorlugte. »Du könntest mir wenigstens noch sagen, was dieser Theatertourneevermittler von Beruf ist. Die anderen Berufe hast du mir ja genannt.«

»Wenn ich das wüsste. Nach allem, was ich bisher weiß, würde ich ihn vielleicht als Edelkneipier bezeichnen.«

»Mh. Na gut. Für heute reicht's.«

»Außerdem darfst du nicht vergessen: Das, was ich dir erzählt habe, ist nur eine grobe Skizze. In Wirklichkeit ist alles viel komplizierter. Aber ich bin nicht zu dir gekommen, um den Rest der Nacht alles haarklein zu zerreden.«

»Sondern?«

»Zahlen, bitte!«, rief Malbek laut durch das Lokal.

»Eine letzte Frage: Hast du schon mit Eric darüber gesprochen?«

Die Kellnerin näherte sich.

»Er ist schließlich zurzeit mein Vorgesetzter«, sagte Malbek und zog sein Portemonnaie aus der Hosentasche.

Dass Lüthje sich in den Fall eingemischt hatte, wollte er ihr nicht erzählen. Die Diskussion hätte noch Stunden dauern können, und er wollte diese Nacht nicht Lüthje opfern.

7

Sie hatte sich nach ihrem Entzug ein kleines »Sicherheitsdepot« angelegt. Nur ein Briefchen, und nur für alle Fälle. Nur so hatte sie sich selbst beweisen können, dass sie es eigentlich nicht mehr brauchte. Der Dealer war ein Bekannter ihres Exfreundes, aus der Zeit vor ihrem Entzug. Die Telefonnummer hatte sie aus einem Telefonbuch ihres Exfreundes, das bei ihr geblieben war, als die Polizei ihn abgeholt hatte. Er war auch Dealer gewesen.

Als sie sich in dem Treppenhaus im Stadtteil Mettenhof trafen, um Geld und Briefchen auszutauschen, hatte er ihr gesagt, dass er Piet heiße, und sie angesehen, als ob er sie kennen würde. Das war der schlimmste Moment gewesen. Panik war in ihr aufgestiegen und der Gedanke, dass der Stoff, der ihr helfen konnte, so nah war.

Als sie wieder in ihrem alten Mini Cooper saß, war ihr schwindelig, und ihr Herzschlag stolperte. Dann fing er sich wieder, die Übelkeit ließ aber erst nach, als sie wieder in ihrer Wohnung war. Das Briefchen versteckte sie hinter einem lockeren Türrahmen ihrer Mansardenwohnung. Am nächsten Morgen hatte sie sich frei gefühlt. Jedenfalls freier als unmittelbar nach dem Entzug. Den nächsten Schritt, die wirkliche Freiheit, würde sie machen, wenn sie den Rest der Vergangenheit, der hinter dem Türrahmen steckte, vernichten würde.

Die Beschaffung ihres »Sicherheitsdepots« war auch eine Mutprobe gewesen, ob sie es aushalten würde: clean zu sein und zu bleiben und in die Szene für ein paar Minuten einzutauchen, als ob sie eine Reportage darüber machte und dabei ein Briefchen kaufte. Schließlich war das ja ihr erlernter Beruf gewesen, in dem sie nun versuchte, wieder Fuß zu fassen.

Es war nur ein Job als freie Mitarbeiterin, aber man nahm ihr regelmäßig Texte ab und hatte ihr nach ein paar Monaten auch eine Kamera anvertraut. Die Fotos brachten inzwischen mehr als die Texte, es waren Fotos, die man in Wochenend- und

Themenbeilagen brachte. Vor zwei Wochen hatte man eines ihrer Fotos von der Kiellinie und dem Landtag im unscharf gehaltenen Hintergrund, einem phantastischen Wolkengebirge und einer Familie mit zwei Kindern im Vordergrund, sogar als Titelfoto für die Wochenendbeilage genommen.

Dann kamen wieder zwei Privataufträge. Sie wollte dafür die Kamera des Verlages benutzen. Sie hatte den Leiter der Fotoabteilung gefragt, und er hatte die Schultern gezuckt. So als ob er sagen wollte, was kann da schon viel sein, wenn die Kleine ein paar private Aufträge macht. Oder er hatte einfach nicht zugehört.

Gestern hatte sie den Auftrag von der Redaktion bekommen, Fotos von dem Gebäude an der Gablenzbrücke zu machen, dort, wo der Mord an dem Lehrer passiert war. Sie hatte es geschafft, ein paar gute Perspektiven einzufangen, mit Polizisten, Neugierigen, auch eine vom Dach der gegenüberliegenden Häuser in das Gebäude hinein. Sie hatte sich zwei Teleobjektive mitgeben lassen. Es waren einige überdurchschnittliche Aufnahmen dabei, das hatte man ihr in der Redaktion bestätigt.

Schon vor ein paar Tagen war sie in dem Gebäude gewesen und hatte Fotos gemacht. Da war der Mann noch am Leben gewesen. Die Fotos waren auch noch auf dem Speicherchip der Kamera. Sie hatte es noch niemandem erzählt. Es wäre eigentlich eine gute Story. »Der ermordete Lehrer war mein Auftraggeber« oder »Ich fotografierte den Lehrer in der Mordnacht«.

Vom Nachmittag bis in den späten Abend war sie den beiden gefolgt, so wie der Lehrer es ihr aufgetragen hatte, und sie hatte ein paar gute Fotos mit dokumentarischem Charakter machen können. Auf der Gablenzbrücke, im Bahnhof, vor dem Sophienhof, an der Förde. Im Hintergrund ein Kreuzfahrtschiff und so weiter. Vierundachtzig Aufnahmen waren es geworden. Die Aufnahmen im Halbdunkel hatte sie sich noch gar nicht genau angesehen ... Sie ließen sich aufhellen, kontrastreich stellen. Jetzt hatte sie Angst davor.

Die Polizei würde sehr schnell herausbekommen, dass sie

diese dumme Kokaingeschichte am Hals hatte. Sie hatte Bewährung bekommen. Dem Zeitungsverlag hatte sie bei ihrer Bewerbung nichts davon erzählt. Sie war arbeitslos gewesen, Punkt. Das war bei den »Gesundschrumpfungen« in allen Zeitungsredaktionen bei Journalisten schon der Normalfall.

Aber die Polizei würde Fragen stellen, die Zeitung würde ihren Anwalt einschalten, und schon würde jeder diese dumme Geschichte kennen, und sie wäre ihren Job los, bei dem es gerade aufwärtsging.

Sie hatte an diesem Abend ein paar Gläser Wein zu viel getrunken, warum, wusste sie nicht mehr, und wie viele es waren, auch nicht. Sie machte es nur, damit sie nicht an das Sicherheitsdepot gehen musste. Nachts wurde sie wach, als sie ein Krachen an der Wohnungstür hörte. Sie kroch in den Flur, bekam einen Schlag gegen die Schläfe und verlor die Besinnung.

Am nächsten Morgen wachte sie auf, und sie spürte nur noch Angst und den Schmerz in ihrem Kopf. Sie sah zwei leere Weinflaschen neben ihrem Bett. Sie stand zitternd auf und sah nach dem Päckchen im Türrahmen. Es war angebrochen. Sie konnte sich nicht daran erinnern.

Sie zwang sich zu duschen. Irgendwie konnte sie die Kaffeemaschine nicht richtig bedienen. Sie trank den kalten Kaffee von gestern aus der großen Tasse in einem Zug aus. Sie hatte Angst, aus dem Haus zu gehen. Die Kamera fiel ihr ein, und sie suchte im Schlafzimmer. Dann in der ganzen Wohnung. Sie war verschwunden. Sie hatte sie doch neben das Bett gelegt. Die Objektive waren noch in der Tasche im Wohnzimmer. Das Notebook hatte sie glücklicherweise in der Redaktion vergessen. Aber sie hatte die Fotos nicht auf dem Notebook abgespeichert.

Erst jetzt fiel ihr die Wohnungstür ein. Sie stand offen, war aber nicht aufgebrochen worden. Was war gestern Nacht passiert? Sie bemerkte, wie sie hyperventilierte, nahm sich eine Plastiktüte, presste die Öffnung an die Lippen und atmete ein und aus. Die Plastiktüte bewegte sich hektisch wie ein dicker bunter Lungenflügel, der jeden Moment zusammenfallen konnte. Aber ihr Atem wurde langsamer. Die Luft in ihrer Wohnung kam ihr stickig und fremd vor. Es roch plötzlich nach fremdem Männerschweiß.

Sauerstoff, ja, sie brauchte Sauerstoff.

Irgendwie schaffte sie es bis zu einem Bistro in der Holstenstraße, das ihr völlig fremd vorkam. Als sie an einem kleinen Einzeltisch saß und auf das Croissant, den Kaffee und das Käsebrötchen starrte, wusste sie plötzlich nicht mehr so genau, wie sie hierhergekommen war. Aber egal. Ab jetzt würde es aufwärtsgehen, die Wirkung des Zeugs würde nachlassen.

Es war viele Stunden her. Wie viele eigentlich? Sie trank den Cappuccino in einem Zug aus und griff unsicher nach dem Käsebrötchen, ließ es jedoch fallen, weil sie plötzlich einen unbändigen Heißhunger auf das Croissant hatte. Es war mit Marmelade bestrichen. Hatte sie das gemacht? Sie biss hinein und kaute. Dabei sah sie nach oben, in die Lichter an der Decke, es waren Blüten, orange und rote. Plötzlich begannen die Blüten, Streifen zu ziehen, es wurden Lichtstreifen, die in einzelne Lichtpunkte zerfielen, wie die aneinandergereihten Fenster eines Zuges, die wieder zu einem leuchtenden Band zusammenflossen, jetzt wie flüssiges Gold, das wie Perlenketten auf mehreren Gleisen in der Nacht verschwand.

8

Auf der Rückfahrt nach Kiel war Malbek eingefallen, dass er vergessen hatte, Vera Hansen nach ihrem Alibi für den Todeszeitraum zu fragen. Nachdem er lange genug darüber nachgedacht hatte, wusste er es. Dr. Brotmann und William Shakespeare waren schuld. Ein etwas längerer Gedankengang, bei dichtem Verkehr zwischen der Anschlussstelle Hamburg-Schnelsen und Kaltenkirchen, hatte ihn darauf gebracht.

Als Malbek vorgestern am Tatort die Auffindesituation erfasst hatte, hatte er sofort Dr. Brotmanns Handy angerufen. Es hatte Nachttemperaturen nahe dem Gefrierpunkt gegeben, was die Chance der Eingrenzung des Todeszeitpunktes auf einen kurzen Zeitraum bot. Aber nur, wenn der Rechtsmediziner mit den entsprechenden Gerätschaften so schnell wie möglich am Leichenfundort erschien. Und darauf konnte man sich bei Dr. Brotmann verlassen. Bis zum Eintreffen des Gerichtsmediziners mit seinem Assistenten mussten die wichtigsten Spurensicherungsarbeiten an der Leiche erledigt sein, wie Fotografieren und die Sicherung von Abdrücken, DNA-Spuren, Gewebeproben und so weiter.

Es gab viele Methoden zur Todeszeitbestimmung. Aber was sich bei Brotmann'schen Untersuchungen am Tatort abspielte, erinnerte Malbek immer wieder an das Labor von Dr. Frankenstein in dem alten Stummfilm. Dr. Brotmann schwor auf die nomografische Bestimmung der Todeszeitbereiche, und zwar durch Ermittlung der Rektaltemperatur und des Körpergewichts der Leiche, der Umgebungstemperatur am Auffindeort sowie möglicher Abkühlungsfaktoren, zum Beispiel den Fensterhöhlen und Türöffnungen im Rohbau. Da mit diesen Werten allein nur eine Eingrenzung des Todeszeitbereiches auf fünf bis sechs Stunden möglich war, ergänzte Dr. Brotmann seine Untersuchungen an der Leiche um die Reaktionsstärke der Gesichtsmuskulatur (sofern diese noch vorhanden war) bei elektrischer Erregbarkeit. Ferner prüfte er die pharmakologische Erregbarkeit der Pupille. Es kamen noch die gewaltsame Brechung der Leichenstarre an bestimmten Muskelgruppen und die Messung des Zeitraumes bis zur Wiederausbildung der Leichenstarre hinzu.

Dann kam das für die Anwesenden überraschende Finale der Brotmann'schen Vorstellung: Nachdem er die gewonnenen Daten in ein Formelprogramm auf seinem Notebook eingegeben hatte, konnte er den Todeszeitraum auf die Zeitspanne zwischen vier Uhr fünfzehn und sechs Uhr dreißig eingrenzen.

Wie sehr Dr. Brotmann »die Arbeit vor Ort« genoss, hatte er an diesem kalten Morgen am Tatort dadurch zum Ausdruck gebracht, dass er bei seinen Hantierungen Shakespeare zitierte: »Ein jedes Glied gelenker Kraft beraubt, soll steif und starr und kalt wie tot erscheinen.« Dann hatte Dr. Brotmann nach einem kurzen Moment der Konzentration auf seine Apparaturen laut hinzugefügt: »Romeo und Julia, vierter Aufzug, erste Szene.«

Was das Zitat noch makabrer machte.

Als Malbek neben Vera Hansen gestern auf der Bank im Werftpark saß, hatte er sich in einem Moment still gesagt: Du musst sie noch nach ihrem Alibi fragen. Kurz danach war der Gedanke rückstandsfrei verschwunden.

Er musste sie also anrufen und ihr diese eine Frage nach dem Alibi stellen. Sonst konnte man ja diese Frage irgendwo im Gewusel der übrigen Fragen verstecken. Aber das ging nicht mehr. Selbst wenn er ihr noch andere Fragen stellen würde, würde sie sofort durchschauen, dass es ihm nur um diese eine Frage nach dem Alibi ginge. Es würde sich so anhören, als wenn er plötzlich Verdachtsmomente ihr gegenüber entdeckt hätte.

Es war ihm peinlich. Sollte er Vehrs damit beauftragen? Nein, besser wäre Hoyer. Es würde seine Sensibilität Vera Hansen gegenüber signalisieren, wenn er eine Kommissarin damit beauftragte, ihr diese Frage zu stellen. Trotzdem war es blöde. So etwas darf einem Kriminalhauptkommissar nicht passieren. Er fragte sich, ob dieser Verdrängungsmechanismus etwas mit der Hexenszene zu tun hatte, in der er sie vorher auf der Bühne gesehen hatte. Diese Szene war von William Shakespeare. Und Dr. Brotmann hatte auch etwas von William Shakespeare zitiert bei seiner makabren Untersuchung am Tatort.

Wenn Malbek Vera Hansen diese Frage nach dem Alibi gestellt hätte, wären vor seinem geistigen Auge wahrscheinlich die Bilder der Brotmann'schen Untersuchung an ihrem toten Verlobten aufgetaucht. Vor diesem Problem hatte sein Gedächtnis in Gegenwart der Verlobten des Opfers dichtgemacht. So hatten Dr. Brotmann und William Shakespeare sein Gedächtnis schachmatt gesetzt.

Was hätte Lüthje getan, wenn er diese Frage vergessen hätte? Abgesehen davon, dass ihm das nicht passiert wäre. Aber wenn! Würde er sie anrufen und ihr diese eine Frage stellen? Ja, Lüthje würde das tun. Ohne Rücksicht auf Verluste.

Verluste. Malbek kam aus der grüblerischen Kauerstellung hinter dem Lenkrad hervor und richtete seinen Oberkörper auf. Verlustängste. Das kam noch dazu. Er hatte geglaubt, dass er die Sympathien der Zeugin Vera Hansen verlieren würde, wenn er ihr diese Frage auf der Parkbank gestellt hätte. Sympathien, die sie ihm offensichtlich entgegenbrachte, oder mehr. Und deshalb hatte er die Frage verdrängt, und deshalb war es ihm peinlich, sie nachträglich zu stellen. Und er wollte sich selbst gegenüber nicht zugeben, dass ihn diese Frau stärker beeindruckt hatte, als es eine Zeugin durfte.

Aber das war ja nicht seine, Gerson Malbeks, Schuld. Das war auch die Schuld von Dr. Brotmann und William Shakespeare.

Außerdem hatte er Tanja. Alle anderen Frauen konnten ihm doch egal sein. Tanja war die tollste Frau. Vera Hansen war eine Unbekannte, eine fremde Frau. Und eine Zeugin in einem Ermittlungsverfahren wegen Mordes.

Er atmete tief durch. Der Knoten in seinem Inneren löste sich. Beziehungskrise und berufliche Krise waren schon im Keim erstickt. Er war stolz auf sich und streckte sich hinter dem Lenkrad um einen weiteren Zentimeter in die Höhe.

Das Gespräch mit Tanja gestern Abend im »Hollywood« über den Fall hatte für Malbek zumindest eine wichtige Erkenntnis gebracht: Er wusste, wie er Lüthjes Wunsch, oder besser gesagt dessen unterdrücktes Verlangen nach Ermittlungsarbeit, befriedigen konnte, ohne dass Lüthje ihn ständig bei dem stören würde, was für ihn, Malbek, das Wichtigste war: die Reihenfolge der Vernehmungen und Befragungen.

Dies alles war Malbek morgens zwischen halb sieben und acht auf der Rückfahrt nach Kiel durch den Kopf gegangen. Und – toi, toi, toi – er hatte auf das zerkratzte Armaturenbrett geklopft, die Lenkung hatte sich nicht weiter gelockert. Im selben Moment war allerdings eine Warnung von ganz oben gekommen: Eine Böe hatte ihn auf den rechten Seitenstreifen gedrückt. Ein energischer Handgriff am Lenkrad hatte den Kurs wieder gerade gerückt.

Er wäre nicht der Sohn eines Dompastors gewesen, wenn er dies nicht als Zeichen verstanden hätte. Zumindest was Lüthje betraf. Er griff mit der rechten Hand zum Handy, brachte es am Steuerrad irgendwie in die linke, ohne das Lenkrad loszulassen, drückte die Schnellwahl, telefonierte mit der linken und ruderte mit der rechten am störrischen Lenkrad. Er erreichte Lüthje sofort, und sie verabredeten sich in seinem Büro.

Lüthje hatte sich von seinen formalen Verpflichtungen für zwei Tage abgemeldet, weil er die Ermittlungen im neuen Kieler Mordfall in die richtigen Bahnen lenken wollte. Der Polizeipräsident und das Innenministerium hatten das begrüßt. Vor allem weil es sich bei dem Mordopfer um einen Lehrer handelte und ein großes öffentliches Interesse zu erwarten sei. Was im Sprachcode des Regierungsviertels hieß: Wir bitten um sofortige Rücksprache zwecks Abstimmung, wenn es Neuigkeiten gibt.

Als Malbek den Pförtner im BKI mit einem freundlichen Kopfnicken gegrüßt hatte, fiel ihm Hoyer ein. Er wollte ihr doch etwas sagen … ja richtig. Der Anruf bei Vera Hansen. Er steckte kurz seinen Kopf bei ihr und Vehrs zur Tür rein und beauftragte sie damit.

»Und was für ein Alibi hat sie?«, fragte Lüthje, als Malbek ihm in seinem Zimmer von Vera Hansen erzählte, mit dem Rücken ans Fensterbrett gelehnt, während Lüthje im Schreibtischsessel mehr lag als saß.

»Ich habe Frau Hoyer beauftragt, sie heute danach zu fragen.«

»Warum? Wolltest du nicht ihre Reaktion auf diese Frage sehen?«

»Es sind, das hatte ich eben nicht erwähnt, reichlich Tränen geflossen. Es war nicht einfach.«

»Ja, das kann ich mir vorstellen«, antwortete Lüthje.

Malbek redete dann darüber, dass es effektiver sei, sich die Ermittlungsfelder, was die Befragungen betraf, aufzuteilen: Lüthje den schulischen Bereich und Malbek den privaten Bereich, also die Clique und was sonst noch daran hing.

»Und was ist mit dem Herrn Staatssekretär Mönkemeier?«, fragte Lüthje. »Der gehört zur Clique und zum schulischen Bereich, weil er im Bildungsministerium sitzt.«

»Stimmt«, antwortete Malbek.

»Den nehme ich mir auch vor. Und Mühlenstedt wird also heute in Kiel eintrudeln.« Lüthje lehnte sich zufrieden in seinem Besprechungssessel zurück.

Hoyer hatte ihn also schon umfassend informiert.

»Dann sollten wir heute den anderen beiden Mitgliedern zur gleichen Zeit einen unangemeldeten Besuch abstatten. Ich dem Künstler Ben Friese und du dem Staatssekretär Kai Mönkemeier«, sagte Malbek. Die Ermittlungsfelder überschnitten sich natürlich.

»Jedem das Seine«, antwortete Lüthje feinsinnig.

Das Atelier Ben Friese lag bei Süderstapel, in der Nähe der Eider. Malbek hatte seinen Besuch nicht angekündigt. Die Adresse hatte er im Impressum auf Frieses Website gefunden und ein paar Fotos des Künstlers auch. Darauf sah er aus wie ein Sohn von Maximilian Schell.

Ab Rendsburg musste man nur auf der B 202 dem kurvigen Flusslauf der Eider folgen und bis Norderstapel fahren. Süderstapel lag dann gleich links am Fluss.

Das Dorf hatte eine Badestelle, an der Malbek mal bei einem

Klassenausflug nach Friedrichstadt in der Eider gebadet hatte. Der Lehrer hatte ihnen erzählt, dass der Hügel an der Badestelle acht Meter über Normalnull hoch sei und dass man bei klarer Sicht sogar in zwanzig Kilometer Entfernung den Geestrücken sehen könne, der dort das Ufer der Eider fünfzehn Meter überragte. Sie hatten es nicht überprüfen können, da es an diesem Tag sehr heiß war und der Horizont nur als flirrende Fata Morgana erschienen war.

Das Gebäude war ein zweigeschossiger Klinkerbau mit Spitzdach. Es sah aus wie die anderen kleinen Tagungszentren, die in Nordfriesland, dem Grenzgebiet zu Dänemark, im vorigen Jahrhundert errichtet worden waren. Ein kleiner Wald aus schiefen Krüppelkiefern umgab das Haus.

Durch eines der hohen Fenster des Erdgeschosses sah er einen Saal, dessen Wände bis zur Decke mit Gemälden in allen Größen bedeckt waren.

Der Lack an der hölzernen Eingangstür hatte den Kampf gegen die salzhaltige Luft schon vor vielen Jahren aufgegeben. Als Malbek auf den Klingelknopf drückte, fiel er aus der Verschraubung heraus und blieb an den aus der Tür ragenden Kabelenden hängen. Trotzdem klingelte es weiter.

Eine Frau öffnete, griff nach rechts zur Klingel und drückte sie mit einer routinierten Handbewegung wieder in die Schraubenlöcher hinein. Die Klingel verstummte. Die Frau war ganz in Schwarz gekleidet. Malbek stellte sich mit seinem Dienstausweis vor.

»Ich bin Nina Sinjen. Wir haben Sie schon erwartet«, sagte die Frau mit einer Stimme wie Marlene Dietrich und einem Ponyschnitt, der genau an den Augenbrauen endete. Hatte Vera Hansen diesen Namen nicht erwähnt? Sie bat ihn mit einer einladenden Geste in den Flur, drückte eine Schwingtür auf, die sich auf der linken Seite des Flures befand, und rief in das Atelier hinein: »Frieske, du hast Besuch!«

Keine Antwort.

Sie machte wieder eine einladende Geste und bat Malbek ins Atelier. Sie ging voraus und führte ihn zu einer gemütlichen

Sofaecke auf der gegenüberliegenden Seite des Raumes. Sie hatte schöne Beine, die unter einem halblangen schwarzen Rock hervorsahen, und trug Sandalen über den nackten Füßen, deren Fußnägel dunkelrot lackiert waren. Auf ihren vollen Lippen schimmerte derselbe Farbton.

»Suchen Sie sich einen schönen Platz aus«, sagte sie.

Um einen kleinen Tisch herum standen drei alte Sofas, abgewetzt, aber aus dickem Leder. Sie setzte sich in eine Ecke des Sofas, das Malbek am nächsten stand.

»Herr Friese ist noch oben«, sagte sie und langte mit der rechten Hand nach einem Telefon, das auf dem Tisch in einer Ladestation stand. Der Tisch war übersät mit einem Durcheinander aus Mal- und Bleistiften, zerrissenem und bemaltem Zeichenkarton, Aschenbechern und leeren Bechern und Gläsern.

»Frieske, hier ist Besuch für dich!«, sagte sie. Malbek hörte die Stimme des Angesprochenen als Quäken, ohne dass er ein Wort verstand. »Frag nicht so viel, sondern komm einfach runter.«

Sie beendete das Gespräch. »Er ist oben im kleinen Atelier«, erklärte sie. Ihre Augen blieben ein paar Sekunden an seiner Ledertasche hängen, die er neben sich gelegt hatte. Dann wanderten sie am Ärmel seiner Lederjacke bis zur Schulter, verweilten dort und wanderten weiter über das Kinn und die Nase zu den Augen.

»Manche Bilder muss er in kleinen Räumen malen. Aber das ist die Ausnahme. Meist arbeitet er hier.« Sie deutete in den Saal.

Es erinnerte Malbek an das Lehrerzimmer im Gymnasium. Auch hier waren viele Tische im Raum verteilt, auch hier waren sie voller Arbeitsmaterialien. Aber hier herrschte nicht die pädagogische Ordnung, sondern das künstlerische Chaos. Pinsel, Malkreiden, Farbtöpfe, zusammengeknüllte Tücher mit Farbflecken, stapelweise Papier, Bilderrahmen, Kleinplastiken, alles war auf jedem Tisch zu finden, aber in immer veränderter Anordnung. Wie mochte es im Kopf des Gurus der Clique aussehen?

»Sind Sie seine Frau oder Freundin?«, fragte Malbek.

»Nein, ich bin seine Putzfrau. Ich komme jede Woche

einmal, manchmal zweimal, und räume auf. Und die Woche drauf sieht alles wieder so aus wie vorher.« Sie sagte das ohne Empörung oder Bitterkeit. Sie erzählte es, als ob sie aus einem Kinderbuch vorlesen würde, aber ohne gekünstelte Einfalt.

»Sie sagten vorhin, dass Sie mich schon erwartet haben. Wie meinten Sie das?«, fragte Malbek vorsichtig.

»Sie sind doch wegen Herrn Leptien hier, oder nicht?«

»Ja.«

Sie lehnte sich zurück und legte die Hände auf die Oberschenkel. »In der Zeitung haben wir heute von einem Mord an einem Lehrer gelesen ...«

»Und stand da auch der Name?«, fragte Malbek.

Er hörte aus Richtung der Schwingtür ein leises Knarren. Diese Tür hatte vorhin nicht geknarrt, als er das Atelier betrat. Es konnte aber sein, dass jemand auf einer der untersten Stufen der Holztreppe links von der Tür stehen geblieben war, als er sich von oben heruntergeschlichen hatte.

»Nein, mein Mann hat es schon vorgestern erfahren. Er hat es Herrn Friese erzählt.«

»Und woher wusste Ihr Mann das?«

»Er arbeitet im Bildungsministerium.«

»Ihr Mann ist nicht zufällig Staatssekretär Kai Mönkemeier?«

»Ja, das ist er. Er ist mit Herrn Friese befreundet.«

»Und deshalb spielen Sie hier die Putzfrau?«

»Aus reiner Gewohnheit. Sie bekommen es sowieso ja irgendwie heraus: Ich habe mit Herrn Friese zehn Jahre zusammengelebt. Seit ungefähr einem Jahr bin ich mit Herrn Mönkemeier verheiratet.«

»Sie haben sich vorhin mit einem anderen Nachnamen vorgestellt ...«

»Sinjen. Mein Mädchenname. Offiziell heiße ich jetzt Sinjen-Mönkemeier.«

»Sintje, du redest wieder nur von dir«, rief Ben Friese, der durch die Schwingtür das Atelier betrat.

Die Augen hatten tatsächlich etwas von Maximilian Schell. Aber Friese hatte nicht dessen dunkle Haarfarbe, sondern machte seinem Namen alle Ehre: blaue Augen und blondes Haar. Wenn sein Rücken nicht etwas gekrümmt gewesen wäre, hätte er einen guten Deichgrafen abgegeben. Die Fehlhaltung hatte er sich sicher bei der Arbeit an der Staffelei erworben. Der schwarze Overall im sportlichen Rennfahrerstil sollte das wohl übertünchen.

»Hallo«, rief er Malbek launig zu und begrüßte ihn mit kräftigem Handschlag wie einen alten Freund. »Was führt Sie zu mir?«

Bevor Malbek etwas sagen konnte, fuhr Nina Sinjen ihm ins Wort: »Frieske, das ist Kriminalhauptkommissar Malbek aus Kiel.«

»Ach!«, machte Ben Friese und sah Malbek überrascht an.

Schlecht gespielt, dachte Malbek. Er war sich sicher, dass Friese auf der Treppe jedes Wort verstanden hatte, da das Atelier eine gute Akustik hatte.

»Sind Sie mit dem Wohnmobil da gekommen?«, fragte Friese und deutete zum Parkplatz vor dem Haus.

»Ja.«

»Ist das Tarnung?« Friese setzte sich auf das freie Ledersofa.

»Früher. Jetzt scheint jeder in Kiel zu wissen, dass es meins ist.«

»Weißt du noch, Sintje, wir hatten auch mal so ein Wohnmobil.«

»Ja, klar weiß ich das«, sagte sie mit dunkler, herber Stimme, als würde sie nur ungern daran erinnert werden. »Frieske, ich hab dem Kommissar gesagt, dass wir ihn erwartet haben. Also gib hier nicht den Überraschten.« Sie starrte dabei auf die Tischplatte, als ob sie kurz vor einem Wutanfall stehen würde.

»Ist sie nicht entzückend, Herr Malbek? Sie war mir immer eine große Hilfe.«

Malbek überlegte gerade, ob er das Gespräch mit Friese überhaupt in Nina Sinjens Gegenwart führen konnte, als sie aufstand.

»Ich räume freiwillig das Feld, Herr Kommissar. Ich bin oben in meinem Zimmer, falls Sie mich noch brauchen.«

Malbek sah ihr nach, wie der schwarze Stoff des Rocks sich beim Gehen um die schlanken Beine schmiegte.

Als sie die Treppe hinaufging, knackte eine Stufe leise.

»Ich habe oben noch drei Zimmer frei«, sagte Friese unvermittelt. »Mieten Sie sich ein und kommen Sie, wann immer Sie wollen. Aber verjagen Sie mir die anderen nicht mit Fragen.« Friese lächelte verkniffen.

»Wer wohnt denn da oben?«

»Oben sind acht Gästezimmer. Zwei stehen seit Langem leer. Zwei hab ich belegt. Bleiben vier. Nina, Kai Mönkemeier, Arnold Mühlenstedt und eins hatte Dirk Leptien. Er hat es vor einem Jahr geräumt, und seitdem steht es leer. Das könnten Sie haben.«

»Wieso hat er es geräumt?«

Friese druckste herum. »Na ja, Vera, seine Verlobte, hat ihm wohl Druck gemacht. Die hatten ja damals den Entschluss gefasst, zu heiraten. Schrecklich, das Ganze. Ich meine nicht die Heirat … ich meine … Dirks Tod. Ist das wirklich in dem Neubau an der Gablenzstraße passiert?«

»Ja. Wieso fragen Sie?«

»Es ist schrecklich. Furchtbar. Warum … ich meine, haben Sie schon eine Spur?«

Er schien jetzt ehrlich erschüttert. Nicht nur, weil er sich ständig dabei die Stirn rieb. Seine Augen hatten so einen verwirrten Ausdruck, den nur ein sehr guter Schauspieler auf Abruf hatte.

»Viele Spuren. Wir ermitteln in alle erdenklichen Richtungen. Noch mal zurück zu den Zimmern oben. Wenn ich Sie richtig verstanden habe, gehörten also Kai Mönkemeier, Arnold Mühlenstedt und Dirk Leptien manchmal zu Ihren Mitbewohnern hier im Haus. Nina Sinjen, ich weiß nicht, ob Sie es vorhin mitbekommen haben, hat mir erzählt, dass sie zehn Jahre mit Ihnen zusammengelebt hat.«

»Ah ja?« Friese runzelte die Stirn.

»Sie und diese vier Männer … Übrigens, gehörte noch jemand zu diesem Freundeskreis?«

»Nein. Wieso?«

»Sie waren … sind also so etwas wie eine Clique, eine verschworene Gemeinschaft. Kann man das so sagen?«

»Ja, jetzt mehr denn je. Aber das Wort ›Clique‹ höre ich nicht gern, keiner von uns. Sie sind nicht der Erste, der unseren Freundeskreis in eine Schublade stecken will.« Friese kam in Fahrt. »Wir sind keine geschlossene Gesellschaft. Mich kann hier jeder besuchen, und wenn wir feiern, konnte bisher immer jeder jeden mitbringen. Es ist immer Platz für alle da. Ich bin da ganz offen. Also kann man nicht sagen, wir wären eine Clique, wir sind …«

»Kumpel?«

Er schüttelte den Kopf. »Wir haben uns immer eher als Bande gesehen. Nicht so gefährlich wie eine Meute oder Gang und nicht so harmlos oder dumm wie eine Clique. Zusammen durch das Leben, ob mit oder ohne Frau …«

»Ein bisschen Cowboy und Wilder Westen?«

»Meinetwegen. Ich gebe zu, es ist Romantik dabei. Arnold hat mal den Begriff ›Basislager‹ gebraucht, als er von diesem Haus sprach. Ja, hier träumen wir unsere Abenteuer, brechen danach auf zu Expeditionen in die unwirtliche Außenwelt, kehren hierher zurück, erzählen uns von den Abenteuern und brechen dann wieder auf und so weiter.«

»Sie sprachen eben in der Vergangenheitsform. Sie haben sich immer als Bande gesehen … also sind Sie es nicht mehr?«

»Ich denke, dies ist für uns eine Prüfung. Gerade deshalb bleiben wir als Freunde aufeinander angewiesen. Das ganze Leben ist nur eine Bewährungsprobe.«

»Und Dirk Leptien ist durchgefallen?«

Er zuckte mit den Schultern. »Wir haben unseren Freund Dirk verloren. Das trifft uns härter, als Sie sich vorstellen können.« Er griff zu einem Wachsstift, der auf dem Tisch lag, und rollte ihn zwischen Daumen und Zeigefinger.

»Haben Sie schon mit den anderen Kontakt aufgenommen? Wissen die es schon?«

»Natürlich. Herr Mönkemeier hat uns angerufen. Also mich und Herrn Mühlenstedt.«

»Wann?«

»Vorgestern. Er hat am Telefon gesagt: ›Dirk ist heute tot aufgefunden worden‹. Er arbeitet im Bildungsministerium. Sein Anruf war dann also quasi amtlich.«

»Hat er das so gesagt?«

»Nein, natürlich nicht. War nur ein geschmackloser Scherz von mir. Entschuldigung.« Er holte mit dem rechten Arm weit aus und warf den Wachsstift weit in den Saal. Er landete auf einem der vielen Tische, wo er gegen ein hohes Glas mit Pinseln schlug, das Glas fiel klirrend auf den Boden.

»Wissen Sie, ich fühle mich schuldig«, fuhr er ungerührt fort, während er auf dem Tisch nach einem anderen Stift griff. »Ja, schuldig! Schließlich haben wir hier zusammen, hier auf diesen Sofas, die Idee dieser Stagparty entworfen …«

»Sie meinen den Junggesellenabschied?«

»Ja, natürlich.«

»Wer hat die Idee gehabt, dass Dirk Leptien eine Nacht Platte machen sollte, während Sie seine Wohnung für die Party ausstatteten?«

»Wir wussten, dass er so ein Obdachlosenprojekt für seine Schüler im Kopf hatte. Mit Kai hat er hier darüber oft diskutiert. Auch über pädagogische Fragen und über Politik.«

»Hat Herr Leptien selbst den Vorschlag mit der Obdachlosennacht gemacht? Weil er dem üblichen Stagparty-Gag aus dem Weg gehen wollte, zum Beispiel Schnapsfläschchen auf der Holtsenstraße zu verkaufen …«

»Nein, er nicht, ich glaube, es kam von uns … vielleicht ich, Kai oder Arnold … Der Vorschlag, ich meine, es war eine Idee, die plötzlich auf dem Tisch lag«, er wies auf den Tisch vor sich, »und die wir heftig diskutiert haben. Vielleicht ist die einfach vom Himmel gefallen und hat sich in unseren Köpfen festgesetzt!«

»Dann haben Sie es gemeinsam beschlossen?«

»Ja, natürlich. Alle waren einverstanden. Ist das nicht schrecklich? Wir alle haben es beschlossen! Deshalb fühle ich mich schuldig.«

»Haben Sie darüber abgestimmt, über die Idee?«

»Was? Nein, wieso? Wir waren uns doch alle einig.«

Friese wollte nicht mit der Sprache rausrücken, wer die Idee gehabt hatte. Er wollte Malbek weismachen, dass die Idee wie ein Pfannkuchen vom Himmel gefallen war, auf diesen Tisch vor ihnen, und dann allen etwas davon ins Hirn gespritzt war. Oder hatten alle unisono den Gedanken gleichzeitig ausgesprochen? Und alle hatten gleichzeitig zugestimmt? Wie es sich für eine romantische Bande gehörte? Was nicht bedeuten musste, dass der Erfinder dieser Obdachlosennacht auch der Mörder sein musste.

»Wurde denn Herrn Leptien diese Schnapsfläschchenverteil-Tour in Aussicht gestellt, weil sie bei Junggesellenabschieden üblich ist?«

»Nein, den Quatsch haben wir gar nicht diskutiert.«

Würden die anderen, Mönkemeier und Mühlenstedt, das auch so oder ähnlich beantworten? Die Bande hatte Zeit genug gehabt, um ihre Aussagen abzustimmen. Wie würde das wohl mit den Alibis der Clique werden? Was würde Mönkemeier auf Lüthjes Fragen antworten?

»Herr Friese, ich muss Ihnen natürlich auch die Frage stellen, was Sie in der Nacht, als Dirk Leptien ermordet wurde, zwischen Mitternacht und morgens gemacht haben.«

Er sah erschrocken auf, aber fasste sich sofort wieder. »Na ja, das können Sie sich eigentlich denken, wir haben von Mitternacht bis vier Uhr Möbel transportiert, rein, raus, rein, raus, ich hab in der Wohnung ein bisschen die Wände angemalt, Dekoration, verstehen Sie? Tja«, sagte er lächelnd, »wir haben sozusagen durchgearbeitet …«

Friese hielt mit offenem Mund inne und schloss ihn sofort wieder. »Wir haben durchgearbeitet, und Dirk hat geschlafen«, wollte er vielleicht sagen. Und hatte sich diese Gedankenlosigkeit im letzten Moment verkniffen.

Das Klingeln des Telefons half ihm aus dem peinlichen Moment. Er reckte sich über den Tisch, aber bevor er es aus dem Ladegerät nehmen konnte, hörte es auf zu klingeln. Er sah auf das Display.

»Nina ist oben rangegangen«, erklärte er knurrend.

Das Display meldete sich jetzt mit einem Dreiklangton.

»Ja, was ist denn?«, bellte Friese in die Sprechmuschel.

Malbek hörte, wie Nina »Arnold« sagte. Frieses Augen wanderten zu Malbek. Malbek gab Friese durch ein Nicken zu verstehen, dass er nichts dagegen hatte, dass Friese das Telefonat annahm.

»Grüß dich, Arnold ... Ja, das stimmt ... Ein Kriminalhauptkommissar sitzt mir gegenüber, soll ich auf Mithören stellen ...? Beruhige dich, war nur ein Scherz ... Aber gerne doch.« Friese gab Malbek den Hörer.

»Kriminalhauptkommissar Malbek hier.«

»Tag, Herr Malbek, Mühlenstedt hier. Ich bin gerade in Hamburg gelandet. Ich hörte eben von ... äh, Frau Sinjen, dass die Kripo da ist, und wollte mich gleich bei Ihnen melden wegen dieser schrecklichen Sache. Soll ich nach Süderstapel kommen?«

»Nein. Ich muss wieder nach Kiel zurück. Ich möchte aber so bald wie möglich mit Ihnen in Kiel sprechen. Sie haben dort ein Büro, wie ich hörte?«

»Unten im Haus habe ich zwei Filialbetriebe. Im selben Haus habe ich auch eine Wohnung. Vielleicht sind wir da ungestörter.«

»Ja, das ist mir recht. Ich werde Sie nachher anrufen.« Malbek notierte sich Mühlenstedts Telefonnummer, die auf dem Display angezeigt wurde, verabschiedete sich und gab den Hörer an Friese zurück.

»Na, Arnold, geh zum Friseur. Das ist ein ganz scharfer Hund, der Kommissar.« Er zwinkerte Malbek zu und legte ohne Gruß auf.

»Wie meinten Sie das eben, Herr Friese?«, fragte Malbek.

»Es war nicht bös gemeint, Herr Malbek. Nur ein dummer Spruch. Herr Mühlenstedt hat gar keine Frisur. Sie werden sehen.«

»Okay. Noch mal zurück zu dieser Verwandlung von Herrn Leptiens Wohnung in eine plüschige Nachtbar. Warum haben

Sie nicht einfach eine entsprechende Lokalität gemietet? Dann hätten Sie sich eine Menge Arbeit erspart.«

»Das wäre uns zu öffentlich gewesen. Das käme raus. Wir konnten doch nicht ausschließen, dass der Besitzer oder die Angestellten eines Etablissements der Klatschpresse verraten, wer da eine Nacht in ihrem Club gemietet hat. Nein, wir mussten es privat machen. Das bisschen Party. Das wäre doch nicht verboten, oder?«

»Ich weiß ja nicht, was Sie da veranstalten wollten, aber was ich bisher weiß … Nein, eine private Party mit nackten Frauen, das ist sicher nicht illegal.« Aber ein Fressen für die Medien, dachte Malbek. Und das ist dieser Mord jetzt auch. Sie würden bald im Rampenlicht der medialen Inquisition stehen.

»Herr Friese, ich würde mir jetzt gerne Herrn Leptiens Zimmer ansehen«, sagte Malbek.

»Sicher«, antwortete Friese und ging voraus.

Als sie die Schwingtür erreicht hatten, wandte sich Malbek um und ließ den Blick durch das Atelier schweifen.

Die Sitzecke befand sich in der äußersten linken Ecke der gegenüberliegenden Giebelwand unter den großen Fenstern, die fast von der Decke bis zum Boden reichten. Die Giebelwand war bedeckt mit Bildern in allen Formaten, mit und ohne Rahmen. Die großen konnte man trotz dieser Entfernung, fast zwanzig Meter, gut betrachten. Es gab keine hellen Farbtöne, nur Dunkles, Pastöses, ähnlich den Farbtönen der alten Kirchenbilder am Hauptschiff des Schleswiger Doms. Was Malbek natürlich gefiel.

Einige Bilder an den Wänden des Ateliers waren mit schwarzen Strichen in kleine Comics unterteilt, die eingefrorene Situationen zeigten. Figuren und Gegenstände schienen aus farbigen Wirbeln zu bestehen, die sich im nächsten Augenblick aufzulösen schienen. Was sich dort abspielte, blieb verborgen. Nur *dass* sich dort etwas abspielte, das war offensichtlich. Lauter unlösbare Rätsel. Ja, das sagte Malbek etwas.

In zwei gegenüberliegenden Ecken der rechten Atelierseite befanden sich jeweils zwei große Staffeleien, auf denen ebenso großformatige unfertige Gemälde standen. Beide Bilder waren fast zwei mal zwei Meter groß. Strudel an einem Strand, die entstellte Figuren in den Sand zogen.

»Die Stablampen da, wieso beleuchten sie die Bilder, obwohl genügend Licht da ist?«, fragte Malbek.

»Damit die Ölfarbe schneller trocknet. Dann kann ich bald neue Schichten auftragen«, sagte Friese.

»Und wie ist der Raum ansonsten abends, nachts beleuchtet?«

»Es gibt zwei Stehlampen bei der Sitzecke. Und noch ein paar Arbeitslampen verteilt im Raum bei den Tischen.«

»Haben Sie die Gespräche mit Ihrem Freundeskreis immer dort hinten in der Sitzecke geführt? Ich meine, auch die Planungsgespräche für die Junggesellenparty?«

»Ja. Wieso fragen Sie das alles?«

»Ich will mich nur in alles hineinversetzen können«, antwortete Malbek.

Er stellte sich vor, wie es hier ausgesehen hatte, wenn die vier Männer bei ihren Gesprächen über den Gang der Welt, ihres eigenen Lebens und nicht zuletzt den Abschied ihres Bandenbruders aus dem Junggesellendasein dort hinten in der Ecke unter dem Licht einer Stehlampe saßen, in diesem Saal voller rätselhafter Gemälde mit den deckenhohen Fenstern, die wegen der Schwärze der Nacht das Innere des Saales widerspiegelten. Sofern man nicht die Vorhänge zuzog. Musste diese Szenerie den Männern nicht zu Kopf gestiegen sein, sich in einer Gehirnwindung festgesetzt haben, um dort ein gefährliches Eigenleben zu führen?

Hatten Sie vielleicht sogar darüber diskutiert, ob sich ihr Bandenbruder Dirk Leptien nicht nur aus dem Junggesellendasein, sondern auch aus den Bindungen zum alten Freundeskreis verabschieden wollte? Vera Hansen hatte Malbek gegenüber entsprechende Andeutungen gemacht.

Ein Satz aus Goethes philosophischen Betrachtungen über das Leben war Malbek in den Sinn gekommen, als er sich von der Mutter seiner Tochter vor über fünfzehn Jahren hatte scheiden lassen: In jeder großen Trennung liegt ein Keim von Wahnsinn; man muss sich hüten, ihn nachdenklich auszubrüten und zu pflegen.

Als Friese sich anschickte, vor ihm die Treppe hochzugehen, blieb Malbek unten im Flur stehen.

»Was ist das für ein Zimmer?«, fragte er und deutete auf eine geschlossene Tür am Ende des Flures.

Friese hob die Augenbrauen und kam wieder herunter.

»Die Küche«, sagte er und öffnete die Tür. Es war eine sehr große Küche mit zwei alten Herden und zwei Küchenschränken, alles im Stil der fünfziger Jahre. »Hier wurde früher für Tagungsteilnehmer und Übernachtungsgäste gekocht.«

»Und hier wird immer noch gekocht. Für Sie und Ihre Bande?«

»Gekocht und Frühstück gemacht. Auch für jeden anderen Gast.«

Auch in der Küche war jedes freie Stück Wand mit Bildern vollgehängt. Außerdem waren sämtliche Schranktüren und Schubladen der Schränke bemalt mit gruseligen Szenarien, »Schlachtfest« hießen einige Bilder, durchnummeriert von eins bis zwölf, die auf die Schubladen gemalt waren. Kunstprofessoren würden die Kücheneinrichtung oder das ganze Haus als Gesamtkunstwerk bezeichnen.

Auf einer Schranktür erkannte Malbek eine Waldlichtung, auf der fünf Männer mit Strohhüten auf dem Kopf im Kreis um eine nackte Frau saßen, die ihnen Fleischkeulen mit ihren fünf Armen und Händen reichte.

»Ist das eine Räuberbande, die eine Party alten Stils veranstaltet?«, fragte Malbek.

Friese nickte schmunzelnd.

»Aber es sind fünf Bandenmitglieder! Und nicht vier, sehen Sie?« Malbek tippte mit dem Finger auf die Figuren.

»Es soll ja auch nicht jeder eine Parallele zu uns ziehen«, sagte Friese und sah prüfend auf das Bild.

Malbek machte ihn nicht darauf aufmerksam, dass einem der Männer der Strohhut verrutscht war. Er hatte es vielleicht lange Zeit nicht angesehen und entdeckte die Details des von ihm gemalten Bildes erst gerade wieder.

»Wenn ich nun dies Bild kaufen wollte, würden Sie mir dann die Tür abmontieren, auf der das Bild gemalt ist?«

»Es kann immer nur das ganze Möbelstück gekauft werden«, erwiderte Friese. »Das Ganze dürfte natürlich nicht auseinandergerissen werden, sondern es muss als Einheit erhalten bleiben. Das Aufhängen des Schranks an der Wand aber ist erlaubt.«

Er lächelte bei diesem Satz nicht. Er meinte es ernst.

Es war das erste Zimmer rechts hinter dem Treppenabsatz im Obergeschoss. Friese schloss Leptiens Zimmer auf und öffnete die Tür. Das Zimmer war leer. Es roch nach Farbe. Das Fenster war einen Spalt weit geöffnet. Der Teppichboden war offensichtlich neu. Die Spurensicherung brauchte Malbek also nicht zu bemühen.

»Wann haben Sie das Zimmer renovieren lassen?«, fragte Malbek in scharfem Ton.

»Gestern. Verstehen Sie bitte, er hat es aber seit fast sechs Wochen nicht mehr genutzt. Zuletzt Mitte vorigen Monats. Seine persönlichen Utensilien wie Bettwäsche und ein paar Bücher hatte er schon längst mit nach Hause genommen. Und als die Nachricht von seinem Tod kam, habe ich ... halten Sie mich bitte nicht für verrückt ... habe ich mitten in der Nacht seine Schritte auf dem Gang gehört, er hatte einen weit ausholenden Schritt ... Da hab ich meinen Handwerker in Friedrichstadt angerufen. Er kam auch sofort. Und jetzt ist Ruhe.«

Malbek wollte fragen, warum Friese keinen Wünschelrutengänger gerufen hatte, aber ließ es.

»Wie hoch ist die Miete für diese Zimmer?«

»Das kommt drauf an. Also für Sie wären es einhundertfünfzig. Toilette und Bad sind auf dem Flur.«

Auf der gegenüberliegenden Seite des Flurs öffnete sich eine Tür.

»Wenn Sie zurückfahren, Herr Malbek, könnten Sie mich im Ort absetzen?«, fragte Nina Sinjen. »Ich muss noch einkaufen.«

Malbek wollte sowieso aufbrechen. Er sagte Friese eindringlich, dass er sofort eine Aufstellung seiner Aktivitäten zwischen null und sechs Uhr morgens der Tatnacht machen und diese so schnell wie möglich nach Kiel schicken solle. Am besten per Mail. Malbek gab ihm seine Karte. Friese gab ihm seine, mit zwei Adressen, Süderstapel und Berlin.

Als Nina Sinjen neben ihm auf dem Beifahrersitz saß, sagte sie: »Ich habe keinen Führerschein. Mein Mann hat mich vorgestern hierhergebracht. Ich wollte ein bisschen auf Ben aufpassen. Außerdem male ich auch, ich hab in meinem Zimmer eine Staffelei.«

»Wieso haben Sie keinen Führerschein?« Eigentlich eine dumme Frage, dachte Malbek.

»Ich hatte mit siebzehn einen Motorradunfall, als Beifahrerin. Äußere Verletzungen sind nicht mehr sichtbar. Aber ich kriege heute noch Panik in einem Fahrzeug, das schneller als achtzig fährt.«

Malbek dachte, dass das eigentlich ein Anlass für sie sein müsste, endlich eine Bemerkung über sein Wohnmobil zu machen, das sich mit seinem kalten Diesel knarrend durch das Dorf bewegte. Aber nichts, kein Wort. Sie musterte Malbek nur zwischendurch ein wenig länger von der Seite.

»Ich hab gehört, wie Ben Ihnen auch das Märchen von den Schritten auf dem Flur erzählt hat«, sagte sie.

»Sie haben gelauscht?«

»Das war nicht nötig. Die Türen haben eine Glasfüllung, die innen nur durch einen dünnen Vorhang abgedeckt ist.«

Malbek nickte und konnte nach zwei Versuchen endlich den dritten Gang einlegen.

»Das Märchen erzählt er jedem«, fuhr sie fort. »Um seine Trauer und den Schock glaubhaft zu machen. Er kann nämlich gar nicht trauern. Das Einzige, was er kann, ist, sich über sich selbst zu freuen oder sich in Selbstmitleid zu ergehen. Er hat schon seit Monaten davon geredet, dass Dirk endlich seine restlichen Sachen mitnehmen soll. Ihm selbst hat er das wohl nicht gesagt. Dann könnte er das Zimmer vielleicht anderweitig vermieten. Das Erste, was er getan hat, als mein Mann ihm von Dirks Tod erzählte, war, mit dem Handwerker in Friedrichstadt einen Termin auszumachen. Hat sich was mit der romantischen Männerbande.«

»Wenn Ihr Mann Sie so reden hören würde, wie würde er reagieren? Er gehört doch zu dieser Bande.«

»Er sieht das auch so. Ben ist ein kleiner Junge, der sich als Häuptling verkleidet hat und das Kriegsbeil hinter seinem Rücken versteckt.«

Malbek hielt am Straßenrand. Sie waren im Dorfzentrum von Erfde angelangt. Der Supermarkt war nicht zu übersehen.

»Ich frage mich, warum Sie sich hier überhaupt aufhalten. Warum sind Sie nicht in Kiel in Ihrer Wohnung oder Ihrem Haus?«, fragte Malbek und zog die Handbremse hoch.

»Mein Mann hat nichts dagegen, wenn ich ab und zu nach Ben sehe. Außerdem finde ich in dieser Landschaft Ruhe, ein bisschen zu malen.« Sie stieg aus, nahm ihre Einkaufstasche über die Schulter.

»Und wie kommen Sie zurück?«, rief Malbek.

»Ich ruf mir ein Taxi, wie immer.«

Als Malbek sich durch den Stau im Kanaltunnel gequält hatte, frische Luft vom Gebläse ins Wageninnere geblasen wurde und er endlich wieder Tageslicht sah, rief Hoyer an.

»Die Uniklinik hat über die Leitstelle angerufen. Eine Patientin aus der Notaufnahme hätte mehrfach den Namen Gerson Malbek gesagt. Die wollten, dass wir herausfinden, ob es tatsächlich jemanden gibt, der so heißt.«

»Und? Gibt es eine bemitleidenswerte Kreatur, die diesen komischen Namen von ihren Eltern mitbekommen hat?«

»Die haben sich schon etwas gewundert, dass es ihn gibt. Und dass er Kriminalhauptkommissar ist.«

»Armes Schwein. Manche kriegen alles ab. Okay, ich bin in

ungefähr einer Dreiviertelstunde auf Station. Was ist mit der Patientin?«

»Wahrscheinlich ein Überfall, ein Schlag auf den Kopf, Alkohol, Drogen. Aber warum sie Ihren Namen kannte, keine Ahnung.«

»Wie heißt die Patientin?«

»Jette Rasmussen.«

Malbek verzog vor Schreck das Steuer und wäre in der Ausfahrtkurve Richtung Kiel fast im Graben gelandet. Er musste ungefähr zwanzig Meter gegensteuern, während das Lenkrad flatternd durch seine Hände glitt, die Hinterräder zögernd aus dem matschigen Randstreifen freikamen, bis sie wieder auf der Straße die Spur hielten. Zuletzt hatte Malbek Jette im Rückspiegel seines Dienstwagens gesehen, weinend zusammengekauert auf dem Asphalt eines Parkplatzes vor einem Sylter Hotel, immer wieder »Ich hasse dich, ich hasse dich« schreiend, nachdem er ihr gerade gesagt hatte, dass es vorbei sei. Er hatte herausgefunden, dass sie ein Verhältnis mit einem Kokaindealer angefangen hatte.

»Hallo, sind Sie noch da, Herr Malbek?«

»Dem Himmel sei Dank! Nur ein kleines Verkehrsproblem hinter dem Kanaltunnel.«

»Wir haben hier ein paar Zeitungen auf dem Schreibtisch liegen. Die Presse hat zugeschlagen«, hörte Malbek Vehrs im Hintergrund rufen.

»Die Schmutzfinken interessieren mich im Moment nicht. Ich komm nachher ins Büro.«

Hoyer gab ihm die Adresse der medizinischen Klinik durch, Malbek tippte sie in sein Navi und legte vorsorglich das Schild »Polizeieinsatz« auf das Armaturenbrett seines Wohnmobils, damit er keinen Parkplatz suchen musste.

9

»Sie ist in einem Bistro in der Holstenstraße zusammengebrochen. Das hat noch ein paar Schrammen und blaue Flecken zu den bereits zu diesem Zeitpunkt bestehenden Verletzungen gegeben«, sagte Dr. Hildebrand.

Malbek saß ihm im Arztzimmer der Station 6 gegenüber.

»Was war der Grund für ihren Zusammenbruch? In verständlicher Kurzfassung bitte.«

Malbek lächelte.

Der Arzt lächelte säuerlich zurück.

»Zunächst einmal hat sie ein Hämatom an der linken Schläfe. Dazu eine Gehirnerschütterung. Typisch für einen Sturz oder einen Schlag. Ansonsten hatte sie Restalkohol und eine verhältnismäßig geringe Menge von Kokain im Blut. Mischkonsum. Das wird immer öfter gemacht, weil die Konsumenten glauben, dass jedes für sich in einer verhältnismäßig geringen Dosis genommen zu einer einfachen Summe der eingenommenen Drogen Alkohol und Kokain führt. Dieser Mischkonsum geht aber immer über die Summe der Einzelgefahren eines Monokonsums hinaus, führt nämlich zu einer stärkeren Erhöhung der Herzfrequenz, des Blutdrucks und so weiter. Wenn dann noch Koffein, Stress, eine Vorschädigung und der Schock durch die Verletzung dazukommen und vielleicht eine Depotwirkung aus einem monatelang zurückliegenden Konsum, dann ist das schon eine höllische Mischung.«

»Ich verstehe.«

»Entschuldigen Sie, ich muss da noch mal nachfragen. Woher kennt die Patientin Ihren Namen? Sind Sie ihr denn im Rahmen von einschlägigen Ermittlungen schon begegnet?«

»Herr Dr. Hildebrand, ich stelle die Fragen.« Malbek bemühte sich zu lächeln.

»Entschuldigen Sie, ich habe mich wahrscheinlich missverständlich ausgedrückt. Mir geht es um das Wohl der Patientin.

Deshalb wollte ich wissen, ob Sie sie zu einem konkreten Tatvorwurf vernehmen wollen. Dagegen hätte ich Bedenken, weil die Patientin einen Kreislaufkollaps erlitten hat. Außerdem hat ihr Körper die Drogen noch nicht abgebaut. Ihr Blutbild könnte schlimmer sein, aber trotzdem weiß ich nicht, wie sehr sie schon belastbar ist.«

Malbek war sicher der erste Polizist, dem der Arzt in seinem Dienstzimmer gegenübersaß. Er schätzte ihn auf Anfang dreißig. Also ungefähr Dirk Leptiens Alter. Und das seiner Clique. Malbek fragte sich, was er überhaupt von dieser Generation wusste, die ungefähr fünfzehn Jahre jünger war als er.

Ehrgeizig? Oder sozial engagiert? Wem konnte man vertrauen? Woran konnte man Vertrauen bei dieser Generation überhaupt festmachen? Er hatte sich diese Frage noch nie gestellt. Vielleicht näherte er sich einer Midlife-Crisis? Wann bekam man die überhaupt heutzutage? Wahrscheinlich war es die Berufshaftpflichtversicherung des Arztes und der Klinik, die den Stationsärzten diese Sätze gegenüber der Polizei vorschrieb. Und niemand konnte Malbek vorschreiben, etwas über den Fall zu sagen, in dem er gerade ermittelte.

»Nein, einen konkreten Tatvorwurf habe ich nicht«, antwortete Malbek. »Ich möchte nur herausfinden, warum sie meinen Namen genannt hat. Hat sie noch etwas anderes gesagt, außer meinem Namen?«

»Nein, nichts. Sie war bewusstlos, als sie in der Notaufnahme ankam. Und dann ging es zunächst nur darum, ihren Kreislauf zu stabilisieren. Sie war nur kurz auf der Intensivstation.«

»Liegt Frau Rasmussen allein?«, fragte Malbek.

»Nein. Äh, wieso?«

»Ist sie ansprechbar?«

»Ich denke schon. Wir haben ihren Kreislauf stabilisieren können, die Herztöne sind …«

»Sagen Sie ihr, dass ich jetzt da bin und sie besuchen möchte. Aber ich muss sie allein sprechen. Entweder Sie versuchen, sie auf ein Einzelzimmer zu bringen, oder Sie bringen ihre Zimmernachbarin woandershin.« Malbek gab seiner Stimme einen harten Klang, obwohl ihm die Knie weich wie Pudding wurden.

»Ich spreche mit der Schwester.«

Der Arzt führte ein Telefonat. Dann verließen sie das Zimmer, und Malbek sah dem Arzt und der Schwester dabei zu, wie sie in ein Krankenzimmer gingen, wieder herauskamen und eilig eine Patientin in ihrem Bett ein paar Zimmer weiter schoben.

»Hallo, Gerson.«

»Hallo, Jette.«

Er beugte sich über sie und hauchte einen Kuss auf ihre Wange. Sie roch so gut wie damals. Als er sich aufrichtete, hatte sie die Augen geschlossen, den Mund leicht geöffnet. Ihre Haare hatten die gleiche Länge wie damals. Sie war blass. Langsam öffnete sie die Augen wieder.

Hinter ihrem Bett standen ein paar Apparate, und sie hing am Tropf. Aber Malbek nahm es kaum wahr. Alles, was er sah, war Jettes Gesicht, eingerahmt vom Weiß des Kopfkissens und dem Verband an der linken Schläfe. Sie hatte blaugrüne Ringe unter den Augen. Eine leicht geschwollene Wange. Eine Schramme an der Stirn. Die Stupsnase, in die er sich so verliebt hatte. Ihr ungeschminktes Gesicht, in das er so oft nach dem Aufwachen gesehen hatte, bevor er ihren Körper an sich gezogen hatte.

»Wie geht es dir?«, fragte er.

»Jetzt geht es mir schon viel besser.« Sie lächelte.

»Der Arzt sagt, du musst dich noch sehr schonen.«

»Ach, der. Du musst dich so schwach stellen, wie du kannst. Nur dann bemühen sie sich. Aber auch nur, weil sie Angst haben, man könnte sie am Arsch kriegen, wenn du abkratzt.«

»Du scheinst dich auszukennen.«

»Das war der Originalton meiner ersten Zimmernachbarin bei meinem letzten Klinikaufenthalt. Ich hab viel von ihr gelernt.«

»Was ist passiert?«

»Meinst du seit damals oder seit gestern?«

»Seit gestern.«

»Na gut. Gerson, ich fürchte, ich bin in deinen Fall reingeschlittert.«

»Was? Wieso?«

»Ich hab Fotos für den Lehrer machen sollen, den Leptien, der ermordet wurde.«

»Woher weißt du, dass es mein Fall ist?«

»Du hast immer noch das K1.«

»Und woher willst du das wissen?«

»Ich hab mich irgendwann mal unter fremdem Namen mit dir verbinden lassen … und wieder aufgelegt.«

»Raffiniert, du warst das also.«

Es lag schon Wochen zurück. Er hatte jemanden atmen hören. Und an Jette gedacht.

Die Tür öffnete sich, die Schwester sah ins Zimmer. »Alles in Ordnung, Frau Rasmussen?«

»Alles bestens! Ich fühle mich schon wieder sehr gut.« Jette hatte sich um eine kräftige Stimme bemüht und hüstelte ein wenig. Die Schwester kam näher und richtete irgendetwas an Jettes Bett. Malbek spürte Ärger in sich aufsteigen und sah genervt nach oben.

Die Schwester verschwand aus dem Zimmer, nicht ohne sich noch einmal umzusehen, als suche sie einen unangemeldeten Besucher, der sich irgendwo versteckt haben musste.

»Was waren das für Fotos, die du für den Leptien gemacht hast?«

»Von der Nacht auf der Straße. In der Obdachlosenszene. Ich sollte ihm unauffällig folgen, bis er schlafen ging. Er wollte es vielleicht später für ein Buch verwenden. Und für seinen Unterricht. Ein Schülerprojekt.«

»Woher kanntest du ihn?«

»Ich hab mal Fotos auf einem Event gemacht. Da hat er mich gesehen und gefragt, was das kostet. Wir kamen ins Gespräch und haben darüber verhandelt.«

»Wie viel wollte er dir zahlen?«

»Zweihundertfünfzig. Ohne die digitale Bearbeitung der Fotos.«

»Hat er dir das Geld gegeben?«

»Nein, er wollte es mir am nächsten Tag geben. Wir wollten uns am nächsten Morgen in der Stadt treffen.«

Zweihundertfünfzig hatten sie bei Leptien gefunden. Dann sagte Jette also darüber die Wahrheit.

»Wo sind die Fotos?«

»Die Kamera ist weg. Die Fotos waren auf dem Chip in der Kamera.«

»Hast du die Fotos vorher mal angesehen oder woanders gespeichert?«

»Ich hab die Fotos nur flüchtig durchgesehen. Sie waren fast alle gut. Ich wollte sie auch noch bearbeiten. Aber das Notebook hatte ich in der Redaktion. Als ich das mit dem Mord hörte, konnte ich nicht mehr klar denken.«

»Wie viele Fotos hast du gemacht?«

»Vierundachtzig. Und dann waren auch noch Fotos drauf aus den letzten Tagen, die ich für die Zeitung gemacht habe. Die Kamera gehört dem Zeitungsverlag, für den ich arbeite. Sie ist wahnsinnig teuer.« Sie weinte.

Er nahm ihre Hand. »Keine Panik. Ich schicke die Kriminaltechnik in deine Wohnung. Was für eine Kamera ist das, und wie ist deine Adresse?«

Sie nannte ihm den Kameratyp und ihre Wohnadresse im Stadtteil Suchsdorf. Er notierte es in seinem Handy.

»Kann ich deinen Wohnungsschlüssel haben?«, fragte er.

»Früher warst du schüchterner …«, sagte sie mit einem Augenaufschlag. »In der Schublade.«

Sie deutete auf das Nachtschränkchen neben dem Bett. Er öffnete die Schublade und nahm ein kleines Schlüsselbund heraus.

»Du hast keinen Zweitschlüssel hier, stimmt's?«, fragte er.

»In der Wohnung. Ach, und kannst du bitte aus dem Bad alles mitbringen, was unter dem Spiegel steht? Einfach in das Kosmetikköfferchen. Und eine Handvoll Unterwäsche. Im Schlafzimmerschrank, die Schublade unten rechts. Irgendwo muss da meine Sporttasche liegen. Ja?«

»Klar mach ich das.« Malbek nahm sich vor, für den Transport zur Klinik einen Schutzpolizisten zu beauftragen. »Hast du noch Drogen in deiner Wohnung?«

Sie nickte. »Scheiße, ja! Hinter dem Türrahmen. Die rechte Seite ist lose. Da hatte ich ein Briefchen. Für den Notfall. Seit ich mit dem Entzug durch war. Ich hab es nicht angerührt. Ich schwör's dir. Aber heute Morgen fehlte da was. Aus dem einen Briefchen. Ich war's nicht!«

»Ein Briefchen, sagtest du?«

Sie nickte.

»Das wäre also nur was für den Eigenbedarf und nicht zum Dealen. Mach dir also deswegen keine Kopfschmerzen.«

»Hab ich sowieso schon«, sagte sie.

»Hast du schon mit irgendjemandem über diese Sache mit den Fotos geredet?«

»Wenn ich hier nicht im bewusstlosen Zustand geredet habe … nein. Und vorher auch nicht. Das wollte der Leptien auch nicht. Er hat mir extra gesagt, dass ich darüber niemandem etwas sagen soll.«

»Wollte er dem Obdachlosen etwas darüber sagen?«

»Ich wusste ja vorher nicht mal, dass der dabei ist. Ich hab mich mit Leptien am Nachmittag am Vinetaplatz verabredet, und wir sind dann in meinem Auto zusammen bis zum Obdachlosentreffpunkt im Hempels gefahren, da hat er mir das erste Mal erzählt, dass er da mal fragen will, ob ihm jemand bei seinen Recherchen hilft. Ich bin im Auto geblieben, er ist in die Kneipe gegangen und kam um sechzehn Uhr wieder raus. Mit einem Mann aus der Szene, den er da wohl getroffen hat. Dann bin ich mit dem Auto langsam hinterher. War leicht, weil die immer die Hauptstraßen entlanggingen, ich konnte zwischendurch immer rechts ranfahren, aussteigen und Fotos schießen, auch andere Schnappschüsse. Das ging so bis zur Schaßstraße in der Innenstadt, da ist noch ein Obdachlosentreffpunkt, ›Café Zum Sofa‹. Und der macht nicht um sechzehn Uhr dicht wie der in Gaarden, sondern erst um zweiundzwanzig Uhr. Dann hab ich im Auto gewartet und zwischendurch in der Straße Fotos gemacht. Um zweiundzwanzig Uhr sind sie raus, erst zum Bahnhof, dann in den Neubau an der Gablenzstraße. Da haben die dann ihr Nachtlager gehabt. Ich hab von unten im dritten Stock ein bisschen Licht gesehen. Ich hab noch versucht, da ein Foto zu machen, drinnen im Treppenhaus, weißt du, aber ich hatte keine Taschenlampe dabei, und es war wirklich gruselig. Ich war kurz vor elf wieder in meiner Wohnung.«

Sie richtete sich auf und versuchte, nach dem Glas Wasser zu greifen, das auf ihrem Nachttisch stand. Malbek gab es ihr und stützte sie. Sie trank das halbe Glas in zwei Zügen aus, legte sich zurück in das Kissen und schloss die Augen.

»Gerson?«

»Was ist?«

»Ich will hier raus.«

Sie hatte diesen herrlich trotzigen Ausdruck, um die Stupsnase dieses Kräuseln der Nasenflügel, das sich wie Wellen über das Gesicht ausbreitete und bis zu den kleinen, eng anliegenden Ohren reichte, die einmal leise zuckten, wenn die »mimischen Wellen« sie erreichten. Und dann kam auch noch ihre Hand, die ihre etwas zu kurz geschnittenen Locken hinter die Ohren zurückstrich. Alles so wie damals, als er sie kennenlernte.

»Hast du mir nicht zugehört?«, fragte sie und sah ihn empört an. »Ist ja wie früher.«

Ein schelmisches Lächeln blitzte in ihren Augen. Ihr Befinden schien sich im Sekundentakt zu bessern.

»Entschuldige. Ich war mit den Gedanken woanders. Du wirst das tun, was ich dir sage, okay?«

Sie nickte begeistert.

»Du lässt dich hier ausgiebig gesund pflegen. Ich hol dir eine Flasche Wasser und telefonier mal eben. Ich bin gleich wieder da, okay?«

Sie nickte zufrieden und himmelte ihn mit ihren »beringten« Augen an.

Als er auf dem Flur stand, atmete er tief durch, kniff die Augen zusammen und riss sie wieder weit auf. Die Stationsschwester fand er im Stationszimmer mit der Hand am Kinn nachdenklich auf ihren Monitor starrend.

Er informierte sie, dass er für die Patientin Rasmussen Personenschutz veranlassen müsse. Es würden Schutzbeamte rund um die Uhr neben ihrer Tür sitzen und alle paar Stunden ausgewechselt werden. Außerdem würde vor der Klinik ein Polizeifahrzeug postiert werden. Frau Rasmussen würde das Zimmer also bis zu ihrer vollständigen Genesung allein beanspruchen.

»Aber wir bekommen gleich einen neuen Zugang und sind jetzt schon überbelegt«, jammerte sie.

»Ich muss so lange hierbleiben, bis die Kollegen da sind. Kann ich mit dem Handy telefonieren oder soll ich Ihr Telefon benutzen?«

»Bitte schön.« Sie wies auf den Apparat auf ihrem Schreibtisch, schaltete ihren Monitor aus und eilte auf den Flur.

Malbek erreichte Vehrs und bat ihn, sofort den Personenschutz der Stufe drei zu organisieren.

»Ich brauch ein paar gute, zuverlässige Leute«, sagte Malbek.

»Woher kannte die Patientin Ihren Namen?«, fragte Vehrs.

»Später. Ich kann hier nicht reden«, sagte Malbek und hielt die Hand über die Sprechmuschel. »Schicken Sie bitte die Kriminaltechnik nach Suchsdorf.« Er öffnete das Notizbuch in seinem Handy und nannte Straße und Hausnummer. »Dort soll jemand eine Kamera vom Typ Canon 5D Mark II gestohlen haben. Auf dem Chip könnten Fotos sein, die in der Tatnacht gemacht wurden und Leptien und Kuhlbrodt zeigen.«

Vehrs pfiff durch die Zähne. »Übrigens hat die Klinkenputzerei an der Gablenzstraße was gebracht. Zwei Zeugen sagten, dass sie in der Nacht eine Frau um das Tathaus haben herumstreichen sehen.«

»Das war wahrscheinlich unsere Patientin. Es könnte sein, dass der Täter ihre Kamera gestohlen hat und nach Durchsicht der Fotos auf dem Chip inzwischen beschlossen hat, die Besitzerin der Kamera zu beseitigen.«

»Verstehe.«

Sie beendeten das Gespräch.

Als Malbek in das Krankenzimmer zurückkehrte, standen der Arzt und die Stationsschwester am Fuß des Bettes und sahen böse auf die Patientin, die offensichtlich wütend war.

»Ich bin froh, dass ich diese Geschichte endlich loswerden konnte, Sie haben mir ja nicht zugehört!«

Jette sah Malbek, und sofort glätteten sich ihre Gesichtszüge. Er machte eine beruhigende Handbewegung.

»Was ist los?«, fragte er zur Schwester und zum Arzt gewandt.

»Ich möchte Sie bitten, die Vernehmung zu beenden!«, sagte der Arzt. »Sie gefährden das Leben der Patientin. Außerdem habe ich Zweifel an der Verhältnismäßigkeit der von Ihnen geplanten Bewachungsmaßnahme. Sie greifen in den Stationsablauf ein.«

»Und ich habe Zweifel, dass Sie die Situation beurteilen können. Wollen Sie die Patientin verlegen lassen?«

»Wenn Sie damit einverstanden sind.«

»Sie meinen also, dass dadurch das Leben der Patientin weniger gefährdet würde als durch die Befragung, der sie ja ausdrücklich zustimmt und die ihrem Gesundheitszustand offensichtlich nicht abträglich ist?«

»Ich meine nur, dass …«, fing der Arzt an.

»Allein die Tatsache, dass Sie dieses Gespräch in Gegenwart der Patientin mit mir vom Zaun brechen, spricht für sich. Aber vielleicht beruhigt es Sie, wenn ich Ihnen sage, dass Frau Rasmussen Zeugin ist und nicht Beschuldigte.«

Der Arzt und die Stationsschwester sahen sich kurz an. Malbek hatte also ins Schwarze getroffen. Sie hatten sich nicht getraut, direkt danach zu fragen. Die Sicherheit der ganzen Station oder des Krankenhauses stand für sie also auf dem Spiel. Egal, ob nun der Arzt oder die Stationsschwester die treibende Kraft hinter der hysterischen Reaktion gewesen war.

Malbek fiel ein, dass er die Lokalzeitungen heute noch nicht gelesen hatte.

»Ich mache mir einen Vermerk in der Krankenakte«, sagte der Arzt und verließ mit der Stationsschwester den Raum.

Jette klatschte lautlos und jubelte leise.

Malbek setzte sich wieder auf den Stuhl neben ihrem Bett. Er hätte sich lieber auf ihre Bettkante gesetzt, aber durfte das ein Kriminalhauptkommissar in Ausübung seines Dienstes? Und überhaupt!

»Versuch, dich an den Tag und den Abend zu erinnern. Als du die beiden quasi mit dokumentarischem Auftrag begleitet hast. Ist dir etwas aufgefallen? Eine Situation? Eine Person, die dir beim zweiten Mal bekannt vorkam oder sich merkwürdig verhalten hat? Oder etwas Belangloses, das dir trotzdem im Gedächtnis haften geblieben ist?«

Sie überlegte eine Weile und schüttelte schließlich den Kopf. »Vielleicht, wenn ich den Schock etwas verarbeitet habe. Im Moment drehen sich die Bilder in meinem Kopf, wenn ich daran denke.«

»Eine Kollegin von der Kriminaltechnik wird dich besuchen und deine Fingerabdrücke abnehmen. Ist das okay?«

»Wieso?«, sagte sie erschrocken und versuchte sich aufzurichten.

Er drückte sie an der Schulter sanft zurück. »Ich will ausschließen können, dass du an bestimmten Orten warst. Und wir müssen in deiner Wohnung nach fremden Fingerabdrücken suchen. Das können wir nur, wenn wir deine Prints kennen. Dann können wir deine ausschließen und uns nur auf die unbekannten konzentrieren. Verstehst du?«

»Nicht so ganz. Aber mein Fingerabdruck muss doch schon in eurem Supercomputer sein. Der ist mir doch schon wegen dieser Geschichte mit dem Dealer abgenommen worden.«

»Kann sein. Aber ich will sicher sein, dass da keine Verwechslung passiert.«

Sie warf ihm einen Handkuss zu.

»Nächste Frage …«, sagte er in freundlich dienstlichem Ton. »Wieso hast du eigentlich diesen Privatauftrag angenommen? Du hast doch deinen Job bei der Zeitung?«

»Ich bin nur vogelfreie Mitarbeiterin. Es reicht so grade, was ich da bekomme. In letzter Zeit ist es mehr geworden, aber dieser Auftrag hat mich interessiert. Realistische Fotografie, August Sanders und Henri Cartier-Bresson sind meine Vorbilder. Ich bin immer auf der Suche nach einem Bild, das den sogenannten entscheidenden Moment einer Situation zeigt, das dem Betrachter eine ganze Geschichte erzählt, obwohl das Foto nur den Bruchteil einer Sekunde festgehalten hat.«

»Du hast dich verändert, so hab ich dich früher nie reden gehört«, sagte Malbek.

»Ich war auf der Suche ... So hast du mich kennengelernt. Irgendetwas blockierte mich. Eine Angst. Nein, nicht du ...« Sie lächelte und griff nach seiner Hand.

»Gleich wird ein Kollege kommen, den ich vor deine Tür setze, damit er dich beschützt ...«

»Danke, Gerson.«

Ja, am liebsten hätte er sie jetzt geküsst, ein guter Moment, so wie im Film. In diesem Moment würden Dr. Hildebrand und die Stationsschwester in der Tür erscheinen. Und Schnitt.

Er musste sehen, dass er so schnell wie möglich hier rauskam.

»... deshalb noch schnell eine Frage: Was war das für ein Event, auf dem Leptien dir den Auftrag gab?«

»Nichts Besonderes. Das Architektenbüro Dittmer und Partner hat einen Empfang für seine Geschäftspartner und Kunden gegeben, weil ihr Entwurf für ein neues Einkaufszentrum mit Stadtbücherei den ersten Preis bekommen hat. Und weil da lauter Anzeigenkunden von uns waren, hab ich für einen kleinen Artikel auch Fotos gemacht. Einer von den Kunden hatte seine Freunde mitgebracht und mich einem von denen vorgestellt, Dirk Leptien. Ich hab mir erst angehört, was er wollte, und ...«

»Moment, was war das für ein Kunde, und welche Freunde hatte er mitgebracht?«

»Das war Arnold Mühlenstedt. Der nimmt das Architektenbüro immer für die Innenarchitektur seiner Restaurants. Dann war da Kai Mönkemeier, der neue Staatssekretär. Dem gehört zum Teil auch der Rohbau, in dem der Mord passiert ist ...«

»Wieso gehört dem Mönkemeier der Bau?«

»Er hat das Grundstück geerbt. Mit dem alten Haus, das

vorher da stand. Und Dittmer und Partner haben das neue Bürogebäude entworfen, das da gebaut wird. Da soll 'ne Bank rein und eine Versicherung, soweit ich weiß. Deshalb ist Mönkemeier auch Kunde des Architekturbüros.«

»Wer war noch da?«

»Moment. Mönkemeier ist gewissermaßen auch Kunde bei den Architekten, weil in dem neuen Einkaufszentrum mehrere Einrichtungen der Stadt untergebracht werden sollen. Bibliothek, Volkshochschule und so weiter. Im obersten Stockwerk. Dann gehen die Besucher alle erst durchs Einkaufszentrum, bevor sie mit ihren Kindern beim Schulpsychologen sind. Der Vierte im Bunde war der Künstler Ben Friese, der kriegt nämlich den Auftrag für die Kunst am Bau, im Einkaufszentrum. Und den Auftrag für die Kunst im Neubau an der Gablenzstraße hat er auch schon in der Tasche.«

»Im Mordhaus.«

»Ja, komisch, nicht?«

»Und der Dirk Leptien, was hatte der da zu suchen?«

»Ich glaube, sie haben ihn mitgenommen, weil der Mühlenstedt mich Leptien vorstellen wollte. Der wusste wohl von Leptiens Projekt.«

»Also wusste Mühlenstedt, dass es um Fotos für Leptiens Nacht als Obdachloser ging?«

»Weiß ich nicht. Kann aber sein. Ja, hörte sich so an.«

»Was haben die denn konkret gesagt?«

»Also, das weiß ich nicht mehr. Es gab jede Menge Sekt ...«

»Wann ungefähr war dieser Empfang?«

»Vor drei, vier Monaten.«

Also lange vor den Planungen für die Junggesellenparty. »Waren auch die Frauen der Männer dabei?«, fragte Malbek.

»Die Frau vom Mönkemeier ... der Name fällt mir nicht ein ... irgendetwas mit ganz viel i ...« Sie lächelte.

»Nina Sinjen?«

»Stimmt! Sie kann sehr giftig sein. Und kennt ziemlich viel Leute. Die SPD hatte mal einen Jubiläumsempfang. Ich weiß nicht mehr, was sie da feierten, da war sie auch. Der Gerhard

Ehlers auch, als er noch Kanzler war. Ich wollte gerade ein Foto von ihm machen. Da näherte sie sich ihm, hat ihm an den Hemdkragen gefasst und gesagt: ›Du hast da einen Fleck.‹ Er hat das ganz selbstverständlich hingenommen. Vielleicht kannte sie ihn wirklich schon.«

»Welche Frau noch?«

»Die Verlobte von Leptien.

»Wie hieß die?«

»Vera …«

»Vera Hansen?«

»Ja, stimmt. Leptien hat mich aber erst angesprochen, als sie irgendwo anders war. Ich hatte den Eindruck, dass sie nichts von diesem Fotoauftrag wissen sollte.«

»Wieso nicht?«

»Eifersucht! Es gibt Frauen, die sind auf alles eifersüchtig, was sich in der Nähe ihrer Männer oder in deren Kopf befindet.«

»Und vorgestellt hat dich …«

»Der Mühlenstedt.«

»Und woher kannte der dich?«

»Ich hab mal eine Homestory von ihm gemacht, hier in Kiel. Als er mit seinem Laden in die Eggerstedtstraße gezogen ist, an der Ecke Flämische Straße. Seine Wohnung ist im selben Haus. Ein schickes Penthouse. Er hat eine extragroße Anzeige bei uns geschaltet …«

»Muss ihm ja gefallen haben«, sagte Malbek.

»Die Anzeige, ja.« Sie streckte ihm die Zunge heraus.

»Und dann hat dich Leptien gefragt, ob du auch für ihn Fotos machen könntest.«

»Ja, ich hab mich gefreut, dass er was Dokumentarisches wollte und nicht so eine Stehparty, womöglich mit Lehrern.«

Ob Jette auch wusste, wer von der Clique Drogen konsumierte? Oder sogar verkaufte? Er wäre jede Wette eingegangen, dass unter den Gästen einige Konsumenten mit bekanntem Namen waren, die etwas bei sich trugen, in der Handtasche oder dem Jackett.

Aber die interessierten Malbek im Moment nicht. Nur

Mönkemeier, Mühlenstedt und Friese. Und Nina Sinjen. Dr. Brotmann hatte Leptien auch auf Drogen untersucht. Negativ. Vera Hansen würde er deshalb und aus eigener Anschauung ausschließen.

Aber egal, was Jette ihm dazu sagen würde: Er wusste nicht, was er ihr zu diesem Thema glauben sollte. Ihm fiel ein, dass sie damals, in ihren glücklichen Zeiten, eine regelmäßige Klatschspalte hatte.

Der Polizist, der sich bei Malbek zur ersten Schicht meldete, war ein junger Polizeihauptmeister Bargholz, ein Muskelpaket mit energischer Kinnpartie und großen Nasenlöchern, dem die Uniformjacke an den Schultern zu eng war. Malbek bat ihn, einen Moment auf dem Flur zu warten, und ging ins Stationsbüro.

Er fragte die Schwester, ob sie eine Bibel habe. Sie begann, hektisch im Wandregal zu suchen.

»Was ist passiert?«, fragte sie mit zitternder Stimme, als sie Malbek das Buch der Bücher reichte.

»Mein Vater war Pastor. Das ist eigentlich alles.«

»Ach … ich habe mich noch gar nicht vorgestellt. Ich bin Schwester Annegret …« Sie sah Malbek an, als ob sie eine Offenbarung hätte.

Malbek war sich ziemlich sicher, dass ihr die Patientin jetzt auch in einem milderen Licht erscheinen würde.

Der Schutzbeamte hatte sich aus dem Tagesraum der Station einen bequemen Sessel geholt und schob ihn hin und her, bis er schließlich mit dem Abstand zur Krankenzimmertür und der Flurwand zufrieden war.

Malbek stand neben ihm und sah zu.

»Ich empfehle Ihnen dieses Buch als Lektüre während des Dienstes«, sagte Malbek und gab ihm die Bibel.

Der Mann starrte entgeistert auf das in schwarzes Leinen gebundene Buch. Dann hob er langsam den Kopf und starrte Malbek an.

»Altes und Neues Testament. Ich empfehle es als Lektüre

jedem Beamten bei Schutzmaßnahmen dieser Art, insbesondere auf Krankenhausfluren. Falls Herr Kriminalhauptkommissar Lüthje hier auftaucht: Er wird versuchen, Ihnen einzureden, dass die Bibel einschläfernd wirkt. Wenn Sie sagen, dass Sie sich aber hellwach fühlen, wird er behaupten, dass die Lektüre mittelfristig zu einer Wirkungsumkehr führt, wie bei einem Medikament. Wenn Sie ihm zustimmen, wird er gehen und Sie in Ruhe lassen.«

»Danke für den Tipp. Aber ich hab mir einen Krimi mitgebracht.«

Er zog ein Taschenbuch aus seiner Tasche und hielt ihm das Cover hin. Ein Schwein mit Beil im Kopf lag in einer blutgefüllten Badewanne, die auf einer grünen Almwiese stand. Im Hintergrund ein schneebedecktes Alpenmassiv. Titel: »Gipfelblut«.

»Lesen Sie das Alte Testament«, sagte Malbek. »Dagegen ist Ihr Thriller nur ein Komödienstadl.«

Der Beamte steckte sein Taschenbuch wieder ein und schlug die Bibel auf der ersten Seite auf.

»Geben Sie das Buch nach Beendigung Ihrer Schicht mit schönen Grüßen von mir an den nächsten Kollegen weiter. Und der an den nächsten Kollegen und so weiter.«

10

Als Malbek wieder auf dem Fahrersitz seines Wohnmobils saß, nahm er zunächst das Plastikschild mit dem Schriftzug »Polizeieinsatz« vom Armaturenbrett. Dabei fiel sein Blick auf einen Zettel, der hinter einem Scheibenwischer steckte. In derselben Blickachse sah er eine Politesse, die ihm gerade einen kurzen Blick zuwarf, um dann mit einer kleinen Kamera ein Auto zu fotografieren, das an der Auffahrt zur Klinikpforte parkte.

Malbek stieg aus, riss das Knöllchen von der Windschutzscheibe und ging auf die Politesse zu.

Jetzt erkannte Malbek sie wieder. Es war dieselbe Frau, die ihm und Lüthje vor ein paar Monaten auf dem Westring ein Knöllchen hatte verpassen wollen. Sie hatten damals in ihrem Dienstwagen gesessen (der kein Behördenkennzeichen hatte) und waren gerade dabei, ihre extralangen Baguettes mit doppelt gebratenem Hähnchenbelag und extragroßen Salatportionen zu vertilgen, die sie im Bistro an der Ecke zur Eckernförder Landstraße gekauft hatten. Malbek hatte sie angeschrien, dass sie gerade im Einsatz seien. Sie hatte es geglaubt und war weggelaufen.

»Sie schon wieder!«, rief Malbek, als er auf sie zuging. »Was haben Sie nur für ein Glück! Es reicht! Wie ist Ihr Name?« Er hielt ihr seine Dienstmarke und das Schild »Polizeieinsatz« vors Gesicht.

»Hei... Heidebrecht ...«, stotterte sie.

»Klemmen Sie sich das Schild unter die Sonnenblende, Frau Heidebrecht, damit Sie mich das nächste Mal nicht vergessen.« Er drückte ihr Schild und Knöllchen in die Armbeuge und ging.

Als er wieder hinter dem Lenkrad saß, bekam er Hunger. Doppelt gebratener Hähnchenbelag. Das wäre jetzt genau das Richtige. Zum Westring war es nicht weit. Zögernd begann der Diesel zu nageln.

Als er schließlich rundlief, legte Malbek den Gang ein und schlug das Lenkrad Richtung Straße ein. Er spürte einen Widerstand, riss das Lenkrad weiter, vielleicht war da ja nur ein unsichtbarer Kantstein. Dann knackte es im Motorraum, genauer gesagt dort, wo das Lenkgetriebe saß. Ein Schnack fiel ihm ein, den er mal in der Werkstatt aufgeschnappt hatte: Nach fest kommt ab …

Malbek stieg aus und rief die Werkstatt an. Er hörte deutlich, wie der Kfz-Mechaniker grinste, als er Malbek versprach, dass in einer halben Stunde jemand das Wohnmobil mit dem Trailer huckepack zur Werkstatt holen würde. Sie vereinbarten, dass Malbek die Wagenschlüssel und den Kfz-Schein an der Klinikpforte abgeben würde.

Malbek setzte sich an den Tisch im Wohnmobil und rief das K6 an. Er schilderte Prebling die neue Entwicklung und dass er den Schlüssel zur Wohnung hätte, aber am Universitätsklinikum wegen einer Autopanne festsitze.

»Kein Problem. Wir holen Sie gleich ab.« Auch Prebling besaß die Fähigkeit, mit der Stimme zu grinsen. Er kannte Malbeks Wohnmobil.

Malbek wählte Lüthjes Nummer.

Lüthje nahm ab und flüsterte: »Bleib dran.« Also saß er wieder in einer Besprechung.

Es raschelte ein paar Sekunden. »So, jetzt bin ich auf dem Flur. Am besten, du redest. Hier gibt es ein paar Türen, die offen stehen. Außerdem haben die Wände Ohren.«

Malbek informierte Lüthje in Kurzfassung über Jettes interessante Begegnungen mit der Clique, deren geschäftliche Verflechtungen und das interessante Detail, dass Kai Mönkemeier das Grundstück und der Rohbau gehörten, in dem Leptien ermordet worden war.

Lüthje pfiff leise. »Wie unschön für Mönkemeier.«

»Frag ihn, ob ihm das schaden kann. Vielleicht ein Konkurrent. Wann fährst du zu Mönkemeier?«

»In einer halben Stunde ist hier Schluss. Dann greif ich ihn mir. Egal, wo er ist. Und du?«

»Ich warte auf das K6. Wir sehen uns in Jettes Wohnung um, vielleicht gibt es ja ein paar aufschlussreiche Einbruchspuren. Außerdem muss ich mein Wohnmobil in die Werkstatt abschleppen lassen. Das Lenkgetriebe will nicht mehr.«

»Wie wär's mit einem neuen?«

»Ich hatte meine Werkstatt vorgewarnt. Die haben das Ersatzteil schon auf Lager.«

»Ich meinte nicht das Lenkgetriebe, Gerson. Ich meinte ein neues Wohnmobil. Oder vielleicht sogar ein richtiges Auto.«

»Mein Dienstauto steht in Laboe.«

»Du weißt doch, ich meine es nur gut mit dir, und …«

Malbek beendete das Gespräch. Er hatte keine Lust, über das Thema zu reden. Er ließ seinen Blick eine Weile durch das Wohnmobil schweifen. Lüthje hatte recht. Sophie hatte recht. Es wäre vernünftig, sich ein neues zu kaufen, wenn es denn unbedingt wieder ein Wohnmobil sein müsste. Aber er war nicht vernünftig.

Er montierte das Navi ab. Normalerweise nahm er auch noch Bettwäsche, Matratzen, Gardinen und Lebensmittel aus dem Wohnmobil, bevor er es in die Werkstatt gab. Der Werkstattgestank nach Motoröl, Benzin, Autoabgasen und Zigarettenqualm setzte sich sonst fest. Aber er hatte es diesmal einfach vergessen. Und er konnte diese Sachen wohl nicht gut bei Stationsschwester Annegret zwischenlagern.

Malbeks Magen knurrte. Er sah in seinen Kühlschrank. Eine alte Frikadelle, ein hartes Roggenbrot, ein halbwegs frischer Joghurt. Ansonsten gab es Haferflocken und Walnüsse im Vorratsschrank über dem Kühlschrank. Er nahm sich eine Handvoll Walnüsse. Aber als er sie in den Mund nehmen wollte, hielt er inne und schüttete sie wieder ins Glas zurück. Ihm war eingefallen, dass er sich im Sommer an einem Walnussstück entsetzlich verschluckt hatte. Er aß sie seitdem nur gemahlen, aber seine Getreidemühle lief nur mit Wechselstrom, und den gab es hier am Straßenrand vor der Klinik nicht. Der Hunger musste warten.

Er schob die Gardine des Fensters beiseite und sah an den

Fenstern der Klinik hinauf. Dort oben im vierten Stock musste Jettes Zimmer sein. Ja, es ging nach Süden, das war ihm aufgefallen, weil die Sonne während einer Wolkenlücke einmal ins Zimmer geschaut hatte. Auf Jettes Gesicht. Das fünfte oder sechste Fenster nach den Treppenhausfenstern musste es sein.

Sein Leben lief im Moment gar nicht rund. Es stolperte, knarrte, knackte, und jetzt war das Lenkgetriebe gebrochen. Gerade als er dabei war, mit Tanja eine Beziehung aufzubauen, tauchte seine letzte Beziehungskatastrophe wieder auf. Als verführerische, schwache Schöne, die seine Beschützerinstinkte wild machte. In diesem wackeligen Moment.

Eine Prüfung, würde Ben Friese sagen. Das klang immer gut. Der hatte Zeit genug gehabt, um sich seine Aussage zurechtzulegen. Die Zeit lief weiter. Mühlenstedt könnte jetzt schon in Kiel sein.

Er ging zum Pförtner und hinterlegte die Wagenschlüssel und Papiere. In diesem Moment fuhr der Wagen des K6 vor.

Auf dem Weg zu Jettes Wohnung fuhren sie am Bistro mit den Baguettes entlang. Malbek wollte fragen, ob sie dort nicht kurz halten könnten, aber er ließ es. Prebling und seine zwei Assistenten rochen nach Kantine. Sie würden kein Verständnis für ihn haben. Er erzählte ihnen von der Mieterin der Wohnung, ihrem Fotoauftrag und der verschwundenen Kamera und den Fotos.

»Da haben wir ja Glück gehabt, dass sie nicht auch in einem Rohbau wohnt«, sagte Prebling.

Die anderen beiden Männer vom K6 lachten. Malbek lachte aus Höflichkeit mit, weil ihm die Ironie von Preblings Bemerkung zunächst nicht aufging. Ein paar Sekunden später machte es bei ihm klick: Es sollte eine Anspielung auf die Menge der Spuren in dem Gebäude sein, die das K6 aufspüren, sichern, registrieren und ordnen musste. Und man war immer noch nicht damit fertig.

Jettes Wohnung war eine Zwei-Zimmer-Mansarde in einem dreistöckigen Wohnhaus. Sie nahmen sich alle einen der zusammengefalteten Overalls aus dem Laderaum des Vans und zogen ihn über. Als sie sie einschließlich der Einmalhandschuhe angezogen hatten, standen an fast allen Fenstern des Hauses Gaffer.

Prebling wies ihn auf ein paar frische Kratzer im Bereich des Türschlosses hin. Jemand hatte versucht, in die Wohnung zu kommen, aber das war schon normal, wenn man von draußen mehrere Nächte kein Licht in den Fenstern gesehen hatte.

Bevor Malbek den Schlüssel ins Schloss stecken konnte, hatte Prebling die Tür mit einer Plastikkarte in Scheckkartengröße geöffnet und sah ihn vielsagend an. Jeder hätte ohne Aufwand in diese Wohnung spazieren können, seitdem Jette im Krankenhaus lag. Wer wusste, ob sie die Wohnung abgeschlossen hatte, als sie das Haus verlassen hatte.

Die Wohnung hatte den üblichen Grundriss: Vier Türen gingen von dem kleinen Flur ab, Küche, Bad, Wohnzimmer, Schlafzimmer. Sie war sparsam eingerichtet, sowohl was die Menge als auch die Qualität der Möbel betraf. Sie schienen alle aus dem schwedischen Möbelhaus am Westring zu stammen. Malbek sah sich das CD-Regal im Wohnzimmer an. Die Pink-Floyd-CDs gehörten ihm. Die Chris-de-Burgh-CDs, die er ihr geschenkt hatte, fehlten.

Die Männer vom K6 hatten inzwischen ihre Aluminiumkoffer aufgeklappt und begannen zunächst mit den Türklinken und dem Bad.

Malbek klopfte den Türrahmen im Bad ab und wurde fündig. Die rechte Verschalung ließ sich von der Wand ein Stück abziehen, und in die entstandene Lücke ließ sich mit der Hand hineingreifen. Er zog ein angebrochenes Briefchen heraus: wahrscheinlich unter einem Gramm, damit eine »geringfügige Menge zum Eigenbedarf«. Er gab es Prebling.

Auch eine geringfügige Menge zum Eigenbedarf musste gewogen, fotografiert und im Labor analysiert werden.

Malbek fand die Sporttasche im Flurschrank. Er hielt sie Prebling hin und zupfte etwas am Mundschutz, damit er besser sprechen konnte.

»Ich hab der Mieterin versprochen, ein paar Sachen ins Krankenhaus zu bringen.«

Prebling hob fragend eine Augenbraue über dem Mundschutz. Malbek zuckte als Antwort mit den Schultern. Nachdem Prebling die Tasche fotografiert und mit Pinsel und Klebefolien untersucht hatte, gab er sie Malbek zurück.

Das K6 war im Badezimmer fertig. Er räumte die Kosmetik unter dem Badezimmerspiegel mit einer Handbewegung in die Sporttasche. Bei der Wäsche in der unteren Schublade im Schlafzimmerschrank dauerte es etwas länger. Zunächst vergewisserte er sich, dass er im Schlafzimmer allein war, um mit leiser Wehmut festzustellen, dass er die meisten Stücke aus Jettes Dessoussammlung kannte.

Irgendeine innere Stimme befahl ihm, ausschließlich die ihm unbekannten in die Sporttasche zu stopfen. Ihm fiel zum ersten Mal auf, dass die Dessous alle aus Kunstfasern waren. War Baumwolle nicht hautfreundlicher? Aber es sah wahrscheinlich nicht so reizvoll aus. Danach warf er noch T-Shirts, Hosen und Pullover in die Sporttasche. Dann kamen ihm plötzlich Bedenken wegen der Dessousauswahl.

Er kniete sich wieder vor die Schublade und begann, die »alten Bekannten« gegen Unbekannte auszutauschen.

»Was ist das?«, rief Prebling ihm aus dem Nebenzimmer zu und erschien mit einer Plastiktüte im Türrahmen.

Bei genauerem Hinsehen entdeckte Malbek einen schwarzen Fussel in der unteren rechten Ecke der Tüte.

»Der Tatort und diese Wohnung haben eine kleine, aber feine Übereinstimmung, was die Spurenlage betrifft. Nämlich diese Baumwollfasern hier«, sagte Prebling.

Er genoss den Auftritt. Er war sonst sehr still und bescheiden wie seine Mitarbeiter. Schließlich arbeitete die ganze kriminaltechnische Abteilung die meiste Zeit zurückgezogen in ihrem Labor.

»Am Tatort und im Treppenhaus des Gebäudes haben wir mehr von dieser Faserart gefunden. Ich wollte es eigentlich nur in den Bericht über den Tatort schreiben. Ich bin mir ziemlich sicher. Sie wird in sogenannten Arbeits- oder Handwerkeroveralls verwendet, die in jedem Baumarkt oder im Internet erhältlich sind. Werden auch manchmal unter der Bezeichnung ›Rallye-Kombi‹ verkauft. Das hört sich natürlich besser an.« Er lächelte. »Nun werden Sie sagen, das ist doch nichts Besonderes, dass man Stofffasern an einem Ort findet, wo täglich Handwerker in Overalls arbeiten, gerade in einem Rohbau, in dem der Innenausbau vorbereitet wird.«

Malbek nickte. »Das würde ich auch nicht als spektakulären Ermittlungsforschritt bezeichnen.«

»Wir haben am Tatort und im gesamten Rohbau überwiegend drei Arten von Baumwollfasern dieser Overalls gefunden, blaue, weiße und graue. Aber nur im Treppenhaus und am Tatort gab es schwarze Baumwollfasern von dieser Struktur. Und genau diese Baumwollfaser haben wir auch hier gefunden. Schwarz. An den Kanten des losen Türrahmens. Und im Flur. Es könnte ein Zufall sein.«

Malbek blies die Backen auf und ließ die Luft hörbar wieder heraus. »Ein Mann oder eine Frau im schwarzen Overall. Hat die Mieterin vielleicht so was?«

»Wir haben überall vergeblich danach gesucht.«

»Kann man eine Aussage darüber machen, wie lange die Fasern schon in dieser Wohnung sind?«

»Dazu brauchen wir keine mikroskopische Untersuchung. Die sind nicht länger als ein paar Tage hier.«

»Nachts ist ein schwarzer Overall eine gute Tarnung. Das Sondereinsatzkommando kennt sich da aus«, sagte Malbek. »Aber warum sollte der Täter nicht Kunststoffoveralls benutzen? So wie unsere, die keine Fasern verlieren?«

»Baumwolle ist hautfreundlicher …«

11

Lüthje hatte während seiner vormittäglichen Lagebesprechung im Innenministerium darüber nachgedacht, wo er Kai Mönkemeier befragen könnte.

Er hatte verschiedene Alternativen erwogen, die er ihm vorschlagen könnte. Vielleicht bei Mönkemeier zu Hause, bei einem Spaziergang im Felmer Moor oder an der Nordsee. Da war man ungestört.

Als die Lagebesprechung beendet war und Lüthje auf dem Parkplatz vor dem Innenministerium in seinem Wagen saß, entschied er sich für Mönkemeiers Büro. Falls Mönkemeier jetzt überhaupt da war. Es lag sozusagen am Weg zum BKI. Als Druckmittel blieb immer noch, den Staatssekretär in Lüthjes Dienstzimmer vorzuladen.

Es gab Kollegen, die meinten, dass sich Männer oder Frauen in solcher Position wie Mönkemeier in ihren Büros am sichersten fühlten. Sie würden dann erfolgreich versuchen, die Befragung in die von ihnen gewünschte Richtung zu lenken. Lüthjes Erfahrungen waren etwas anders. Gerade die Sicherheit machte unvorsichtig, und hier hatte Lüthje die besten Volltreffer erzielt.

Das letzte Gespräch im Regierungsviertel hatte er vor fünf Jahren mit seinem ehemaligen Chef aus Flensburg geführt, der zum Staatssekretär avanciert war und der beim verträumten Blick auf den vor seinem Fenster liegenden Yachthafen unbewusst den eigentlichen Grund für das Gespräch mit ihm ausgeplaudert hatte: ob Lüthje nicht seinen Kontakt zu Malbek abbrechen könnte. Dann ließen sich manche Ermittlungsprobleme vielleicht eleganter lösen …

Das Ministerium für Bildung und Wissenschaft lag an der Brunswikerstraße zwischen Uniklinikum und Dreiecksplatz. Das Gebäude war einer dieser hochkant gestellten Schuhkartons im Hochhausformat aus den fünfziger Jahren, das die im Krieg vollständig zerstörte Bebauung der Brunswiker Straße ersetzen sollte. Es hatte schon verschiedene Ministerien beherbergt. Die Entscheidung darüber, welches Ministerium hier wohnen sollte, war von jeher eines der delikatesten und bestgehüteten Geheimnisse jeder schleswig-holsteinischen Landesregierung gewesen.

Das Gebäude lag nicht im Regierungsviertel. Welches Ministerium hatte man bei der letzten Regierungsbildung mit einer guten Begründung (die auch mit den jeweiligen Parteiprogrammen harmonieren musste) hier unterbringen können? Fernab vom Zentrum der Macht, der Regierungskanzlei, dem Landesparlament und den anderen Ministerien. Irgendjemandem war dann eingefallen, dass es wohl an der Zeit sei, die Fragen der Bildung, Wissenschaft und Erziehung nah am Volk, also nah an der Stadtmitte, zwischen Fähranlegern, Einkaufszentren, Schloss und Dreiecksplatz anzusiedeln. Es war also diesmal eine Geste der Volksnähe gewesen.

Lüthje hatte in einer Häppchenpause bei einem der vielen Gespräche im Innenministerium die Formulierung aufgeschnappt, dass das Bildungsministerium als Ausgleich zur Volksnähe die beste Aussicht auf die Förde hätte. Darüber hatte man tatsächlich herzlich gelacht und anschließend alle Häppchen verputzt.

Das Internet war voller Porträts des jungen Staatssekretärs Kai Mönkemeier. Bei Einweihungen, Parteitagen, auf dem Rednerpodium, im Kreise von Schülern, als Landtagsmitglied und natürlich bei gesellschaftlichen Ereignissen mit seiner attraktiven Frau Nina Sinjen, die, so wurde es immer wieder in der Klatschpresse erwähnt, vorher viele Jahre mit dem Künstler Ben Friese zusammengelebt hatte. Sollte das die Frau aufwerten oder den verlassenen Mann? Oder war es ein Hinweis für Insider: Partnertausch in der Clique. So hatte es die Verlobte des Ermordeten Malbek gegenüber dargestellt.

Auf einem der Internetfotos waren sie alle zusammen zu sehen, Mühlenstedt, Friese, Mönkemeier und Leptien. Ein Bild aus glücklichen Tagen. Sie standen dicht beieinander im Halbkreis vor der Kamera: Mühlenstedt bläst ein Kaugummi auf, hat den Zeigefinger der rechten Hand gehoben, den linkem Arm um Ben Friese gelegt, der lachend auf die Kaugummiblase sieht, Dirk Leptien steht neben Ben Friese, sieht gespielt ängstlich auf Mühlenstedt, rechts daneben Mönkemeier, der ein gefülltes Glas in der Hand hat und als Einziger der Clique in die Kamera sieht. Ein Mann, der wohl schon immer Fotoshootings gewohnt war.

Lüthje klickte auf das Foto und wurde auf die Archivseite einer Berliner Zeitung geleitet. Hier fand er das Foto wieder und den dazugehörigen Bericht. Es ging um Ben Frieses erste Ausstellung in Berlin, der wohl schon damals kein Unbekannter mehr war. Ein weiteres Foto zeigte ein wandgroßes Gemälde von Friese in einem Berliner Tagungszentrum an der Spree. Im Stadtteil Friedrichshain. Das war sicher Zufall.

»Möchten Sie einen Earl-Grey-Tee, Herr Lüthje?«, fragte Mönkemeiers Vorzimmerdame, Frau Stegner, als Lüthje und Mönkemeier in dessen Zimmer am runden Besprechungstisch Platz genommen hatten.

An der Wand neben dem Tisch hingen ein paar kleine Bilder von Friese. Sie schienen, wie es Frieses Stil war, eine Geschichte wie ein Comic zu erzählen. Lüthje sah darin einen kleinen Wirbelsturm am Strand, mit dem die Möwen kämpften, die ihn umschwirrten. Vielleicht sollte es auch etwas ganz anderes bedeuten.

»Ja, gern. Woher wissen Sie …?«

»Ich habe mich bei Ihrer Sekretärin erkundigt, welches Getränk Sie bei Besprechungen bevorzugen, und sie war so freundlich, es mir zu verraten«, antwortete die Vorzimmerdame lächelnd.

»Na prima.«

Lüthje fand das überhaupt nicht gut. Jetzt wusste seine Sekretärin Frau Fahrenkrog also, wo er war. Und würde das womöglich irgendjemand anderem erzählen. Genau das wollte er aber vermeiden, dass jemand erfuhr, wie Malbek und er sich die Ermittlungen aufteilten.

Lüthje versuchte, das Bild aus dem Internet mit dem Mann vor sich in Einklang zu bringen. Mönkemeier hatte ein paar graue Haare im Dreitagebart, Ringe unter den Augen, ein paar Kilo mehr am Bauch und anderswo. Die Nickelbrille gab ihm einen intellektuellen Touch, der nicht zur jungenhaften, frechen Frisur passen wollte. Der Blick war unruhig und, wenn er für eine Sekunde Lüthje in die Augen sah, stechend. Ein Zeichen von Nervosität. Die Anzugjacke hing über dem Sessel, das lindgrüne Hemd war sicher nicht von der Stange gekauft und der oberste Knopf geöffnet, er trug keinen Schlips. Was wohl signalisieren sollte: Dies ist ein Mann, mit dem man reden kann.

»Wie geht es Herrn Schackhaven?«, fragte Mönkemeier, während seine Sekretärin aus dem chinesischen Porzellankännchen den englischen Earl Grey in beide Tassen goss. Offensichtlich hatte Mönkemeier mit der Sekretärin vorher abgesprochen, dass er auch den von Lüthje »bevorzugten« Tee nehmen würde.

Und dieser Gesprächseinstieg mit Schackhaven sollte Lüthje wohl signalisieren, dass er, Lüthje, nur als vorübergehender Behördenchef wahrgenommen wurde. Mönkemeier lag also daran, dass das Gespräch im Belanglosen verlief. Oder versuchte er herauszuhören, wie die Chancen für einen baldigen Wechsel an der Spitze des Bezirkskriminalamtes waren? Denn dass Lüthje diesen Posten nur widerwillig angenommen hatte, wusste auf dieser Amtsebene wohl inzwischen jeder.

»Herr Schackhaven ist in der Rehabilitationsklinik. Also auf dem Wege der Besserung.«

»Schön. Danke, Frau Stegner, und keine Anrufe, bitte!«, und wieder zu Lüthje gewandt: »Sie haben sich in der kurzen Zeit gut eingearbeitet, hörte ich?«

Frau Stegner verließ das Zimmer.

»Wer plaudert denn da Dienstgeheimnisse aus?«, fragte Lüthje.

Mönkemeier lachte. Zu laut. Er legte die Hände auf die Akte, die vor ihm lag, und wurde wieder ernst. Es war Leptiens Personalakte. Malbek hatte die Personalakte der Schule bei seinem Besuch bei Dr. Casper schon beschlagnahmt. Aber vielleicht enthielt dieses ministerielle Aktenstück mehr Details.

»Wie kann ich Ihnen in dieser schrecklichen Angelegenheit helfen, Herr Lüthje?«

Er fragte das so, als ob er Dirk Leptien, das Mordopfer, nicht als Freund gekannt hätte. Sondern so, als ob ein Notarzt einen Schwerverletzten um Erlaubnis zur Amputation bitten würde.

Lüthje deutete auf die Personalakte. »Herr Leptien hatte sich auf eine freie Rektorenstelle am Mönkemeier-Gymnasium beworben. Wie waren seine Chancen?«

Mönkemeier lächelte. »Ich muss dazu sagen, dass die Schule nicht nach mir benannt ist. Der Namensgeber des Gymnasiums ist mein Urgroßvater ...«

»Ist mir bekannt, Herr Mönkemeier.«

»Ach so.« Ein hastiger Blick streifte Lüthje. Dann öffnete Mönkemeier die Akte, blätterte, schlug schließlich eine Seite auf, von der Lüthje sicher war, dass sie nichts zum Thema Rektorenbewerbung aussagte. »Ja, Sie fragten nach den Chancen der Bewerbung. Der Auswahlprozess konnte aus diesen tragischen Gründen nicht abgeschlossen werden, aber ...« Er schien etwas zu lesen, blätterte um, las wieder, rückte die Nickelbrille zurecht. »Seine Zeugnisse sind aussagekräftig, überdurchschnittlich, er nahm an Fortbildungen teil, er hat ein berufsbegleitendes Studium zum Schulmanagement absolviert ... Kurz gesagt, ein verdienter Kollege!« Er hob den Blick von der Akte und sah Lüthje an, als hätte er ein Urteil verkündet.

»Wenn ich Sie recht verstehe, hätte Herr Leptien also die Stelle bekommen, obwohl er dem Turboabitur kritisch gegenüberstand. Sie gelten doch als Verfechter des Turboabiturs, oder täusche ich mich?«

»Mein Kompliment, Herr Lüthje, Sie kennen sich aus. Aber daran können Sie sehen, dass es bei der Auswahl von Rektoren nicht um politische Standpunkte, sondern um die Qualität der pädagogischen Arbeit geht.«

»Herr Leptien ist doch in einer politischen Gruppierung, die bei den nächsten Landtagswahlen in den Landtag kommen könnte. Könnte es sein, dass Sie sich in Herrn Leptien eines

Mitstreiters für stürmische Zeiten versichern wollten? Das Turboabi liegt Ihnen vielleicht auch gar nicht so am Herzen …«

»Das sind doch nur Unterstellungen, Herr Lüthje. Von wem auch immer Sie solche Gerüchte gehört haben, es ist Unsinn.«

»Nächste Frage: Herr Leptien soll mit einer Schülerin ein Verhältnis gehabt haben. Was wissen Sie darüber?«

»Nur das, was Herr Dr. Casper Ihrem Herrn Malbek schon gesagt hat.«

»Herr Malbek ist übrigens Kriminalhauptkommissar, genau wie ich«, sagte Lüthje lächelnd. »Er würde es gar nicht schätzen, als *mein* Herr Malbek bezeichnet zu werden. Er ist der Ermittlungsleiter dieses Falles. Und ich unterstütze ihn bei dieser schweren Aufgabe.«

Mönkemeier nickte säuerlich. Wahrscheinlich hatte er gedacht, dass der Dienstgrad des Kriminalpolizisten dem Dienstgrad seines Gesprächspartners angepasst wird. Lüthje als kommissarischer Amtsleiter spricht mit dem Staatssekretär, und Malbek als bloßer Kriminalpolizist eine Ebene tiefer mit dem Schulrektor. Eine Einstellung aus den vergangenen Jahrhunderten, die sich auf geheimnisvolle Weise von einer Generation auf die nächste vererbte.

»Also zurück zum Thema«, begann Lüthje. »Frau Fieder, die Sekretärin von Herrn Dr. Casper, soll einen anonymen Anruf bekommen haben. Wurde der Anruf aufgezeichnet?«

»Nein, davon ist mir nichts bekannt.« Er blätterte in der Personalakte.

»Wäre eine Aufzeichnung mit dem Telefon von Frau Fieder technisch möglich?«

»Nein, aber sie hat dazu eine schriftliche Stellungnahme abgegeben.« Er legte die rechte Hand auf eine Seite und sah Lüthje freundlich an.

»Ich vermute, Sie haben sie gerade aufgeschlagen und wollten sie mir jetzt zeigen.« Lüthje streckte eine Hand aus.

»Entschuldigung. Selbstverständlich.« Er schob Lüthje die Akte hinüber.

Lüthje nahm einen Schluck Tee. Er war etwas zu dünn, aber

Frau Stegner war sicher eine sparsame Sekretärin. Mönkemeier rührte seine Tasse nicht an.

Die Stellungnahme war nicht handschriftlich, sondern das unterschriebene Original eines Computerausdruckes. Den Inhalt konnte man in einem Wort zusammenfassen: Die Stellungnahme war sehr kurz und unbestimmt, »unsubstantiiert«, wie Staatsanwalt Kröhner es nennen würde. Sie enthielt eine Betreffzeile: »Anruf wg. Herrn Leptien«. Danach folgten Uhrzeit und die geschätzte Dauer des Anrufs. Und dann hatte Frau Fieder geschrieben:

»Es könnte eine weibliche Stimme gewesen sein. Er/Sie hat geflüstert und gesagt: ›Ihr Leptien, der hat was mit einer Schülerin. Er trifft sich mit ihr in seiner Wohnung. Vielleicht auch anderswo.‹ Dann hat der Anrufer aufgelegt, ohne dass ich ihn etwas fragen konnte.«

Darunter ein handgeschriebenes Datum und die Unterschrift von Frau Fieder.

Während Lüthje den Text las, hatte er im Augenwinkel bemerkt, wie Mönkemeier sich unter dem Kinn mit Daumen und Zeigefinger der linken Hand massierte. Vielleicht, um dem Erschlaffen der Haut an dieser kritischen Partie vorzubeugen. Eine Art Fitnesstraining. Sicher hatte er eine App in seinem Smartphone, die das registrierte.

»Dieses Dokument war nicht in der schulischen Personalakte, die Herr Malbek bei Herrn Dr. Casper beschlagnahmt hat«, sagte Lüthje.

Mönkemeier brach seine Halsmassage ab. »Sicher ein Versehen. Dies ist jedenfalls das Original. Er hat es uns gestern zugesandt. Sehen Sie? Da ist der Eingangsstempel.« Er tippte auf den Kopf des Schriftstücks. Das Datum von gestern. Der Stempel war frisch.

Lüthje schob die Akte zurück zu Mönkemeier. Er wollte ihn in der Hoffnung wiegen, dass er sie nicht nach dem Abschluss der Befragung beschlagnahmen würde.

»Sie waren mit Herrn Leptien befreundet?«, fragte Lüthje.

»Ja, natürlich.«

»Sie sind auch mit Ben Friese und Arnold Mühlenstedt befreundet?«

»Wir kennen uns lange und gut.«

»Kennen oder befreundet?«

»Man könnte schon sagen, befreundet. Aber das ist heutzutage ja ein weiter Begriff.«

»Sowohl Sie als auch Herr Mühlenstedt haben mit dem Architektenbüro Dittmer und Partner geschäftliche Beziehungen?«

»Inwiefern?«

»Wir wissen, dass Herr Mühlenstedt das Architektenbüro mit der Innengestaltung seiner gastronomischen Betriebe beauftragt hat. Und Sie haben das Architektenbüro mit der Errichtung Ihres Wohn- und Geschäftshauses an der Gablenzstraße beauftragt. Und ...«

»Was soll das? Worauf wollen Sie hinaus?«

»Im neuen Kieler Einkaufszentrum, bei dem das Architektenbüro die öffentliche Ausschreibung gewonnen hat, wird es im oberen Stockwerk städtische Bildungseinrichtungen geben. Und bei allen diesen Projekten wird Herr Friese mit der künstlerischen Gestaltung im und am Bau beauftragt. Ich möchte nur wissen, ob dies den Tatsachen entspricht.«

»Ja, zum Teil. Aber ich bin nicht Eigentümer des Projektes an der Gablenzstraße, sondern eine Verwaltungsgesellschaft und eine ...«

»... deren Hauptgesellschafter über ein paar Verschachtelungen allein Sie sind. Das habe ich schon aus der Beschriftung der Schilder an dem Rohbau schließen können. Aber das ist ja alles normal. Sie haben enge Freunde, die Sie in Ihre geschäftlichen Aktivitäten einbeziehen, das kann man doch so sagen, oder?«

»Ja, das ist nicht strafbar. Was wollen Sie denn?«

»Ich will Ihnen doch nur helfen, Herr Mönkemeier. Ich will nur von Ihnen wissen, ob Ihnen klar ist, in welcher Situation Sie stecken? Ihr Freund und Kollege Dirk Leptien wurde auf Ihrem Grundstück, in Ihrem Bauprojekt, ermordet. Für Herrn Leptien haben Sie in der Mordnacht mit Ihren Freunden Ben Friese und

Arnold Mühlenstedt eine Junggesellenparty vorbereitet. Friese, dessen Werke auch in der Kieler Kunsthalle hängen, dessen Berliner Galerist Kontakte zum Regierungsviertel hat und der repräsentative Räume mit seinen Bildern ausstattet. Der Kieler Staatssekretär, der eben noch Schulrektor war ...«, und jetzt mit der Ex des Künstlers verheiratet ist, wollte Lüthje hinzusetzen, ließ es aber aus taktischen Gründen in diesem Moment weg. »... Arnold Mühlenstedt, der Unternehmer mit Entertainerqualitäten, der in Talkshows herumgereicht wird und wahrscheinlich auch Filialen in Ihren Projekten eröffnen will. Sie alle planten eine Party, die von der Ausstattung her eine teure Nacht auf St. Pauli in den Schatten stellen würde. Eine wahrhaft teuflische Rezeptur, von der ein Sensationsreporter träumt ...« Nach einer schöpferischen Pause, in der Mönkemeier nach Worten rang, fuhr er fort: »Haben Sie Feinde, Herr Mönkemeier?«

Unter Kai Mönkemeiers gleichmäßiger Urlaubsbräune glaubte Lüthje eine wächserne Blässe aufsteigen zu sehen.

»Sie haben ja recht, Herr Lüthje. Die Konstellation ist wirklich teuflisch. Als ob jemand im Hintergrund die Fäden zieht ... Feinde ... Mein Gott, wer hat keine Feinde? Wir alle haben Feinde.«

Mönkemeier gab die Rolle des Schwachen, den die unberechenbaren Mächte in die Knie gezwungen hatten. Seine zur Schau getragene Schwäche sollte eine Vertraulichkeit zwischen ihnen herstellen, von der Mönkemeier hoffte, dass sie dazu führen würde, dass Lüthje ihm alles glaubte. Aber dass Lüthje diese Situation inszeniert und provoziert hatte, durchschaute er nicht. Weil er sich in seinem Dienstzimmer, seinem Reich, sicher fühlte.

Lüthje hatte ihn da, wo er ihn haben wollte. Da aber Mönkemeier für ihn auch zu den grundsätzlich unberechenbaren Charakteren gehörte, konnte dieser Zustand der falschen Vertraulichkeit jederzeit durch ein falsches Wort von Lüthje zerstört werden.

»Es gibt drei Motive für Feindschaft, Herr Mönkemeier. Rache. Gier. Und ... das ist eigentlich kein Motiv ... Geisteskrankheit. Das sind die Grundzutaten. Als besonderes Gewürz wäre noch Eifersucht zu erwähnen. Fällt Ihnen dazu jemand ein?«

Mönkemeier versank in eine nachdenkliche Pose. Er drehte seinen Stuhl zu den sechs hohen schmalen Fenstern, die zur Förde hinausgingen und ein fast vollständiges Panorama der Stadt boten. Ein Blick, um den ihn die anderen Ministerien des Bildungsressorts beneiden mussten. Musste jemand einen Preis dafür zahlen?

»Sie nehmen das, worüber wir hier sprechen, nicht in ein Protokoll auf oder schneiden es womöglich heimlich mit?«, riss Mönkemeier Lüthje aus seinen Gedanken.

Lüthje lachte auf. »Nein. Dies ist keine Vernehmung. Und kein förmliches Protokoll. Das kommt später. Betrachten Sie das hier als Vorbesprechung.«

»Gut.« Mönkemeier legte die Fingerspitzen aneinander und sah weiter zum Fenster. »Wenn ich das, was Sie gesagt haben, auf mich wirken lasse, frage ich mich, ob mir jemand schaden will, nur weil sich die Lebensgefährtin eines berühmten Künstlers wegen mir von ihm getrennt hat.«

»Können Sie sich etwas deutlicher ausdrücken?«

»Verstehen Sie mich richtig, es ist nur ein Gedanke, der mir so durch den Kopf schießt. Außerdem … warum sollte jemand dafür einen Menschen umbringen, der nichts damit zu tun hat? Es sei denn … Nein, das ist unmöglich.«

»Es hat schon Morde aus Gründen gegeben, die uns nichtig erschienen. Sie meinen also, dass Ihr Freund Ben Friese ein Motiv hätte, Ihnen zu schaden?«

Mönkemeier nickte stumm.

»Wann hat sich Ihre jetzige Frau wegen Ihnen von Herrn Friese getrennt?«

»Etwa vor eineinhalb Jahren.«

»Dann stellt sich natürlich die Frage, warum er so lange gewartet hat.«

Mönkemeier zuckte mit den Schultern. »Vielleicht, weil sich für ihn keine passende Gelegenheit bot.«

Er saß eine Weile still da, während Lüthje nachdachte. War das nicht ziemlich absurd? Darauf wäre er nicht gekommen. Malbek wahrscheinlich auch nicht. Aber weder er noch Malbek kannten das Beziehungsgeflecht innerhalb der Männerclique. Es schien allerdings nicht zum Besten bestellt zu sein, wenn der eine den anderen eines Mordes verdächtigte und dies bei der ersten Gelegenheit einem Ermittlungsbeamten steckte. Vielleicht, um von sich selbst abzulenken?

»Mehr möchte ich dazu nicht sagen, Herr Lüthje. Es ist, wie gesagt, nur ein Gedanke, den Sie bitte ganz vertraulich behandeln.«

»Selbstverständlich.«

»Am besten, Sie vergessen es gleich wieder.«

Lüthje ging nicht auf Mönkemeiers Bemerkung ein. »Lassen Sie uns noch zu den anderen Motiven für Feindschaft kommen. Rache oder Gier. Rache, weil Sie sich etwas geholt haben, was ein anderer für sich beansprucht hat. Gier, weil jemand den Hals nicht voll kriegen kann.«

»Es gab Interessenten, die mir das Grundstück abkaufen wollten«, sagte er nachdenklich. »Aber ich wollte es einmal selbst machen. Bauen, vermieten. Als Altersvorsorge, verstehen Sie?«

Wer hat ihm das bloß geraten?, fragte sich Lüthje. Voll ins Risiko.

»Sind Sie selbst auf diese Idee gekommen?«, fragte Lüthje.

»Ja, es war von Anfang an meine Idee. Und das Architektenbüro hat mich ermutigt.«

»Und Ihre Bank?«

»Die war zunächst skeptisch. Aber hat mitgezogen. Schließlich ist das ein Grundstück in Toplage. Und davon gibt es in Kiel immer weniger. Das Risiko ist minimal. Wenn ich merke, dass irgendetwas schiefläuft, kann ich immer noch verkaufen. Sofort.«

»Und bisher ist nichts schiefgelaufen?«, fragte Lüthje mit hochgezogenen Brauen. Na ja, es war ja nur der Mord an einem Freund. Aber vielleicht gab Mönkemeier sich absichtlich so emotionslos wie ein Immobilienhai. Um zu zeigen, dass ihm in Wirklichkeit nie etwas an diesen Freunden gelegen hatte. Also hatte er auch nichts mit diesem Mord zu tun. Als ob Mord immer etwas mit emotionaler Nähe zu tun hätte und nicht vielmehr mit emotionaler Kälte.

»Ja, natürlich die Verzögerung des Baufortschritts. Sagen Sie, Herr Lüthje, wie lange ist das Gebäude denn noch beschlagnahmt? Wir hatten damit gerechnet, dass es im Laufe des Novembers winterfest ist. Dann könnten wir im April die schlüsselfertige Übergabe haben. Keiner von uns hat mit so was gerechnet, und keiner von den Architekten oder den Baufirmen hat Erfahrung mit so was.«

Kai Mönkemeiers Anblick war plötzlich ein Bild des Jammers. Die Schultern hingen, er stützte sich mühsam mit den Ellbogen auf die schwarze hochglanzpolierte Tischplatte. Im Gesicht des erfolgreichen Mittdreißigers deuteten sich plötzlich Falten an, die Lüthje nicht für möglich gehalten hätte.

»Tja, das ist natürlich eine unerfreuliche Begleiterscheinung bei diesem Mord«, sagte Lüthje mitfühlend. »Je schneller wir den Täter finden, desto schneller wird die Beschlagnahme durch die Staatsanwaltschaft aufgehoben. Aber im Moment haben wir noch nicht einmal die kriminaltechnische Untersuchung des Gebäudes abgeschlossen.«

Was kein Geheimnis war. Lüthje hatte heute früh auf dem Weg zum Ministerium einen kleinen Abstecher zum Tatort gemacht. Das Absuchen der zehn Stockwerke im Gebäude war immer noch nicht abgeschlossen.

Inzwischen hatte sich die Spurensuche auch auf die nähere Umgebung ausgedehnt. Schräg gegenüber am Königsweg gab es ein kleines Viertel mit Mietshäusern und jeder Menge Innenhöfe. Schon am Montag hatte man hier die Mülltonnen und Container beschlagnahmt. Wonach sie suchen sollten? So genau wusste das keiner.

Malbek hatte gesagt, dass sie nach Dingen suchen sollten, an denen Blutspuren zu sehen waren. Selbst wenn der Täter sich am Tatort geduscht, die Kleidung einschließlich Schuhe gewechselt und die Kleidungsstücke in einem Plastiksack verstaut hätte, würde er den Plastiksack so schnell wie möglich irgendwo entsorgen wollen. Also blieb nichts anderes übrig, als im Dreck zu wühlen, Tonne für Tonne, Tüte für Tüte.

Man hatte die Mülltonnen und -container des Viertels am Rande des Königsweges zu den Moorteichwiesen hin aufgestellt. Eine Hundertschaft der Schutzpolizei war mit Kunststoffoveralls, Mundschutz und Handschuhen aus der Kriminaltechnik ausgestattet worden und durchsuchte den Müll.

Die Stadtreinigung hatte inzwischen leere Mülltonnen und Container in den Höfen des Viertels aufgestellt, damit die Bewohner ihren »frischen« Hausmüll nicht immer wieder zur »Sammelstelle« am Königsweg brachten, wo es immer wieder zu Streitigkeiten mit den Polizeibeamten kam, die die Anwohner mit ihrem Frischmüll wegschickten.

Der Gestank des Mülls wurde mit jedem Tag unerträglicher und breitete sich im Viertel aus. Aber die Beamten hatten Lüthje trotzdem mit ihren Handschuhen zugewinkt, als sie ihn sahen. Er hatte zurückgewinkt und sich dabei demonstrativ die Nase zugehalten.

Südlich davon waren die Moorteichwiesen von einem kleinen Wäldchen und Schrebergärten umgeben, in denen in der kalten Jahreszeit Obdachlose übernachteten, wenn die Gartenbesitzer sich für den Winter in ihre warmen Wohnungen zurückgezogen hatten.

In der Mitte der Moorteichwiesen lag ein Sportplatz, der nördlich von kleinen Hügeln begrenzt wurde, in denen es unterirdische Gänge gab, die bis ins 19. Jahrhundert als Kühlkeller für Bierbrauereien benutzt worden waren. Auch dort wollte man nach Spuren suchen. Diese Aspekte der Ermittlungen wollte Lüthje allerdings Mönkemeier nicht auf die Nase binden.

»Ich hab mir das heute angesehen und hatte den Eindruck, dass die Polizei das ganze Viertel beschlagnahmt hat.«

»Haben Sie denn noch mehr Bauvorhaben in der Gegend?«, fragte Lüthje mit überraschtem Gesichtsausdruck.

»Nein! Wie kommen Sie darauf?«

»Weil es dort noch viele unbebaute Flächen gibt. Wiesen, Waldstücke und so weiter.«

»Soweit ich weiß, steht das unter Naturschutz.«

Lüthje zuckte als Antwort mit den Achseln. »Stimmt es, dass Sie den Plan für Herrn Leptiens Junggesellenparty mit Ihren Freunden bei Ben Friese in seinem Atelier in Süderstapel entwickelt haben?«

»Ihre Themenwechsel sind atemberaubend!«, kommentierte Mönkemeier.

»Danke für das Kompliment. Aber Sie haben meine Frage noch nicht beantwortet.«

»Ja, die Freunde … Wen meinen Sie jetzt?« Mönkemeier begann wieder, sein Kinn zu massieren. Das Thema Clique schien ihm nicht zu gefallen.

»Immer noch die Gleichen wie vorhin: Dirk Leptien, Ben Friese und Arnold Mühlenstedt.«

»Ja gut, wir kennen uns schon seit dem Studium und haben uns von Zeit zu Zeit getroffen.«

»Bei Ben Friese in Süderstapel?«

»Ja, da auch.«

»Könnte man Sie als Männerclique bezeichnen?«

Ein überlegenes Lächeln breitete sich in Mönkemeiers Gesicht aus, und er streckte sich. Auf diese Frage war er offensichtlich vorbereitet. »Erwähnen Sie das Wort nicht gegenüber Ben. Er mag es nicht.«

Hatte Ben Friese Mönkemeier nicht schon von Malbeks Besuch unterrichtet? Denn Malbek hatte erzählt, dass er Friese diese Frage nach der Clique gestellt hatte.

»Warum nicht?«

»Er bevorzugt das Wort ›Bande‹. Im Sinne von Gangsterbande.«

»Und Sie? Welches Wort bevorzugen Sie, um diese Männerfreundschaft zu beschreiben?«

»Wir sind Freunde. Nicht mehr und nicht weniger.«

»Ist es denn so, dass Ben Friese den ideologischen Überbau für Ihre Männerfreundschaft bereitstellt?«

»Männerfreundschaft ... na ja. Aber mit der Ideologie ist das nicht so einfach. Wir haben schon eine gemeinsame Weltsicht, die uns verbindet.«

»Und wie sieht die aus?«

»Jeder Mensch hat eine Vorstellung von seinem Traumberuf, in dem er sich verwirklichen kann. Aber es ist sehr selten, dass man diesen Beruf auch ausübt. Aus welchen Gründen auch immer. Der Einzige in unserem Freundeskreis, der seinen Traumberuf hat, ist Ben. Er kann sich darin verwirklichen und verdient sein Geld damit. Und wir...«, er lächelte, als wenn er das zu Sagende im Voraus etwas entkräften wollte, »... wir haben nur unseren Broterwerb. Etwas, womit wir unseren Lebensunterhalt bestreiten, ohne uns damit verwirklichen zu können.«

»Sie sind also nur arme Schlucker?« Das Wort »Obdachlose« wollte Lüthje vermeiden.

»Sie sollten das nicht so ernst nehmen, was ich gesagt habe. Wir sind bei diesen Gedanken in der Pubertät stehen geblieben, das ist mir schon klar.«

»Das ist Ihre Bandenideologie?«

»Ja, wenn Sie so wollen, das ist sie«, sagte er stolz wie ein kleiner Junge.

Lüthje fragte sich, ob Mönkemeier jetzt unbekümmert daherplauderte, weil er glaubte, dass das alles völlig harmlose Anekdoten aus dem Miteinander der Männerclique seien, geeignet, Lüthje die Ohren zu stopfen, damit er bald mit der Fragerei aufhörte. Politiker spielten das Spiel gern mit der Presse, weil sie wussten, dass diese nur etwas brauchten, um ein paar Zeilen oder begrenzte Sendezeit zu füllen.

»Herr Lüthje ...«, begann Mönkemeier, »ich überlege, ob ich mir einen Anwalt nehmen soll.« Die Unbekümmertheit hatte sich in Nichts aufgelöst.

»Stellen Sie diese Frage Ihrem Anwalt.«

»Ich weiß, was der antwortet.«

Lüthje setzte ein vertrauliches Grinsen auf. Als ob es um einen Männerwitz ginge. »Ich auch.«

Mönkemeier klang erschöpft. »Es ist so, dass ich ein absolut reines Gewissen habe. Warum sollte ich also einen Anwalt nehmen?«

»Dann haken wir doch mal gleich die wichtigste Frage ab: Wo waren Sie in der Tatnacht? Von drei bis acht Uhr?« Die vermutliche Tatzeit lag nach Dr. Brotmann im Zeitraum zwischen vier Uhr fünfzehn und sechs Uhr dreißig.

»In der Nacht haben wir doch den Partyumbau gemacht. Lassen Sie mich überlegen.« Er fasste sich kurz mit Daumen und Zeigefinger diesmal nicht ans Kinn, sondern an die Nasenwurzel. Und schloss die Augen. Er nickte nach ein paar Sekunden und öffnete wieder die Augen. »Also wir hatten den großen Kombi von Herrn Friese, mit dem er immer seine Bilder nach Berlin fährt …«

»… warum nach Berlin?«

»Weil er da seinen Galeristen hat. Er fährt seine neuen Bilder immer selbst hin, das ist ihm das Sicherste. Versicherungen können nicht neu malen, sagt er immer. Und wenn die Bilder etwas größer sind, mietet er sich etwas Größeres.«

»Hatten Sie noch ein Transportfahrzeug?«

»Einen Sieben-Komma-fünf-Tonner von Herrn Mühlenstedt, der gehört zu seiner Firma. Wir haben mehrere Fuhren machen müssen, eine nach Kirchnüchel und eine in die Gegenrichtung nach Gettorf.«

»Wieso das?«

»Herr Mühlenstedt kennt den Besitzer einer Stripteasebar an der Flämischen Straße hier in Kiel. Wassil Pelin heißt der. Der hat mehrere solcher Etablissements, auch in Hamburg und auf dem Lande. Er hat zwei Lager, in denen er das für ihn passende Mobiliar aufbewahrt. Und in den beiden Lagern in Kirchnüchel und in Gettorf hat er Originalmobiliar aus den Siebzigern und Achtzigern. Das hat er Herrn Mühlenstedt erzählt, als der ihn nach Mobiliar fragte. Das Zeug wurde gereinigt und parfümiert, und wir waren begeistert. Wir haben es uns angesehen. Sogar intakte Lampen und Neonbeleuchtung waren da. Dann haben wir also die restlichen Möbel aus Herrn Leptiens Wohnung ins

Lager nach Gettorf geschafft und von dort eine Fuhre Möbel und Zubehör …«, er machte bei dem Wort eine bedeutungsvolle Miene, »… nach Kiel mitgenommen, die wir dort in die inzwischen leere Wohnung brachten. Aber wir hatten uns verschätzt, wir waren mit nur einem Wagen nach Gettorf gefahren und hatten nicht alles mitbekommen. Also noch mal die Tour nach Gettorf und zurück. Dann das Ganze auch noch mal nach Kirchnüchel. Ich glaube, gegen sechs Uhr waren wir fertig. Fix und fertig.« Er lächelte erschöpft.

»Und Herr Leptien war um die Uhrzeit bereits tot.« Die Anmerkung war Lüthje einfach so herausgerutscht, ohne dass er etwas dagegen tun konnte. »Das, was Sie da eindrucksvoll geschildert haben, will ich Ihnen ja gerne glauben. Aber nur, wenn Sie mir das noch mal mit Uhrzeit und Namen und Fahrstrecken aufschreiben. Nur nach Ihrer Erinnerung und ohne Beratung mit Ihren Freunden. Versprechen Sie mir das?«

»Selbstverständlich, Herr Lüthje.« Mönkemeier notierte sich etwas in seinem Handy.

»Das unterschriebene Schriftstück brauchen wir bis morgen Mittag zwölf Uhr.«

»Selbstverständlich, Herr Lüthje.«

Lüthje stand auf und griff sich die ministerielle Personalakte. »Die muss ich als Beweisstück beschlagnahmen. Ich hoffe, Sie verstehen das.«

Mönkemeier blieb stumm und verabschiedete sich an der Tür seines Zimmers mit einem stummen Kopfnicken.

Lüthje war klar, dass die Herren darüber selbstverständlich telefonieren oder sich sogar persönlich treffen würden. Das war nicht zu verhindern. Widersprüchlichkeiten der Aufstellung würde man dann mit jedem Einzelnen von ihnen zu klären haben. Schließlich ging es um ihr Alibi.

12

Malbek forderte einen Wagen der Schutzpolizei an, übergab ihnen Jettes gefüllte Sporttasche und nannte ihnen ihren Namen, die Klinik und die Stationsnummer. Er überlegte einen Moment, ob er ihnen auf einem Zettel einen persönlichen Gruß für sie mitgeben sollte, verkniff es sich aber.

Als sich der Wagen entfernte, knurrte sein Magen wie ein Wolf. Er rief sich ein Taxi, das schon nach ein paar Minuten vor ihm hielt. Malbek nannte dem Fahrer den Namen Mühlenstedt und beschrieb ihm das Konzept der Kneipe, da er die Adresse vergessen hatte.

»Also, eine Kneipe ist das nicht, das ist schon was Besseres«, sagte der Taxifahrer und sah Malbek im Rückspiegel prüfend an. Er hatte wohl Zweifel, ob Malbek sich das leisten konnte.

»Schau'n wir mal«, sagte Malbek.

Den Namen BierArt, den Vehrs genannt hatte, hatte Mühlenstedt wohl fallen lassen. Überhaupt sah das Etablissement etwas größer und besser aus als das, was man unter einer Kneipe verstand. Und es bestand aus zwei Adressen. An der Ecke Flämische Straße/Eggerstedtstraße befand sich der Eingang zu einem »Bierbistro«, ein paar Meter weiter stand in goldenen Lettern an der Fassade »Restaurant Mühlenstedt«.

Beides lag an der Grenze zwischen dem traditionsreichen Rotlichtviertel am Fähranleger Seegartenbrücke und den Fußgängerzonen der City. Der Standort war taktisch geschickt gewählt: Die Kundschaft musste sich nicht zu weit von der sicheren, gewohnten Einkaufswelt entfernen, um den Kitzel des Verruchten in anspruchsvollem Ambiente mit entsprechenden Preisen zu spüren. Gleich um die Ecke, in der Flämischen Straße, gab es sogar eine richtige Stripteasebar, die aber nicht zum Mühlenstedt'schen Gastronomieimperium zu gehören schien, sondern zur Szene in der Flämischen Straße.

Das »Bierbistro« war eigentlich eine Gaststube, mit auf alt

gemachtem Spiegelschrank und Bierflaschen aus der ganzen Welt. Ein Kronleuchter an der Decke und Wandlampen im Stil der Jahrhundertwende verbreiteten funzeliges Licht. Die dunkelfarbigen Gläser in den Fenstern sorgten dafür, dass das Tageslicht draußen blieb. Auf der Theke waren vier blank polierte Bierpumpen montiert, über die Brauereiwappen gehängt waren. Die Marke »Probsteier Herold«, Malbek und Lüthjes Lieblingsbier, war nicht dabei. Zwei Männer saßen am Tresen und sahen zum Fernseher, der ein Pferderennen zeigte.

Eine Schiefertafel kündigte das »Bier der Woche« an, darunter waren die Speisen des Tages aufgelistet. Ansonsten gab es an den Wänden viel dunkles Holz. Drei Paare saßen auf engen Sitzbänken, die immerhin mit rotem Leder gepolstert waren, und schienen ungeduldig auf bestelltes Essen zu warten.

Das Ganze war die schlechte Kopie eines englischen Pubs, gekreuzt mit Stilelementen einer deutschen Landgaststätte. Über einer ebenfalls ledergepolsterten Tür neben dem Tresen entdeckte Malbek ein Schild: »Zum Restaurant«. Er erwartete Schlimmes.

Er steckte den Kopf durch die Tür und sah in eine andere Welt. In einem Wintergarten mit hohem Glasdach mit ebenso hohen Palmen standen Tische und Stühle aus schwarzen Hölzern im orientalisch minimalistischen Stil. Die Tische waren mit weißen Tischtüchern und eckigem Geschirr gedeckt. Junge Kellner mit ausnahmslos pechschwarzem Haar und schwarzweißem frackartigem Outfit mit Rockschößen schwebten über den schwarzen Teppichboden, servierten Speisen und gossen Bier in schlanke Tulpengläser. In der Mitte des Wintergartenrestaurants spielte ein junger Pianist in demselben frackartigen Outfit wie die Kellner seichte Barmusik.

Um das Ganze noch abzurunden, hatte man zwischen Tischen und Palmen wie zufällig Studioscheinwerfer und Kinoprojektoren aufgestellt. Sollte das alles eine Anspielung auf Humphrey Bogart und »Casablanca« mit seinem »Café Americain« sein?

Wenn man das »Bierbistro« daneben sah, hatte das ganze

»Mühlenstedt« einen ähnlich unbeholfenen Geschmack wie der Einfall, Leptiens Wohnung in einen Stripclub oder Schlimmeres zu verwandeln. Es war also mit an Sicherheit grenzender Wahrscheinlichkeit Mühlenstedts Idee gewesen.

Im Eingangsbereich sah Malbek einen stämmigen Oberkellner, der an einem Pult stand und den Gästen Tische zuwies. Und Gäste gab es genug. Das sicher hochpreisige Restaurant war fast zur Hälfte besetzt. Was vielleicht damit zusammenhing, dass im Kieler Hafen zwei Kreuzfahrtschiffe gleichzeitig festgemacht hatten.

An einem Tisch entdeckte Malbek allerdings auch vier Herren im ganz normalen mitteleuropäischen Manageroutfit, die ihre Jacken auf die Stuhllehnen gehängt hatten.

Malbek stellte sich vor, dass es dort drüben hinter der Tür neben dem Oberkellner ein weiteres Restaurant gab im Stil eines Western-Saloons. Und dahinter ein Beduinenzelt und dahinter …

Malbek schloss die Tür. An der Theke des »Bierbistro« bestellte er sich die auf der Schiefertafel empfohlene Hühnersuppe, zahlte und bekam ein Plastikrechteck in der Größe eines kleinen Handys. Der junge Mann hinter der Kasse sagte, der Chip würde leuchten und piepen, wenn seine Bestellung am Tresen zur Abholung bereitstände.

Malbek setzte sich an einen Tisch an einem der kleinen Fenster zur Straße und wählte Mühlenstedts Handynummer. Eigentlich müsste er längst vom Flughafen Hamburg in Kiel eingetroffen sein. Malbek suchte in allen in Frage kommenden Ecken im Raum nach Überwachungskameras und fand zwei verdächtige mit dunklem Holz verkleidete Gehäuse über der Theke.

Mühlenstedts Anrufbeantworter schaltete sich ein. Malbek beendete die Verbindung.

Sein Chip piepte, und er holte sich die Hühnersuppe von der Theke. Immerhin war es eine ansehnliche Schüssel voll. Allerdings aus der Dose, wie die maschinell geschnittenen Hühnerfleischwürfel und der Geschmack bewiesen.

Als er nachdenklich auf die Schüssel sah, schoss ihm plötzlich eine Frage durch den Kopf. Warum hatten auf der Bühne im Werftpark eigentlich vier Hexen auf der Bühne gesessen?

Und Hexe Vera Hansen hatte gesagt: »Wann kommen wir vier uns wieder entgegen, in Donner, in Blitzen oder in Regen?«

Er nahm sein Handy und tippte die Such-App an. Er fluchte über das schwache Netz und hielt das Handy näher ans Fenster. Jetzt klappte es. Er gab das Shakespeare-Zitat ein, so wie er es erinnerte, nämlich mit drei Hexen. In den Suchergebnissen tauchte das Originalzitat auf. Es gab sogar zwei Originale.

»Wann kommen wir drei uns wieder entgegen«, der Originaltext von Shakespeare. Und: »Wann treffen wir drei wieder zusammen?« aus einer Ballade von Theodor Fontane über den historischen Einsturz einer Eisenbahnbrücke in Schottland, »Die Brücke am Tay«.

Er suchte die Karte mit der Handynummer von Vera Hansen aus seiner Jacke und wählte ihre Nummer. Sie meldete sich nicht. Vielleicht saß sie gerade wieder als Hexe auf der Bühne und probte. Er versuchte es noch mal. Es war noch nicht spät, sie konnte …

»Hallo?«

»Hallo, hier Malbek, störe ich Sie, Frau Hansen?«

»Nein, eigentlich nicht. Ich lese gerade in einem Buch über Shakespeare.«

»Ach! Suchen Sie nach einem neuen Text?«

»Nein, es ist ein Buch über sein Leben. Es geht der Frage nach, ob der Autor gar nicht Shakespeare war, sondern jemand anders.«

»Und wer hat die Stücke in Wirklichkeit geschrieben?«

»Sehr wahrscheinlich ein weit gereister Adliger, der einen einfachen Mann mit dem Namen Shakespeare nur als Pseudonym und Strohmann benutzt hat. Er hat ihn dafür bezahlt, dass er seinen Namen hergab und das Theater in London führte.«

»Und warum hat der Adelige das getan?«

»Weil man damals als Adeliger keine Theaterstücke schreiben durfte. Es war unschicklich.«

»So hat der Adelige eigentlich also zwei Existenzen geführt? Als Schriftsteller unter Pseudonym, der auf diese Weise seinen Neigungen nachgehen konnte, und als Adeliger, der seinen gesellschaftlichen Verpflichtungen nachkam.«

»So ähnlich, ja. Eigentlich ein Romanstoff für sich«, sagte Vera Hansen.

Es erinnerte Malbek ein bisschen an Dr. Jekyll und Mr. Hyde, aber das war ja die literarische Variante vom normalen Durchschnittsbürger, der sich nachts in ein Monster verwandelt.

»Frau Hansen, der Grund meines Anrufs ist folgende Frage: In den originalen Texten, die sich auf die Hexenszene bei ›Macbeth‹ beziehen, ist immer von drei Hexen die Rede. ›Wann treffen wir drei wieder zusammen?‹ oder ›Wann kommen wir drei uns wieder entgegen?‹. Wieso sind es bei Ihnen vier Hexen?«

»Ich weiß es nicht. Zu Anfang hab ich die Szene mit drei Hexen entworfen. Aber ich dachte, es sollte kein Abbild der Szene aus ›Macbeth‹ sein, sondern etwas anderes. Und dann wurden es vier Hexen. Vielleicht war mir die Bühne mit drei Hexen zu leer.« Sie lachte leise.

»Ja, das war es auch schon, vielen Dank, jetzt dürfen Sie weiterlesen, Frau Hansen!«

Für ein paar Sekunden war es still in der Leitung, dann sagte sie: »Sie hätten mir doch gesagt, wenn es irgendetwas Neues gibt?«

»Natürlich, ich hab es Ihnen doch versprochen.«

»Wissen Sie, was der englische Name Shakespeare bedeutet?

»Äh, nein …«

»Speerschwinger. Danke für Ihren Anruf«, sagte sie und beendete das Gespräch.

Er hatte wieder vergessen, sie nach dem Alibi zu fragen! Aber das lief ja nicht weg, sagte er sich und empfand diesen Gedanken sofort als das, was er war: eine verdammte Ausrede.

Ob sie ihm für den Anruf gedankt hätte, wenn er ihr gesagt hätte, wie seine eigentliche Frage lautete, bezweifelte er. Er hatte sie nämlich fragen wollen, ob sie sich bei der Frage nach der Anzahl der Hexen auf der Bühne sich von der Anzahl der Mitglieder der Clique hatte leiten lassen. Ursprünglich waren es vier.

Jetzt waren es nur noch drei ... Und sie hatte sich entschieden, vier Hexen auf die Bühne zu bringen. Wann hatte sie den Entschluss gefasst? Sicher schon vor längerer Zeit. Als die Clique noch aus vier Männern bestand.

Warum wurde Malbek das Gefühl nicht los, dass Vera Hansen bei allem, was sie sagte, einen Hintergedanken hatte, der den Mord an ihrem Verlobten betraf?

Das Hühnerfleisch war zäh und faserig. Malbek versuchte, mit dem Löffel die Nudeln aus der Suppe zu fischen, gab aber nach ein paar Minuten auf. Sein Magen protestierte knurrend, aber Malbek vertröstete ihn auf den Abend.

Malbek wählte Frieses Nummer.

»Atelier Friese. Nina Sinjen.«

»Hallo, Frau Sinjen! Malbek hier.«

»Freut mich, wieder von Ihnen zu hören, Herr Kommissar.«

»Ich dachte, Sie sind mit dem Aufräumen fertig?«

Sie lachte. »Sagen wir mal so: Mir reicht's für diese Woche. Mein Mann holt mich heute Abend ab.«

»Ist Herr Friese da?«

»Er telefoniert auf der anderen Leitung. Und das seit etwa fünfzehn Minuten. Erfahrungsgemäß kann es dann noch mindestens eine halbe Stunde dauern.«

»Wissen Sie, mit wem er telefoniert?« So wie Malbek Nina Sinjen kennengelernt hatte, würde sie ihm diese freche Frage beantworten.

»Ich war vorhin kurz im Atelier. Er telefoniert mit meinem Mann, Herrn Mönkemeier.« Sie zog das ö lang wie ein Kind, das Sprechen lernte. Was wollte sie damit sagen?

»Dann verrate ich Ihnen auch, was ich Herrn Friese fragen wollte«, sagte Malbek. »Wusste er, dass Herr Leptien für den Tag und die Nacht als Obdachloser eine Fotografin engagiert hatte?«

»Also das höre ich jetzt das erste Mal. Das hört sich irgendwie gruselig an!« Sie schien die mögliche Tragweite dieser Information sofort zu erfassen.

»Frau Sinjen, waren Sie auch auf der Party, die die Architekten Dittmer und Partner veranstalteten, weil sie eine Ausschreibung der Stadt Kiel für das neue Einkaufszentrum gewonnen hatten?«

»Nein. Aber ich erinnere mich daran, dass mein Mann davon erzählte und mich einlud mitzukommen. Ich zog es vor, hierzubleiben, und hatte einen herrlich ruhigen Abend.«

»Und kein Mitglied der Herrenbande hat Ihnen von diesem Fotoauftrag erzählt?«

»Ich höre viel, aber nicht alles, Herr Kommissar. Vergessen Sie nicht, ich bin kein Bandenmitglied.«

»Haben Sie eigentlich Kontakt zu Frau Hansen?«

»Eigentlich nicht. Ich glaub, sie mag mich nicht besonders. Aber das muss ja auch nicht sein. Ich habe ihr einen kleinen Brief geschickt, als ich vom Tod ihres Dirks hörte. Mit einem kleinen Bild, das ich an dem Tag gemalt habe. Und danach auch angerufen.«

»Was ist auf dem Bild zu sehen?«

»Eine kleine Trauergemeinde mit großen Hüten.«

»Wieso haben Sie eigentlich kein eigenes Atelier?«

»Doch, das habe ich. Im ehelichen Haus. Aber da finde ich keine Ruhe.«

»Wenn Ihr Mann Sie heute Abend abholt, wieso telefoniert er dann jetzt so lange mit Herrn Friese? Er könnte sich doch heute Abend mit ihm lange unterhalten?«

»Ich weiß es nicht. Fragen Sie ihn selbst. Aber ich sehe auf dem Display, dass er immer noch telefoniert.«

»Dann will ich die Herren nicht stören. Es war wieder sehr angenehm, mit Ihnen zu plaudern, Frau Sinjen.«

»Ebenso, Herr Malbek.«

Er hörte ihr bezauberndes Lächeln. Und beendete mit einem leisen Bedauern die Verbindung.

Malbek hatte mit Lüthje verabredet, dass der ihn sofort anrufen sollte, falls die Befragung mit Mönkemeier aus irgendeinem Grunde nicht zustande gekommen war. Da er sich bis jetzt nicht gemeldet hatte, ging Malbek davon aus, dass es geklappt hatte. Es war kurz nach fünf Uhr. Eigentlich müsste er jetzt fertig sein. Allerdings wusste Malbek, das Lüthje sich in einer Befragung auch »festbeißen« konnte.

In diesem Moment meldete sich sein Handy. Es war Mühlenstedt. Malbek sah in die Überwachungskamera.

»Hallo, hier Mühlenstedt!«

»Hier Malbek. Ich bin jetzt in Kiel. Ich sollte in Ihre Wohnung kommen, sagten Sie.«

»Im Haus, in dem auch meine Kieler Filiale ist. Eingang Eggerstedtstraße. Nicht zu verfehlen, mein Name steht groß an der Hauswand. Gehen Sie in das Restaurant und melden Sie sich einfach beim Oberkellner Jacques. Sagen Sie ihm, Sie hätten um ein Uhr fünfzehn einen Termin mit mir.«

»Ein Uhr fünfzehn?«

»Das ist nur ein Code. Jacques sagt Ihnen dann, wie Sie mich finden. Bis gleich.«

Malbek beendete das Gespräch und wählte Lüthjes Nummer.

»Ja, ich hätte dich gleich angerufen«, begann Lüthje. »Aber ich sitze auf dem Parkplatz im Auto und mache mir ein Gedächtnisprotokoll von dem Gespräch mit Mönkemeier …«

»Du machst was?«

»Du hast richtig gehört. Das solltest du auch mal machen. Es würde deinen Berichten endlich die nötige Präzision geben. Ich lege dir mein Gesprächsprotokoll nachher in dein Fach. Auch, was ich mir über Mönkemeiers Alibi notiert habe.«

»Jawohl, Chef. Aber im Ernst, ich hab das alles im Kopf, was ich bei einer Befragung höre.«

Lüthje lachte. »Wer's glaubt, wird selig, Herr Pastorensohn.«

»Mir wird jetzt klar, warum du für deine Chef-Besprechungen im Innenministerium immer stundenlang brauchst. Du sitzt danach nämlich im Auto auf dem Parkplatz und schreibst dein Gedächtnisprotokoll. Wir unterhalten uns noch mal darüber, wenn ich deinen nächsten Bericht auf meinem Schreibtisch liegen habe, Lüthje.«

»Aber jetzt mein Bericht in Kurzform. Wir können zwar davon ausgehen, dass die Clique mal ein enger Freundeskreis war. Aber Mönkemeier geht eindeutig auf Distanz. Seine Sekretärin hat mir zuliebe Earl Grey serviert. Sollte mich wohl milde stimmen. Leider war der Tee zu dünn. Mönkemeier glaubt, dass Friese ein Motiv hätte, ihm zu schaden, weil er ihm seine Exfreundin Nina Sinjen ausgespannt und sie sogar geheiratet hat.«

»Und was hat das mit den Mord an Leptien zu tun?«, fragte Malbek.

»Der Mord verzögert die Fertigstellung des dort geplanten Wohn- und Geschäftshauses. Das gehört ja Mönkemeier.«

»Das hört sich für mich etwas nach Paranoia an. Aber Morde aus Eifersucht sind nichts Neues. Vera Hansen hat mir übrigens erzählt, dass Mühlenstedt sie angebaggert hat, als sie schon mit Leptien zusammen war. Außerdem ist er beidseitig begabt, so hat sie sich ausgedrückt.«

»Bisexuell?«, fragte Lüthje.

»Bingo. Vera Hansen wusste auch noch, dass er jetzt eine Superfrau in München und eine uneheliche Tochter haben soll.«

»Mordmotive in Hülle und Fülle«, sinnierte Lüthje. »Hat Friese auch so mit dem Mitgefühl für seinen toten Freund hinterm Berg gehalten? Mönkemeier hat einmal sogar gelacht, während seine Hände auf der Personalakte Dirk Leptien lagen. Mit Mühe hat er die Floskel ›schreckliche Angelegenheit‹ für den Mord an seinem Freund Dirk Leptien herausgebracht. Die eine Bemerkung kann ich sogar wörtlich ins Gedächtnisprotokoll schreiben: ›Man könnte schon sagen befreundet. Aber das ist heutzutage ja ein weiter Begriff.‹ Das ist also von der Männerclique übrig geblieben.«

»Friese hat das Wort nicht einmal erwähnt«, sagte Malbek. »Ich frage mich allerdings, warum sie nicht alle sagen, was für ein guter Freund der Dirk Leptien für sie war. Das würde sie doch aus dem Kreis der Verdächtigen herausrücken. Nur wer *kein* Freund ist, ist ein Feind.«

»So dumm ist diese Bande nicht. Wenn jemand ganz offen sagt, ich war mit dem Ermordeten nicht so dick befreundet, wie es scheint, hat er in Sachen Glaubwürdigkeit doch schon zehn Pluspunkte«, gab Lüthje zu bedenken.

»Du könntest ausnahmsweise recht haben. Ich glaube auch, dass die Herren mit allen Wassern gewaschen sind«, räumte Malbek ein.

»Nur dass sie deswegen noch lange nicht sauber sind. Die Idee für Leptiens Nacht als Obdachloser wollen sie alle gehabt haben, sagt Mönkemeier. Eine Erleuchtung, die über alle gleichzeitig gekommen ist.«

»So hat Friese das auch dargestellt«, sagte Malbek.

»Und die Alibifrage hat er durch die ziemlich genaue Schilderung des Wohnungsumbaues beantwortet. Bis morgen soll er bei dir das Ganze schriftlich abliefern. Das hat sich angeblich die ganze Nacht hingezogen, weil es zwei Möbellager gab, zu denen sie fahren mussten. Zwischenfrage: Hast du Mühlenstedt schon geprüft?«

»Nein, aber der wartet schon auf mich. Erzähl weiter.«

»Die Lager sind in Kirchnüchel und Gettorf. Sie gehören angeblich dem Besitzer der Stripteasebar neben Mühlenstedts Laden. Mönkemeier hat mir auch bestätigt, dass Friese und Mühlenstedt geschäftlich in seinen Bauprojekten engagiert sind. Der Mord scheint der Clique das Geschäftliche durcheinanderzubringen. Kann natürlich auch alles Zufall sein. Die ministerielle Personalakte von Leptien leg ich euch ins Fach.«

»Brav, Chef. Andere Frage: Kannst du mich heute nach Laboe mitnehmen? Mein Dienstwagen steht da noch.«

»Und dein Wohnmobil steht in der Werkstatt, oder liege ich da falsch?«, fragte Lüthje.

»Ausnahmsweise liegst du richtig.« Malbek beendete das Gespräch.

Oberkellner Jacques nickte, als er Malbeks Passwort hörte, und führte ihn in den Vorraum hinter seinem Pult. Dort tippte

Jacques eine Zahlenkombination neben der Tür ein, die sich öffnete und in einen weiteren Flur führte, in der sich eine Lifttür befand.

»Geben Sie die vereinbarte Uhrzeit ein«, sagte Jacques mit einer sanften Stimme und ließ Malbek im Flur allein.

Neben der Lifttür war ein Zahlenpad. Er gab die Zeichen ein. Die Fahrstuhltür öffnete sich, und Malbek betrat die Kabine mit einem mulmigen Gefühl im leeren Magen.

Der Lift setzte sich nach oben in Bewegung. Die Lüftung rauschte leise. Auf dem Display wurden drei Stationen angezeigt, K, E und P. Was wohl Keller, Erdgeschoss und Penthouse meinte. Unter dem Display standen die Worte »Gost Hamburg«. Wahrscheinlich der Herstellername. Es gab keine Angaben über Wartungsintervalle oder zulässige Personenzahl.

Es ruckelte plötzlich. Der Lift blieb mit einem Ruck stehen. Das Display zeigte den Standort des Lifts auf der Hälfte der Strecke zwischen E und P an. Es knirschte von unten. Dann von oben. Einen Alarmknopf gab es nicht. Auf dem Display sah er ein Lautsprechersymbol. Malbek berührte es mit dem Zeigefinger. Der Fahrstuhl fuhr ein paar Zentimeter und blieb wieder stehen. Immerhin ein Touchscreen, dachte Malbek. Er nahm sein Handy und prüfte die Netzverbindung. Nichts. In diesem Moment gab es einen Ruck nach oben, und der Lift fuhr zögernd weiter.

Die Tür öffnete sich in einen kahlen Vorraum mit greller Neonbeleuchtung und – natürlich – einer Überwachungskamera über der nächsten Tür, aus der Mühlenstedt trat.

»Ich bitte vielmals um Entschuldigung, Herr Malbek. Das ist mir in der letzten Zeit auch schon passiert. Aber die Firma hat den Fehler offensichtlich noch nicht gefunden.«

»Hauptsache, ich bin sicher angekommen. Das ist ja ein Hochsicherheitstrakt!«

Mühlenstedt ging voraus in die Wohnung und rief ihm über die Schulter zu: »Sie glauben nicht, was sich in den Nächten am Wochenende hier alles auf den Straßen herumtreibt. Möchten Sie etwas trinken?«

Er war vor seiner Hausbar stehen geblieben. Seine Glatze sah aus wie poliert. Möglicherweise benutzte er ein Öl. Daher kam wohl auch der Geruch von Moschus, der in der Luft hing.

»Nein, danke. Es sei denn, Sie hätten ein Probsteier Herold auf Lager.«

»Ein hervorragendes, oft unterschätztes Bier. Nein, ich hab es nicht im Hause, aber werde mir merken, dass wir es wieder mal als Bier der Woche anbieten sollten.«

Mühlenstedt erinnerte Malbek an Inspektor Kojak aus der alten Fernsehserie »Einsatz in Manhattan«, hatte aber weichere Gesichtszüge und unnatürlich weiß leuchtende Zahnreihen. Ob er sie regelmäßig bleichen ließ? Sicher ein Must-have für einen Mann, der sogar in Talkshows auftrat.

Die Wohnung war entgegen Malbeks Erwartungen recht geschmackvoll eingerichtet. Malbek tippte auf portugiesischen oder spanischen Stil. Sogar der Schreibtisch am Fenster war fast zierlich, mit kunstvoll gedrechselten Beinen. Das Wohnzimmer und die Küche gingen ineinander über, die westlichen Fenster zeigten den mächtigen Turm der Nikolaikirche, die östlichen die Förde, die Kreuzfahrtanleger, die Portalkräne der Werft und die Innenstadt mit dem Rathausturm, dessen architektonisches Vorbild der venezianische Campanile war. Das ganze Panorama war irgendwie Bestandteil des Raumes. Wahrscheinlich beschäftigte das Büro Dittmer und Partner auch einen guten Innenarchitekten.

Ein paar Bilder hingen an den Wänden.

»Die Bilder sind von Herrn Friese?«, fragte Malbek.

»Ja, er hat seine ganz eigene Bildsprache. Man erkennt sie sofort, nicht wahr? Das ist ein Grund, warum sie sich so gut verkaufen. Nehmen Sie doch Platz, Herr Malbek. Darf ich Ihnen wenigstens ein französisches Wasser anbieten?«

»Ein bisschen düster sind die Bilder«, sagte Malbek.

»Ich finde sie beruhigend und anregend zugleich.« Mühlenstedt hatte sich ein Bier in ein schmales, hohes Glas eingeschenkt. »Ein Kölsch, sehr erfrischend, das hier hat eine sehr herb-fruchtige Note, die durch eine besondere Hopfensorte aus dem Hallertau erreicht wird und den typischen Kölschgeschmack noch unterstreicht. Etwas ganz Besonderes.« Er nahm einen Schluck, hielt das Bier ein paar Sekunden im Mund, bewegte dabei die Kaumuskeln und schluckte es dann langsam. »Harmonischer Abgang, der sich langsam steigert.«

Es hörte sich wie auswendig gelernt an und passte auf viele Biere.

»Sie verstehen Ihr Fach«, sagte Malbek und setzte sich auf eines der beiden weißen Ledersofas. »Aber ich hätte gern ein Wasser.«

»Bitte sehr!« Mühlenstedt stellte ihm ein Glas und eine kleine geöffnete Flasche französisches Mineralwasser hin.

Mühlenstedts Handy, das in einer Sofaecke lag, meldete sich durch ein täuschend echtes Löwengebrüll. Er entschuldigte sich, ging mit dem Handy in den Küchenbereich und stützte sich mit den Ellbogen auf einen Tresen. Er sprach mit leiser Stimme, die immer lauter wurde und schließlich mit einigen abgehackten Sätzen verstummte.

Malbek hatte so viel verstanden, dass es um ein Problem gegangen war, das Mühlenstedt zur Kenntnis genommen hatte. Er wies ärgerlich darauf hin, dass er in einer Besprechung säße. Er beendete das Gespräch abrupt und ohne Grußformel.

»Tut mir leid, aber im Moment muss ich immer präsent sein«, sagte er und setzte sich schräg gegenüber von Malbek auf das freie Sofa.

»Ich muss Sie trotzdem bitten, Ihr Handy auf stumm zu stellen, sonst sitzen wir hier bis in die Nacht«, sagte Malbek. »Das wäre auch nicht in Ihrem Sinne.«

»Weiß Gott nicht!« Mühlenstedt griff zum Handy, das wieder in der Sofaecke gelandet war, drückte einen Knopf und legte es zurück. »So. Ja, ich sollte Ihnen vielleicht dazu sagen, dass ich quasi ein neues Geschäftsfeld betrete, ohne mein Kerngeschäft, die Gastronomie, zu verlassen. Man hat mich gefragt, ob ich bereit bin, mit meiner Marke ›Mühlenstedt‹ stärker präsent zu sein. Der Vorteil für mich: Es läuft alles im Franchisesystem, ich überlasse einem professionellen Markenbetreiber für …

sagen wir, weitere zwanzig Filialen den Betrieb auf Flughäfen und Bahnhöfen. Das gesamte Erscheinungsbild ist durch mich vorgeschrieben, die Inneneinrichtung, die Rezeptur der Produkte und so weiter. Aber um den Rest kümmert sich der Franchisenehmer. Auch um die Mitarbeiter. Und das ist eine Menge Arbeit. Wissen Sie, ich habe super Mitarbeiter, aber manche müssen immer etwas nachgepflegt werden. Das fällt dann alles weg.«

»Und wie verdienen Sie daran?«

»Ich bekomme eine fest vereinbarte Summe jeden Monat. Für alle Filialen. Auch wenn der eine oder andere Flughafenstandort mal nicht richtig läuft. Und um die Höhe der Summe verhandeln wir gerade.«

»Wie sind Ihre Aussichten?«

»Je stabiler die Marke ›Mühlenstedt‹ auf dem Markt aufgestellt ist, umso höher ist mein Preis.«

»Das hört sich doch gut an«, feuerte Malbek ihn an.

»Ich habe aber seit ein paar Tagen da ein klitzekleines Problem. Und deswegen sind Sie ja heute da.« Er sah Malbek prüfend an.

»Sie meinen, wenn dieser Mord mit Ihnen in Verbindung gebracht wird, sinkt der Wert der Marke ›Mühlenstedt‹?«

»Exakt.«

»Dann lassen Sie uns mal an die Arbeit gehen.« Malbek fand die Formulierung vieldeutig, aber er bezweifelte, dass Mühlenstedt darüber nachdachte. »Wann haben Sie Herrn Leptien zuletzt gesehen?«

»Die Nachricht hat mich zwischen Berlin und München erreicht.«

»Wer hat Sie angerufen?«

»Kai. Herr Mönkemeier.«

»Was hat er gesagt?«

Mühlenstedt nahm sein Glas in beide Hände und sah hinein. »Na, dass er tot ist. Wahrscheinlich ermordet. Er lag neben einem Obdachlosen«, sagte Kai. Er blickte auf und sah Malbek an. »Dem soll ja nichts passiert sein, stimmt das?«

»Außer einem Schock wohl nichts. Woher wusste Herr Mönkemeier das?«

»Na, der sitzt ja an der Quelle. Entschuldigen Sie den Ausdruck. Er ist doch jetzt Staatssekretär im Bildungsministerium. Da laufen doch alle Fäden bei ihm zusammen.«

»Fäden?«

»Sie wissen doch, was ich meine.« Er setzte das Glas ab. »Der Rektor der Schule hatte es erfahren, und der hat dann natürlich gleich im Ministerium angerufen. Der wollte doch Weisungen haben, was er zu tun hat. Wie er sich zu verhalten hat. Das ist doch überall so. Nicht nur im Staatsdienst, sondern auch in der freien Wirtschaft.«

»Vermutlich.«

»Ich frage mich, wie das möglich war, ich meine, dass Dirk in dieser Nacht ermordet wurde. Da muss doch was in der Szene abgelaufen sein. Oder hat das nichts mit dem Obdachlosen zu tun?«

»Wir wissen es nicht. Wann haben Sie Herrn Leptien das letzte Mal gesehen?«

»Als wir die Einzelheiten wegen der Stagparty besprochen haben. Bei Ben Friese in Süderstapel.«

»Wer hatte die Idee mit der Nacht als Obdachloser als Ersatz für die Schnapsfläschchentour?«

»Sie kennen sich aus, Herr Malbek, was?« Er zwinkerte Malbek zu, bemerkte dann aber mit einem schnellen Blick Malbeks unberingte Finger und wurde wieder ernst. »Nein, was ich sagen wollte, das war natürlich Dirks Idee. Das war doch sein Ding, dieses Schülerprojekt. Er war ein engagierter Lehrer, der sich immer für die benachteiligten Schüler eingesetzt hat, das hat er schon immer gemacht.«

»Wann hat das denn mit Ihrer Männerfreundschaft angefangen?«

Mühlenstedt hatte Malbek einen prüfenden Blick zugeworfen, als das Wort »Männerfreundschaft« fiel, sich dann aber entspannt zurückgelehnt. »Was uns zusammengeführt hat, waren die Freundinnen, die mit Friese auf der Kunstschule waren und die alle mit der damaligen Freundin von Friese befreundet waren.« Er lächelte genüsslich. Auch dieser Satz kam ihm sehr einstudiert von den Lippen. »Leptien lernte auf irgendeiner fremden Party eine Frau kennen, die mit Frieses damaliger Freundin befreundet war, so war er bei Frieses nächster Party dabei und lernte Friese kennen. Die Frauengeschichten gingen auseinander, aber wir sind zusammengeblieben.«

Mühlenstedt griff wieder zum Glas, trank hastig einen kleinen Schluck, ohne ausführlich zu kosten, und stellte es wieder auf den Tisch. Dann sah er theatralisch nach oben. »Eine Kleingruppe junger Männer, denen die gemeinsame Weltanschauung wichtiger war als die Frauen.« Er wandte sich wieder Malbek zu. »Was auch Teil unserer Weltanschauung war und ist. Irgendeine Frau hat mal das Wort ›Männerklitsche‹ genannt. Hört sich ganz gemütlich an.«

»Herr Friese bevorzugt die Bezeichnung ›Bande‹, oder?«

»Das klingt so nach verschworener Gemeinschaft, ja, das trifft es auch ganz gut. Wissen Sie, wie ich Ben Friese kennengelernt habe?«

Malbek schüttelte freundlich den Kopf.

»Ich glaube, wir beide waren die Keimzelle der Clique«, fuhr Mühlenstedt fort und beugte sich verschwörerisch zu Malbek vor. »Ich hab übrigens nichts gegen den Begriff ›Clique‹.« Er lehnte sich wieder zurück, verschränkte die Arme hinter dem Kopf, den Blick auf den Turm der Nikolaikirche vor den Fenstern gerichtet, der seinen mächtigen Backsteinleib in der tief stehenden Sonne badete.

»Er hatte Zimmer zur Untermiete mit Zetteln am Pinnbrett in jeder Kneipe in Kiel angeboten, weil er dringend Geld brauchte«, fuhr Mühlenstedt fort. »Ich bekam das erste Zimmer. Ich war damals ein junger Schauspieler ohne Engagement, das fand Friese interessant.«

»Und was wurde aus Ihrer Schauspielerei?«

»Nichts. Man wollte mich immer auf den Liebhabertypen festlegen. Das konnte ich nicht aushalten. Sag ich ganz offen.

Das Beste, was dabei rausgekommen ist, ist ein Video, das Ben auch mal bei einem Kurzfilmfestival in Hamburg gezeigt hat.«

»Und was war das für ein Film?«

»Sagen Sie nicht, ich hätte Sie nicht vorgewarnt«, sagte Mühlenstedt und wedelte mit dem Zeigefinger. »Er hat mich heimlich aufgenommen, als ich nach einer Kneipentour auf der Discomeile an der Bergstraße an eine Hauswand gepinkelt habe. Da das ja eine abschüssige Straße ist, hat er eine lange Kamerafahrt von einem enormen Pinkelbach bis hoch zum Verursacher, also mir, gemacht, minutenlang. Und das hat er auf dem Festival gezeigt, ohne mich zu fragen. Das war provokativ und wurde deshalb als Videokunst akzeptiert.«

»Und Sie haben das auch akzeptiert?«

»Man konnte mich nicht erkennen, und Ben hat niemandem verraten, dass ich es war. Wir beide haben darüber gelacht. Aber das war alles noch ohne Dirk und Kai. Die kamen erst später dazu.« Er hielt inne. »Mir fällt gerade ein, ich hab mir das alte Videoformat auf DVD kopiert. Wollen Sie es sehen?«

»Ein anderes Mal vielleicht«, sagte Malbek höflich.

»Und dann muss man auch wissen …«, fuhr Mühlenstedt fort, Malbek fiel auf, dass er immer wieder in die Vergangenheit abschweifte, »… dass wir uns immer finanziell unterstützt haben, wenn einer was brauchte. Ich hab die Schauspielerei geschmissen und BWL mit Informatik studiert. Als ich den ersten Job hatte, habe ich Friese Bilder abgekauft, mehr als die, die Sie hier an den Wänden sehen. Die hab ich in meinen anderen Wohnungen hängen. Ich hab nicht über die Galerie gekauft, die hatte Ben ja damals noch nicht. Sondern von Freund zu Freund. Dirk und Kai kamen dazu und haben ebenfalls Bilder von ihm gekauft. Dann kamen die Ausstellungen und Auftragsarbeiten, und er hatte es geschafft.«

»Und Sie? Wann hatten Sie es geschafft?«

»Zuerst hatte ich nur die Kneipe in der Ringstraße. ›BierArt‹ hieß die. Die lief ganz gut, aber ich wollte mehr und brauchte Kapital. Ich hatte dann einen Job bei einer großen Spedition bekommen, im Rechnungswesen. Bin dabei auch ganz schön rumgekommen, die hatten Niederlassungen in allen größeren Städten. Und dabei hatte ich die Vision, in all diesen Städten solche ›Bierbistros‹ aufzumachen. Ich hab das Konzept ein paarmal geändert. Und jetzt läuft es.«

»Und was haben Ihre Freunde zu Ihrer Geschäftsidee gesagt?«

»Sie haben mir geholfen. Wir haben das auch oft bei unseren Treffen in Süderstapel diskutiert. Alle hatten immer wieder Verbesserungsvorschläge.«

»Wie ich hörte, sind Sie alle jetzt auch geschäftlich miteinander verbunden. Ich meine zum Beispiel das Gebäude, in dem der Mord geschah. Das gehört doch Herrn Mönkemeier. Und jetzt geht es wegen dem Mord an dem Bau nicht weiter. Und Sie haben Befürchtungen, dass der Wert der Marke Mühlenstedt sinkt, wenn ich Sie richtig verstanden habe. Man könnte meinen, einer von Ihnen oder alle haben einen gemeinsamen Feind.«

»Natürlich haben wir Feinde. Jeder Mensch hat Feinde. Unser größter Feind ist die Presse. Die wartet, bis es einem dreckig geht. Aasgeier sind das.«

»Also fällt Ihnen keine konkrete Person ein, die Ihnen oder Ihren Freunden schaden will?«

»Die Konkurrenz. Die Konkurrenz ist immer hinter einem her. Das gilt gerade in meiner Branche, der Gastronomie. Aber warum gerade Dirk? Warum musste er daran glauben? Was hat der damit zu tun?«

Malbek begriff jetzt, warum Mühlenstedt in Talkshows ein immer wieder gern gesehener Gast war. Er hatte eine wohltönende Stimme, setzte Pausen an der dramatisch richtigen Stelle, leise Passagen wechselten sich mit energischen Auftritten ab, er verlor sich nicht in der Schilderung von komplizierten Zusammenhängen, sondern brachte die Dinge mit handfester Wortwahl auf den Punkt. Er verstand es, glaubhaft zu klingen, obwohl er vielleicht selbst nicht an das glaubte, was er von sich gab, wie Vehrs richtig bemerkt hatte.

Malbek konnte Mühlenstedts Äußeres nicht mit der Kategorie »glaubhaft« in Einklang bringen. Aber er konnte sich vorstellen, dass es Frauen (und Männer) gab, die an seinen Lippen hingen. Die schauspielerische Episode in Mühlenstedts Leben war wohl kurz und nicht von Erfolg gekrönt gewesen, aber die Begabung war unübersehbar, und er wusste sie geschickt einzusetzen.

»Wir wissen es nicht. Deshalb stellen wir auch jedem von Ihren Freunden die Frage, wo er in der Tatnacht war, zwischen drei und acht Uhr.«

Mühlenstedt stand auf, holte ein Blatt Papier aus einer Schublade seines Schreibtisches und warf es Malbek auf den Tisch. »Ich habe mir schon gedacht, dass Sie auch mein Alibi für die Mordnacht haben wollen.«

Malbek musste sich vorbeugen und den Arm ausstrecken, um es greifen zu können. Sollte das eine Provokation sein, oder handelte es sich um ein Versehen? Das Blatt Papier war der Computerausdruck einer Excel-Tabelle. Ganz links waren stundenweise die Uhrzeiten zwischen null Uhr und neun Uhr eingetragen worden. In der Spalte rechts daneben die Tätigkeiten, die er selbst ausgeführt hatte: Fahrten zum und vom Lager Gettorf, Fahrten zum und vom Lager Kirchnüchel, Transport in die Wohnung, Aufstellung der Möbel, Transport von Leptiens ausgelagerten Möbeln in das Lager Gettorf, vergessenes Werkzeug holen, Reparatur kleiner Schäden an den transportierten Möbeln.

Malbek war beeindruckt.

»Ich habe den Alibizeitraum etwas weiter gefasst als Sie«, sagte Mühlenstedt. »Weil ich den Zeitpunkt des Mordes natürlich nicht kenne.«

»Schön, wir werden Ihre Angaben prüfen«, sagte Malbek. Und mit den Angaben Ihrer Freunde vergleichen, dachte er. »Hatten Sie einen Schlüssel für die Lager? Oder gehören die Ihnen?«

»Nein, die gehören dem Eigentümer der Stripbar nebenan. Er hat mir die Schlüssel überlassen. Der sammelt nämlich solche alten Barmöbel und plant in Frankfurt einen Nachtclub im Retrodesign. Wenn es angenommen wird, will er die Sache ausbauen.«

»Und Sie wollen einsteigen?«, fragte Malbek augenzwinkernd.

»Nein, das ist nicht mein Ding.« Mühlenstedt lächelte weich und freundlich und unendlich glaubhaft.

»Das muss doch ein Riesenaufwand gewesen sein, dieser Retromöbelumzug! Warum haben Sie nicht einfach die Stripteasebar nebenan in der Flämischen Straße gemietet?«

»Sie wissen nicht, wie schnell sich das herumgesprochen hätte. In der Flämischen Straße und danach anderswo. Und alle hätten gewusst, welche Namen sich dort in der Bar amüsiert haben. Außerdem hätte Dirk es nicht akzeptiert. In der eigenen Wohnung ja, im Rotlichtviertel nein.« Er zuckte mit den Schultern, als wolle er sich entschuldigen.

»So streng waren für Herrn Leptien die Sitten?«

»Manchmal fehlte es ihm einfach an Lockerheit«, sagte Mühlenstedt. »'tschuldigung.«

Malbek goss sich das Mineralwasser ins Glas, trank es in einem Zug aus, steckte Mühlenstedts Alibi in seine Ledertasche und erhob sich. Mühlenstedt stemmte sich langsam aus seinem Sessel. Malbek ging ein paar Schritte zum Fenster und sah nachdenklich hinaus.

Erst jetzt sah er, dass in die Glasfenster eine Balkontür eingelassen war, die auf einen Dachgarten führte. Vier Sonnenliegen, vier Stühle und ein runder Tisch, auf dem ein leeres Bierglas mit irgendeinem Brauereiwappen stand. Er stellte sich vor, wie Mühlenstedt mit dem Glas in einer Sonnenliege lag, womöglich nur mit Badehose bekleidet, und Jette davon ein paar Fotos machte, von den Zierbüschen und Palmen, von denen die Gartenmöbel eingerahmt waren. Und im Hintergrund das Kieler Panorama mit den Portalkränen der Werft. Ein Kieler Unternehmer in seinem Heim.

»Sagt Ihnen der Name Rasmussen etwas?«, fragte Malbek.

»Rasmussen?« Mühlenstedt runzelte die Stirn. Schüttelte den Kopf. »Nein. Wieso?«

»Jette Rasmussen? Hat die nicht mal für die Kieler Zeitung eine Homestory über Sie gemacht. Hier in dieser Wohnung?«

»Ach ja, stimmt, Jette Rasmussen, jetzt fällt's mir wieder ein. Das ist aber schon eine Weile her. Ich glaub, im Frühjahr, Mai oder so. Haben Sie das gelesen? War ganz nett gemacht, nicht?«

»Und war es nicht so, dass Sie Frau Rasmussen mit Ihrem Freund Dirk Leptien bekannt gemacht haben?«

Er sah Malbek mit verengten Augen an. »Könnte sein. Ich kann mich im Moment nicht erinnern.«

»Es müsste bei irgendeinem Empfang bei den Architekten Dittmer und Partner gewesen sein.«

»Das kann sein. Die arbeiten ja auch für mich. Ja, jetzt erinnere ich mich. Die hatten einen Preis gewonnen.«

»Sie wussten, dass Ihr Freund Dirk Leptien Fotos für eine Dokumentation haben wollte. Es betraf sein Obdachlosenprojekt. Erinnern Sie sich?«

»Dunkel. Sie wissen mehr als ich.«

»Das gehört zu meinem Beruf, Herr Mühlenstedt. Frau Rasmussen sollte also Fotos machen, an dem Tag und in der Nacht, in der Ihr Freund Dirk Leptien auf der Straße lebte?«

»Was die besprochen haben, weiß ich nicht. Dirk hat oft von einem Buch gesprochen, das er schreiben wollte, und dafür brauchte er Fotos. Ich habe keine Ahnung, ob irgendetwas daran konkret war.«

»Wissen Sie, ob Jette Rasmussen an dem Tag ihren Auftrag ausgeführt hat?«

»Nein. Aber ich hab irgendwann Herrn Mönkemeier und Herrn Friese von Frau Rasmussen erzählt.«

»Und wann haben Sie denen davon erzählt?«

»Als ich Frau Rasmussen und Herrn Leptien miteinander bekannt gemacht hatte. Bei dem Architektenempfang. Die haben uns anscheinend beobachtet und haben mich gefragt, wer denn die süße Kleine war.«

Malbeks Hand ballte sich unbemerkt zu einer Faust. Aber er hatte sich in der Gewalt. »Wussten die auch schon vorher, dass Leptien Fotos machen lassen wollte?«

»Herr Mönkemeier und Herr Friese? Ich glaube ja, denn spätestens bei unseren Umzugsfahrten in der Nacht haben wir darüber geredet. Und er hatte es ihnen auch erzählt, als er noch einen Fotografen suchte.«

»Haben Sie mit Frau Hansen eigentlich schon Kontakt gehabt? Ich meine, nach dem Tod Ihres Verlobten?«

»Ben hat eine Karte geschickt, auch im Namen von uns.«

»Hat er auch ein Bild mitgeschickt? Ich meine, ein selbst gemaltes?«

»Vielleicht. Davon hat er nichts gesagt.«

Diese Bande diskutierte nächtelang miteinander, und gleichzeitig lebte jeder sein eigenes Leben, ohne dem anderen etwas davon zu erzählen.

»Ich muss aufbrechen, Herr Mühlenstedt.« Malbek reichte ihm die Hand, damit Mühlenstedt sich in Sicherheit wiegen konnte.

»Ich begleite Sie zum Fahrstuhl.«

»Können Sie mir den Weg zum Treppenhaus zeigen?«

13

Zwei Tage lang hatten sich die Medien zurückgehalten. Es war ihnen nichts anderes übrig geblieben. Denn alles, was man zu wissen glaubte, war, dass ein Lehrer im Obdachlosenmilieu ermordet worden war. Nicht einmal das war, vorsichtig ausgedrückt, auch nur halbwegs richtig, sondern eine Spekulation ins Blaue hinein.

Festgemacht an der bloßen Meldung über den Mord hatte man alte Berichte über die Situation der Lehrer an den Schulen im Allgemeinen und Besonderen abgedruckt. Unterrichtsausfall oder Überforderung der Schüler, Überlastung der Lehrer, Chaos der Bildungspolitik, Turboabitur und so weiter. All das wurde thematisiert, verbunden mit politischen Forderungen. Aber keines dieser Themen ließ sich an dieser Mordgeschichte festmachen oder wenigstens irgendwie mit ihr in Verbindung bringen.

Es musste den Chefredakteuren in diesen Tagen gedämmert haben, dass man mit dem Mord keinen Leser mehr hinter dem Ofen hervorlocken konnte. Thema erst mal durch, war wohl das Motto, das die Chefredakteure an ihre Redakteure ausgeben wollten, bevor es die Anteilseigner der Zeitungsverlage durch einen Anruf signalisieren würden.

Aber dann war offenbar ein Wunder geschehen. Oder eine gut informierte, der Presse nahestehende Seele hatte sich gegen Zahlung eines angemessenen Betrages zur Preisgabe von Details durchgerungen, aus denen sich etwas basteln ließ …

Als Malbek mit einem Stapel Akten beladen in ihr Dienstzimmer kam, hatten Hoyer und Vehrs die Zeitungen noch immer oder schon wieder auf ihren Schreibtischen ausgebreitet.

»Haben Sie jetzt Zeit für eine kleine Presseschau?«, fragte Hoyer.

»Ich habe eigentlich keine masochistische Veranlagung, aber wenn es denn aus dienstlichen Gründen sein muss … in Gottes Namen!« Malbek ließ sich seufzend auf einem Stuhl vor ihrem Schreibtisch nieder und setzte den Aktenstapel auf seinen Knien ab. »Woher haben Sie den Müll?« Malbek deutete auf die Zeitungen.

»Wir hatten uns heute Morgen wie immer auf der Fahrt ins Büro nur die Kieler Zeitung gekauft, und ich hab den Artikel vorgelesen. Wir haben uns so gut dabei amüsiert, dass wir gleich am nächsten Kiosk gehalten haben. Die Verkäuferin hat uns dann das Sortiment zusammengestellt. Sie wusste Bescheid, wo was drinstand. Wir lesen Ihnen die Schlagzeilen vor, ja?«

Malbek nickte ergeben.

»Norddeutsches Tageblatt: ›Prominente Kieler Freunde im Rampenlicht der Mordermittlung‹.«

»Kieler Rundschau: ›Grundstückseigentümer des Mordhauses kannte Mordopfer‹.« Vehrs hielt Malbek die Zeitung hoch.

Und so machten die beiden abwechselnd weiter.

»Hamburger Blitz: ›Der Staatssekretär, sein Grundstück und die Freunde. Kieler Klüngel in Lehrermord verwickelt?‹«

»Holsteinischer Telegraph: ›Sündenpfuhl in der Wohnung eines designierten Schulrektors. Lehrer tot‹.«

»Norddeutsche Abendzeitung: ›Neuer Staatssekretär für Schulen wollte auf Sexparty mit Lehrer Einstand feiern‹.«

»Hamburger Mittagspost: ›Die Farbe des Todes. Kieler Künstler und seine Freunde kannten Mordopfer‹.«

Friese war also ab heute auch in der Presse.

»Am meisten weiß die Illustrierte Woche aus Berlin«, sagte Vehrs. ›Schülerin nackt auf Lehrerparty. Lehrer ermordet. Wer war der Rächer?‹.«

Malbek hob eine Hand. »Stopp, mir wird schlecht!«

Hoyer blickte von der Zeitung auf. »Wir können von Glück sagen, dass Herr Lüthje gerade unser Chef ist.«

»Finden Sie?«, fragte Malbek, als hätte sie etwas Unglaubliches behauptet.

»Sie nicht? Schackhaven hätte uns jetzt mit den Schlagzeilen die Hölle heißgemacht, dass der Minister angerufen hätte, woher der die Informationen habe und dass er deswegen jetzt eine Pressekonferenz machen müsse. So als ob wir hier die Schuld daran hätten. Aber Herrn Lüthje lässt dieser Affenzirkus einfach kalt. Er hat sich bis jetzt jedenfalls nicht bei uns gemeldet.«

»Aber vergessen Sie dabei nicht, dass er auch ganz plötzlich Wutanfälle bekommen kann«, merkte Malbek an.

Hoyer und Vehrs sahen sich amüsiert an. »Bisher haben wir ihn immer recht schnell besänftigen können«, sagte Hoyer.

»Frauen haben es da bei ihm leichter«, sagte Malbek schmunzelnd. »Aber das Thema sollten wir jetzt nicht vertiefen. Zurück zur Arbeit: Wird der sogenannte Kieler Klüngel in den Postillen mit irgendwelchen Stellungnahmen zitiert?«

»Die Kieler Rundschau sagt, dass Mühlenstedt für eine Stellungnahme nicht zu erreichen war«, sagte Hoyer.

»Und die anderen beiden?«, fragte Malbek.

»Moment!«, rief Vehrs. »Die hatte ich doch hier ... Hamburger Mittagspost: ›Friese sagte uns am Telefon: Alles Gerüchte ohne Grundierung‹.«

»Grundierung?«, fragte Malbek.

»Friese hat wohl in der Aufregung etwas durcheinanderbekommen«, meinte Hoyer. »Oder der Redakteur. Gemeint war sicher Grundlage.«

»Da bin ich mir nicht so sicher«, sagte Malbek. »Ich denke eher, dass der Redakteur das absichtlich so geschrieben hat. Sollte wohl witzig sein. Ich traue denen alles zu.«

»Ich finde, wir sind doch glimpflich davongekommen«, sagte Vehrs. »Es gab keine Prügel für die Polizei.«

»Wart's ab«, sagte Hoyer. »Wenn sie keinen neuen Stoff mehr gegen die üblichen Verdächtigen haben, sind wir in der zweiten Angriffswelle das Ziel.«

»Ich vermute, dass ein paar Pressevertreter ab sofort auf der Suche nach Kuhlbrodt sind.«

»Wenn die nicht herausfinden, dass er sich täglich bei der Polizei melden muss, werden sie ihn nicht aufspüren. Er wird untergetaucht sein. Er hat sicher Angst«, sagte Hoyers.

»Klar. Aber warum eigentlich?«, sagte Vehrs. »Der Mörder hat ihn verschont. Warum sollte er denn jetzt noch hinter ihm her sein?«

»Das fragen wir uns doch schon die ganze Zeit«, sagte Malbek. »Vielleicht finden wir keine Antwort, weil wir die Frage verkehrt herum stellen.«

»Wieso?«, fragte Hoyer.

»Was müsste passieren, damit der Mörder den Entschluss fasst, Kuhlbrodt auch umzubringen?«

Malbek sah die beiden an.

Schweigen.

Hoyer durchbrach die Stille. »Wenn Kuhlbrodt etwas tut, was uns zum Täter führen würde.«

»Das setzt voraus, dass Kuhlbrodt etwas über den Täter weiß«, sagte Vehrs langsam.

»Entweder seinen Namen oder etwas, was zu ihm führt, oder wo der Schatz ist, den der Mörder sucht, oder alles zusammen«, sagte Malbek.

»Schatz?«, fragte Vehrs.

»Das meine ich im weiten Sinne, es kann also auch etwas Ideelles sein …«, sagte Malbek.

Es könnte auch etwas mit der Vergangenheit zu tun haben.

»Ach, das ist nur so ein Bauchgefühl«, fügte Malbek hinzu. »Denken Sie trotzdem mal darüber nach. Wer könnte der Presse diese Informationen gegeben haben?«, fragte Malbek.

»Jemand, der sich damit auskennt. Und der dafür Geld bekommen hat«, sagte Vehrs.

»Frau Fieder aus dem Vorzimmer des Dr. Casper?«, fragte Hoyer. »Wir haben den Bericht über das Gespräch mit ihrem Chef Dr. Casper gelesen. Und ihr Protokoll über den anonymen Anruf. Sie hat vielleicht zufällig gehört, dass Staatssekretär Mönkemeier mit Leptien befreundet war. Als ehemaliger Rektor. Ihr Chef, Dr. Casper, ist auch Rektor. Leptien wollte auch einer werden. Da wussten doch sicher alle, dass Leptien mit Mönkemeier befreundet war. Frau Fieder steckt irgendwie im Zentrum des Geschehens und hatte Zugang zu allen Informationen. Eine kleine Frage hier, ein belauschtes Gespräch da …«

»Ja, du hast recht. Aber macht eine Schulsekretärin als Vertrauensperson so etwas?«, fragte Vehrs.

»Natürlich nicht! Aber Frau Fieder vielleicht doch«, entgegnete Hoyer.

»Möglich wär's«, sagte Malbek nachdenklich.

Jette wusste es mit Sicherheit. Aber die lag ja noch im Krankenhaus, bis man sie repariert hatte. Telefonieren könnte Jette. Und sie war in einer Situation, in der sie durch den krankheitsbedingten Ausfall nichts verdienen konnte. Würde die Versicherung der Zeitung für den Diebstahl der Kamera zahlen? Oder würde die Zeitung das Geld von Jette einfordern? Und sie rausschmeißen?

»Wir haben uns auch die beiden Personalakten über Leptien durchgesehen, die schulische und die ministerielle«, unterbrach Vehrs Malbeks Gedankengang. »Sauber wie ein frisch geputzter Babypopo. Zu sauber.«

Malbek seufzte. »Es ist immer wieder dasselbe. Jedes Mal denke ich, in solchen Akten hat jemand ein kleines Zettelchen, einen winzigen Vermerk übersehen, den er eigentlich beseitigen wollte. Ein Vermerk, der wenigstens etwas zur Lösung des Falles beinhaltet. Aber ich war nicht schnell genug, ich hätte gleich morgens sofort nach der Besichtigung des Tatortes bei Schulbeginn am Mordtag dort erscheinen müssen.«

»Da wussten Sie doch noch gar nicht, dass das Mordopfer Lehrer ist, und schon gar nicht, an welcher Schule«, tröstete ihn Hoyer.

»Das ist ja das Schlimme. Wir sind zu langsam«, sagte Malbek.

»Es ist, wie es ist«, sagte Vehrs ärgerlich. »Dr. Casper hat mit Mönkemeier telefoniert, der hat ein paar Anweisungen gegeben, und sie haben die Akte Leptien umgehend bereinigt. Alles, was darauf hinweisen könnte, dass etwas an der Schule oder im Ministerium widersprüchlich lief, wurde gelöscht. In den Akten gibt es zum Beispiel nicht einen einzigen Telefonvermerk, wenn man von Frau Fieders Geschreibsel über den anonymen Anruf absieht. In jeder Personalakte, die wir bisher auf dem Tisch hatten, gab es mehrere Telefonvermerke!« Vehrs schnaufte vor Wut.

Hoyer lächelte. Sie fand das wahrscheinlich süß, dachte Malbek.

»Regen Sie sich ab. Es ist, wie es ist.« Wo hatte er diesen blöden Spruch bloß schon mal gehört? Von Lüthje wahrscheinlich. »Dabei fällt mir ein, dass wir eine Verbindungsanfrage wegen des anonymen Anrufs in der Schule starten müssen.«

Vehrs nickte. »Mach ich gleich.« Er notierte es eifrig auf seiner Schreibtischunterlage.

»Hier sind meine Berichte über die Befragungen Friese und Mühlenstedt. Und hier Mönkemeier. Den hat sich Herr Lüthje vorgenommen.« Er legte von seinem Stapel drei dünne Aktenteile auf Hoyers Schreibtisch.

»Der Chef?«, fragten sie beide gleichzeitig.

»Ja, Lüthje«, sagte Malbek. »Hatte ich euch doch gesagt. Jetzt macht er ernst. Er braucht zwischendurch richtige Ermittlungsarbeit. Das ist alles. Friese hatte sein Alibi mit der Post geschickt, und hier sind die anderen beiden Alibis, Mönkemeier und Mühlenstedt.« Er legte die zusammengehefteten Zettel auf Hoyers Tisch. »Vergleichen Sie die Alibis. Schließlich behaupten sie alle ja, sie hätten zusammen einen oder zwei Umzüge gemacht. Sie wissen, dass Dr. Brotmann den Todeszeitpunkt zwischen vier Uhr fünfzehn und sechs Uhr dreißig eingegrenzt hat.«

Hoyer sah mit hochgezogenen Augenbrauen, wie der Stapel auf ihrem Tisch langsam höher und höher wuchs, und tauschte mit Vehrs einen Blick. Was Malbek nicht entging. Die beiden schienen ihrem besorgten Gesichtsausdruck nach schon den Kopf voll mit Arbeit zu haben. Und er selbst hatte vor, ihnen gleich noch mehr Arbeit aufzuhalsen.

»Was ist eigentlich mit dieser Patientin aus der Notaufnahme gewesen, die nach Ihnen gefragt hat?«, fragte Hoyer. »Wie hieß die noch? Rasmussen?«

»Ich weiß nicht, was ich davon halten soll«, sagte Malbek wahrheitsgemäß.

Er hatte Hoyer und Vehrs damals nichts über Jette erzählt, damals, als er mit Lüthje, Hilly und Jette nach Sylt gefahren war, um Lüthjes Schwester zu besuchen. Und während er mit Lüthje einen Mord aufzuklären hatte, war es mit seiner Beziehung zu Jette so nebenbei auch schon aus gewesen. Die Sache auf dem

Hotelparkplatz war nur noch der schräge Schlussakkord, der immer noch tief drinnen in ihm nachklang.

Und jetzt musste er diesen Mord aufklären. Und alles andere musste warten. Das Dumme war nur, dass Jette irgendwie in diese Geschichte verwickelt war. Wenn sie die Wahrheit gesagt hatte, war sie da einfach reingerutscht, auf der Suche nach einem guten Job. Zweihundertfünfzig Euro. Brauchte sie vielleicht jeden Penny, weil sie Schulden hatte?

Und was war mit Jettes Alibi? Eigentlich hatte sie ja ein Alibi. Nur leider ein sehr merkwürdiges. Sie sollte die letzten Stunden des Mordopfers dokumentieren, ohne dass ihr dies bewusst war. Wenn man das so formulierte, könnte man auf die Idee kommen, dass es jemanden gab, der um die versteckte Dramatik des Geschehens wusste. Jemand, der die Fäden seiner Marionetten zog oder aber, und das hielt Malbek für wahrscheinlicher, der es als Voyeur, als Sadist beobachtete und genussvoll zu Ende führte. Ein verrückter Gedanke. Man musste wirklich von allen guten Geistern verlassen sein, um so etwas zu tun.

»Ich weiß nicht, was ich davon halten soll«, sagte Malbek wieder. »Eine Zeitungsfotografin. Der Arzt sagte mir, dass sie mit einem Hämatom an der Schläfe, Gehirnerschütterung und akuten Kreislaufbeschwerden eingeliefert worden sei. Mischkonsum von Alkohol und Kokain. Sie behauptete, von Leptien den Auftrag gehabt zu haben, Fotos von seiner Nacht als Obdachloser zu machen. Nur leider sei die Kamera aus ihrer Wohnung verschwunden. Mitsamt dem Speicherchip. Und gesichert hatte sie die Fotos noch nicht. Daran, was in der nächsten Nacht passiert ist, zum Beispiel den Einbruch, hat sie keine Erinnerung mehr. Blackout.«

»Und woher kannte sie Ihren Namen?«, fragte Hoyer. Sie sah genauso skeptisch aus wie Vehrs.

»Ich hab sie mal bei Mordermittlungen auf Sylt so nebenbei mit einem Rauschgiftdelikt überführt«, sagte Malbek. »Mit dem Mord hatte sie damals nichts zu tun«, fügte er hinzu. »Wahrscheinlich ist sie nur ein armes Würstchen, das einen Scheiß-Job erwischt hat.«

»Immerhin hat sie sich noch an Sie erinnert. Sie müssen ihr damals irgendwie geholfen haben«, sagte Hoyer.

»Kann schon sein. Sie sind eine gute Polizistin, Frau Hoyer«, sagte Malbek.

Nun ist aber genug, dachte Malbek und begann, in dem Durcheinander seiner Gedanken nach einem wichtigen, vor allen Dingen anderen Thema zu suchen.

In diesem Moment bemerkte er, dass Hoyer Vehrs plötzlich mit einem Blick ansah, als seien ihre Augen mit einem Schleier überzogen. Dann wandte sie sich zu Malbek.

»Ich weiß, das gehört jetzt vielleicht nicht so hierher …«, begann sie zögernd, »… aber wir wollten das doch klären«, sagte sie stockend.

»Worum geht's?«, fragte Malbek.

»Die Urlaubsplanung. Meine Eltern wollten uns einen Teneriffa-Urlaub schenken. Gerade zwischen Weihnachten und Neujahr. Aber das hatten wir noch nicht eingetragen.«

»Ich hab nichts dagegen. Aber damit müssten Sie zum Chef. Da liegt inzwischen der Urlaubsplan für unser Kommissariat. Dann könnten Sie ihn auch gleich fragen, ob er die Zeitung von heute schon gelesen hat. Aber wieso zwischen Weihnachten und Neujahr?«, fragte Malbek. »Da ist doch in Teneriffa sicher der Teufel los und Flüge und Hotels am teuersten?«

Vehrs begann, hektisch in seinem Tischkalender zu blättern.

»Meine Eltern … sind der Meinung …« Hoyer knetete ihre Hände und hatte inzwischen einen hochroten Kopf. »Ach Quatsch. Es ist einfach so, dass ich gestern erfahren hab, dass ich schwanger bin. Und ich will ab dem fünften Monat nicht mehr fliegen. Und da haben meine Eltern spontan tief in die Tasche gegriffen und gesagt, dass dann ja noch Zeit ist für einen Urlaub …«

Malbek lachte laut. »Kein Wort weiter, ich hab's kapiert, ich werde den Chef informieren.« Er stand auf, umarmte Hoyer und drückte sie vorsichtig. »Herzlichen Glückwunsch«, flüsterte er ihr ins Ohr.

Er wandte sich zu Vehrs um, der inzwischen kerzengerade

mit offenem Mund der Umarmung seines Chefs mit der Mutter seines Kindes zugesehen hatte, und umarmte ihn auch. Sie strahlten sich ein paar Sekunden verlegen an, bis Malbek einfiel, die Akten vom Stuhl zu nehmen und sich wieder auf den Stuhl zu setzen.

Plötzlich schoss es ihm durch den Kopf, dass er irgendwann im nächsten Jahr eine neue Mitarbeiterin oder einen neuen Mitarbeiter brauchen würde und sich dieses Jahr schon darüber Gedanken machen müsste.

»Was sind das eigentlich für Akten, die Sie auf dem Schoß haben?«, fragte Hoyer mit einem ängstlichen Unterton in der Stimme.

»Nein, keine Angst, nichts Neues«, sagte Malbek. »Nur jede Menge alter Papierkram. Da Sie ja jetzt mit der Durchsicht der Befragungen und dem Müll durch sind …«

»Nein, so einfach ist das nicht«, protestierte Hoyer, und Vehrs nickte eifrig. »Wir müssen noch die Berichte …«

»Ist schon klar«, unterbrach Malbek. »Ich hab mich nicht richtig ausgedrückt. Dieser alte Aktenkram könnte zu großer Aktualität aufsteigen, die ungelösten Fälle mit dem Zeitparadigma, die ich mir herausgesucht hatte, ich hatte Ihnen davon erzählt … Also, wenn man … Nehmen Sie mal eben ein paar dieser Schmutzblätter vom Schreibtisch«, sagte er und meinte die Zeitungen.

Hoyer und Vehrs schoben das Zeitungspapier zusammen.

»Danke …« Malbek wuchtete die Akten auf Hoyers Schreibtisch. Vehrs grinste, bis Malbek den Aktenstapel teilte und ihm die andere Hälfte auf den Schreibtisch legte.

»Also, wenn man bei diesen Fällen davon ausgeht, dass es ein und derselbe Täter sein könnte …«, fuhr Malbek fort. »… dann muss es Gemeinsamkeiten in der Spurenlage geben, die nicht nur darin begründet sind, dass es keine verwertbaren Spuren gibt. Ich möchte, dass Sie nach einem ganz bestimmten Detail suchen …«

14

»Ich hab heute mit Tanja telefoniert«, sagte Hilly.

»Ach ja?«, sagte Malbek kauend.

Es gab Hähnchenkeulen mit Hähnchensoße und Kroketten zum Abendessen. Ernährungswissenschaftlich eine Todsünde, aber wenn er sich das alle drei Monate gönnte, konnte es doch nicht schaden. Lüthje musste mit Kartoffelspalten vorliebnehmen. Das hatte Hilly ihm verordnet wegen des Cholesterinspiegels, der trotz der vielen Fischbrötchen nach Ansicht des Hausarztes noch immer zu hoch war.

Malbek war mit Lüthje nach Laboe gefahren, nachdem er vorher in der Werkstatt angerufen hatte. Nein, das neue Lenkgetriebe sei erst morgen dran. Aber sie hätten sich das Wohnmobil von unten angesehen. Und da sei wohl die Ölwanne kaputt. Sie müssten sich das mal genau ansehen. Malbek hatte nicht weiter nachgefragt.

Aus jahrzehntelanger Erfahrung wusste er, dass diese Auskünfte auch hießen: »Wir rufen Sie nächste Woche an.« Dann fiel ihm ein, dass die Werkstatt doch in der Zeit, bis das neue Lenkgetriebe eingetroffen war, das Wohnmobil überholen könnte. Meister Röchricht hatte sein übliches »Zwischen Daumen und Zeigefinger« von sich gegeben, Malbek hatte zugestimmt und sich vorgestellt, wie seine Frauen alle strahlen würden, Sophie, Sybille und Tanja.

»Sybille ist von ihrer Klassenreise zurückgekommen. Und Tanja hat sehr wahrscheinlich am Wochenende frei. Da hab ich ihnen vorgeschlagen, doch nach Laboe zu kommen«, sagte Hilly.

Malbek fing einen kurzen Blick von Lüthje auf, der sich gerade einen zweiten Löffel Kartoffelspalten gönnte.

»Mein Schatz, alles ist dir wieder hervorragend gelungen«, sagte Lüthje.

»Alles auf den Punkt, so wie ich es mir immer erträume.«

Malbek meinte es ehrlich. Es war einfach köstlich. Erst jetzt kam ihm der Gedanke, dass sie sich vielleicht bei der Zubereitung besonders viel Mühe gegeben hatte, weil sie etwas von Lüthje wollte.

»Gerson, was sagst du dazu?«, fragte Hilly.

»Wozu?«

»Mein Gott, dazu, dass Tanja am Wochenende kommt. Es gibt hier im Haus keine Buchungen. Das Haus ist frei. Tanja hat frei. Dein Wohnmobil ist zwar in der Werkstatt, aber ihr könntet das Erdgeschoss haben. Eric und ich ziehen ins Dachgeschoss. Nicht wahr, Eric?«

Lüthje nickte und kaute. Er erfasst die Problematik in seiner Gänze, dachte Malbek.

»Kann sein, dass ich zwischendurch mal nach Kiel muss, aber das kriegen wir schon hin«, sagte Malbek. Er nahm sich noch zwei Kroketten.

»Wie bescheiden man doch bei seinen Vergnügungen wird. Das macht wohl der Beruf«, sagte Lüthje leise.

Der Fall entwickelte sich im Moment zum Knoten. Auf seinem inneren Ermittlungsplan, von dem er Lüthje noch nichts erzählt hatte, kam ein freies Wochenende nicht vor. Nun ja, vielleicht hatte Tanja plötzlich auch Dienst. Dann würde Hilly Sybille am Bahnhof abholen und sich um sie kümmern, wenn er arbeiten müsste. Tanja musste sich eigentlich in ihn hineinversetzen können. Er hatte ihr doch letztes Mal in Hamburg erzählen müssen, worum es bei diesem Fall ging.

Da war noch etwas. Jette würde vielleicht in den nächsten Tagen entlassen werden. In ihre Wohnung konnte er sie nicht schicken. Ein zufälliger Einbruch war das nicht gewesen. Malbek hatte schon mit dem Gedanken gespielt, sie hier in Laboe in der Dachwohnung bis zur Lösung des Falles unterzubringen.

Lüthje würde mitspielen, das wusste er. Aber ohne Wohnmobil würde das bedeuten, dass sie alle zusammenhockten. Tanja und Jette hier auf engstem Raum, das würde eine Explosion ergeben, die man bis auf die Kieler Außenförde, nein, bis zu den dänischen Inseln hören würde.

»Ich muss noch mal runter zum Strand«, sagte Malbek. »Ich hab den ganzen Tag gesessen.«

Lüthje und Hilly sahen ihn prüfend an. »Pass auf, dass du dich nicht verläufst«, sagte Lüthje. »Die Sonne ist schon untergegangen.«

»Ich werde die Scheinwerfer einschalten«, antwortete Malbek zuckersüß und ging.

Malbek fuhr den Buerbarg hinunter bis zur Kreuzung Strandstraße/Hafenstraße/Steinkampberg. Er hielt an, entschied sich nach kurzer Überlegung dafür, den Steinkampberg hochzufahren und an der Kirche vorbei nach Brodersdorf, zur B 502 Richtung Kiel. Hier hielt er wieder an, montierte das Navi in die Halterung und programmierte es.

Er wusste, dass Lüthje gern mitgefahren wäre. Seine väterliche Ermahnung hatte es Malbek gesagt. Aber Lüthje könnte in seiner Eigenschaft als Chef Ärger bekommen, wenn er dabei wäre. Später vielleicht. Falls die Dinge nicht so laufen würden, wie Malbek sich das vorstellte.

Im Stadtteil Gaarden wurde die B 502 Teil des Ostrings. Vom Theater im Werftpark sah Malbek nur ein paar Lichter aus der Mitte des dunklen Werftparks durch das herbstlich ausgedünnte Laub schimmern. Vielleicht war die Hexe Vera Hansen heute wieder auf der Bühne.

Ob die Clique Vera Hansen überhaupt schon ihr »aufrichtiges Mitgefühl« mitgeteilt hatte? Von Mitgefühl hatte Malbek bei Friese und Mühlenstedt fast nichts bemerkt, und was Lüthje von Mönkemeier berichtet hatte, klang nicht viel besser. Earl Grey, Lachen und die Floskel »schreckliche Angelegenheit«. Und für Mühlenstedt war Freundschaft nicht mehr als ein »weiter Begriff«. Malbek versuchte, sich die Trauerkarte mit dem kleinen Bild vorzustellen, das Nina Sinjen Vera Hansen geschickt hatte: kleine Trauergemeinde mit großen Hüten. Wahrscheinlich verbargen die Hüte die Gesichter.

Rechts abbiegen in die Pickertstraße. An der Kreuzung mit der Medusastraße nach hundertfünfzig Metern links in die Kaiserstraße. Am Eckgebäude hing das Schild »Hempels« über der Kneipentür. »Holsteneck« hatte da früher gestanden, benannt nach der alten Kieler Brauerei. »Hempels« war der Name des Trägervereins, der die Obdachloseneinrichtungen in Kiel gegründet hatte.

Malbek stieg aus. Die Fenster waren dunkel. Nur in einem nach hinten gelegenen Raum brannte Licht. Wahrscheinlich, um Einbrecher abzuschrecken. Ein Schild an der Tür wies darauf hin, dass nur zwischen neun und sechzehn Uhr geöffnet war. Hier hatte Kuhlbrodt Leptien getroffen. Eine schicksalhafte Begegnung. Für beide. Wo war Kuhlbrodt jetzt?

Malbek fuhr langsam weiter die Kaiserstraße entlang. Ein paar Männer bemühten sich halbherzig, zwei Streithähne zu trennen. Jeden Moment konnte einer von ihnen ein Messer ziehen und zustechen. An der Ecke zum Karlstal stand ein Mann in einer Hofeinfahrt und stritt sich mit einem Halbwüchsigen. Die Gesten sprachen für sich. Wahrscheinlich bat der Junge um Kredit, um sich den nächsten Schuss kaufen zu können. Falls er den Kredit und den Schuss bekam, könnte es sein letzter sein, wenn er den Kredit nicht mit den geforderten Zinsen von hundert Prozent am nächsten Tag zurückzahlte.

Für Malbek sahen die Drogensüchtigen kantig aus, auch wenn sie fett waren, die Säufer schwammig, auch wenn sie dürr waren. Die, die beides taten, waren durchsichtig. Als ob sie schon gar nicht mehr da wären. So hatte Malbek sie immer für sich zuordnen können, hatte aber nie mit jemandem darüber geredet, auch nicht mit Lüthje.

Lüthje hatte Malbek bei den Ermittlungen zu einem Mord im Gaardener Drogenmilieu erzählt, dass er ungefähr 1982 als junger Kommissar an einer Fortbildung über die polizeilich relevanten Auswirkungen der Sanierung im Stadtteil Gaarden teilgenommen hatte. Man hatte damals geglaubt, dass sich der Problemstadtteil Gaarden am Ende der Sanierung zum ruhigen Wohnviertel entwickeln würde. Die Kieler Polizei würde bisher in Gaarden gebundenes Personal in anderen Stadteilen einsetzen können, zum Beispiel in Mettenhof.

Motto: Alles wird gut.

Das Gegenteil war eingetreten. Von über zwanzigtausend Einwohnern im Stadtteil war jeder Vierte mindestens einmal »polizeilich aufgefallen«.

Rechts in die Straße Karlstal, hinunter zur Förde, vorbei am Starpalast, der später eine grelle Diskothek wurde und heute Teppichlager war, für Malbek war er in seiner Kindheit als Pastorensohn ein unerfüllbarer Traum von Freiheit und schönen Mädchen gewesen.

Ecke Karlstal, hinunter zur Förde: Die Größe des 4. Polizeireviers, an dem Malbek gerade vorbeifuhr, sprach für sich. Nichts war gut geworden.

Hier musste sich Kuhlbrodt jeden Tag melden. Wenn er es nicht tat, würde man ihn zur Fahndung ausschreiben. Vielleicht war er jetzt in der anderen Anlaufstelle für Obdachlose, in der Innenstadt, dem »Café Zum Sofa«.

Malbek fuhr geradeaus weiter über die Gablenzbrücke bis zur Kreuzung Sophienblatt. Die Ampel stand auf Rot. Jenseits der Kreuzung ragte der betongraue Klotz des Rohbaus auf, abgegrenzt durch das rot-weiße Flatterband der Polizeiabsperrung.

Das Mordhaus.

Malbek war es plötzlich, als ob seine abendliche Fahrt einer Spurensuche gliche, quer durch die Stadt, vom Ostufer zum Westufer der Förde. Und obwohl doch der Fundort der Leiche immer den Beginn einer Spurensuche markierte, stand er jetzt bei roter Ampel vor dem Mordhaus, als ob es sich in einer Zwangspause während der Suche nach dem Täter schweigend in Erinnerung bringen wollte. Fundort und Tatort zugleich. Vor seinem geistigen Auge erschien das mit dem Blut des Ermordeten geschriebene Wort. »Verräter«.

Die Ampel wechselte auf Grün. Malbek überquerte die Kreuzung, vorbei an der »Müllsammelstelle« der Polizei im Königsweg, links in die Ringstraße, in der Mühlenstedt seine erste Kneipe gehabt hatte, dann rechts ab in die Herzog-Friedrich-Straße bis zur Schaßstraße 4. Er hatte Glück, das »Café Zum Sofa« hatte noch geöffnet.

Der Raum war wie ein großes Wohnzimmer, mit abgeschliffenen Holzmöbeln, einem Sofa und jeder Menge Bilder und Poster an den Wänden. Die Luft war stickig und feucht, obwohl ein Fenster geöffnet war. Malbek durchquerte den Raum langsam und sah sich die Männer an den Tischen an. Eine Frau war nicht dabei. Und Kuhlbrodt auch nicht.

»Suchst du jemanden?«, fragte der Mann am Tresen, als Malbek näher kam.

Hinter ihm stand eine Frau an einer Art Kaffeemaschine, die einen Kopf kleiner als der Mann war.

Die Gespräche im Raum erstarben. Malbek spürte die Blicke in seinem Rücken.

»Gernot Kuhlbrodt.« Malbek wandte sich zum Raum um. »Weiß jemand, wo er ist?«

Ein paar Männer schüttelten den Kopf. Die anderen sahen ihn nur misstrauisch an.

»Er war seit dem Mord nicht mehr hier. Du bist doch von der Kripo?«, sagte die Frau. Sie hatte lange schwarze Haare, die in der Mitte gescheitelt waren. Sie stellte eine Tasse auf den Tresen und rief in den Raum: »Reinhold, dein Kaffee ist fertig!«

Ein kleiner Mann mit Schiebermütze, spitzer Nase und spitzem Kinn erhob sich langsam. Sein Stuhl schabte auf dem Boden. Er ging zum Tresen, sah in die Tasse.

»Schwarz wie die Nacht. Danke, Uschi.« Er lächelte sie an. Sie lächelte zurück und nickte.

Malbek wartete.

Reinhold rührte zweimal mit dem Löffel um.

Er bemerkte Malbeks erstaunten Blick. »Zucker«, erklärte Reinhold und sah ihn lächelnd an.

»Ich heiße Gerson Malbek.« Er zog seinen Dienstausweis aus der Hosentasche und hielt ihn hoch, sodass seine Gesprächspartner am Tresen ihn sehen konnten.

»Darf ich mal sehen?«, fragte der Mann neben Uschi. Er hatte einen langen Bart und angegraute Geheimratsecken. Malbek reichte ihm den Ausweis.

Jemand hustete. Es wirkte wie das Zirpen der Grillen im Sommer. Es machte die Stille danach ohrenbetäubend.

»Kriminalhauptkommissar ... Bezirkskriminalinspektion Kiel«, las der Mann langsam vor. »Ich heiße Uwe«, stellte er sich vor.

»Und ich heiße Gerson. Gernot Kuhlbrodt ist Zeuge in dem Mord an der Gablenzbrücke. Weil er nicht unter Verdacht steht, haben wir ihn gehen lassen. Ich wollte mich mit ihm noch mal unterhalten. Ich möchte wissen, wie es ihm geht. Weiß jemand, wo er heute Abend ist, wo er übernachtet? Oder hat ihn jemand seit dem letzten Montag gesehen?«

Der Mann neben Uschi gab Malbek den Ausweis zurück.

Reinhold schob seine Schiebermütze ein paar Millimeter nach hinten. »Er ist seit Montag nicht da. Hier nicht und auch nicht in Gaarden im Hempels gewesen. Aber Willi hat ihn vorgestern gesehen. Stimmt doch, Willi, oder?« Er wandte sich zu einem der hinteren Tische.

»Er war vorgestern bei Aldi hier um die Ecke. In der Kirchhofallee«, antwortete Willi. »Hat nicht gegrüßt und gar nix. Und ist gleich zur Kasse. Und weg war er.«

»Wann genau war das?«, fragte Malbek.

»Um halb vier oder so.«

Malbek wandte sich wieder Reinhold zu. »Hat jemand etwas von dem Gespräch mitbekommen, das Gernot Kuhlbrodt mit einem Mann geführt hat? In Gaarden und später auch hier?«

»Ich war nicht da«, sagte Reinhold, nahm seinen Kaffee vom Tresen und setzte sich wieder an seinen Tisch.

»Ich war in Gaarden«, sagte Uwe. »Wir haben da immer nur von acht bis fünfzehn Uhr geöffnet. Dann hab ich hier weitergemacht, mit Uschi. Kommt immer darauf an, wie wir uns die Zeiten aufteilen.«

»Könnten wir uns morgen früh um acht hier treffen? Also ihr beide?«, fragte Malbek und sah Uschi und Uwe an. »Es kommt mir darauf an ...«, fuhr er mit leiser Stimme fort, »... dass wir uns hier ohne Publikum unterhalten können. Die hören natürlich alle zu, und wer weiß, bis wo es sich überall herumspricht. Schließlich ermittle ich nicht wegen eines netten Diebstahls.«

»Ist schon klar«, sagte Uschi und sah Uwe an. Er nickte.

Im Gastraum wurde es langsam wieder lebendig. Man redete, noch leise, fast tuschelnd, aber angeregt. Und als Malbek wieder draußen war, hörte er durch ein offen stehendes Oberlicht, dass es richtig laut wurde.

Von der Schaßstraße ging es links in die Ringstraße, wieder links ins Sophienblatt, das in die Andreas-Gayk-Straße überging. Im Kreisverkehr an der Holstenbrücke nach rechts in den Wall und in die Eggerstedtstraße, vorbei an der orange leuchtenden Neonschrift des »Restaurant Mühlenstedt«. Kurz vor dem Schloss fand Malbek auf der gegenüberliegenden Straßenseite einen Parkplatz.

An der Ecke zur Flämischen Straße, seinem eigentlichen Ziel, waren vielleicht auch Parkplätze frei, aber Polizeifahrzeuge waren dort nachts nicht gern gesehen. Gerade die mit normalen Zivilkennzeichen ausgestatteten Fahrzeuge der Kripo wurden als solche sofort erkannt. Wer Zweifel hatte, sah ins Wageninnere. Aufgeräumt und unpersönlich, poliert und gestaubsaugt, in den Ablagen und auf den Sitzen. Und dann wurden die Wagen mit reichlich »Andenken« ausgestattet: Kratzer auf Scheiben, Türen, Kotflügeln, Spucke auf der Windschutzscheibe, auch gerne eine Tüte Pommes mit Mayonnaise und viel Ketchup oder zerstochene Reifen.

Die Kieler Filiale der Unterwelt hatte sich in nur zwei Straßen in der sogenannten Kieler Altstadt festgekrallt, in denen sich alles abspielte, womit sich illegal Geld verdienen ließ, und wollte sich von nichts und niemandem fortjagen oder fortkaufen lassen. Eine Erklärung dafür gab es nicht. Höchstens, dass das Böse nicht ausstarb, weil es zur menschlichen Seele genauso gehörte wie das Gute. Dr. Jekyll und Mr. Hyde, Waffenhandel, Drogenhandel, Gewaltdelikte, Prostitution.

Eigentlich waren es nur noch eineinhalb Straßen: ein Stück von der Eggerstedtstraße, die Flämische Straße hinunter bis zum vierspurigen »Wall«, der dem Verlauf der früheren Stadtbefestigung des mittelalterlichen Kiel folgte. Vom »Wall« hatte sich die Unterwelt noch zweihundert Meter sichern können. Mit dem großen vierstöckigen Bordell, den Vereinskneipen der Rockerbanden und zwei oder drei unsichtbaren Umschlagplätzen des Verbrechens.

Die ursprüngliche Kundschaft aus dem Hafen, mit der die Unterwelt hier in Kiel groß geworden war und sich über viele Straßenzüge am Wasser ausgebreitet hatte, war ihr in den letzten Jahrzehnten abhandengekommen. Werftarbeiter, Marinesoldaten und Schiffsbesatzungen der Handelsschiffe waren von den Touristen verdrängt worden, die in großen Fährschiffen und Kreuzfahrtschiffen ihre legale Bespaßungsmaschinerie gefunden hatten.

Malbek glaubte, dass sich die Unterwelt hier nur hatte retten können, weil sie sich international vernetzt hatte, wie ein großer Konzern. Kerngeschäft: Import und Export. Also alles, was Geld brachte.

»Warum kommst du erst jetzt?«, fragte eine Stimme hinter Malbek.

Er wirbelte in Abwehrhaltung herum.

»Nicht schlecht!«, sagte Lüthje. »Aber das solltest du öfter üben.«

»Bist du verrückt? Was machst du hier?«, rief Malbek wütend.

»Ich habe hier …«, Lüthje sah auf seine Armbanduhr, »… genau fünfundsechzig Minuten auf dich gewartet.«

»Wir waren nicht verabredet!«, schrie Malbek.

»Ganz ruhig, Junge, wir haben hier gleich einen Menschenauflauf, was in dieser Gegend gleichbedeutend mit Schlägerei ist. Lass uns im Wagen weiterzanken. Ganz in Ruhe.«

Lüthje hatte frech in der Kurve zur Eggerstedtstraße geparkt.

»Ich will nicht, dass du Schwierigkeiten bekommst«, sagte Malbek, als sie in Lüthjes Wagen saßen. »Du bist Chef und kannst dir nicht so viel erlauben wie früher.«

»Früher … Du redest, als ob ich schon im Altersheim säße. Hör mal, ich habe nicht umsonst einen Ehestreit vom Zaun gebrochen, nur um jetzt unverrichteter Dinge zurückzufahren und dich Dummheiten machen zu lassen. Die machen wir gemeinsam oder gar nicht.«

»Okay, du bist erwachsen und schreibst mit Tinte. Aber jammer mir nachher nicht die Ohren voll! Also: Was weißt du von Wassil Pelin, außer dass er ein ominöses Möbellager in Gettorf und in Kirchnüchel hat und ein paarmal ins Visier der Drogenfahnder geraten ist?«, fragte Malbek.

»Wassil Pelin ist ein alteingesessener Bulgare mit einer weitverzweigten Familie und ziemlich guten Deutschkenntnissen«, begann Lüthje. »Mit ›alteingesessen‹ meine ich, dass er seit Jahrzehnten der Einzige in diesem Viertel ist, der es geschafft hat, sich hier seine Unabhängigkeit zu bewahren. Und das, obwohl manche Übernahmeangebote ihn fast das Leben gekostet hätten. Das war vor dreißig Jahren. Ich glaube, dass er es nicht ohne seinen Clan, seine Familie, geschafft hätte, die über ganz Europa verteilt ist.«

»Mühlenstedt sagt, er hätte eine Bar in Hamburg, in der er eine Art Retrobar mit alten Plüschmöbeln ausprobieren wollte. Das wär doch mal was Solides.«

»Solche Gerüchte streut er gern, um von den Aktivitäten, mit denen er und seine Familie Geld machen, abzulenken. Mühlenstedt hat er das wohl auch erzählt, und er hat es an dich weitergegeben. Er hat also genau das erreicht, was er bezweckte. Jeder soll denken, Wassil wäre eine ehrliche Haut. Es gab vor zehn Jahren schon Hinweise darauf, dass er Schleuserbanden organisieren wollte, um Asylflüchtlinge nach Skandinavien zu bringen. Und viele der Frauen, die hier als Prostituierte arbeiten, hat er hierhergebracht. Ob sie direkt für ihn arbeiten oder ob er sie verkauft hat, das wissen wir nie so genau. Sein Name fällt immer öfter unter den Damen, die wir bei Razzien antreffen. Aber das lockt keinen Staatsanwalt oder Richter hinter dem Ofen hervor. Alles zu vage, heißt es.«

»Lass uns sehen, was wir für Dirk Leptien herausholen können.«

Der Türsteher ließ sie passieren, ohne dass sie ihre Dienstausweise vorzeigen mussten. Obwohl an der Tür ein kleines blank poliertes Schild mit der Aufschrift »Privatclub« festgeschraubt war.

Im »Moulin Rouge« gab es keinen Striptease, sondern nur eine Art Tabledance. In der Mitte des verräucherten und schummerig beleuchteten Raumes stand eine runde Bühne, auf der sich eine junge, nur mit wenigen Perlen bekleidete Dame zu leiser Big-Band-Musik in unterschiedlichen Stellungen um eine Art Turngerät herumknotete. Eine Discokugel verteilte flackerndes Licht auf die Dame und im Raum.

Vielleicht hatten die Männer der Clique etwas Ähnliches in Leptiens Wohnung sehen wollen. Die Männer hier, sämtlich in dunklen Anzügen, zeigten wenig bis gar kein Interesse an der Show. Verständlich, wenn sie sich jede Nacht so etwas ansehen konnten. Sie saßen in Gruppen von zwei bis drei Leuten, in den Nischen an der Wand auch zu viert, an kleinen Tischen und unterhielten sich mehr oder weniger angeregt. Die roten Tischlampen verbreiteten gerade so viel Licht, dass man die Gläser auf den Tischen sehen konnte. Die Augen der Männer waren nur als dunkle Höhlen zu erahnen, die für Sekundenbruchteile aufblitzten, wenn die Lichtflecken der Discokugel sie trafen.

»Die sind hier unter sich«, flüsterte Lüthje. »Die Glitzerpuppe da in der Mitte ist nur Alibi. Das Ganze hier ist eine Art Großraumbüro und Konferenzraum, Treffpunkt, Messe, alles zusammen. Die Arbeitsplätze sind die Tische mit der funzeligen Lampe. Die Miete wird durch die teuren Getränke bezahlt. Und wir sind hier störende Fremdkörper, die schon als solche identifiziert sind.«

Lüthje bedeutete Malbek durch ein Kopfnicken, zur Bar auf der gegenüberliegenden Seite des Raumes zu sehen. Ein Mann verschwand gerade nach rechts durch eine Tür, ein anderer telefonierte hektisch mit dem Handy und sah aufmerksam zu Lüthje und Malbek herüber.

Die Männer an den Tischen blickten auf und fixierten die Gestalten, die nach Kripo aussahen. Die Perlendame unterbrach ihre Freiübungen und wartete die weitere Entwicklung ab. Die Big-Band-Musik lief weiter.

»Vor fünfunddreißig Jahren war das hier das erste Pornokino in Kiel, da –«, flüsterte Lüthje.

»Und du warst der erste Gast«, unterbrach ihn Malbek.

»Ich war dienstlich hier. Nur, um mal zu sehen, was hier so ablief. Damit junge Pastorensöhne wie du keinen Schock bekamen, wenn sie hier reinstolperten. Dahinten rechts ging es damals zum Büro. Das wird heute nicht anders sein. Aber damals war es nur ein schwarzer Vorhang.«

Sie durchquerten den Raum und sahen den Männern prüfend ins Gesicht. Es hätte ja sein können, dass ihnen das ein oder andere Gesicht bekannt vorkam und sogar das Foto dazu auf einem Steckbrief einfiel.

Vor einer Tür rechts hinter dem Bartresen hatten sich zwei Männer in Stellung gebracht.

»Ihre Dienstausweise bitte.«

Danach wurden sie von den Männern einen mit Neonlampen erleuchteten langen Korridor entlanggeführt. Dann ging es über eine Treppe ins nächste Stockwerk. Malbek dankte Gott, dass sie mit den beiden nicht in einem Fahrstuhl fahren mussten.

Die erste Tür rechts war offensichtlich die Tür zum Allerheiligsten. Sonst hätte sie kein Touchpad für die Eingabe eines Zahlencodes gehabt. Die Tür schloss sich hinter ihnen, und sie waren allein in einer großen, sehr gemütlichen Wohnküche.

»Mein Gott!«, flüsterte Malbek.

»Grüß ihn von mir«, sagte Lüthje.

An den Wänden hing ein Ölschinken vom Typ »Röhrender Hirsch«, daneben ein aufwendiges Gemälde eines großen Schlachtschiffes im Sturm. Weiter rechts über einer mit Porzellankatzen vollgestellten Holzkommode ein altersgelber Stich vom Kieler Schloss mit Segelschiffen im Hafen. Bierkrüge, ein ganzes Regal vom Boden bis zur Decke. Michael Jackson mit einem Affen auf dem Schoß in Gold. Jedenfalls sah es sehr nach Gold aus. Und die Möbel waren irgendwie bayerischer oder Tiroler Stil, mit traditionellen Ornamenten bemalt und aus hellen Hölzern. Die Vorhänge vor den Sprossenfenstern aus Naturholz waren im selben Design.

»Schön, dass es Ihnen bei mir gefällt«, sagte jemand mit slawischem Akzent.

In einer Ecke des Raumes war eine Sitzbank in L-Form mit einem Küchentisch. Auf der schmalen Seite saß ein kleiner Mann mit Boxernase und ausgeprägten Augenbrauen. Er lehnte sich mit verschränkten Armen nach hinten und schien sich zu freuen. Er trug ein maßgeschneidertes rosa Hemd ohne Schlips. Sein dunkelblaues Jackett hing über einem der Tiroler Stühle am Tisch.

»Nehmen Sie Platz. Wie kann ich helfen?« Er wies auf die beiden Holzstühle vor ihm. Nicht auf die gepolsterte Bank, auf der er saß.

Malbek und Lüthje setzten sich, sahen sich kurz an und rückten mit den Stühlen durch mehrfaches Ruckeln weiter auseinander. Pelin fühlte sich dabei offensichtlich nicht wohl in seiner Haut.

»Herr Pelin, wir haben gehört …«, begann Malbek, »… dass Sie in Kirchnüchel und in Gettorf Lager für Ihre Möbel unterhalten.«

»Ja, das ist korrekt.« Seine Zunge rollte wie ein Trecker.

»Sie sollen einem Herrn Mühlenstedt vor drei Tagen erlaubt haben, sich aus diesen Lagern einige Möbel auszuleihen?«

»Korrekt.«

»Haben Sie ihm dazu die Schlüssel für Ihre Lager ausgeliehen?«

»Nein, wer hat das gesagt?«

»Nun, Herr Mühlenstedt hat mir das gesagt.«

»Er irrt sich. Hat es vergessen. Kann passieren. Es ist ja auch viel passiert seitdem. Oder er wollte nicht, dass ich belästigt werde mit Fragen. Von der Polizei. Von Ihnen.« Er lächelte. Ein goldenes Gebiss strahlte ihnen entgegen.

»Ja, er ist ein netter Mensch, der Herr Mühlenstedt«, sagte Malbek. »Er hat wenigstens versucht, Ihnen den Ärger zu ersparen. Könnte es sein, dass Ihnen der Gedanke, dass Fremde in

Ihrem Lager herumlaufen, Möbel durchsuchen, in die Ecken sehen, nicht geheuer war?«

»Natürlich nicht. Würden Sie auch nicht machen. Fremde Menschen in Ihr Haus lassen ohne Bewachung.«

»Was haben Sie noch in Ihren Lagern außer Möbeln?«

»Nichts, was soll ich da haben?«

»Gut. Sie waren also in Gettorf und in Kirchnüchel dabei, als er und seine Freunde die Möbel abgeholt haben?«

»Korrekt. Verstehen Sie, ich bin kein misstrauischer Mensch, der Schlechtes denkt von anderen Menschen. Aber es sind wertvolle Möbel. Sehr wertvoll. Und Herr Mühlenstedt war nicht allein. Es waren fremde Männer dabei. Er hat gesagt, er bringt Freunde mit. Gut. Also sind es keine Verwandten. Aber seine Freunde sind nicht meine Freunde. Ich kenne sie nicht. Ich habe sie nie gesehen. Er hat vorher nie von ihnen erzählt.«

»Wie lange kennen Sie Herrn Mühlenstedt schon?«

»Seit er hier eingezogen ist. Es ist mein Gebäude, wissen Sie. Er hat seine Miete immer pünktlich gezahlt. Ist er in Schwierigkeiten?«

»Vielleicht. Herr Pelin.« Lüthje beugte sich vertraulich zum ihm vor. »Wissen Sie, weshalb sich Herr Mühlenstedt Ihre wertvollen Möbel ausgeliehen hat?«

»Natürlich. Und ich habe sie bis heute nicht wiederbekommen, diese wertvollen Möbel.«

»Sie wissen, wo diese Möbel sind?«, fragte Malbek.

»Natürlich, in der Wohnung des einen Freundes von Herrn Mühlenstedt. Herrn Leptien.«

»Woher kennen Sie den Namen?«, fragte Lüthje.

»Es sollte eine Überraschung für den Herrn Leptien sein, diesen bedauernswerten Mann, der seine Stagparty feiern wollte mit seinen Freunden. Herr Mühlenstedt hat mir erzählt, dass er und seine Freunde Clubmöbel brauchen. Ich hatte ihm erzählt, dass ich viele alte Clubmöbel habe. Falls er sie auch für seine Geschäfte braucht, könne er sie kaufen. Aber er wollte nur mieten. Meine Zeit musste er nicht bezahlen. Aus Freundschaft.«

»Wie viel musste er Ihnen zahlen?«, fragte Malbek.

»Fünfhundert. Preis aus Freundschaft.«

»Welche Männer waren dabei?«, fragte Lüthje.

»Als sie in meinen Lagern waren, hat Mühlenstedt sie vorgestellt. Ich hatte schon gewartet. Herr Mönkemeier und Herr Freese.«

»Sie meinen Friese?«, fragte Malbek.

»Ja, Friese. Ich bitte um Entschuldigung. Ich habe eine Frage.«

»Fragen Sie, Herr Pelin«, sagte Lüthje.

»Herr Mühlenstedt hat gesagt, dass meine Möbel beschlagnahmt sind. Weil der arme Herr Leptien ermordet wurde. Dass ich warten muss auf die Möbel. Das finde ich korrekt.«

»Das freut uns, dass Sie das korrekt finden«, sagte Malbek.

»Aber wie lange dauert das? Bekomme ich die Möbel wieder?«

Bestimmt bedauerte Pelin es, dass er Lüthje und Malbek nicht erlaubt hatte, auch auf der Bank Platz zunehmen. Er musste inzwischen schon Nackenschmerzen haben. Das ständige Hin-und-her-Sehen zwischen den beiden, die mit ihren Stühlen ziemlich weit auseinandergerückt waren und ihre Fragen abwechselnd stellten, verursachte ihm sicher schon Schwindelgefühle.

»Dazu kommen wir gleich, Herr Pelin«, sagte Lüthje. »Erst haben wir noch Fragen. Woher wusste Herr Mühlenstedt, dass Sie diese alten, sicher sehr wertvollen Clubmöbel in Ihren Lagern haben? War er vorher schon einmal dort und hat sich aus anderen Gründen umgesehen? Oder hat er etwas untergestellt?«

»Nein, nein. Er hat nur gefragt, ob ich Clubmöbel zum Leihen habe«, sagte Pelin. »Und ich habe gefragt, wozu er die braucht. Da hat er die Geschichte mit der Stagparty erzählt. Ich hab ihm gesagt, dass ich alte Clubmöbel in meinen Lager habe.«

»Herr Pelin, wir brauchen Ihnen vielleicht keine Fragen mehr zu stellen, wenn Sie uns sagen können, was Sie in dieser Nacht, in der Sie Herrn Mühlenstedt und seinen Freunden Ihre Lager öffneten, zwischen Mitternacht und acht Uhr gemacht haben.«

»Ich habe Ihnen doch gesagt, ich hab den Herren geholfen. Hinfahren, aufschließen, zuschließen, aufschließen, zuschließen. Und aufpassen, was die Männer machen im Lager, dass sie keine falschen Sachen mitnehmen, ich habe gezeigt, welche Möbel sie nehmen dürfen.«

»Wir brauchen die Uhrzeiten. Für jede Tätigkeit. Sie müssen sich an den Schreibtisch setzen und schreiben wie in der Schule. Eine Liste. Für jede Stunde eine Spalte.«

Er sah zwischen Lüthje und Malbek hilflos hin und her.

»Ich weiß, was ich den ganzen Abend gemacht habe. Aber nicht jede Stunde«, sagte er leidend.

»Ich gebe Ihnen ein Beispiel: Von null bis ein Uhr haben Sie das gemacht, und von eins bis halb zwei das. Auto gefahren zwischen Gettorf und Kirchnüchel, Lager geöffnet, mit den Herren die Möbel ausgesucht und so weiter«, erläuterte Malbek. »Verstehen Sie? Und die Liste der Möbel. Wie eine Buchführung, das kennen Sie doch. Wir wissen, dass Sie sich mit Zahlen sehr gut auskennen. Deshalb haben Sie bestimmt auch eine Liste der ausgeliehenen Möbel. Eine Liste, die Ihnen der Leiher der Möbel, Herr Mühlenstedt, unterschrieben hat. Die brauchen wir auch, sonst wissen wir nicht, welche wir Ihnen nach Aufhebung der Beschlagnahme zurückgeben müssen. Das wäre doch unschön.«

Pelin nickte zaghaft.

»Sehen Sie, wir wissen doch, dass Sie ein guter Geschäftsmann sind«, sagte Lüthje. »Ich weiß es von früheren Besuchen her. Razzia nennt man das ja ...«

Pelins Gesichtsausdruck gefror zu einer starren Maske. Er überlegte sicher, ob dies der richtige Augenblick sei, seinen Anwalt anzurufen.

»Herr Pelin, wir möchten mit Ihnen eine Vereinbarung treffen«, beschwichtigte ihn Malbek. Prompt entspannte sich Pelins Miene, und in seine Augen kam wieder Leben. »Wir vergessen dann auch, welche Gesichter uns heute Abend in der Bar bekannt vorkamen. Wir müssten sie eigentlich alle kontrollieren, weil es so viele sind, die uns bekannt vorkamen. Und wir müssten dazu viele Beamte zu Hilfe rufen. Eine Razzia machen. Erinnern Sie sich an das letzte Mal?«

»Ja, ich kenne Razzien. Aber ich war immer unschuldig.«

»Wann war die letzte Razzia noch?«, fragte Malbek.

»Vielleicht schon viel zu lange her«, sagte Lüthje. »Dann müssen wir sowieso eine neue Razzia machen.«

»Die Razzia war am 16. Juni vor zwei Jahren. Wochenende«, sagte Pelin schnell.

»So ein gutes Gedächtnis wünschen wir uns auch, nicht wahr, Herr Malbek?«, sagte Lüthje.

»Ja, ich glaube, dann muss Herr Pelin sich erst recht an diesen Möbeltransport vor ein paar Tagen erinnern. Und wenn sein Alibi stimmt, dann bräuchten wir nicht sein Lager zu untersuchen. Oder möchten Sie gern, dass wir uns da umschauen, Herr Pelin?«, fragte Malbek.

»Da ist nichts. Sie würden Ihre Zeit verschwenden.«

»Vielleicht hat einer der Herren ja etwas verloren? Wer weiß, was wir da noch alles finden …«, überlegte Lüthje laut.

»Ich hab alles schon überprüft, als die Herren da waren. Alles ist sauber.«

»Sauber? Das ist gut, nicht wahr, Herr Lüthje?«, sagte Malbek.

»Ein schönes Wort. Herr Pelin, wenn Sie uns also so eine ehrliche Auflistung machen würden, was Sie in dieser Nacht zwischen Mitternacht und acht Uhr gemacht haben, dann werden wir uns auch dafür einsetzen, dass Sie Ihre Möbel so schnell wie möglich wiederbekommen. Ist das ein Angebot?«

Lüthje reichte ihm die Hand. Pelin schlug ein. Dann hielt Pelin Malbek die Hand hin.

Malbek musste wohl oder übel Pelin die Hand reichen. Und er musste genauso wie Lüthje den schrecklich süßen Likör herunterzustürzen, den Pelin ihnen zur Besiegelung des »Vertrages« anbot.

Als Pelin sie zur Tür begleitete, fragte Malbek: »Was trugen die Männer eigentlich an diesem Abend für eine Kleidung?«

»Overalls«, sagte Pelin wie aus der Pistole geschossen. »Sie mussten doch richtig arbeiten, die Herren Freunde.«

»Und welche Farbe hatten die Overalls?«

»Schwarz. Schwarz wie die Nacht. Todschick.«

15

»Kai, was machst du da?«, fragte Friese.

»Ich ziehe die Vorhänge zu«, antwortete Mönkemeier.

»Warum? Das haben wir nie gemacht, wenn wir uns getroffen haben«, sagte Friese. »Wir haben es immer so gehalten, dass wir die Nacht hereinlassen bei unseren Treffen. Außerdem sieht man sofort, wenn ein Auto vor dem Haus hält.«

»Ich gebe zu bedenken, dass wir hier ohne Vorhänge auf den Sofas ein Festessen für hungrige Pressefotografen sind. Ihr habt es doch in den Zeitungen gesehen, es gab nur alte Fotos, keine aktuellen, und schon gar nicht uns drei auf einem Bild«, sagte Mönkemeier und ging zum nächsten Fenstervorhang.

»Und ich gebe zu bedenken, dass es auf jeder Langseite des Ateliers sechzehn Fenster sind!«, rief Friese.

»Dir kann es als Künstler doch eigentlich egal sein, was die Dreckspatzen von der Presse so bringen. ›Die Farbe des Todes. Kieler Künstler und seine Freunde kannten Mordopfer‹. Dein Galerist wird sich freuen. Alle werden solche Bilder haben wollen. Mit der Farbe des Todes gemalt.«

»Wenn du meinst, Arnold«, sagte Friese betont gelangweilt. »Wo stand das denn?«

»Hamburger Mittagspost«, antwortete Mühlenstedt. »Aber die gibt's ja hier in den Nordfriesischen Sümpfen nicht.«

»Gott sei Dank«, sagte Friese und hob seine gefalteten Hände theatralisch zum Himmel.

Mühlenstedt musste den Hals verdrehen, um Mönkemeier zu sehen, und rief ihm zu: »Kai, ich stimme deiner Meinung über die hungrigen Pressefotografen zu. Aber es reicht doch, wenn du die Fenster zuziehst, die nicht sowieso von Staffeleien zugestellt sind. Und das sind ja nicht so viele.« Er zwinkerte Friese zu, um ihm damit verstehen zu geben, dass er mit dem letzten Satz einen Scherz machen wollte.

Friese schüttelte den Kopf und fasste sich an die Stirn.

Während Mönkemeier sich an den Fenstervorhängen des Ateliers zu schaffen machte, redete er weiter, und je mehr er sich von der Sitzgruppe mit seinen Freunden entfernte, desto lauter wurde er.

»Auf dem Foto würde man sehen, wie wir miteinander reden. ›Na und?‹, fragt ihr. Nun, eine mögliche Bilduntertitelung wäre doch: ›Was haben sie zu bereden?‹ Und dann macht einer der Fotografen ein paar Schnellschüsse, das dauert mit einer guten Digitalkamera jeweils den Bruchteil einer Sekunde. Mit Blitz. Das erste Foto würde uns beim gemütlichen Plausch auf dem Sofa hier zeigen. Weil unser Nervensystem nicht so schnell auf den Blitz reagiert und nicht merkt, dass draußen vor dem Fenster jemand mit einer Kamera steht. Das zweite Foto zeigt uns aufgeschreckt, ziellos in die Gegend starrend, das dritte Foto zeigt uns dann beim Blick in die Kamera, dorthin, wo der Blitz herkam und gerade das nächste Foto geschossen wird. Schreckgeweitete Augen. Und beim vierten Foto sind dann die abwehrenden Hände hoch. Das würden sie für die Ausgabe morgen früh nehmen. Bildunterschrift: ›Ertappt‹. Ausrufezeichen.«

»Du spinnst ja!«, sagte Friese.

»Und du kennst dich gut mit Pressekameras aus«, setzte Mühlenstedt hinzu.

»Das bleibt in meinem neuen Job nicht aus«, sagte Mönkemeier. »Unsere Presseabteilung brieft jeden Neuling, wie die Presse diese berüchtigten Schnappschüsse macht. Was soll deine Bemerkung überhaupt, Arnold?«

»Ich hörte, dass die Kamera von Jette Rasmussen gestohlen wurde. Das ist die Fotografin, die Dirk engagiert hatte«, sagte Mühlenstedt.

»Und du willst also damit sagen, dass ich diese Kamera gestohlen habe, weil ich mich damit so gut auskenne«, rief Mönkemeier ärgerlich. »Bist du betrunken? Oder was ist mit dir los?«

Er war jetzt auf der gegenüberliegenden Seite des Ateliers angelangt.

Friese zählte mit. Es war das neunte Fenster. Er würde die Vorhänge wieder aufreißen, sobald die beiden sich verzogen hatten. Vielleicht würden sie gar nicht wie sonst immer auf ihren Zimmern übernachten wollen.

»Woher weißt du das überhaupt mit dem Diebstahl?«, fragte Friese, zu Mühlenstedt gewandt.

»Ein Vögelchen in der Zeitung hat es mir gezwitschert«, sagte Mühlenstedt. »Die Jette Rasmussen hat sie als gestohlen gemeldet. Überfall, Diebstahl oder so was in der Art.«

»Rasmussen?«, fragte Mönkemeier.

»Ihr habt sie doch kennengelernt auf der Party bei den Architekten«, sagte Mühlenstedt. »Sie hat sich dann mit Dirk über den Auftrag unterhalten.«

»Welchen Auftrag?«, fragte Mönkemeier.

»Tut doch nicht so! Ihr habt das doch mitbekommen! Da war doch diese Fotografin, die wollte Fotos machen in dieser Nacht. Was habt ihr denn der Polizei erzählt? Ich habe ihnen jedenfalls von Jette erzählt.«

»Jette?«

»Ja, so heißt sie mit Vornamen!«, sagte Mühlenstedt sichtlich genervt. Und dann, von einer Sekunde zur anderen, wurde er plötzlich ruhig und kalt. »Kai, ich muss aus deinem Projekt an der Gablenzbrücke aussteigen.«

»Bist du verrückt?«, sagte Mönkemeier heiser. Er vergaß, den letzten Vorhang zuzuziehen, und setzte sich neben Friese auf das Sofa.

»Meine Agentin hat mir dazu geraten. Solange ich mit dem Projekt in Verbindung gebracht werden kann, bin ich verletzlich. Und sobald sich bei meinen Vertrags- und Verhandlungspartnern rumgesprochen hat, dass da ein Mord passiert ist, bin ich erledigt. Ich hab dann vielleicht noch ein paar Talkshows, weil man mehr von dem Mord hören will, dann ist sehr schnell Sense. Und das in einem Moment, in dem ich drei Verhandlungen laufen habe. Die Mitarbeit bei einem neuartigen Kochshowformat bei dem Privatsender, jede Menge neuer Franchiseverträge und die Verhandlungen mit dem Lifestyle-

Verlag, der meine Zeitschrift kaufen und dafür mit mir einen Beratervertrag abschließen will. Euch kann das ja egal sein.« Sein Gesicht bekam einen weinerlichen Ausdruck. »Und du, Kai, bist Beamter. Auch wenn sie dich als Staatssekretär feuern, bist du immer noch Lehrer. Solange du keine Schülerinnen anfasst. Oder Schüler …«

»Was fällt dir ein, du …« Mönkemeier sprang auf. Friese fiel ihm in den Arm.

Mühlenstedt wich zurück in eine Ecke des Sofas und streckte ihm die Zunge raus.

»Beruhigt euch, bitte! Bitte!«, sagte Friese hilflos.

Als Friese Mönkemeier wieder in das Sofa zurückgedrückt hatte, fasste er sich wieder.

Mühlenstedt strich sich über seine schweißbedeckte Glatze, sah überrascht auf seine nasse Handfläche, wollte sie erst an seiner Leinenhose abwischen, aber bevorzugte dann dafür das Sofa.

Wieder ein Stück Patina mit eigener Geschichte, dachte Friese.

Mühlenstedt fing noch mal an. Ruhig und ernst. Als hätte er vergessen, dass er alles schon gesagt hatte. »Ich will aussteigen, Kai, aus dem Bau an der Gablenzbrücke. Die Leute werden das immer mit dem Mord in Verbindung bringen. Euch kann das egal sein. Ein Künstler kann sich fast alles erlauben, und du, Kai, bist Beamter auf Lebenszeit. Dich können sie erst feuern, wenn du dich am Tafelsilber vergreifst.«

»Weißt du überhaupt, was du da redest? Hast du wieder was genommen?«, fragte Mönkemeier. »Die Masse ist dumm und vergesslich. Wenn die Presse ihr Pulver verschossen hat, ist das vorbei. Und die Leute, die es nicht vergessen haben, werden einen wohligen Grusel genießen, wenn sie in den Mordbau hineingehen und die Stelle suchen, wo das Blutbad stattgefunden hat. Auch wenn da dann die Toilette sein sollte. Wir sollten uns überlegen, wie wir den Ort gestalten könnten.« Mönkemeier sah Friese ermunternd an.

»Ihr spinnt doch!«, rief Friese. »Das ist ja ekelhaft! Wisst ihr überhaupt noch, worüber ihr redet? Über das Gebäude, in dem unser gemeinsamer Freund Dirk ermordet wurde!«

Friese sah plötzlich vor seinem geistigen Auge ein Bild vor sich. Mühlenstedt würde mit seiner von Schweiß glänzenden Glatze ausgespuckt werden als hässlicher Schleim, der er wohl wirklich war, aber erst nachdem die Medien ihn zur Labung der Massen im Amphitheater zur Schau gestellt hatten. Ein anspruchsvolles Thema. Er würde heute Nacht noch mit dem Bild anfangen.

»Ich hab meinen Anwalt angerufen«, sagte Mönkemeier, ohne auf Frieses Vorwürfe einzugehen. »Diese Gespräche, die die Kripo mit uns geführt hat, müssen noch protokolliert werden. Das haben die Kommissare nur auf die Schnelle gemacht, um sich zu orientieren. Erst wenn wir das alles zu Protokoll geben müssen, mit Unterschrift, müssen wir uns überlegen, was wir sagen. Wir stehen ja jetzt noch unter Schock.« Er grinste eine Sekunde lang, bis er an den Gesichtern der anderen merkte, dass sein Witz nicht ankam. »Im Übrigen hat er mir geraten, mich zukünftig anwaltlich vertreten zu lassen.«

»Ich hab meinen Anwalt auch gefragt«, sagte Friese. »Er meint, wir sollten uns alle von einer Kanzlei vertreten lassen, jeder kriegt einen der Anwälte, und die stimmen sich ständig miteinander ab.«

»Als Erstes stimmen die sich über das Honorar untereinander ab!«, meinte Mönkemeier. »Nee, nee, das sollten wir uns gut überlegen. Damit würden wir die Sache höher hängen. ›Die Clique braucht jetzt Anwälte‹, lautet dann die Schlagzeile von übermorgen.«

Friese nahm an, dass Mönkemeier sich schon fünf Minuten nachdem er erfahren hatte, dass Leptien ermordet worden war, einen Anwalt engagiert hatte, mit dem er jetzt jeden seiner Schritte besprach. Deshalb versuchte er, ihnen einen Anwalt auszureden, um sich einen Vorsprung vor ihnen zu verschaffen.

»Mein Gott, was soll das überhaupt?«, fragte Mühlenstedt. »Ihr tut gerade so, als wenn man euch schon überführt hätte!«

»Arnold! Erst denken, dann reden!«, mahnte Friese mit bebender Stimme. Um dann im nächsten Atemzug wieder ganz neutral fortzufahren: »Ich habe heute wieder versucht, Vera anzurufen. Sie geht nicht ran. Wobei mir einfällt … Arnold, ich habe gehört, dass du Vera wieder anbaggerst.«

»Wer hat dir das erzählt?«, fragte Mühlenstedt.

»Das ist doch egal«, sagte Friese.

»Es war Nina, stimmt's?« Mühlenstedt sah Mönkemeier an, während er das sagte. »Nina ist doch nur ständig hier, um dich, Friese, zu überwachen. Kai hat sie hier als Spion postiert.«

»Arnold, ich verbitte mir das! Ich geh davon aus, dass du betrunken bist«, sagte Mönkemeier.

»Ich war noch nie so nüchtern wie jetzt. Ich sehe nicht ein, warum man eine Frau nicht umwerben sollte, nachdem sie gerade wieder solo ist, egal aus welchem Grunde. Gut, ich kann ja eine gewisse Trauerzeit einhalten. Nur damit ihr besser schlafen könnt.«

»Du warst immer sehr unkonventionell in deinen Beziehungen, aber damit überschreitest du die Grenze des Erträglichen«, sagte Mönkemeier aufgebracht.

»Dich will ich ja gar nicht anbaggern«, antwortete Mühlenstedt in neckischem Ton.

Mönkemeier holte Luft, aber Friese fuhr ihm ins Wort. »Kai, merkst du denn nicht, dass er dich nur provozieren will? Und ansonsten erinnere ich euch daran, dass Toleranz uns immer heilig war. Wir akzeptieren deine Ehrlichkeit, Arnold, aber lass das Thema jetzt bitte fallen.«

»Ben«, fing Mönkemeier nach ein paar Sekunden des Schweigens an, in denen sie sich gegenseitig mit Blicken taxiert hatten. »Stimmt es, dass du Dirks Zimmer geräumt und renoviert hast? Willst du es schon wieder vermieten?«, fragte Mönkemeier.

»Siehst du, Ben, woher weiß Kai das wohl, doch nur von seiner …«, schrie Mühlenstedt.

»Ruhe!« Friese nahm ein kleines Bild von einer Staffelei neben dem Sofa und warf es in hohem Bogen in den Raum.

Es krachte irgendwo auf einen Tisch und riss alles, was darauf stand, mit sich. Es gab ein hässliches Geräusch, das abrupt verstummte.

Friese kannte diesen unheimlichen Effekt. Das Unterbewusstsein wartete in so einem Raum von der Größe einer Turnhalle auf den Nachhall, aber der blieb aus. Das Gehirn produzierte das fehlende Geräusch, den Nachhall, im Kopf. Der wirkliche Hall wurde von den mit Ölfarbe getränkten Leinwänden geschluckt, die die Wände fast lückenlos bedeckten.

Friese begriff, dass seine Freunde ihm fremd geworden waren. Mit jeder Sekunde dieses Abends, der noch nicht zu Ende war. Immerhin hatte sein Wurf die von ihm beabsichtigte Wirkung nicht verfehlt. Mönkemeier und Mühlenstedt waren so beeindruckt, dass sie offensichtlich den Faden verloren hatten.

»Ich hab Vera auf den Anrufbeantworter gesprochen«, fuhr Friese ungerührt fort, als sei nichts geschehen, als hätte er nicht gerade eines seiner Werke zerstört und vielleicht noch ein paar kleine Kunstwerke mit sich gerissen. »Mein Beleid hatte ich ja schon beim ersten Anruf auf den Anrufbeantworter gesprochen. Ich habe ihr meine Hilfe angeboten, unsere Hilfe. Bei den Vorbereitungen für die Beerdigung und die Trauerfeier, an so etwas müssen wir jetzt auch denken.«

»Dazu müsste die Leiche erst freigegeben werden«, sagte Mönkemeier.

»Das gilt auch für dich, Kai: Erst denken, dann reden«, sagte Friese. »Du redest wie ein Polizist, nicht wie ein trauernder Freund!«

»Entschuldigung, aber ich wollte damit nur sagen, dass wir damit noch Zeit haben.«

»Du wolltest sagen, es besteht noch kein Handlungsbedarf«, sagte Mühlenstedt grinsend.

»Treib es nicht zu weit, Arnold Mühlenstedt«, sagte Mönkemeier mit bebender Stimme.

»Kai! Bitte!«, sagte Friese.

»Wieso ich?«, rief Mönkemeier. »Arnold hat diese blöde Bemerkung gemacht!«

»Wer von uns entwirft eine Trauerrede?«, fragte Friese mit lauter Stimme. »Ich geh einfach davon aus, dass Vera nichts dagegen hat, dass wir als Freunde geschlossen unseren Gefühlen und Gedanken Ausdruck geben, abgesehen vom Kranz. Mein Vorschlag: Einer macht den Entwurf, und wir treffen uns danach und machen daraus zusammen die Endfassung.«

»Dann wäre es doch das Vernünftigste, dass der, der den Entwurf macht, auch die Rede hält«, sagte Mönkemeier.

»Wieso das denn?«, fragte Mühlenstedt.

»Arnold, darüber können wir dann noch diskutieren, wenn wir uns auf die endgültige Fassung geeinigt haben. Zufrieden?«

Mühlenstedt wiegte den Kopf und machte einen Schmollmund.

»Außerdem müssen wir dann noch fragen, ob Vera uns bei der Trauerfeier überhaupt reden lässt«, fuhr Mönkemeier fort. »Ich habe da so meine Zweifel.«

»Mein Gott, gib mir Kraft«, sagte Friese mit einem kurzen Blick nach oben. »Lasst uns doch erst mal festlegen, wer den Redeentwurf macht! Für alles andere besteht noch kein Handlungsbedarf, um mit deinen Worten zu sprechen, Arnold!«

»Das waren nicht meine Worte, ich hatte vorhin Kai nur zitiert, das ist nämlich seine Beamtensprache«, protestierte Mühlenstedt.

»Ich bring ihn um, ich bring ihn um«, flüsterte Mönkemeier in seine vor dem Mund geballten Fäuste.

Friese hatte es gehört, weil er näher an Mönkemeier saß. Mühlenstedt jedoch nicht, er grinste Mönkemeier an.

»Ich mach den Redeentwurf! Einverstanden?«, fragte Friese.

Mühlenstedt zuckte gleichgültig mit der Schulter.

Mönkemeier nickte knapp. »Okay!«

Friese war sich sicher, dass Mönkemeier schon ein Redekonzept in der Tasche hatte, das er bei dem Treffen wieder mitbringen würde, nur um dann seinen, Frieses Entwurf, Stück für Stück an sein eigenes Konzept mit seiner demagogischen

Art anzupassen. Und er präsentierte es bloß deshalb nicht jetzt schon, weil er nicht gleich als Redner proklamiert worden war.

Er war beleidigt, wie so oft. Diese Mischung aus Politikergehabe und Oberlehrerarroganz hatte Friese immer schon an Mönkemeier gestört, als er noch ein »einfacher« Lehrer gewesen war. Nun hatte Mönkemeier endlich einen Stuhl in einem Ministerium ergattert, und es war abzusehen, dass er noch unerträglicher werden würde.

»Habt ihr etwas gehört oder gelesen, wer dieser Obdachlose nun ist?«, fragte Mühlenstedt.

»Ich hab bei meinem Anwalt mal vorsichtig nachgefragt …«, begann Mönkemeier.

»Wieso vorsichtig?«, fragte Mühlenstedt.

»Weil wir uns darüber einig waren, dass wir über das Thema Stillschweigen bewahren, erinnerst du dich?« Mönkemeier rollte mit den Augen und sah nach oben.

Mühlenstedt grinste ihn für einen Augenblick an, was Mönkemeier in dem Moment nicht mitbekam.

»Und auch gegenüber seinem eigenen Anwalt sollte man mit seinen Äußerungen vorsichtig sein. Das nur als grundsätzlichen Tipp«, fuhr Mönkemeier fort. »Du glaubst nicht, worüber die alles in den Verhandlungspausen plaudern. Also: Ich hab meinen Anwalt wegen einer anderen Sache befragt, also unter einem Vorwand. Er sagte, dass man alle Namen der Beteiligten oder Opfer grundsätzlich der Ermittlungsakte entnehmen könnte. Aber wenn ein Name aus Ermittlungsgründen nicht bekannt gegeben werden darf, wird die herausgegebene Ermittlungsakte vorher entsprechend bereinigt. Da steht dann drin, dass das Blatt sowieso aus der Akte entfernt wurde. Oder der Name ist geschwärzt.«

»Gibt es denn wirklich keine Möglichkeit, herauszufinden, wo sich Gernot jetzt aufhält? Das Einwohnermeldeamt zum Beispiel …«, schlug Friese vor.

»Bei einem Obdachlosen?«, maulte Mühlenstedt.

»Auch ein Obdachloser muss sich anmelden, wenn er eine finanzielle Grundsicherung beantragt!«, dozierte Mönkemeier.

»Meist wird dann die Adresse eines Obdachlosenasyls oder einer Beratungsstelle genommen. Und die Polizei verlangt von Obdachlosen bei einem laufenden Verfahren, dass sie sich täglich auf einem Polizeirevier melden. Auch wenn sie nur Zeuge sind!«

»Und wenn die sich nun täglich jedes Mal auf einem anderen Polizeirevier melden?«, fragte Mühlenstedt. »Mal in Kiel, dann in Neumünster, den nächsten Tag in Hamburg und dann verliert sich seine Spur im Süden, und weg ist er … Was bringt das?«

»Natürlich muss es immer dasselbe Polizeirevier sein, die Meldepflicht wird über das Amtsgericht angeordnet, und bei Gernot dürfte es das 4. Revier sein, weil die Obdachlosen sich nicht in der Innenstadt, sondern meistens in Gaarden aufhalten. In der Nähe des Reviers stehen auch geheizte Container, in denen die sich im Winter aufhalten können.«

»Was du alles deinen Anwalt gefragt hast …«, sagte Friese kopfschüttelnd. Mönkemeier bedachte ihn mit einem giftigen Blick.

»Entschuldigung, aber ich hab immer noch nicht kapiert, wieso euch das interessiert, ob der Obdachlose bei dem Mord Gernot Kuhlbrodt war?«, fragte Mühlenstedt.

»Weil Gernot Kuhlbrodt mal zu uns gehörte, bevor er sich verabschiedet hat. Aber das scheint dir nichts zu bedeuten«, sagte Mönkemeier, wieder mit erhobener Stimme.

»Er hat sich nicht verabschiedet, sondern er ist schlicht abgesoffen, und wir haben ihn nicht gerettet«, sagte Friese.

»Er hat sich nicht helfen lassen«, widersprach Mönkemeier.

»Das haben wir doch schon tausendmal durchgekaut«, sagte Mühlenstedt. »Und jetzt fangt ihr tatsächlich wieder damit an.«

Friese schüttelte den Kopf. »Du willst oder kannst das einfach nicht verstehen. Es geht nicht darum …«

»Ich bin diese endlosen Diskussionen satt!«, fuhr Mühlenstedt Friese ins Wort. »Der Obdachlose, der neben Leptien lag, hat überlebt. Das stand in den Zeitungen, und es gab keinen Widerspruch von der Polizei. Jetzt hört man nichts mehr von ihm.

So what? Ob das nun Gernot Kuhlbrodt war oder nicht. Das ist doch egal!«

»Er war einer von uns! Deshalb werden wir zu Verdächtigen, wenn die von unserer alten Verbindung zu Gernot erfahren. Das hat doch nichts mit Gefühlen zu tun, falls euch das beruhigt. Das ist eine ganz rationale Schlussfolgerung. Das müsstest also auch du verstehen, Arnold«, sagte Mönkemeier giftig.

»Die Polizei hat ihn in der Mangel gehabt!«, erwiderte Mühlenstedt. »Das ist so sicher wie das Amen in der Kirche. Hast du denn bei den Befragungen von diesem Obertrottel Kommissar Malbek den Eindruck gehabt, dass er auch nur einen blassen Schimmer von Gernots gestorbener Verbindung zu uns hat?«

Friese sah auf die geschlossenen Vorhänge.

Mönkemeier sah in die Luft. »Deine Wortwahl ist zum Kotzen«, sagte er leise.

»Und warum hält Gernot wohl sein Maul?«, fuhr Mühlenstedt fort. »Doch nur, weil er weiß, dass er zum Hauptverdächtigen aufsteigt, wenn die Polizei herausfindet, dass der Tote sein ehemaliger Freund Dirk aus alten Tagen ist. Da könnten die beiden noch eine alte Rechnung offen gehabt haben, denken die dann. Und Gernot steckt dann in der Scheiße.«

»Tut er ja jetzt schon«, sagte Friese leise.

Mühlenstedt hatte die Bemerkung gehört und taxierte Friese mit einem bösen Blick.

Mönkemeier ignorierte Frieses Bemerkung oder hatte sie nicht gehört. »Aber die Polizei weiß doch, dass das Zusammentreffen der beiden den Umständen nach eher zufällig war«, sagte Mönkemeier.

»Na und? Dann hätten die beiden erst recht viel Gesprächsstoff! Außerdem … was heißt schon zufällig? Aus Zufällen kann alles Mögliche entstehen«, sagte Mühlenstedt.

»Du hast eine blühende Phantasie«, sagte Mönkemeier abfällig. Er wandte sich Friese zu. »Ben, was ist? Du bist so still?«

»Ich hab schon viel zu viel geredet. Vergesst nicht, dass auch die Polizei manchmal eine blühende Phantasie hat. Ich glaube, dass diese sogenannten Ermittlungen immer auf dem alten Prinzip Versuch und Irrtum beruhen. Irgendwann finden sie bei all ihrer Phantasiererei die Wahrheit wie die Nadel im Heuhaufen. Und dann legen sie uns unter das Mikroskop und finden mehr, als wir ahnen.«

»Oder auch nicht«, sagte Mühlenstedt trotzig.

»Ich frage mich«, fuhr Friese ungerührt fort, »ob wir nicht einfach die Polizei fragen sollten, ob der Obdachlose Gernot Kuhlbrodt heißt?«

»Bist du verrückt?«, fragte Mühlenstedt.

»Du wirst doch nicht ...« Mönkemeier richtete sich kerzengerade auf.

»Damit rücken wir wieder ein Stück aus dem Bereich der Verdächtigen heraus. In dem wir natürlich jetzt schon sind. Denn ...«, sagte Friese, »... Angriff ist immer noch die beste Verteidigung.«

»Du vergisst unser Alibi!«, sagte Mönkemeier. »Wir waren unterwegs. Mit einer großen Pause zwischendurch. Wir haben unser Zettelchen alle schon abgegeben. Habt ihr mir jedenfalls am Telefon bestätigt ...« Er sah zwischen Friese und Mühlenstedt hin und her.

Die beiden nickten müde.

»Na gut. Dann lässt sich da auch nichts mehr reparieren!«, sagte Mönkemeier.

»Ich dachte, dass das auch nicht mehr nötig ist ...«, sagte Friese und sah die anderen lauernd an.

»Du hast gut reden, Ben, du hast ja in unserer Zwangspause in Leptiens Wohnung gepennt. Nur Kai und ich waren unterwegs.«

»Ihr beide wart nicht zusammen unterwegs, sondern jeder für sich. Keiner hat für einen gewissen Zeitraum ein Alibi, weil wir einzeln unterwegs waren. Das war euch doch klar. Ich hab allein in der Wohnung auf dem großen runden Bett gepennt, das wir gerade aufgebaut hatten. Dafür gibt es keine Zeugen. Nur euch, die ihr mich gegen halb sechs dort schlafend vorgefunden habt ...«

»Okay, dann haben wir alle in dem Zeitraum kein wirkliches

Alibi. Oder hat dich jemand bei der Suche nach dem Akkubohrer in deiner Wohnung gesehen?«, fragte Mönkemeier zu Mühlenstedt gewandt.

»So wenig wie dich jemand bei deiner Suche nach deinem Führerschein gesehen hat, oder hat deine Frau etwa …«

»Nein, die war hier. Stimmt's, Ben?«

»Ich hab mich hier von ihr verabschiedet, und sie hat keinen Führerschein, wie wir alle wissen«, sagte Friese.

»Aber sie fährt gern Taxi …«, murmelte Mönkemeier.

Die drei Männer waren plötzlich abgekämpft. Sie tauschten noch eine Weile belanglose Bemerkungen aus, die Friese an erschöpfte Boxer erinnerten, die sich mit schlaffen Armen gegenseitig hielten und im Ring herumtorkelten. Friese wiederholte ein paarmal die Frage, ob sie denn auf ihren Zimmern übernachten wollten, bevor Mühlenstedt und Mönkemeier endlich darauf eingingen und mit schwachen Hinweisen auf dringende Termine am nächsten Tag sich mit einer kurzen Männerumarmung verabschiedeten. Das war eigentlich das Einzige, was Friese an frühere Treffen erinnerte. Als er ihnen auf dem Parkplatz in die Dunkelheit hinterherwinkte, in der sie schon verschwunden waren, war ihm, als ob er sie für immer verabschiedet hätte. Die Angst machte aus alten Freunden neue Feinde. Was wiederum die Angst wachsen ließ.

»Warum hast du wieder nichts von Kuhlbrodts Brief erzählt?«, sagte Nina Sinjen.

Sie war die Treppe heruntergekommen, als die Wagen vom Parkplatz fuhren. Also hatte sie Friese auch beim Winken beobachtet.

»Du hast uns belauscht«, stellte Friese fest. Er schloss die Haustür ab und schob die beiden Riegel vor.

»Ich habe auf der Treppe gesessen«, sagte sie.

»Such dir das nächste Mal eine andere Stufe aus, eine, die nicht knackt.«

Friese ging ins Atelier, und sie folgte ihm. Er begann, die Vorhänge zu öffnen, die Mönkemeier zuvor geschlossen hatte.

»Immerhin hast du erwähnt, dass Arni Vera wieder anbaggert.«

»Ich wusste, dass dir das wichtig war. Sonst hättest du es mir ja nicht erzählt.«

»Ich wollte hören, ob er es zugibt«, sagte sie.

»Du hast es gehört. Er war sogar sehr ehrlich, soweit man das bei ihm sagen kann.«

»Scheußlich ehrlich.« Sie hatte das zerbrochene Bild und den »abgeräumten« Tisch in der Mitte des Ateliers entdeckt und begann, die Bruchstücke auf dem Tisch in kreisförmiger Anordnung zu drapieren. »Das Bild hat mir immer gut gefallen«, sagte sie traurig und hob die zerfetzte Leinwand hoch, damit er es sehen konnte.

»Finde dich damit ab, dass es kaputt ist.« Nachdem er alle Vorhänge im Atelier geöffnet hatte, suchte er sich einen Keilrahmen mit grundierter Leinwand aus, klemmte ihn sich unter den rechten Arm, nahm im Vorbeigehen ein kleines Stativ, das an einem Tisch lehnte, und baute es neben einem der Sofas auf. Er suchte sich von einem Tisch mehrere Tuben mit Ölfarben aus und wählte zwei Pinsel aus, die in einem großen Bierglas standen.

»Du hast mir immer noch nicht gesagt, warum du wieder nichts von Kuhlbrodts Brief erzählt hast«, sagte sie mit erhobener Stimme.

Sie war unter den Tisch gekrochen und fegte Scherben und ein paar Stifte mit einem Stück Zeichenkarton zu einem kreisrunden Hügel zusammen und betrachtete versonnen ihr Werk.

Er hatte inzwischen die Höhe der Staffelei neben dem Sofa eingestellt und drückte etwas Ölfarbe aus den Tuben auf eine Palette.

»Weil es dann nicht bei einem zerstörten Bild geblieben wäre. Ich kann damit leben, wenn ich selbst meine Bilder vernichte. Aber ein Fremder … und sie sind mir beide fremd geworden.« Er legte sich seitlich auf das Sofa und rückte die Staffelei etwas näher.

»Hast du den Brief noch?« Sie kam unter dem Tisch hervor und richtete sich auf.

»Er würde niemandem helfen. Auch nicht der Polizei. Ich habe Günter damals gefragt, was man mit Menschen macht, denen man nichts nachweisen kann, von denen man aber weiß, dass sie etwas Schlimmes machen würden, wenn man sie frei herumlaufen lässt.«

»Günter?«, fragte sie und setzte sich auf das andere Sofa.

»Das war doch damals unser Dorfpolizist. Er hatte diesen Kinnbart, der so gar nicht zu einem Polizisten passte.«

»Und der war schon weiß, seine Kopfhaare grau, und seine Augenbrauen blieben einfach schwarz.« Sie lachte.

»Günter stand damals kurz vor der Pensionierung. Er war ein kluger Mann.« Friese mischte sich auf der Palette ein paar Farbinseln und begann, in großen Schwüngen zu malen.

»Was hat er denn auf deine Frage geantwortet?« Sie stand jetzt hinter ihm und sah ihm zu.

»Er hat gesagt, dass man diesen Menschen in sogenannten Unterbindungsgewahrsam nehmen kann.«

»Unterbindungsgewahrsam? Hört sich nach Fesseln und Ketten an. Furchtbar.«

»Er hat mich gefragt, warum ich das wissen wollte. Da habe ich ihm gesagt, dass ich nicht wüsste, was ich mit Bildern machen soll, die niemand sehen darf. Er hat mich angesehen und genickt. Traurig hat er ausgesehen. Vielleicht hat er gemerkt, dass ich ihn angelogen habe.«

»Kannst du den Brief nicht aus dem Unterbindungsgewahrsam befreien? Du hast mir erzählt, was drinstand, aber du hast ihn mir nicht vorgelesen.«

Friese schüttelte den Kopf. »Er ist immer noch gefährlich und nutzt niemandem.«

»Das wollte ich wissen.« Sie stand auf. »Warum bewahrst du ihn auf?«

»Er ist ein Zeitdokument. Vielleicht verwende ich es einmal in einem Bild. Eine Übermalung würde ihm guttun.«

»Dann ist er nicht mehr lesbar?«, sagte sie.

Er ignorierte ihre Bemerkung. »Warum bist du eigentlich nicht mit deinem Mann zurück nach Kiel gefahren?« Er unterbrach das Malen und sah sie an.

»Ich habe abgesagt«, sagte sie schroff.

Sie verließ das Atelier und ging die Treppe hinauf in ihr Zimmer. Auf der knackenden Stufe war sie einen Moment stehen geblieben.

16

Malbek wollte gerade sein Büro verlassen, um pünktlich zu seiner Verabredung im »Café Zum Sofa« zu kommen, als sich sein Handy meldete. Auf dem Display wurde eine Nummer angezeigt, die ihm bekannt vorkam.

»Hier Malbek.«

»Vera Hansen hier, guten Morgen, Herr Malbek!«

»Hallo, Frau Hansen! Sind Sie noch nicht in der Schule? Es ist schon spät!«

Er sah auf die Uhr. Halb acht. Um acht war seine Verabredung.

»Meine Hausärztin hat mich noch krankgeschrieben.«

»Auch für das Theater?«

»Nein, die Bühne gehört zur Therapie. Herr Malbek, ich wollte Ihnen kurz von einem Anruf berichten, der mich gestern zu sehr später Stunde erreichte. Ich hab nicht auf das Display gesehen, sonst hätte ich die Sache dem Anrufbeantworter überlassen. Ich muss noch dazu sagen, dass ich nicht mehr bei meiner Freundin bin und wieder zu Hause wohne. Es geht wieder. Also dieser Anruf … ich erzählte Ihnen ja bei unserem Gespräch letztes Mal von diesen Anrufen auf meinem Anrufbeantworter, ohne dass etwas gesagt wurde, und es waren immer Anrufe mit Rufnummerverdeckung. Und den Anruf von Arnold Mühlenstedt habe ich, glaube ich, auch erwähnt …«

»Ja, das haben Sie.«

»Gestern war Kai Mönkemeier dran. Es war ungefähr ein Uhr nachts. Ich glaube, er hatte etwas getrunken, er hatte eine schwere Zunge. Stellen Sie sich vor: Er hat sich für den Anruf von Arnold Mühlenstedt entschuldigt. Für den Anruf, in dem der mich wieder angebaggert hat. Ich frage mich, woher er davon weiß? Ich finde das merkwürdig.«

»Hatten Sie Frau Sinjen, also seiner Frau, von diesem Mühlenstedt-Anruf erzählt?«

»Ja, stimmt. Entschuldigen Sie, ich hab es vergessen. Aber dann hat also Nina es ihrem Mann erzählt. Das hatte ich ihr eigentlich im Vertrauen erzählt. Ich muss vielleicht dazusagen, dass ich mich mit Nina immer gut verstanden habe, aber als sie den Mönkemeier heiratete, ist unsere Beziehung etwas abgekühlt. Ich erzähle Ihnen das alles, weil Sie sich bei unserem Gespräch im Werftpark so für die emotionale Struktur der Männerclique interessiert haben. Jetzt sagen Sie nicht, dass ich Sie da falsch verstanden habe, Herr Diplomat!«

»Nein, da widerspreche ich Ihnen ganz und gar nicht!«

»Nun raten Sie mal, was mich der angetüdelte Staatssekretär noch gefragt hat.«

»Ob Sie nicht das erste weibliche Mitglied der Männerclique werden wollen?«

Sie lachte nicht. »Hätte mich weniger gewundert als die Frage, die er wirklich gestellt hat. Er fragte mich, ob ich die Trauerrede lesen wolle, die er für die Trauerfeier entworfen habe. Die Trauerrede, die er halten wolle.«

»Oh.«

»Ja, was anderes fiel mir im ersten Moment auch nicht ein.«

»Wie haben Sie nach dem ersten Schreck reagiert?«

»Ich habe ihm gesagt, ich müsste erst mal Dirks Eltern fragen, ob die eine Trauerrede wünschten. Und dann ging es erst richtig los. Ach, ich hätte gleich auflegen sollen.«

Malbek fiel ein, dass Hoyer gestern Leptiens Eltern vorsichtig befragt hatte. Leptien war ihr einziges Kind gewesen. Hoyer hatte nachher gesagt, dass sie fix und fertig sei. Tatsächlich sah Hoyer selbst auch verheult aus, als sie zurückkam.

Für die Ermittlungen hatte das Gespräch nicht viel ergeben. Sie konnten sich nicht vorstellen, dass ihr Sohn je Feinde gehabt hätte, und sagten, dass Frau Kommissarin Hoyer sich bei allen Fragen an ihre Schwiegertochter Vera Hansen wenden sollte. Ja, es sei doch ihre Schwiegertochter, hatten sie mehrfach betont.

»Er sagte, dass er davon ausgehe, dass ich das entscheiden würde«, fuhr Vera Hansen fort, »weil Dirk ja Einzelkind gewesen sei und er die Eltern vor vielen Jahren auch mal kennengelernt habe. Man solle doch den Tatsachen ins Auge sehen. Als er das sagte, war seine Sprache noch verwaschener geworden. Ich hab ihn gefragt, ob er denn nur für sich, für alle Trauergäste oder nur für die Männerclique die Trauerrede sprechen wollte. Für alle, sagte er natürlich. Der Ben und der Arnold würden an einer eigenen, gemeinsamen Rede arbeiten. Das fände er scheiße. Ich glaube jetzt, dass das größte Arschloch dieser Kai Mönkemeier ist. Der kommt weit vor Arnold Mühlenstedt.« Sie schnaubte vor Wut.

»Und wo sehen Sie Ben Friese in der Hitliste?«

»Abgeschlagen auf Platz drei. Obwohl … stille Wasser sind tief. Aber das war ja noch nicht alles, was ich Ihnen von Kai Mönkemeier berichten wollte.«

»Ich bin ganz Ohr.«

»Ich wollte gerade auflegen, als er vom Thema Trauerrede zu einer Einladung überging. Er müsse nächste Woche eine Dienstreise nach Berlin machen, zu einer Ausschusssitzung. Danach hätte er noch ein Treffen mit Parteifreunden. Er hätte diese Reisen immer allein machen müssen, aber vielleicht hätte ich ja Lust, mitzukommen. Das Hotel habe fünf Sterne und sein Spesenkonto auch. Das war doch ein gelungener Übergang, oder?«

»Ohne Zweifel. Herr Mönkemeier kommt gleich zur Sache. Für Politiker ist das aber eher untypisch.«

»Was soll ich machen?«

»Was? Sie würden mitfahren?« Er sah auf die Armbanduhr. Es war Viertel vor acht. Er würde zu spät kommen.

»Ich könnte ihn aushorchen. Sagen Sie mir, was ich ihn fragen soll. Ich tue fast alles, wenn es hilft, Dirks Mörder zu finden.«

Malbek war sprachlos. Die Hexe Vera Hansen gab es also nicht nur auf der Theaterbühne.

»Egal, was Sie tun, Frau Hansen: ›Wer sich in Gefahr begibt, kommt darin um.‹ Das ist zwar nicht von Shakespeare, aber immerhin aus der Bibel, und als Pastorensohn weiß ich sogar, dass es aus dem wenig bekannten dritten Buch Jesus Sirach des Alten Testaments ist, Vers 27. Und das Alte Testament hat es in sich.«

»Also mit einer Predigt hatte ich jetzt nicht gerechnet … Stimmt das? Ihr Vater war Pastor?«

»Ja.« Malbek sah nach oben. Er verfluchte sich, dass er es ausgeplaudert hatte. Wie kam er jetzt von diesem Thema weg? »Wussten Sie, dass Ihr Verlobter jemanden beauftragt hatte, seine Nacht als Obdachloser mit Fotos zu dokumentieren und zu begleiten?«

»Was?«

Er wiederholte die Frage.

»Nein! Wer hat Ihnen das erzählt?«

»Es hat sich im Laufe der Ermittlungen herausgestellt. Ihr Verlobter hat Ihnen also nichts davon erzählt?«

»Ich sage Ihnen doch: Nein! Daran würde ich mich bestimmt erinnern! Wen hat er denn beauftragt? Wann soll das gewesen sein?«

»Das wollte ich jetzt von Ihnen wissen. Wenn Ihnen doch noch etwas dazu einfällt, rufen Sie mich an. Ich habe jetzt einen Termin, zu dem ich zu spät komme.«

Wieder lächelte er, um nicht so hart zu klingen.

Warum machte er das bloß? Hatte er Angst, dass sie sich von ihm abwenden könnte? Bei ihrem ersten Gespräch im Werftpark war sie entspannter gewesen, obwohl sie damals sicher noch unter Schock stand. Jetzt war sie verbissen, aggressiv, sprunghaft. Die Betäubung durch den Schock ließ nach. Anders gesagt, die Verzweiflung hatte sie gepackt. War sie verzweifelter als Jette oder umgekehrt?

Warum klammerten sich verzweifelte Frauen bevorzugt an ihn? Die Mutter seiner Tochter, Maren, die sich gleich nach einer Trennung ihm an die Brust geschmissen hatte … Das war fast zwanzig Jahre her. Jette, die im Krankenhaus nach ihm rief. Und jetzt Vera Hansen, die ihn ständig über ihr Gefühlsleben informierte.

Andererseits warf die Einladung von Mönkemeier an Vera

Hansen wirklich Fragen auf. Mühlenstedt war also nicht der Einzige, der hinter Vera Hansen her war.

Wie sagte Lüthje noch? Wo man hinschaut, überall Motive …

»Wenn Sie mir wenigstens sagen würden, wer …«, fing Vera Hansen an.

»Tschüss, Frau Hansen, ich muss los!«

Als Malbek in den Knooper Weg Richtung Schaßstraße einbog, meldete sich sein Handy schon wieder. Tanja. Sie hatten heute Morgen schon telefoniert, kurz nach dem Aufwachen. Wenn sie ihn jetzt noch mal anrief, während der Dienstzeit, musste es irgendetwas sehr Wichtiges sein. Malbek sah nach oben zum ausnahmsweise blauen Herbsthimmel nach einer kalten Nacht. Lieber Gott, lass es nichts Schlimmes sein. Du weißt doch, dass ich meinen Job als Frauentröster gekündigt habe?

Malbek kniff die Augen kurz zusammen, drückte auf die Freisprechtaste seines Handys und wartete.

»Gerson? Bist du das? Hallo?«

»Ja, entschuldige, ich habe mich gerade mit der Freisprechanlage gestritten.«

»Bist du im Auto unterwegs?«

»Ja, wieso?«

»Dann fahr mal rechts ran.«

»Wieso?« Malbek spürte ein Grummeln in der Magengegend.

»Ich möchte nicht, dass du einen Unfall baust.«

»Seit wann zweifelst du an meinen Fahrkünsten?«

»Gar nicht. Bitte fahr rechts ran, wenn es irgendwie geht.«

»Okay, ich versuch's.« Er bog in eine Parklücke am Lessingplatz, stellte den Motor ab, atmete tief ein und schnell aus. »Der Wagen steht!«

Auch sie atmete tief durch, aber verschluckte sich. Malbek lehnte sich zurück und sah wieder zum Himmel. Wirklich kein Wölkchen. Jedenfalls nicht in dem schmalen Streifen, den der Knooper Weg vom Himmel zeigte.

»Gerson, ich habe in meinem Leben eine Menge Dummheiten gemacht. Eine vor fast zehn Jahren und eine vor dreißig Minuten.« Sie schluchzte unterdrückt.

»Tanja, du willst mir irgendetwas schonend beibringen, stimmt's?«

Malbek sah auf die Uhr.

Viertel nach acht.

»Ja. Also, ich fang mal mit dem vor dreißig Minuten an. Ich hab heute Morgen im Büro die Hamburger Mittagspost gelesen. Da war ein Artikel über deinen Mordfall.«

»Und?«

»›Bekannter Kieler Künstler und seine Freunde kannten Mordopfer‹ stand da und die Namen der Freunde. Und da fiel mir auch ein, dass er mal von seiner Männerclique erzählt hat, zwei Lehrer, ein Künstler und …«

»Wer ist ›er‹?«

»Was?«

»Du hast eben gesagt, dass ›er‹ mal von einer Männerclique erzählt hat. Wer ist ›er‹?«

»Der Mühlenstedt«, sagte sie verwundert. »Hab ich das nicht gesagt?«

»Nein, hast du nicht. Und wieso hat dieser Mühlenstedt dir mal etwas über seine Clique erzählt? Oder hab ich das jetzt falsch verstanden?«

»Nein, das hast du ganz richtig verstanden …« Sie schluchzte wieder.

Malbek suchte nach Worten, fand aber keine.

»Der Mühlenstedt … ist Sybilles Vater.« Sie heulte wie ein Schlosshund.

Malbek rang nach Fassung und Atem.

»Mühlenstedt? Arnold Mühlenstedt? Der mit dem geölten Glatzkopf?«

»Ja …« Sie heulte immer noch.

»Wie konntest du auf diesen Affen reinfallen?«, fragte er mit großer Beherrschung. Er hatte plötzlich einen trockenen Hals und eiskalte Hände.

»Wusstest du im Leben immer alles vorher?« Sie hörte auf zu weinen.

»Nein. Wo hast du ihn kennengelernt?«

»In Hamburg. Beim Zahnarzt. Im Wartezimmer.«

»Und was hat er da gemacht? Papierblumen gefaltet und Klavier gespielt? Oder einfach nur Gedichte aufgesagt?«

»Er hat eine beruhigende Wirkung auf mich gehabt. Ich wartete auf eine Wurzelbehandlung. Er hat das ganze Wartezimmer zum Lachen gebracht. Und sich mit mir verabredet. Fünf Wochen später war es aus. Und ich war schwanger. Das war's.«

Malbek schwirrte der Kopf. »Hat er sich nach unserem letzten Treffen gemeldet?«

»Nein. Wieso?«

»Ich glaube, dass Mühlenstedt wegen der Sache beruflich ziemlich unter Stress ist. Was privat bei ihm läuft, weiß ich kaum, außer dass er eine Freundin in München haben soll. Aber ich könnte mir vorstellen, dass er so etwas wie einen ruhigen Hafen sucht. Und dass er glaubt, den würde er vielleicht bei dir finden. Weiß er, wo deine Mutter wohnt?«

»Könnte sein. Wir haben mal über sie gesprochen. Er wollte sie kennenlernen. Aber das hab ich dann abgebogen. Du meinst, ich sollte mich und Sybille verstecken?«

»Zumindest, bis ich dir Entwarnung gebe.«

»Ich könnte ein befreundetes Ehepaar fragen.«

»Und die kennt er nicht?«

»Die hab ich erst vor drei Jahren kennengelernt. Die wohnen in Eppendorf.« Sie schnäuzte sich.

»Mach das sofort und ruf mich dann an. Ich hab jetzt eine Besprechung. Höchstens eine Stunde. Wo bist du jetzt?«

»Ich sitz in meinem Auto auf dem Dienstparkplatz. Sonst könnte ich doch nicht so telefonieren.«

»Okay.«

»Da ist noch was …«, sagte sie mit zitternder Stimme.

»Nein! Bitte nicht!«

»Ich hab nachgesehen, ob es noch einen Arnold Mühlenstedt

gibt. Ich hab den Datensatz aufgerufen und auf den Monitor gestarrt. Ich war allein im Raum, aber die Tür stand offen. Plötzlich sagte jemand hinter mir: ›Ermittelt Hamburg jetzt auch in der Sache? Dafür ist doch Schleswig-Holstein zuständig. Kiel, um genau zu sein.‹ Der hatte einen ganz fiesen Ton in der Stimme.«

»Wie hieß der Kerl?«

»Hab ich vergessen. Aber ich weiß, dass er aus Pinneberg ist und bei uns wegen eines gemeinsamen Einsatzes eine Besprechung hatte.«

»Kommissar Harder!«

»Ja, stimmt! Kennst du ihn?«

»Leider. Erst war er bei mir, ich hab ihn gefeuert, dann war er im Betrugsdezernat und hat alle im Kriminaldauerdienst genervt. Als Polizist hat er keinen blassen Schimmer, aber als Intrigant und Mobbing-Spezialist hat er eine Honorarprofessur verdient. Erics erste Diensthandlung als kommissarischer Leiter war, Harder möglichst ganz weit weg von Kiel zu versetzen. Auf einer Hallig konnte Eric ihn leider nicht unterbringen, hätte man den Bewohnern auch nicht zumuten können. Leider war nur was in Pinneberg für ihn frei. Inzwischen hat er schon ein Disziplinarverfahren am Hals gehabt und ist mit einem blauen Auge, sprich Verweis davongekommen. Aber niemand ist vor ihm sicher, nicht mal du in Hamburg. Hat er noch was zu dir gesagt?«

»Er will mich erpressen!«

»Er wird tatsächlich immer besser. Erzähl!«

»Er hat gefragt, warum ich mich denn für den Namen interessiere, ob ich ihn kenne. Er hat gesagt, dass er sich mit mir wegen der Sache mal gern unter vier Augen unterhalten würde. Er wüsste da ein nettes Restaurant am Hafen. Dann könnten wir uns in Ruhe darüber unterhalten. Er würde mich nachmittags anrufen. Wo ich denn wohne, wollte er wissen. Ich hab es ihm natürlich nicht gesagt. Was passiert, wenn ich mit ihm nicht essen gehe?«

»Dann wird er dich wegen eines möglichen Dienstvergehens

melden. Du hättest dich in die Ermittlungen eines anderen Bundeslandes … der Vater deines Kindes … Egal, wie das ausgeht, in jedem Fall hättest du erst mal eine Menge Ärger am Hals. War noch jemand im Raum?«

»Nein. Mein Kollege war in der Kantine und wollte mir was mitbringen. Die Tür zum Flur war offen. Dabei fällt mir ein, dass Harder ziemlich leise gesprochen hat, als wollte er nicht, dass ihn jemand hört.«

»Ich sage ja, er ist ein Meister seines Fachs. Aber wir drehen den Spieß um. Gehe ich recht in der Annahme, dass er dich belästigt hat?«

»Natürlich! Eine ekelhafte Anmache war das!«

»Gut. Ich rede mal mit Eric drüber. Der wird es hoffentlich richten.«

»Gerson. Bitte sag mir ehrlich, was los ist. Ist Mühlenstedt mehr als ein Zeuge?«

»Ich mag ihn nicht. Und jetzt noch weniger. Aber es gibt noch ein paar andere Zeugen und übliche Verdächtige.«

»Und dass deine Freundin eine Tochter hat, deren Vater einer der üblichen Verdächtigen in deinem aktuellen Mordfall ist? Was bedeutet das?«

»Nichts Gutes. Aber auch noch nichts Böses.«

»Gibt es das überhaupt? Etwas, dass nicht gut und auch nicht böse ist?«

»Wahrscheinlich nicht. Es ist bei unserer Polizeiarbeit manchmal schwer auseinanderzuhalten. Im Menschen ist ja immer beides. Und das Böse siegt oft.«

»Das hört sich nicht besonders christlich an!«

»Hab ich auch nicht behauptet.«

»Was bedeutet das für unser Wochenende?«

»Dass ich ein Pessimist bin. Und jetzt muss ich zu meinem Termin. Ich komme schon eine halbe Stunde zu spät. Tschüss.«

»Ich liebe dich trotzdem, du unchristlicher Pessimist. Tschüss.«

Sie legte auf, bevor er etwas entgegnen konnte.

»Hoffentlich sieht uns niemand durch die Fenster zu«, sagte Uwe.

Die Stühle waren auf die Tische gestellt, und er wischte mit einem Wischmopp den Fußboden.

»Warum nicht?«, fragte Malbek.

»Uwe hat recht«, sagte Uschi.

Sie stand in der Küche, schmierte Brötchen und winkte ihm durch die geöffnete Tür zu.

»Von draußen sieht das doch aus wie ein konspiratives Treffen. Dass du von der Kripo bist, sieht doch jeder. Und wir alle auch noch dabei. Da denken die doch, wir machen mit euch bei irgendetwas gemeinsame Sache.«

»Was wäre daran schlimm?«

»Für unsere Stammgäste wäre das schlimm. Wenn sie zu uns kein Vertrauen mehr haben, dann kommen sie nicht mehr. Und sie misstrauen der Polizei. Sie haben ihre Erfahrungen. Zum Beispiel, dass ihr ihnen nicht glaubt.«

»Macht doch die Vorhänge zu!«

»Das würde es noch schlimmer machen, die sind tagsüber immer offen«, sagte Uwe.

Malbek war fast eine halbe Stunde zu spät gekommen. Als er nur hundert Meter vor der Kneipe einen Parkplatz gefunden hatte, dachte er, dass die überzeugendste Entschuldigung vielleicht die Wahrheit war. Und die Wahrheit war, dass er zwei Anrufe von zwei verzweifelten Frauen bekommen hatte. Die eine war Zeugin in diesem Mordfall, genau wie der Obdachlose Kuhlbrodt. Und die andere war seine, Malbeks, Freundin, eine Kollegin aus Hamburg, die soeben festgestellt hatte, dass der Vater ihrer Tochter ein Zeuge in ebendiesem Mordfall war. Als Malbek vorhin an die verschlossene Tür des »Cafés Zum Sofa« geklopft hatte, war er zu der Überzeugung gekommen, dass er diese Entschuldigung für sich selbst akzeptierte, aber niemand anderem erzählen durfte.

Höchstens vielleicht Lüthje. Der würde ihm das sofort glauben, weil er seinen Hang zu unmöglichen Situationen seit Jahren kannte.

»Tut mir leid, dass ich zu spät komme. Zwei dringende Anrufe von verzweifelten Menschen …«, sagte Malbek zu Uwe und Uschi.

»Das akzeptieren wir. Ist ja auch unser tägliches Geschäft. Ich meine, das mit den verzweifelten Menschen«, sagte Uschi.

»Also dann zu unserem gemeinsamen Thema: Gernot Kuhlbrodt und der Lehrer Dirk Leptien im Hempels in Gaarden. Wer von den beiden ist zuerst reingekommen?«

Uwe stützte sich auf den Wischmopp und sah Uschi an, die gerade einen Teller mit belegten Brötchen auf den Tresen stellte.

»Gernot saß schon seit Mittag da.«

Malbek sah verstohlen auf die Brötchen. Käse, Salami, Leberwurst …

»Er kam um eins und hatte Hunger, hat eine Gulaschsuppe gegessen«, sagte Uschi.

»Stimmt«, sagte Uwe und drückte den Wischmopp im Eimer aus. »Gernot saß am Fenster mit zwei Kumpeln, die er kannte.«

»Wann kam Leptien?«

»Ziemlich spät«, sagte Uwe.

Malbek stöhnte innerlich auf. Wenn die beiden weiter so mundfaul waren, würde das hier nicht nur eine Stunde dauern.

»So kurz nach drei, glaube ich«, ergänzte Uschi. Sie stellte eine Kanne Kaffee und drei Tassen auf den Tresen. »Ein halbes Brötchen dreißig Cent, ein Kaffee dasselbe, egal ob mit Milch oder Zucker oder ohne.« Sie lächelte ihn an.

Malbek holte sein Portemonnaie aus der Hosentasche und legte die Münzen für zwei halbe Brötchen (Käse und Leberwurst) und einen Kaffee auf den Tresen.

»Habt ihr auch Fischbrötchen?«, fragte Malbek und trank einen Schluck Kaffee.

»Hey, das wäre doch mal eine Idee!«, rief Uschi Uwe zu. Er war inzwischen mit dem Aufwischen fertig und stellte die Stühle wieder auf den Boden.

»Mit Rollmops. Das wär doch das Einfachste und käme bestimmt gut«, sagte Uwe.

Malbek biss in sein Leberwurstbrötchen. Die Wände hingen voller Erinnerungsfotos von irgendwelchen Treffen hier in der Kneipe oder dem Hempels in Gaarden. Dazwischen waren auch ein paar kleine Rahmen mit Malereien, die Malbek vom Stil her bekannt vorkamen.

»Von wem sind die kleinen Gemälde?«

»Ben Friese«, sagte Uschi. »Ich weiß nicht, ob du mal von ihm gehört hast. Er ist schon ziemlich bekannt. Er ist seit ein paar Jahren in unserem Trägerverein. Der Verein betreibt beide Kneipen, diese hier und die in Gaarden. Und außerdem die Zeitschrift ›Hempels‹. Friese bringt zu jedem Vereinstreffen ein Bild mit, schlägt mit dem Hammer einen Nagel in die Wand und hängt es auf. Er müsste auf ein paar der Fotos auch mit drauf sein. Da neben dem Vertiko, links darüber.«

Malbek stand vom Hocker auf und ging zur Wand. Tatsächlich: Ben Friese hielt ein Bild lachend in die Kamera, neben ihm und hinter ihm ein paar Frauen und Männer. Die anderen Bandenmitglieder suchte Malbek auf dem Foto vergeblich.

»Seit wann ist er im Verein?«

»Schon länger als wir, also mehr als sechs Jahre. Du kennst ihn?«

»Na ja. Wer kennt ihn nicht?«, sagte Malbek ausweichend. »Versucht euch noch mal an Gernot Kuhlbrodt und den Lehrer zu erinnern. Als der Lehrer in Gaarden zur Tür reinkam und Kuhlbrodt an dem Tisch mit seinen Kumpeln saß. Was passierte dann?«

Uwe machte Uschi ein Zeichen, dass sie erzählen sollte. Wahrscheinlich weil sie vom Tresen aus immer alles im Blick hatte, selbst dann, wenn sie mal in der Küche verschwand.

»Also, die beiden haben sich wie alte Freunde begrüßt, die sich lange nicht gesehen haben«, sagte sie.

»Vorher, was hat der Lehrer gemacht, als er in die Kneipe kam, hat er rumgesucht und ist dann gleich auf Kuhlbrodt zugegangen?«

»Als er reinkam, hat er erst mal unsicher rumgeguckt. Dann suchte er sich einen Platz an einem freien Tisch in der Nähe vom Tresen. Ich hab ihn dann gefragt, ob er was trinken will. Er hat eine Cola bestellt. Ich hab mir gedacht, der ist kein Obdachloser. Der sah anders aus. Wie ein Kripomann sah er auch nicht aus. Ich hab dann auf einen Sozialarbeiter getippt, der auf jemanden wartet. Und dann stand er plötzlich auf und ging zu Gernot. Und fragte ihn was. Und dann stand der auf und sah den Lehrer so komisch an. Plötzlich lagen die sich in den Armen und schlugen sich auf den Rücken. Der ganze Laden hat zugeguckt. Dann haben die sich zusammen an den freien Tisch gesetzt und geredet und geredet.«

»Und worüber haben die geredet?«

»Hat dir Gernot nichts davon erzählt? Du hast doch gestern gesagt, dass du ihn vernommen hast!«, sagte sie.

»Nein, hat er nicht. Sonst wäre ich jetzt ja nicht so überrascht. Uschi, bist du sicher, dass du das mit dem Umarmen und Auf-den-Rücken-Klopfen nicht missverstanden hast? Dass die sich vielleicht kurz vorher schon mal kennengelernt haben und im Hempels verabredet hatten? Also dass sie keine alten Bekannten oder Freunde waren, sondern dass sie sich vielleicht vor Kurzem kennengelernt hatten?«

»Uschi hat ihre Augen und Ohren überall. Und tausend Antennen«, sagte Uwe.

Er setzte sich neben Malbek an den Tresen und sah Uschi verträumt an.

»Quatsch«, sagte Uschi. »Hör nicht auf ihn. *Er* ist nämlich der Neugierige hier.« Sie sah Uwe an, aber redete mit Malbek. »Fragt der Kundschaft immer ein Loch in den Bauch, aber ich sage, man muss sensibel sein. Die Leute reden lassen. Sonst trifft man womöglich einen wunden Punkt, und dann redet der kein Wort mehr mit dir. Das ist, als ob du dir einen Feind gemacht hast. Nicht wahr, Uwe?«

Uwe streckte ihr die Zunge raus und zog eine Grimasse. Uschi schien es niedlich zu finden und kniff ihn in die große Nase. Er griff nach ihrer Hand, aber sie zog sie schnell weg.

»Uwe hat Kuhlbrodt mal auszufragen versucht«, fuhr sie fort, »was er denn früher gemacht hat. Da hat er dichtgemacht, der Gernot. Und sich weggesetzt. Mir hat er ein paar Wochen später mehr erzählt, als er hier am Tresen saß, da, wo du jetzt sitzt«, sagte sie zu Malbek. »Von seinem Kutter, den er mal hatte, und dass es am schönsten war, im Frühling die Eider rauf- und runterzufahren.«

»Die Eider?«

»Die Innenförde und den Kanal hat er auch bedient. Er hat Ausflugsfahrten gemacht. Und dann war er plötzlich pleite.«

»Das hat er dir erzählt?«

»Ja, einfach so. War ihm wohl dann doch etwas peinlich, er hat sich dann weggesetzt, zu einem Kumpel, und hat über was anderes geredet. Aber loswerden wollte er das wohl nur bei mir. Von da an war er dann etwas lockerer, wenn er mit mir sprach. Es gibt eben Dinge, die müssen mal auf den Tisch, und denn ist auch gut so«, sagte sie, suchte sich unter dem Tresen einen Wischlappen und polierte einen Fleck, den sie wohl gerade entdeckt hatte.

Uwe sah ihr interessiert zu.

»Hat Gernot dir auch erzählt, bis wo er da auf der Eider gefahren ist?«

»Na ja, von Rendsburg aus und dann nach Süderstapel, Friedrichstadt und Tönning. Er hat das dann mit Mittagessen oder Kaffee und Kuchen in Gasthöfen verbunden. Ganz romantisch am Kanal und so. Hätte ich auch gern mal gemacht.« Er nickte und sah sie verträumt an.

»Süderstapel …«, sagte Malbek nachdenklich.

»Kennst du Süderstapel?«, fragte Uschi.

»Ich hab da mal einen Schulausflug gemacht«, sagte Malbek.

»Ach ja, fällt mir gerade wieder ein, in Süderstapel hat er nach dem Einkehren in einen Gasthof immer eine Besichtigung von Ben Frieses Atelier gemacht. Als der noch nicht so bekannt war. Hat er mir auch erzählt. Weil er das Foto von ihm über dem Vertiko gesehen hat. Und die Bilder von ihm. Vielleicht hat ihn das überhaupt erst dazu gebracht, über seine Vergangenheit mit mir zu reden.«

»Ja, könnte ich mir auch denken«, sagte Malbek. Ob Friese

damit gerechnet hatte, als er in den Verein »Hempels« eingetreten war? »Und wann hat Gernot diese Eiderfahrten gemacht?«

»Muss schon lange her sein, in Gernots anderem Leben. So hat er das immer genannt. Na, sicher vor über sechs Jahren, also länger, als wir hier sind.«

»Okay, lass uns noch mal zurück zu dem Moment, als Gernot und der Lehrer sich allein an einen freien Tisch gesetzt haben. Habt ihr was mitbekommen, worüber die beiden geredet haben?«

»Es war laut an dem Abend!«, sagte Uwe und sah dabei Uschi an.

»Aber du bist wie immer zwischen den Tischen hin und her gewuselt. Und das ist doch grad mal ein paar Tage her. Du musst doch was mitbekommen haben! Ich hab nur mitgekriegt, dass der Lehrer … wie hieß der noch?«

»Leptien. Dirk Leptien.«

»… dass der Dirk so nachgefragt hat«, sagte sie. »Er versuchte immer, Gernot dabei in die Augen zu sehen. Das war ihm wohl sehr wichtig, was der Gernot ihm erzählte. Du verstehst, was ich meine?«

»Oh ja! Erzähl weiter«, sagte Malbek.

»Und dabei hat er auch Gernots Arm öfter berührt. Das machen Männer nicht, wenn sie sich noch nicht so lange kennen.«

»Aber gelacht haben die beiden auch«, fiel Uwe ein. »Besonders als sie dann um fünf oder sechs hier zur Tür reinkamen. Waren wohl schon ein bisschen angetüdelt. Jetzt fällt mir ein, dass es sich so anhörte, als ob sie sich über Leute unterhalten hätten, die sie kennen. Die Namen haben sie ein paarmal gesagt. Aber ich kann mich nicht erinnern, welche … das waren auf jeden Fall kurze Namen.«

»Vornamen oder Nachnamen?«, fragte Malbek.

»Ich glaube Vornamen. Das A kam immer darin vor.«

»Kai?«

»Ja, stimmt!«

»Arnold?«

»Kai und Arnold, das war's.«

»Haben die beiden noch einen anderen Vornamen erwähnt?«

»Kann schon sein, aber den hab ich dann nicht mitbekommen. Und du, Uschi?«, fragte Uwe.

»Ich überlege noch, nein. Aber vielleicht interessiert den Inspektor –«, fing Uschi an.

»Kommissar reicht völlig!«, unterbrach Malbek sie. »Die Inspektoren gibt's nur bei Königin Elizabeth.«

»Inspektor finde ich aber viel eleganter«, schwärmte sie mit leuchtenden Augen. »Ich liebe englische Krimis, die alten Edgar-Wallace-Filme, ›Das Gasthaus an der Themse‹, ›Der Hexer‹, das hatte noch Stil!«

»Ich bin da mehr für ›Tatort‹«, sagte Uwe trocken.

»Na ja, den gibt's auch öfter im Fernsehen als Edgar Wallace«, sagte Malbek. »Uschi, ich hatte dich eben unterbrochen. Was interessiert den Inspektor denn vielleicht noch?«

»Na, dass Gernot dem Dirk hier die Fotos und Bilder an den Wänden gezeigt hat. Er hat ihn richtig rumgeführt, und einen Blick in die Küche habe ich dem Herrn Lehrer auch erlaubt!«

»Hat er sich als Lehrer vorgestellt?«

»Nein, davon haben die beiden nichts gesagt. Gernot hat nur gesagt, dass der Dirk auch mal die Küche sehen will, ob auch alles sauber ist. Gelacht haben sie dann, ja, sie hatten schon ordentlich einen im Tee. Und ein Brötchen hat dann jeder von ihnen auch noch gegessen.«

»Haben die beiden sich auch das Foto von Ben Friese da über dem Vertiko angesehen?«, fragte Malbek.

»Ja, stimmt, das haben sie. Da haben sie sogar länger vor gestanden«, sagte Uschi.

Uschi kam dann noch einmal auf die alten Edgar-Wallace-Filme zu sprechen und wollte wissen, welche Malbek denn kenne (»Der Frosch mit der Maske« und »Der Zinker«). Uwe erinnerte an den letzten »Tatort« aus Kiel, ob Malbek den gesehen habe (hatte er nicht).

Plötzlich sah Uschi Malbek erschrocken an. »Hoffentlich ist Gernot nichts passiert?«

»Bisher hat er sich jeden Tag im 4. Polizeirevier gemeldet …«, sagte Malbek ruhig, »… so wie wir es ihm gesagt haben. Wenn irgendetwas nicht mit ihm stimmen würde, hätte sofort ein Polizist aus dem Revier bei mir angerufen.«

»Wenn du meinst«, antwortete Uschi skeptisch.

»Wenn er sich bei euch, hier oder in Gaarden, meldet, bestellt schöne Grüße von mir und dass ich ihn so schnell wie möglich sprechen muss. Hier sind meine Telefonnummern«, sagte Malbek und gab Uschi und Uwe seine Karte. Dann hüpfte er von seinem Tresenhocker und sah sich noch einmal im noch leeren Gastraum um. »Hat Gernot eigentlich Freunde oder Kumpel hier gehabt, mit denen er sich regelmäßig traf oder zusammensaß?«

Uschi und Uwe sahen sich an. Dann schüttelten sie beide langsam den Kopf.

»Nee, eigentlich nicht. Was meinst du, Uwe?«

»Er hat sich manchmal zu anderen gesetzt, wenn er kam, aber sobald ein kleiner Tisch frei war, hat er sich dahin gesetzt. Dann hat er oft was gegessen, meistens roten Fischsalat aus dem Supermarkt auf Brot oder Brötchen. Das mochten die anderen nicht so gerne riechen. Aber die meiste Zeit hat er geschrieben. Auf einen karierten Papierblock. Ich hab ihn mal gefragt, so beim Vorbeigehen, ohne hinzugucken, was er denn da schreibt, und da hat er nur gesagt: ›Tagebuch.‹« Uwe dachte einen Augenblick nach. »Nee, Gernot ist ein Einzelgänger, ganz klar.«

17

Als Kuhlbrodt morgens aufwachte, glaubte er zu wissen, warum der Mörder ihn nicht auch getötet hatte. Während er zur Decke starrte, die das Dach seiner neuen Behausung war, hatte er versucht, sich in den Mörder hineinzuversetzen.

Als der Kuhlbrodt und Leptien beide vor sich liegen sah, war ihm bestimmt der Gedanke gekommen, Kuhlbrodt zunächst zu quälen. Vielleicht ein neuer Kitzel, nachdem er bisher immer »nur« getötet hatte?

Er wollte ihn quälen wie die Katze, die die Maus quält, bevor sie tötet. Er musste irgendwann beschlossen haben, Kuhlbrodt nicht nur mit dem Tod zu strafen. Die Strafe musste viel größer sein, weil Kuhlbrodt ihn ja auch gequält hatte.

Kuhlbrodt war schuld daran, dass er gezwungen war, sich in ihn hineinzuversetzen. So ähnlich wie Kuhlbrodt jetzt versucht hatte, sich in ihn hineinzuversetzen. Der Mörder musste sich ständig gefragt haben, was mit Kuhlbrodt war. War er zur Polizei gegangen? Hatten sie ihn wieder weggeschickt, weil er ein obdachloser Spinner war? Oder hatten sie angefangen, seine Angaben ernst zu nehmen? Und immer wieder musste ihn der Gedanke beschäftigt haben, ob Kuhlbrodt ihn trotz der Dunkelheit gesehen oder sogar erkannt hatte.

Tatsächlich war dies der Grund, warum Kuhlbrodt der Polizei bisher nichts über sein Erlebnis in Berlin erzählt hatte. So was sieht man im Rausch, und als Obdachloser sowieso. Das ist die polizeiliche Denke. An dieser Einstellung würde Kuhlbrodt nichts ändern können.

Er hatte sich die nächtliche Szene in Berlin seit gestern Abend vor seinem geistigen Auge ansehen können, wie es ihm bisher nicht möglich gewesen war. Der Mörder musste Erfahrung mit dem Töten von Menschen haben. In den letzten Tagen war ihm wieder eingefallen, dass der Mörder sein Opfer so geschickt gehalten hatte, dass es bewegungsunfähig im Klammergriff der linken Hand gehangen hatte, nur um zusehen zu müssen, wie sich das Messer in der rechten Hand seinem Hals näherte.

Das alles konnte Kuhlbrodt jetzt wie einen Filmschnipsel in Zeitlupe in seinem Kopf wieder und wieder ablaufen lassen. Es kam ihm vor wie eine Zwangshandlung, die sein Gehirn nur deshalb immer wieder und wieder ausführte, weil er sie so lange unterdrückt hatte. Oder verlor er vor Angst den Verstand?

Er beruhigte sich damit, dass der Schock, neben Dirks blutüberströmtem Leichnam aufzuwachen, inzwischen überwunden war und die Mordsequenz aus Berlin wieder in sein Bewusstsein geholt wurde. Es war also nicht der Wahnsinn, sondern nur das überreizte Unterbewusstsein, das sich hier austobte.

Kuhlbrodt wurde schwindelig. Sein Kreislauf sackte ab. Er kroch aus seinem Schlafsack, klaubte sich eine Schwarzbrotscheibe aus der Tüte und belegte sie mit Heringssalat. Das einzig Gute an der herbstlichen Kälte war, dass die Lebensmittel in der Supermarktüte frisch blieben und er deshalb, anders als im warmen Sommer, auch auf Vorrat kaufen konnte.

Bei Hempels hatte er vor ein paar Monaten von seinen Schwindelanfällen erzählt, und sie hatten ihn zu einem Arzt geschickt, der auch Obdachlose behandelte. Der hatte ihm Blut abgenommen und in ein Labor geschickt. Dabei war dann rausgekommen, dass er schlechte Blutwerte hatte. Manches ging noch so gerade eben, und einiges war schon im roten Bereich. Außer Tabletten gab es die üblichen Ratschläge, darunter auch was Machbares. Er sollte früh etwas essen und sich nicht bis mittags im Schlafsack verkriechen und zum Frühstück Bier trinken, sondern mehrfach am Tag essen und etwas Alkoholfreies trinken. Das übte er seitdem, und es ging ihm etwas besser.

Die Tabletten waren in ein paar Tagen aufgebraucht. Er musste wieder zum Arzt. Er würde ihm erzählen können, dass er jetzt einen Platz mit Dach hatte, wo er zum ersten Mal seit Langem ungestört durchschlafen konnte. Aber der Arzt hatte seine Praxis in der Stadt, und er hatte Angst, in die Stadt zu gehen.

Würde der Mörder sich auf ihn stürzen, unerwartet, von

hinten, ihn in eine dunkle Ecke ziehen und ihm das Messer an die Kehle setzen? Oder würde er ihm einfach folgen, bis die Nacht kam und Kuhlbrodt auf der Flucht vor Erschöpfung zusammenbrach?

Am sichersten wäre es für ihn bei der Polizei. Er müsste irgendeine Dummheit machen, die zu seiner Verhaftung und zur Untersuchungshaft führen würde. Menschen angreifen und verletzen. Das konnte er nicht, außer in Notwehr. Und ein Bankraub mit Spielzeugwaffe? Zu gefährlich. Er würde für Jahre im Gefängnis sitzen und hätte den Teufel mit dem Beelzebub ausgetrieben.

Er entschloss sich, im Supermarkt ein Messer zu kaufen. Er hätte es längst machen sollen. Nur um wenigstens eine kleine Chance zu haben, wenn er dem Mörder begegnen sollte.

Die erste Nacht nach dem Mord an Dirk hatte er neben einem Geldautomatenraum verbracht. Ein paar betrunkene junge Leute hatten ihn entdeckt und ihn ein paarmal mit den Füßen getreten, aber dann war es ihnen langweilig geworden, und sie waren laut johlend wieder verschwunden.

Am nächsten Morgen war ihm eingefallen, dass ein Kumpel ihm mal von dem Kleingartenverein an der Witthöftkoppel zwischen Skandinaviendamm und dem Westring erzählt hatte. Er hatte da mehrere Monate in einem Gartenhaus übernachten können, das leer stand, weil es direkt an die vierspurige Straße grenzte und die Autobahn auch nicht weit war. Kuhlbrodt hatte dort eine Stunde herumgesucht. Das von dem Kumpel empfohlene Gartenhaus hatte natürlich einen neuen Pächter gefunden, der das Ganze schon mit gemähtem Rasen und gepflegten Beeten ausgestattet hatte.

Aber er hatte diese Behausung in der Nähe gefunden. Es war ein kalter, stürmischer Herbst, und niemand hatte ihn an der Witthöftkoppel beobachtet, als er nachts mit seiner kleinen Taschenlampe in einen verwahrlosten Kleingarten leuchtete. Auf der gegenüberliegenden Seite der ziemlichen großen Parzelle stand eine Hütte, deren ganze Front zum Gartentor hin aus alten Sprossenfenstern bestand.

Die Wände waren aus Bretterstücken zusammengenagelt worden, das Dach aus Eternitplatten. So mussten die Unterkünfte der Flüchtlinge nach dem Krieg ausgesehen haben. Das »Wohnzimmer« war leer, völlig ausgeräumt, fast besenrein. Wäre da nicht der nackte Lehmboden gewesen, denn das Haus hatte keine Holzdielen, geschweige denn Zementboden.

Es gab aber eine Art Küche, in der eine leere Gasflasche, Wasseranschluss, Herd und Spüle standen. Alles von Herbstblättern, Dreck und einem Teppich von toten und lebenden Insekten überzogen. Der Straßenlärm rauschte, aber hier fühlte er sich sicher. Kein Rascheln und Knistern von losen Tapeten, das zischelte wie nasses Feuer.

Heute war hier seine zweite Nacht gewesen, und nichts deutete darauf hin, dass jemand außer ihm das Grundstück betreten hatte. Bevor er es morgens verließ, deckte er immer seine Spuren mit den gefallenen Blättern zu, die der Herbstwind den alten, krüppeligen Apfelbäumen im Garten entrissen hatte. Wenn jemand in die Hütte sah, würde er nur seinen Schlafsack und ein paar Plastiktüten finden, ohne zu wissen, wie lange sie da schon lagen.

Er hatte sich auch gestern wieder im Polizeirevier am Karlstal in Gaarden gemeldet. Nicht immer zur gleichen Zeit, aber das verlangten die auch nicht. Heute war er erst gegen Abend gekommen.

Es war bisher jeden Tag ein anderer Polizist gewesen, der seinen Ausweis entgegennahm, alles in einer Liste notierte und ihm noch ein Formular vorlegte. So oft wie in diesen Tagen hatte er seit vielen Jahren nicht mehr unterschreiben müssen. Ihm war aufgefallen, dass seine Unterschrift am ersten Tag sehr ungelenk war. Er hatte mehrfach ansetzen müssen.

Gestern war es schon recht flüssig gegangen. Er war stolz und hatte sehr lange seine Schriftzüge betrachtet. Er erinnerte sich an das Bild seiner Unterschrift vor zehn Jahren. Heute war das Zittern der Linien fast verschwunden, und die Linien liefen rund und schnell.

Dabei war ihm auch der Brief an Ben wieder eingefallen.

Es war damals das erste Mal seit langer Zeit gewesen, dass er fast zwei Seiten zusammenhängend geschrieben hatte. Seine Tagebücher, das waren über fünfhundert Seiten gewesen, aber das war im anderen Leben gewesen. Sie waren mit seinem Kahn untergegangen.

In dem Brief hatte Kuhlbrodt Ben um etwas Geld gebeten. Ben hatte das Geld per Bargeldanweisung an die Adresse am Stralauer Platz geschickt, aber nie auf seinen Brief geantwortet.

Kuhlbrodt hatte Mönkemeier und Mühlenstedt nie getraut. Nur Dirk und Ben. Aber Dirk glaubte an das Gute im Menschen und dass das Böse in seiner Umgebung nicht vorkam. Und Ben hatte sich immer vom Bösen umgeben gefühlt.

Am Schluss des Briefes hatte Kuhlbrodt von seinem Plan geschrieben, nach Kiel zurückzukommen, und ihm von dem Erlebnis in dem Haus erzählt. Ohne etwas Genaueres über das Gesicht zu sagen, das ihm bekannt vorgekommen war. Auch dass er das Gesicht des Mannes nicht genau erkannt hatte, weil der Raum durch den flackernden Schein einer kleinen Kerze mit Gespenstern erfüllt war, deren Schatten sich an den verrotteten Wänden entlanggeschlichen und seine Wahrnehmung verwirrt hatten. Und dass er diese Ahnung, die kein Wissen war, mit Ben teilen wollte.

Ben konnte mit Gespenstern und Geistern umgehen, das zeigten seine Bilder. Deshalb sollte Ben auch entscheiden, ob er Kuhlbrodts Erlebnis weitergeben wollte. Ben sollte selbst entscheiden, was er mit den Informationen machte. Nur wenn Gernot etwas passierte, dann sollte Ben den Brief der Polizei geben.

Kuhlbrodt hatte den Brief fotokopieren wollen. Im »Mut« am Ostbahnhof hatte ein Kopierautomat gestanden. Aber ihm waren die zwanzig Cent zu viel gewesen. Er würde ihn jetzt gern noch einmal lesen, mit dem Abstand, den die Zeit gebracht hatte, um zu prüfen, wie er wohl auf Ben gewirkt hatte.

Er glaubte nach langem Nachdenken, dass Ben ihm die Mitteilung nicht übel genommen hatte. Immerhin hätte es sein können, dass Ben ihm einfach nicht geglaubt hatte. Außerdem hatte Ben doch mit der Überweisung des Geldes zu verstehen gegeben, dass er es in Ordnung gefunden hatte, dass Gernot mit seinem Erlebnis nicht zur Polizei gegangen war. Und dass er weiter schweigen sollte.

Kuhlbrodt war eines Nachts der Gedanke gekommen, dass Ben diese Verknüpfung von Info und Geldbitte als Erpressung hätte auffassen können. Aber zwei Briefe deswegen zu schreiben, einen wegen des Geldes und einen wegen der Beschreibung des schrecklichen Erlebnisses, das konnte er sich damals nicht leisten. Wenn er nun kein Geld bekommen hätte. Dann hätte er über einen Euro dafür in den Sand gesetzt.

Er klappte sein Tagebuch zu und steckte es zusammen mit dem Kugelschreiber in seinen Rucksack.

Eine Möglichkeit, dem Alptraum ein Ende zu setzen, war natürlich die Ermordung des Mörders. Da es aber das perfekte Verbrechen nicht gab, musste Kuhlbrodt miteinkalkulieren, dass die Polizei ihn schnappen und er als Mörder verurteilt werden würde. Er wusste nicht, für wie viele Jahre er im Gefängnis verschwinden würde. Aber er wusste, dass es ein neuer Alptraum wäre.

Außerdem hatte ihm sein Unterbewusstsein heute Morgen sozusagen als Bonus auch noch die Erkenntnis erlaubt, dass er dem Tod zweimal von der Schippe gesprungen war: in Berlin und in Kiel.

Ein drittes Mal würde es sicher nicht geben. Denn auch das ahnte er: Der Mörder war sicher kein Anfänger.

18

Malbek parkte zweihundert Meter vor Frieses Atelier. Eine schmale asphaltierte Straße führte direkt zu den zwei Bootsstegen des Seglerhafens hinunter. Damals, bei seinem Schulausflug vor über zwanzig Jahren, hatte das alles ganz anders ausgesehen: ein kleiner Birkenwald auf einer Bodenerhebung über dem Ufer, ein schmaler unbefestigter Pfad, der über der Strandzone zu einem Bootssteg führte, an dem Ausflugsschiffe festmachen konnten.

So ähnlich hatte es wahrscheinlich auch noch vor ungefähr zehn Jahren ausgesehen, als Kuhlbrodt mit seinem Kutter an dem Steg festgemacht hatte. Seine Fahrgäste waren dann den Pfad am kleinen Birkenwald vorbeigegangen. Von da konnte man schon das spitzgiebelige Haus aus roten Klinkern sehen, Frieses Atelier. Und auf dem Weg ins Dorf gab es einen Gasthof, in den die Bildungsreisenden nach den Einkäufen bei Friese einkehren konnten.

Die Klingel hing immer noch an den aus dem Türrahmen ragenden Kabelenden herunter. Wahrscheinlich standen sie auch noch unter Strom. Er klopfte an die Tür. Vor dem Haus standen zwei Wagen, ein kleiner Kombi, wie letztes Mal, und ein Sprinter, ein Sieben-Komma-fünf-Tonner, beide Wagen mit dem Kennzeichen NF, Nordfriesland. Für die Bewohner der anliegenden Landkreise war das die Abkürzung für »Nordferkel«.

Durch die hohen Fenster des Ateliers hatte Malbek Friese in der Sofaecke gesehen, mit der Aufstellung einer Staffelei beschäftigt.

Wie Malbek es erwartet hatte, öffnete Nina Sinjen die Tür.

»Herr Kommissar, wie schön, Sie wiederzusehen!« Sie strahlte ihn an, als würde sie sich tatsächlich freuen. Statt Schwarz trug sie diesmal Weiß. Sogar das Gesicht war leicht weiß geschminkt oder gepudert, wie bei einer japanischen Geisha. Die nackten Füße steckten wieder in Sandalen.

»Ist Herr Friese im Haus?«

»Sie haben Glück. Er wollte eigentlich schon in Berlin sein.« Sie machte eine einladende Handbewegung und verneigte sich. Sie ging zur Schwingtür voraus und öffnete die rechte Hälfte.

»Herr Friese weilt im Allerheiligsten«, sagte sie zu Malbek über die Schulter, als er an ihr vorbeiging, und rief in das Atelier gewandt: »Frieske, du hast Besuch!«

Dann verschwand sie auf der Treppe ins obere Stockwerk, vermutlich in ihr Zimmer.

Friese lag auf einem der Sofas in der linken hinteren Ecke des Ateliers und malte. Er hatte eine Staffelei neben das Sofa gestellt und ein großes Bettkissen im Rücken, damit er Pinsel und Palette mit den Händen führen konnte. Es sah anstrengend aus, aber Friese schien die Arbeit leicht von der Hand zu gehen. Malbek fiel ein, dass Lüthje eine Schwester auf Sylt hatte, die auch Malerin war. Er würde sie fragen müssen, ob die liegende Körperhaltung beim Malen eine besondere Technik war oder nur eine blasierte Attitüde.

»Seien Sie gegrüßt, Herr Kommissar! Nehmen Sie Platz!« Friese wies auf das Sofa, das ihm gegenüberstand.

Malbek blieb stehen und sagte freundlich, aber bestimmt: »Ich möchte mit Ihnen einen kleinen Spaziergang machen. Dann können Sie nachher mit durchlüftetem Kopf weitermachen.«

Friese erhob sich unwillig, legte die Palette beiseite, wischte den Pinsel mit einem Tuch ab und stellte ihn in ein Glasgefäß mit einer Flüssigkeit. »Wenn ich Sie richtig verstanden habe, sind Sie nicht gekommen, um mich zu verhaften. Sonst würde ich jetzt darauf bestehen, das Bild erst fertig zu malen.«

»Sonst hätte ich ja meine Kavallerie dabei. Wenn Sie meine Fragen brav beantworten, dann können Sie gleich wieder an die Arbeit gehen.«

Friese sah aus dem Fenster und nickte zufrieden.

Als sie das Haus verlassen wollten, kam Nina Sinjen aus der Küche und sagte: »Frieske, ohne Paletot gehst du mir bei dem Wetter nicht aus dem Haus!«

Sie zwang ihn, eine zweireihige dunkelblaue Schifferjacke mit mattgoldenen verzierten Knöpfen über seinen schwarzen, mit Farbe bekleckerten Overall anzuziehen, und zog ihm eine etwas zu kleine Skippermütze über den Kopf.

»Mast und Schotbruch, Herr Eiderkapitän«, sagte sie und zwinkerte Malbek zu.

Draußen hatte der Nordwestwind zugenommen. Malbek schlug den Kragen seiner Lederjacke hoch und gab die Richtung für den kleinen Spaziergang vor. Friese stolperte hinterher, bis er Malbek eingeholt hatte.

»Haben Sie die Zeitungen gelesen?«, fragte Friese.

»Ich hab die Schlagzeilen im Büro überflogen. Glauben Sie, dass Ihnen das schadet?«

»Könnte sein. Aber aus einem anderen Grunde, als Sie denken. Man wird sagen, dass ich den Verfasser des Aufmachers in dieser Hamburger Zeitung über die Farbe des Todes gekauft habe.«

Malbek schüttelte den Kopf. »Vielleicht hat Ihre Agentur den Artikel gesponsert?«

»Sie meinen …?« Friese sah ihn ungläubig an.

»Mir war dieser Gedanke gekommen, als ich die Schlagzeile las, aber ich kenne mich nicht in Ihrer Branche aus.«

»Ich auch nicht. Hilft es, die Agentur zu wechseln?«

»Also ich stehe als Agent nicht zur Verfügung!«, sagte Malbek lachend.

Friese lachte mit.

Inzwischen hatten sie das Ufer der Eider erreicht und blieben stehen, mit Blickrichtung nach Süden, auf die Bootsstege und die schmale Strandzone am Fluss. Außer ihnen hatte sich niemand in diese zugige Ecke getraut. Nur drei Boote zerrten knarrend an ihrer Vertäuung, und die Takelage klapperte an den Masten. Mitten im Fluss verlief die Grenze zwischen Dithmarschen und Nordfriesland.

Malbek verschränkte die Arme über der Brust, Friese hatte beide Hände in den großen Taschen seiner Seemannsjacke vergraben. Den Wind hatten sie hier im Rücken. Viel sah man nicht von der Eider, denn Süderstapel lag an einer Nordschleife des Flusses, sodass man hier nur die beiden Arme der Nordschleife am Horizont sah, die sich in der kargen Herbstlandschaft Dithmarschens verloren. Wie die nackten Arme einer flüchtigen Liebe im Herbst.

»Was sagen Ihre Bandenfreunde zu dem Sündenpfuhl, in dem die Presse Sie alle sieht? Ich hatte den Eindruck, dass man sich besonders auf Herrn Mönkemeier gestürzt hat«, sagte Malbek, während er auf die sich im Wind kräuselnde Oberfläche der Eider sah. Er fror und sehnte sich nach einer warmen Kopfbedeckung.

»Ich weiß nicht, was meine Freunde denken, nur was sie sagen«, antwortete Friese. »Sie haben Angst, dass es noch schlimmer wird. Aber Herr Mönkemeier meint, dass die Menschen alles schnell vergessen werden. Politiker reden immer so daher. Aber vielleicht hat er sogar recht.«

»Sie wissen nicht, was Ihre Freunde denken? Das hört sich nicht gut an.«

Malbek schüttelte den Kopf, um seinen Worten Nachdruck zu verleihen.

Aber Friese hatte es wahrscheinlich nicht bemerkt. Er betrachtete die schaukelnden Boote.

»Es ist viel passiert in den Jahren.«

»Gibt's hier eigentlich noch Ausflugsschiffe?«, fragte Malbek und sah zu Friese, dessen Blick immer noch auf den Booten ruhte.

»Ja, aber sie halten hier nicht mehr.«

»Warum eigentlich nicht?«

»Die Schiffe sind größer geworden, und Süderstapel ist nicht mitgewachsen. Friedrichstadt und Tönning, da wollen die Leute hin. Zum Einkaufen. Und dann noch bisschen das Eidersperrwerk bestaunen. Das macht was her. Man zückt den Fotoapparat und lichtet schnell den Kampf des Menschen gegen die Natur ab …«

»Wäre der Besuch in Ihrem Atelier nicht eine Attraktion?«

»Ach du lieber Himmel, wie kommen Sie denn darauf?

Was soll ich mit diesen Menschenmassen? Ich würde mir vorkommen wie ein Affe im Zoo. Außerdem wäre unter tausend Passagieren einer, der über den Kauf eines Bildes wenigstens nachdenken würde. Nein, ich verkaufe nur über meinen Galeristen und manchmal bei Ausstellungen.«

»Warum hat das denn damals geklappt? Als Sie noch nicht berühmt waren und keinen Galeristen hatten. Da haben Sie doch auch an Schiffausflügler verkauft, die Ihr Atelier besuchten.«

Friese sah ihn misstrauisch von der Seite an. »Wo haben Sie das denn gehört?«

»Stimmt es oder stimmt es nicht?«

»Ja, es stimmt. Das ist schon fast zehn Jahre her. Da hab ich handbemalte Postkarten verkauft, kleine Landschaftszeichnungen von der Gegend hier, auch mal Aquarelle, die waren dann aber auch schon ein bisschen teurer. Ich brauchte damals jeden Cent. Aber die meisten haben nur Postkarten gekauft. Hin und wieder auch was für hundert Euro oder mehr. Aber das war auch ein anderes Publikum, keine Massenveranstaltung. Die sind in kleinen Gruppen gekommen, nie mehr als zehn oder elf Leute. Aber immerhin waren es wirklich Liebhaber der Landschaft, na ja, was heute so Bildungsreisende genannt wird. Kirchenführung in Friedrichstadt zum Beispiel. Regionale Spezialitäten in den Gasthöfen. Heute werden die Leute auf den Ausflugsschiffen mit einem bunten Büfett abgespeist. Das müssten Sie mal sehen. Ich hab das mit Nina vor Jahren mitgemacht, nur so zum …«

»Kannten Sie den Veranstalter dieser Kleingruppenbildungsreisen, die bei Ihnen Station machten?«, fragte Malbek.

Friese hatte offensichtlich erkannt, welchen Kurs Malbek steuerte. Einen Kollisionskurs. Es hatte Malbek Vergnügen bereitet, Frieses Ausweichmanövern zu folgen, aber nun war es wirklich genug.

»Veranstalter …?«, fragte Friese und trat von einem Fuß auf den anderen, als ob ihm plötzlich schrecklich kalt würde.

Er wünschte sich jetzt sicher auf sein Sofa zurück, zu Pinsel, Palette und Staffelei, dachte Malbek.

»Ja, den Kapitän, Schiffseigner, Steuermann oder Fremdenführer, Sie wissen sicher, was ich meine. Ich vermute, er war alles in einer Person«, sagte Malbek.

Er steckte seine Hände in die Hosentaschen. Noch immer standen die beiden Männer an derselben Stelle. Wie bei einem Duell. Allerdings standen sie nebeneinander. Noch.

Malbek fiel zum ersten Mal auf, dass Friese etwas größer war als er selbst. Und das trotz der leicht gebeugten Haltung.

»Kuhlbrodt hieß er, glaube ich. Wieso fragen Sie?« Friese streckte das Kinn vor. Steckte die Hände noch tiefer in die Taschen, sodass seine Seemannsjacke an den Schultern spannte. Er bereitete sich auf einen Schlag vor.

»Gernot Kuhlbrodt«, sagte Malbek.

Der Schlag hatte gesessen. Aber Friese sackte nicht zusammen, sondern streckte seinen Körper und atmete tief durch. Als sei eine Last von ihm genommen worden. Malbek hatte diese Reaktion bei Menschen gesehen, die ein Geständnis abgelegt hatten.

»Wie sind Sie darauf gekommen?«, fragte Friese und wandte sich Malbek zu. Seine knapp sitzende Mütze war ihm über die Ohren gerutscht, was seinen hilflosen Gesichtsausdruck noch verstärkte.

»Weil Sie Mitglied im gemeinnützigen Obdachlosenverein Hempels sind«, sagte Malbek.

Friese sah Malbek mit gerunzelter Stirn an und schüttelte den Kopf. »Ich gebe zu, ich habe Sie unterschätzt.«

»Warum sind Sie in dem Verein? Nur wegen der guten Publicity, die eine Mitgliedschaft bei Presseterminen mit sich bringt? Und den Bildern, die Sie dem Verein schenken und selbst in den Treffpunkten aufhängen?«, fragte Malbek.

»Mein schlechtes Gewissen.« Er sah Malbek kurz an und dann zum Horizont oder jedenfalls dahin, wo man ihn vermutete.

Der graue Schleier einer Regenfront deckte das flache Land von Südwesten her langsam zu.

»Natürlich hatte ich ein schlechtes Gewissen!«, fuhr Friese fort. »Was wissen Sie über ihn, über uns?«

»Zu wenig. Erzählen Sie mir alles«, sagte Malbek.

»Erst müssen Sie mir noch eine Frage beantworten. Sie würden mich doch nicht nach Gernot fragen, wenn es nur um die alte Freundschaft und seinen beruflichen Absturz ginge.«

»Wovon reden Sie?«, fragte Malbek, obwohl er die Antwort schon kannte.

»Der Obdachlose, der neben Dirk lag … war das Gernot Kuhlbrodt?«

Malbek runzelte nur die Stirn, was für Friese alles Mögliche bedeuten konnte.

»Sein Name stand nicht in der Zeitung«, fuhr Friese fort. »Da sind wir davon ausgegangen, dass er es nicht war. Weil er doch sonst von seiner Verbindung zu uns erzählt hätte. Und dass er Leptien kannte.«

»Der Gedanke, dass Kuhlbrodt der Polizei das alles verschwieg, ist Ihnen nicht gekommen?«, fragte Malbek mit einem kühlen Lächeln.

»Nein. Ich wüsste auch keinen Grund, warum er das tun sollte.«

Weil es Kuhlbrodt von Anfang an näher in den Kreis der Verdächtigen gerückt hätte. Und zu diesem Kreis wollte auch Friese nicht gehören. Deshalb vermied er es, das Wort »verdächtig« in seinen Wortschatz aufzunehmen.

»Warum haben Sie mich nicht früher gefragt, ob Kuhlbrodt der Obdachlose ist, von dem in den ersten Meldungen die Rede war?«, fragte Malbek.

»Weil ich es für unwahrscheinlich hielt. Und weil … wir automatisch zu … Verdächtigen geworden wären, wenn die Polizei von unserer alten Verbindung zu Gernot erfahren hätte. Und das völlig unnötigerweise.«

»Was war unnötig?«

»Dass wir mit dem Mord in Verbindung gebracht werden. Wir haben nichts damit zu tun.«

Malbek spürte Wut in sich aufsteigen. »Sie haben nichts damit zu tun? Lassen Sie mich mal eben rekapitulieren. Kuhlbrodt war pleite, und Sie hatten ein schlechtes Gewissen, dass er auf der sozialen Leiter ganz nach unten gerutscht war, obwohl er doch in Ihrem illustren Kreis verkehrte. Er fand sich plötzlich ohne Wohnung auf der Straße wieder und verschwand aus Kiel. Dann gibt es eine erhebliche Lücke von mehreren Jahren, in der er in Berlin ein Leben auf der Straße führte, wenn man das überhaupt Leben nennen konnte. Sie beruhigen Ihr Gewissen, indem Sie in einen gemeinnützigen Verein eintreten, der sich für Obdachlose einsetzt. Kuhlbrodt taucht wieder in Kiel auf. Trifft einen von seinen alten Freunden wieder, der kurz danach ermordet wird. Und ich soll keine Verbindung zu Ihnen prüfen, weil Sie angeblich nichts damit zu tun haben? Wie stellen Sie sich das vor? Und noch etwas: Ich habe Ihre Alibis überflogen. Nur überflogen. Richtig unter die Lupe genommen werden die im Moment von meinen Mitarbeitern. Doll sieht das bis jetzt für keinen von Ihnen aus. Aber Sie wollten mir doch eben mehr von Kuhlbrodt erzählen, bevor wir in stürmischer See vom Kurs abkamen«, sagte Malbek hart.

Frieses Stimme klang noch nicht verzweifelt, aber schon trotzig. »Irgendwann wurden es immer weniger Fahrgäste, und ihm ging das Geld aus. Er hat mir selbst gesagt, dass er sich grandios verkalkuliert hat. Dann soff das Boot ab und er auch. Er kam noch drei- oder viermal hierher, ich hab ihn auch mal in Kiel besucht, da hat er noch mit einer Freundin in einer kleinen Wohnung gelebt. Aber ich konnte ihm nicht helfen. Er wollte auch irgendwie nicht mehr. Die anderen hatten kein schlechtes Gewissen. Bis heute nicht. Das ist mir jetzt klar geworden. Und das trennt uns mehr, als ich es für möglich gehalten hätte. Mönkemeier sagt, Gernot sei selbst schuld, er habe sich nicht helfen lassen. Ich kann mich nicht erinnern, dass er etwas getan hätte, um ihm zu helfen. Oder auch nur eine Idee geäußert hätte. Nur dumme Sprüche. Mühlenstedt langweilt das Thema. Aber für mich ist Gernot immer noch einer von uns, obwohl es die anderen nicht wahrhaben wollen. Als der Kontakt abgebrochen war, hab ich von dem Obdachlosenverein gehört, ein Kollege hatte mir davon erzählt. Da bin ich Mitglied geworden.«

Ein gutes Plädoyer, das Friese da für sich selbst gehalten hatte, dachte Malbek. Die »anderen« hatte er dabei über Bord geworfen.

»Weil Sie hofften, ihn im Vereinsleben irgendwann wieder zu treffen?«

»Kann sein.«

»Sie wussten nicht, dass er nach Berlin gegangen war?«

»Ich sagte Ihnen doch, dass der Kontakt abgebrochen war.«

»Und er hat sich nicht bei Ihnen gemeldet aus Berlin?«

»Nein.«

»Wussten Sie, dass er Tagebuch geschrieben hat?«

»Hat er Ihnen wenigstens das erzählt?«

»Nein, das musste ich ermitteln. Sie wussten davon?«

»Er hat mir davon erzählt und mir daraus vorgelesen. In der Sofaecke. Ohne die anderen.«

»Das haben Sie mir verschwiegen. Wieso hat er nur Ihnen vorgelesen? Und nicht auch Mönkemeier und Mühlenstedt?«

»Ich weiß es nicht. Vielleicht, weil er gerade allein da war.«

»Wo ist das Tagebuch jetzt?«

»Am Grund der Kieler Förde. Versunken mit seinem schönen Kutter.«

»Herr Mühlenstedt und Herr Mönkemeier sehen Sie als ruhenden Pol der Bande.«

»Tatsächlich?«, fragte Friese erstaunt. Aber seine Miene blieb gleichgültig.

»Das, was die beiden getrennt voneinander dazu gesagt haben, hörte sich so an, als wären Sie Mutter, Beichtvater und Kindermädchen zugleich gewesen.«

»Warum ist das wichtig für Sie?«

»Weil ich Ihren Freunden hier ausnahmsweise glaube. Und wenn Sie auch für Kuhlbrodt eine derartige Vertrauensperson waren, dann wissen Sie möglicherweise, ob er wieder angefangen hat, ein Tagebuch zu schreiben. Oder so etwas Ähnliches wie ein Tagebuch. Zum Beispiel einen Briefwechsel mit Ihnen.«

Nach dem morgendlichen Besuch bei Uschi und Uwe hatte

Malbek sich im 4. Polizeirevier Kuhlbrodts Unterschriften auf dem Formular genau angesehen. Sie waren nicht elegant, aber von einer gewissen Gradlinigkeit (die nichts daran änderte, dass Kuhlbrodt ihm einiges verschwiegen hatte) und in einem stetigen Rhythmus geschrieben.

Es gab fast keine Unsicherheiten der Linienführung, die auf ein Zittern der Hand nach starkem Alkoholmissbrauch zurückzuführen wären, und eine geschlossene Rundung im o. Es sah nicht so aus, als ob Kuhlbrodt das Schreiben verlernt hätte.

Malbek hatte dann noch mit dem Diensthabenden über das Herbstwetter gesprochen und wann denn dieses Jahr der erste Schnee zu erwarten sei. Aber Kuhlbrodt hatte Malbek nicht den Gefallen getan, gerade in diesem Moment auf dem Revier zu erscheinen.

»Auch mit einem Briefwechsel kann ich Ihnen leider nicht dienen«, antwortete Friese schnippisch.

Im Eifer des Gefechts hatten sie nicht bemerkt, dass sich die Regenfront genähert hatte, und wurden deshalb von einer Böe überrascht, die ihnen den Regen ins Gesicht schlug. Friese fiel die Mütze vom Kopf, die er aus dem Straßendreck klauben musste. Er schien erleichtert zu sein, dass das Kreuzverhör damit beendet war und er sich in seine sichere Sofaecke hinter der Staffelei zurückziehen konnte. Er machte sich als Erster auf den Weg. Malbek hielt sich seine Ledertasche über den Kopf, und so liefen sie mit verbissenen Gesichtern zum Haus zurück.

Nina Sinjen stand in einem langen dunklen Mantel in der Tür und hielt zwei Handtücher bereit. Eines reichte sie Malbek. Mit dem anderen Handtuch rubbelte sie Frieses Kopf.

Malbek hörte, wie sie miteinander tuschelten. Erst leise, dann immer lauter.

Als Malbek das Handtuch vom Kopf nahm, beobachtete er die beiden, die nur ein paar Meter von ihm entfernt vor der Schwingtür zum Atelier standen. Sie suchte Frieses Blick, aber er wich ihr aus, was nicht besonders schwierig war, weil er versuchte, sich von seiner Seemannsjacke zu befreien, die sich im Regen vollgesogen hatte und noch schwerer geworden war. Gleichzeitig rubbelte sie immer noch in seinen Haaren herum, und allmählich wurde aus ihrer fürsorglichen Geste eine strafende Zeremonie, als wollte sie ihm den Kopf waschen.

»Spielt den großen Manitou, der immer weiß, was richtig und was falsch ist, aber kann sich nicht mal ein Ei kochen!« Sie warf das Handtuch auf den Boden und schlug ihn mit beiden Fäusten auf seinen Kopf.

Sie schienen vergessen zu haben, dass noch jemand im Flur stand, der ihnen mit wachsendem Interesse zusah und zuhörte.

»Er hat mich nur nach einem Briefwechsel gefragt, Korrespondenz, verstehst du?«, rief Friese. Er hielt sich schützend die Hände über den Kopf und versuchte, ihren Schlägen auszuweichen. »Ein einzelner Brief ist keine Korrespondenz. Er ist nur ein Erinnerungsstück, das nicht in falsche Hände geraten durfte.«

Malbek begriff, dass Nina Sinjen die Worte aus Friese herausprügelte, die er ihrer Meinung nach eigentlich ihm hätte sagen sollen. Auch sie hatte ihm also vieles verschwiegen.

»Ich glaube, dass er jahrelang in falschen Händen war, nämlich in deinen blutbefleckten Händen!«, rief sie erbost. »Dirk ist ermordet worden, hast du das vergessen?« Sie hatte die Hände zu Fäusten geballt und schlug mit den Knöcheln zu. »Du hast den Brief nur für dich benutzt. Du hast mit dem Wissen gespielt. Es geht dir doch nur um Macht. Macht, Macht, Macht …« Bei jedem Wort schlug sie mit beiden Fäusten auf seinen Kopf.

Er erhob sich plötzlich aus der geduckten Haltung. Sie schlug auf seine Brust. Er griff nach ihren Handgelenken und hielt sie fest, bis sie zur Ruhe kam. Sie begann zu weinen, lehnte sich an seine Brust, während er immer noch ihre Handgelenke festhielt.

»Es ist doch gut«, sagte Friese zu ihr wie zu einem kleinen Kind. »Alles ist raus. Herr Malbek steht neben uns und hat alles mitangehört. Er weiß jetzt also, dass es einen Brief von Gernot gibt, den ich aus bestimmten Gründen versteckt hatte.«

Er ließ ihre Handgelenke langsam los, so als ob er dem Frieden nicht traute. Sie löste sich langsam von ihm, bis sie fast neben Malbek stand.

»Wo ist der Brief?«, fragte Malbek.

Nina Sinjen sah Friese an.

»Einen Moment, ich brauche einen Hammer und einen Schraubenzieher«, sagte er und verschwand durch die Schwingtür ins Atelier. Nina Sinjen war schneller an der Tür als Malbek und stieß sie auf.

Friese suchte auf einem der vielen Tische herum, bis er das Werkzeug gefunden hatte. Er hielt es triumphierend hoch, damit es die beiden an der Tür sehen konnten.

»Keine Angst«, sagte Friese, als er an ihnen vorbei zur Treppe ging.

Malbek registrierte jede seiner Bewegungen.

Friese setzte sich auf die sechste Stufe und begann mit dem Hammer, den Schraubenzieher unter das Trittbrett der siebten Stufe zu schlagen, bis sich das Brett hob und er mit der Hand in die entstandene Öffnung hineinfassen konnte. Er zog einen Briefumschlag aus der Öffnung und legte ihn neben sich.

Die siebte Stufe war also die knarrende Stufe gewesen.

Malbek hatte inzwischen aus seiner Jacke ein Paar Einmalhandschuhe über die Hände gezogen. Während er den Umschlag betrachtete, befestigte Friese das Trittbrett mit ein paar Schlägen des Hammers.

Der Umschlag war an Ben Friese in Süderstapel adressiert, der Datumsstempel war verwischt oder verblichen, vielleicht auch absichtlich unleserlich gemacht worden. Malbek zog den Brief heraus. Drei Seiten auf zwei Blättern. Es war Kuhlbrodts Schrift, nur etwas lesbarer als seine Unterschrift auf der Meldeliste.

Er überflog den Brief.

»Du solltest das Brett festschrauben«, sagte Nina Sinjen. »Sonst knarrt die Stufe gleich wieder.« Und zu Malbek gewandt: »Ich habe ihn gestern gefragt, ob er den Brief noch hat. Er hat gesagt … Frieske, wie hieß das komische Wort?«

Friese hatte sich erhoben und stand mit dem Hammer in der rechten und dem Schraubenzieher in der linken Hand am Fuß der Treppe. »Unterbindungsgewahrsam«, sagte er und sah Malbek unfreundlich an.

»Wenn Sie Ihr Werkzeug nicht sofort wieder an seinen Platz legen, werde ich Sie entwaffnen«, sagte Malbek mit einem leichten Lächeln, aber in unmissverständlichem Ton.

Friese brachte das Werkzeug wieder ins Atelier.

Malbek faltete den Brief zusammen und steckte ihn mit dem Umschlag in eine durchsichtige Plastiktüte. Dann lehnte er sich an die Wand gegenüber der Schwingtür und betrachtete die siebte Treppenstufe. Nina Sinjen hockte sich auf die unterste Stufe und stützte ihren Kopf auf die zu Fäusten geballten Hände.

»Sie haben also von dem Brief gewusst?«, fragte Malbek.

Sie nickte.

»Seit wann?«

»Seit ich ihm sagte, dass ich mich wegen Kai von ihm trennen wollte. Komisch, nicht? Das war vor zwei Jahren. Auch im Oktober. Ich kann mich nicht an das Datum erinnern.« Sie wollte lächeln, aber es misslang ihr.

»Sehen Sie da einen Zusammenhang? Ich meine, dass er im Moment der Trennung damit rausrückt? Oder gab es einen anderen Anlass für ihn?«

»Frieske wollte sich einfach bei mir als interessanter Mensch in Erinnerung rufen. Als hätte ich ihn nie erkannt und alles übersehen. Vielleicht war er auch nur der kleine Junge, der sich vernachlässigt fühlt und seiner Mutter einen Blumenstrauß im Supermarkt klaut. Ben hatte nicht einmal einen Blumenstrauß, nur den hochgeheimen Brief eines verlorenen Freundes. Immerhin sagte er mir, dass Gernot in Berlin etwas Schlimmes gesehen hatte, was den Freundeskreis betraf, sich aber nicht sicher war. Und dass er Gernot Geld geschickt hätte. Ich war mir nicht sicher, ob das alles stimmte. Vielleicht hat er sich das alles nur aus Verzweiflung ausgedacht. Oder wissen Sie mehr darüber?«

»Es könnte eine wichtige Spur zum Mörder sein.«

Sie hielt sich die Hand vor den Mund und sah mit geweiteten Augen zur siebten Stufe.

»Und? Hat er Gernot Geld geschickt?«, fragte sie.

»Es sieht so aus.«

Er wartete auf eine Reaktion von ihr. Aber sie brauchte Zeit, um alles zu verarbeiten. Das Scheitern einer kurzen Ehe noch nicht hinter sich gelassen zu haben und den Bruch einer langjährigen Beziehung zu dem Mann davor gleichzeitig erneut durchleben zu müssen …

»Haben Sie sich von Ihrem Mann getrennt?« Malbek kam sich gnadenlos vor, aber für barmherzige Erwägungen war keine Zeit mehr.

»Ja. Aber mehr weiß ich auch noch nicht«, sagte sie und richtete sich langsam auf. »Wir sollten mal nachsehen, was der kleine Junge jetzt wieder anstellt.«

Sie fanden ihn in der Sofaecke liegend und malend hinter der Staffelei. Er nahm kaum wahr, dass sie sich auf das Sofa gegenüber setzten.

»Sie sprachen vorhin von Unterbindungsgewahrsam, Herr Friese«, sagte Malbek und beugte sich zu ihm, in der Hoffnung, ihn hinter seiner Mauer zu erreichen. »Was glaubten Sie, was der Brief anrichten könnte?«

Friese malte mit ungebrochener Konzentration weiter, während er antwortete. »Gernot hat den Mann in Berlin nicht genau erkennen können. Aber er hat die ganze Geschichte so aufgeschrieben, dass ich einen Teil der Last seines Wissens mittragen musste. Denn zwischen seinen Zeilen ist es erkennbar, dass er meinte, einen von uns, seinen Freunden, gesehen zu haben. Er schrieb, dass es dunkel war, nur eine flackernde Kerze, und so weiter. Was sollte ich damit machen? Ich habe ihm das verlangte Geld geschickt, weil ich glaubte, dass er es wirklich brauchte. Wenn er in solchen Häusern übernachten musste … Nicht weil ich mich erpresst fühlte, aber doch … um Ruhe zu haben. Das gebe ich gern zu. Ich hatte Angst, er würde jeden Monat mit so einer ähnlichen Geschichte kommen.«

»Wie viel haben Sie ihm geschickt?«

»Zweihundert Euro.«

»Wie großzügig, Frieske!«, sagte Nina Sinjen und lachte auf.

»Wenn Kai oder Arnold wegen des Briefes mit einem Ermittlungsverfahren wegen Mordes konfrontiert gewesen wären, hätte das ihre Existenz zerstört. Und natürlich unsere Freundschaft«, sagte Friese, ohne auf Nina Sinjens Kommentar einzugehen.

»Halten Sie es für möglich, dass Kai Mönkemeier oder Arnold Mühlenstedt der Mann in Berlin war, den Kuhlbrodt im Dunkeln gesehen hat?«

»Ich weiß nicht, was ich denken soll«, sagte Friese. »Nachdem Dirk ermordet worden ist, halte ich alles für möglich.«

»Wie groß ist die Wahrscheinlichkeit, dass Herr Mönkemeier oder Herr Mühlenstedt sich in Berlin aufgehalten haben?« Malbek richtete seine Frage an beide, Nina Sinjen und Friese.

»Mein Mann muss alle paar Wochen nach Berlin. Er sitzt im erweiterten Vorstand seiner Partei«, antwortete Nina Sinjen. »Und Mühlenstedt ist seit Jahren ständig auf Rundtour durch die Großstädte der Republik, um sein Filialnetz der Biertränken und Kitschklausen für Möchtegerngourmets zu vergrößern. Es wundert mich, dass er diesmal so lange in Kiel bleibt …« Sie hielt einen Moment inne und schien nachzudenken. »Sonst war er nach drei Tagen schon wieder weg. Oder haben Sie ihm ein Reiseverbot erteilt, Herr Kommissar?«

»Sollte ich das Ihrer Meinung nach tun, Frau Kollegin?«, fragte Malbek mit ernster Miene.

»Versuchen Sie es doch einfach. Nur um zu sehen, wie er reagiert«, erwiderte sie ernsthaft.

Friese sah irritiert zwischen den beiden hin und her.

Nina Sinjen bemerkte es und fuhr mit erhobener Stimme fort: »Wir sind vom Tatort Berlin abgeschweift. Ich wollte diesbezüglich nicht unerwähnt lassen, dass Herrn Frieses Berliner Galerist, Herr Lautensprengel, es immer gern sieht, wenn sein Künstler sich in Berlin bei diversen Anlässen herumreichen lässt. Nicht wahr, Frieske, du warst gerade im Begriff, wieder nach Berlin abzureisen!«

»Nina!«

Friese legte Pinsel und Palette beiseite, richtete sich auf und holte Luft.

Malbek fiel auf, dass er sie nicht mehr mit ihrem Kosenamen »Sintje« anredete. Ihre galligen Bemerkungen mussten die empfindsame Künstlerseele also zutiefst getroffen haben.

»Ich muss mich dagegen verwahren, dass du hier so hemmungslos gegen deinen Mann und Arnold Stellung beziehst! Was du mit mir machst, kann Herr Malbek sowieso nicht mehr ernst nehmen.«

»Wie hieß der Galerist?«, fragte Malbek, und er sah zwischen Nina Sinjen und Friese hin und her.

»Lautensprengel«, sagte sie.

»Herr Malbek«, begann Friese wieder. »Sie haben den Brief sicher im Flur schon gelesen …«

Malbek nickte.

»Dann werden Sie mir darin zustimmen, dass der Brief kein Beweis ist, sondern nichts weiter als ein Dokument der Angst ohne realen Hintergrund sein kann. Gernot hatte getrunken. Und tut es wahrscheinlich immer noch. Und wegen eines solchen Briefes soll ich Existenzen vernichten?«

»Frieske, der Ritter und Rächer der Enterbten!« Nina Sinjen lachte wieder auf. »Gib doch zu, dass du zuerst an dich gedacht hast!«

Er schüttelte den Kopf und bedachte sie mit einem strafenden Blick, als hätte ein kleines Kind etwas Ungezogenes gesagt.

»Warum haben Sie den Brief unter der Treppenstufe versteckt?«, fragte Malbek. »Sie haben eben sinngemäß gesagt, dass Sie den Brief für unglaubwürdig und schädlich halten. Warum haben Sie ihn nicht einfach vernichtet? Verbrannt und die Asche in die Eider gestreut? Stattdessen versteckten Sie ihn an einem Ort, der sich viele Male am Tag immer durch das Knarren einer Stufe in Erinnerung rief. Warum?«

»Das war meine Art, den Brief zu ignorieren, aber nicht zu verdrängen. Es war eine Art Selbstversuch. Ich wollte wissen, wie lange ich das Knarren der Treppenstufe ertragen konnte.

Ich bin ja die meiste Zeit in meinem Atelier. Und jedes Mal, wenn jemand die Treppe benutzte, knarrte es. Die Freunde, Dirk, Kai und Arnold, benutzten sie auch, sie hatten ja alle oben ein Zimmer. Ich hoffte, das Knarren würde irgendwann zu mir sprechen. Und mir das Geheimnis verraten, das dieser Brief in sich trug. Und einen Vorschlag, was ich zu tun hatte.«

Nina Sinjen drehte sich zum Fenster um und verdrehte genervt die Augen.

Friese schob die Staffelei zur Seite, damit er sich noch weiter zu Malbek vorbeugen konnte. »Und wissen Sie, was passiert ist?«

Friese sprach nicht weiter und starrte Malbek wartend an.

»Nein, ich habe keinen blassen Schimmer«, antwortete Malbek matt.

»Gar nichts! Ich habe das Knarren irgendwann nicht mehr gehört! Ich habe mich daran gewöhnt! Stellen Sie sich das vor! Aber so sind wir Menschen nun mal eben. Wenn sich irgendwann herausstellen sollte, dass irgendeine entsetzliche Wahrheit in Gernots Brief steckt, dann werde ich mich schämen. Ist Ihre Frage damit beantwortet? Mehr kann ich dazu beim besten Willen nicht sagen.« Er zuckte hilflos mit den Schultern.

Nina Sinjen war inzwischen aufgestanden und sah aus dem Fenster, die Arme wieder verschränkt.

»Ich werde Ihnen Bescheid sagen, ab wann Sie sich schämen sollen«, sagte Malbek.

Er verbeugte sich kurz in Richtung Nina Sinjen, die sich ihm, noch vor dem Fenster stehend, ein Stück zugewandt hatte und mit den Kopf nickte.

Er durchquerte das Atelier, ging durch die Schwingtür in den Flur und nach links in die Küche. Er suchte den Schalter für das Licht, schaltete es ein, nahm sein Handy aus der Jackentasche und machte ein paar Fotos, ging zum Fenster und riss die Vorhänge auf und machte ein paar weitere Aufnahmen, bis er zufrieden war.

Er konnte ja schlecht einen ganzen Küchenschrank als Beweisstück mitnehmen.

Als er das Haus verließ, sah er Nina Sinjen immer noch am Fenster stehen. Sie winkte ihm zu, als er vom Parkplatz fuhr. Sie war nicht in die Küche gekommen, um nachzusehen, was er dort machte.

Sicher ahnte sie, was er dort fotografiert hatte.

19

Die Dinge sind manchmal unsichtbar und doch so dicht unter der Oberfläche, dass man sie greifen könnte.

Als Malbek auf der B 202 den Hohner See in weitem Bogen umrundete, hatte sich das Durcheinander in seinem Kopf so weit geordnet, dass er wusste, was er als Nächstes zu tun hatte. Anlass für diesen Geistesblitz war vielleicht der See gewesen. Fast einen Quadratkilometer groß und doch nur einen Meter tief. Ein großes, stilles Wasser.

Er wählte Tanjas Handynummer.

»Gerson?«

»Der beste Gerson der Welt«, antwortete Malbek in Anlehnung an ein Kinderbuch von Astrid Lindgren. Das Lieblingsbuch von Malbeks Tochter Sophie aus ihrer Kinderzeit. Zufällig auch Sybilles Lieblingsbuch. »Hat das geklappt mit deinen Freunden in Eppendorf und Sybille?«

»Wenn es anders gewesen wäre, hätte ich dir sofort einen Hilferuf geschickt. Aber Corinna hat sofort Ja gesagt. Sie hat eine gleichaltrige Tochter, Britta. Ich fahr heute Abend hin. Dann werden wir alle zusammen darüber sprechen. Sybille war oberflächlich gesehen froh, dass sie morgen nicht zur Schule muss. Aber ich spüre, wie unheimlich ihr das alles ist. Ich hab ihr gesagt, dass ihr Vater jemanden kennt, der jemanden kennt, und deshalb hat ihr Vater jetzt Probleme mit der Presse und würde sich womöglich bei uns ausweinen. Und da sie oft zu Hause allein ist, sei es besser, sie ginge zu Britta. Das fand sie okay.«

»Die Geschichte hat den Vorzug, dass sie der Wahrheit sehr nahekommt«, sagte Malbek. »Was hat Sybille sonst noch gesagt?« Malbek fiel ein, dass die Werkstatt wegen des Wohnmobils immer noch nicht angerufen hatte.

»Er sei ein Arschloch, hat sie gesagt. Und sie fragt natürlich ständig nach dir. Ja, du bist der beste Gerson der Welt.«

»Na klar! Bist du jetzt im Büro?«

»Ja, ich bin allein im Zimmer, und die Tür ist zu.«

»Hast du Stift und Papier?«

»Na klar!«

»Du hast den offiziellen Auftrag von mir, bei der Firma Gost aus Hamburg zu ermitteln, welche Störungsmeldungen sie über einen von ihr gebauten Lift in der Eggerstedtstraße, Ecke Flämische Straße, in Kiel haben, der zum Mietobjekt Wassili Pelim gehört und vom Mieter Arnold Mühlenstedt genutzt wird. Der behauptet, er habe Störungsmeldungen gemacht und die Anlage sei nicht repariert worden. Ich bin vorgestern auf etwas mysteriöse Weise mit dem Lift stecken geblieben. Sieh nach, ob die so was registriert haben, aber erwähne nichts über unseren Fall. Ruf deinen Chef an und sag ihm, dass Kiel, das K1, dich direkt mit einer Ermittlung beauftragt hat. Du kennst den Leiter des K1, den besten Gerson der Welt, und Lüthje, den kommissarischen Chef des Bezirkskriminalamts. Mail an deinen Chef von uns folgt.«

»Muss ich sonst noch was über den Wassili Pelin wissen?«

»Er ist eine unterschätzte Unterweltgröße mit einer weitverzweigten Familie. Ich weiß seit gestern, dass das Drogendezernat und die organisierte Kriminalität ihn beobachten.«

»Hat er mit dem Mord was zu tun?«

»Bisher nur als Zeuge für die Aktivitäten der Clique. Aber es ist besser, dass du nicht mehr weißt als das, was in den Zeitungen steht, und was ich dir letztes Mal in Hamburg erzählte, hast du am besten vergessen. Du kannst dich dann besser auf diese Ermittlung konzentrieren.«

»Soll ich bei der Firma Gost anrufen, oder …«

»Nein, hinfahren! Auf der Matte stehen! Nimm dir noch zwei Schutzbeamte mit! Die Aufzugsfirmen haben solche Daten immer aus finanziellen Gründen gespeichert, wegen der Wartungsabrechnung und der Versicherung. Sie müssen immer nachweisen können, dass sie gewartet haben und Störungsmeldungen nachgegangen sind. Also, du brauchst die Informationen aus der Datenbank sofort!«

»Okay. Hast du Lüthje schon wegen Harder gesprochen?«

»Nein, das mach ich nachher. Aber mach dir deswegen keine Gedanken mehr. Du bist offiziell in unsere Ermittlungen eingebunden, und du warst es auch schon, als der Blödmann gesehen hat, dass du in der Datenbank nach dem Namen Arnold Mühlenstedt gesucht hast. Hast du verstanden, was ich meine?«

»Ich glaube, ja. Was machst du jetzt? Muss ich mir Sorgen machen?«

»Ja, wenn du mit dem Harder trotzdem essen gehst!«, sagte Malbek und beendete das Gespräch.

Er wählte die Nummer der Werkstatt. Der Chef persönlich war dran. Er hatte eine gute und eine schlechte Nachricht. Die gute war, dass sie das Lenkgetriebe »hergezaubert« hatten, was heißen sollte, dass sie ihre Beziehungen in der Wohnmobilszene hatten spielen lassen. Das würde natürlich etwas teurer werden.

»Die Beschaffungskosten sind nicht ohne. Und unsere Kalkulation ist immer eine Sache zwischen Daumen und Zeigefinger, das wissen Sie ja. Viel bleibt da nicht für uns über …«, sagte Meister Röchricht. Malbek sah im Geiste vor sich, wie er bei diesem Satz immer Daumen und Zeigefinger mit ungefähr einem Millimeter Abstand hochhielt und die Augen zusammenkniff.

»Geht schon klar«, besänftigte ihn Malbek. »Und was ist die schlechte Nachricht?«

»Die Bremsbeläge. Allesamt hinüber und ab. Sie machen in letzter Zeit viel Stadtverkehr, nicht?«

»Geht so.«

»Ich kann mich erinnern, als Sie das letzte Mal da waren …«

»Meister Röchricht, ich muss Schluss machen, wann sind Sie so weit? Freitagnachmittag? Das Wochenende ruft.«

»Na, das ist schon ein bisschen knapp …«

»Okay, nehmen wir mal an, Sie würden noch bis Samstagvormittag daran arbeiten …«, fühlte Malbek vorsichtig vor.

»Ja, dann … aber Sie wissen ja, das ist so eine …«

»… eine Sache zwischen Daumen und Zeigefinger, Meister Röchricht. Geht schon klar.«

Malbek beendete das Gespräch.

»Ah, da ist er ja endlich, der verloren gegangene Pastorensohn!«, rief Lüthje, der sich ans Fensterbrett gelehnt hatte.

Auf Hoyers Schreibtisch stand ein großer Herbststrauß, Hoyer hatte vor Freude Tränen in den Augen, und Vehrs schien auch etwas nahe am Wasser gebaut zu sein. Auf den beiden Schreibtischen standen zwei Thermoskannen aus der Kantine und ein Teller Kuchen.

Allerdings gab es auch ein viertes Gedeck, als habe man Malbek erwartet. Immerhin.

Trotzdem passte Malbek das Ganze überhaupt nicht. Er hatte eigentlich vor, mit seinen Mitarbeitern eine eilige Dienstbesprechung abzuhalten.

»Ich war so frei und habe wegen der guten Nachricht Kaffee und Blumen serviert«, sagte Lüthje gut gelaunt. »Das wäre eigentlich deine Aufgabe als Abteilungsleiter gewesen.«

»Ich wollte dir das nicht wegnehmen. Ich weiß doch, wie gerne du Mitarbeiterinnen einen Gefallen tust. Woher wusstet du es denn?«

»In der Kantine redet man darüber. Und da habe ich vorhin direkt nachgefragt. Und so konnten wir die Urlaubsfrage für die jungen Eltern auch gleich klären.« Das war für Lüthje wie Weihnachten und Ostern zugleich. Er gefiel sich in der Rolle des guten Onkels, der Kaffee und Kuchen herbeizauberte und die Hindernisse für den Weihnachtsurlaub des jungen Paars aus dem Weg räumte. Oder steckte etwas anderes dahinter?

»Es tut mir leid, dass ich unsere fröhliche Runde unterbreche, aber ich möchte wissen, wo wir stehen«, sagte Malbek knapp und streng. Er wollte eigentlich noch fragen, wann denn geheiratet werde, kam sich mit der Frage aber spießig vor.

»Eine Dienstbesprechung war auch mein Anliegen«, sagte Lüthje mit geheimnisvollem Schmunzeln.

Es entstand eine Diskussion, wo denn diese gemeinsame Besprechung stattfinden sollte, die Lüthje mit Chefstimme entschied: »Gleich hier! Das nimmt viel zu viel Zeit in Anspruch, wenn wir mit Kaffee und Kuchen zu mir umziehen.«

Lüthje hatte recht, aber dieser Raum war etwas klein, und

Lüthje brauchte bei Besprechungen viel Platz, um seine Emotionen mit seinem Tigerkäfiggang kompensieren zu können. Malbek war gespannt, wie er das Problem in dem kleinen Raum lösen wollte.

Kaffee, Kuchen und Aktenberge blieben also, wo sie waren. Jeder sah plötzlich angestrengt auf Notizen und sonstige Unterlagen.

Nur Malbek sah auf seine Armbanduhr. Für diese Entscheidung waren also kostbare dreieinhalb Minuten verstrichen. Er nahm sich vor, aufs Tempo zu drücken.

»Thema: Anruf bei Schulsekretärin Frau Fieder«, sagte Malbek in die Runde.

Vehrs fühlte sich angesprochen. »Die Verbindungsabfrage mit den Daten, die wir aus der ministeriellen Personalakte des Dirk Leptien haben, ergab, dass der Anruf im Sekretariat der Schule von einer Telefonzelle am Hauptbahnhof getätigt wurde. Dauer: zweiundvierzig Sekunden.« Er sah von seinem Blatt auf. »Das Einzige, was wir noch als Ansatzpunkt haben, ist die angeblich weibliche flüsternde Stimme des Anrufers. Und der oder die soll gesagt haben, dass sich Leptien mit der Schülerin in seiner Wohnung trifft. Oder auch anderswo. Eine Mitteilung der Schulbehörde dazu, zum Beispiel eine Anzeige, ist bisher nicht eingegangen.«

»Wir haben die Bestätigung, dass es einen Anruf unter der Nummer der Schule gab, zu der von Frau Fieder angegebenen Zeit. Als Zeugin ist sie dann wenigstens für andere Angaben, was auch immer das in diesem Fall sein könnte, brauchbar.«

Lüthje grummelte erst leise, bis seine Stimme schließlich klare Worte artikulierte. Dabei ging er zum nächsten Fensterbrett.

Gut, dass es nur zwei Fenster im Raum gab, dachte Malbek.

»Was die Zeugeneigenschaft von Frau Fieder angeht …«, sagte Lüthje, »… würde ich doch etwas vorsichtig sein. Wir kennen den Inhalt des Anrufs nicht. Es könnte auch der Anruf einer Person gewesen sein, die sich schnell mit Frau Fieder für denselben Tag nach Feierabend verabreden wollte, deren

Handyakku aber leer war und die deshalb von einer Telefonzelle am Bahnhof angerufen hat.«

»Vielleicht wollte der Anrufer erreichen, dass die Polizei die Wohnung von Leptien observiert«, sagte Hoyer. »Er behauptete ja, dass die Treffen in dessen Wohnung stattfänden.«

»Oder anderswo«, erwiderte Vehrs. »Aber das allein hätte uns doch nicht für eine Observation ausgereicht. Ein anonymer Anrufer!«

Malbek runzelte die Stirn. »Okay, das behalten wir für alle Fälle im Speicher. Nächstes Thema: Alibis.«

»Haben wir beide durchgesehen«, sagte Hoyer. »Der Wassili Pelin hat geschrieben, dass er bis zwei Uhr mit den Herren zusammen war, zuletzt im Lager Gettorf. Danach war er in seinem Geschäft, dem Stripteaseladen, und hat ungefähr zehn Zeugen dafür angegeben, dass er bis fünf Uhr in seinem Büro war und danach in seiner Wohnung geschlafen hat. Ich hab Stockmeier vom Dezernat Drogen und organisierte Kriminalität angerufen. Er hat mir gesagt, dass sie Pelins Lager seit zwei Monaten observieren, weil dort eine größere Sendung verschiedener Drogen ankommen soll. Er ist seit Neuestem Zwischenhändler und kassiert auch noch Lagergebühren für die Zwischenlagerung von Drogen, die nach Skandinavien sollen, teilweise auch über Dänemark. Die Information kam aus Amsterdam. Er hat noch ein paar Lager mehr, und seine Retromöbel für Nachtbars sind nur eine Tarnung. Stockmeier meinte, zwischen Pelin und Mühlenstedt müsse es schon eine geschäftliche Verbindung geben, wenn er ihm tatsächlich Möbel ausleiht. Im Moment sind größere Mengen Kokain in Kiel im Umlauf. Wir sollen Stockmeier auf dem Laufenden halten.«

Malbek und Lüthje tauschten einen amüsierten Blick aus, der Vehrs und Hoyer nicht entging.

»Wir haben Pelin gestern Abend einen Überraschungsbesuch gemacht«, erklärte Lüthje den beiden genüsslich. »Er hätte uns freiwillig kein ehrliches Alibi formuliert.«

»Und die Alibis der Herren?«, fragte Malbek.

»Haben Volker und ich auch zusammen durchgesehen«,

sagte Hoyer. »Laut Dr. Brotmann ist der Tod zwischen vier Uhr fünfzehn und sechs Uhr dreißig eingetreten. Die Clique hat sich übereinstimmend nach drei Uhr dreißig getrennt, bevor sie sich gegen fünf Uhr dreißig in Leptiens Wohnung wiedergetroffen haben. Es gibt für alle einen Zeitraum zwischen drei Uhr dreißig und fünf Uhr dreißig, in dem sie sich gegenseitig keine Alibis geben. Friese hat nach eigenen Angaben den ganzen Zeitraum in Leptiens Wohnung geschlafen. Mönkemeier und Mühlenstedt bezeugen immerhin, dass sie ihn gegen fünf Uhr dreißig dort schlafend vorgefunden haben. Mühlenstedt gibt an, dass er einen Akkubohrer in seiner Wohnung gesucht hat und fast eine halbe Stunde im Lift eingeschlossen war. Er hätte auch die Feuerwehr angerufen, was wir kontrolliert haben, aber kurz danach habe sich der Fahrstuhl wieder in Bewegung gesetzt. Und Mönkemeier habe im Laufe der Nacht bemerkt, dass er seinen Führerschein zu Hause vergessen hatte, und war in seiner Wohnung auch eine Stunde eingeschlafen. Das war's.«

»Dann hat also die ganze Clique im Tatzeitraum kein Alibi. Zufall oder Absicht?«, fragte Lüthje.

»Ich glaube nicht, dass das Absicht war«, sagte Malbek. »Die alten Freunde sind sich längst nicht mehr so nahe, als dass sie in der Lage wären, sich vertrauensvoll miteinander ein besonders wasserdichtes Alibi zurechtzuzimmern. Du hast auch den Eindruck gehabt, als er Mönkemeier befragte, stimmt's, Eric?«

»Mönkemeier spielt schon lange solo«, sagte Lüthje. »Ich hatte nur etwa vierzig Minuten das Vergnügen, ihm zuzuhören, bin aber sicher, dass er beruflich und privat ein Meister der Intrige ist. Die anderen der Clique haben mit ihm sicher nichts mehr zu lachen.«

Malbeks Handy meldete sich. Es war Tanja. Malbek entschloss sich, den Lautsprecher zum Mithören nicht einzuschalten. Tanja hatte am Schluss eines Gespräches immer Liebesschwüre parat, die er lieber nur für sich hören wollte.

»Einen Moment, Tanja, bleib dran«, sagte Malbek. Und zu den anderen: »Das ist eine Hamburger Kollegin, die ich kurzfristig einschalten musste«, und zu Lüthje: »Tanja.« Lüthje nickte langsam mit erstaunter Miene.

»Also, Tanja, was hast du erreicht?«, fragte Malbek.

»Firma Gost sitzt in Rothenburgsort. Ich bin mit großer Besetzung aufgetaucht. Aber ich mach es jetzt kurz. Sie waren kooperativ und haben eine Mail mit dem Onlineprotokoll an mich geschickt, das ich an dich weitergeleitet habe. Zusammengefasst: Sie haben in den letzten vier Wochen keine Störungsmeldungen im Liftsystem bei Mühlenstedt gehabt. In meiner Gegenwart wurde noch eine Fernwartung durchgeführt. Die einzige Unregelmäßigkeit gab es vorgestern. Im Protokoll steht, dass es eine Aktivierung des Nothaltes über die Remotesteuerung des Nutzers gegeben hatte, also einen bewusst ausgelösten Halt, ohne dass eine Störung ersichtlich war. Das war denen peinlich, weil sie in solchen Fällen eigentlich beim Nutzer sofort nachhaken müssen, was aber unterblieben war. Sollte aber nachgeholt werden. Ich habe ihnen untersagt, das dem Vermieter oder dem Mieter des Liftes mitzuteilen.«

»Super, du bist ein kluges Mädchen.«

»Ich weiß, dass du das nicht für möglich gehalten hättest!« Sie lachte.

»Ich ruf dich später an, tschüss.«

»Ich liebe dich, tschüss.«

Malbek fasste Tanjas Bericht zusammen, die Sache mit der Remotesteuerung behielt er zunächst für sich und berichtete noch von Harders Anmache. Allerdings schilderte er den Vorfall so, als ob Tanja zu diesem Zeitpunkt bereits durch ihn, Malbek, in die Ermittlung eingebunden gewesen wäre und sich nur über Mühlenstedt in seiner Eigenschaft als Nutzer des Liftes informieren wollte.

»Ich kümmere mich um unseren alten Freund Harder«, sagte Lüthje nur, und damit war die Sache vorerst ausgestanden.

Danach berichtete Malbek noch von seinem Erlebnis in Mühlenstedts Lift.

»Als ich glücklich oben ankam, hat Mühlenstedt behauptet, dass er schon öfter Probleme mit dem Lift gehabt hätte. Tanja hat eben gesagt, dass diese Sache als Aktivierung des Nothaltes über die Remotesteuerung des Nutzers im Protokoll aufgetaucht ist. Auf Deutsch heißt das: Mühlenstedt hat den Lift von oben angehalten, während ich zu ihm hochfuhr. Und dann hat er behauptet, dass der Lift eine Störung gehabt hätte. Nachdem wir jetzt sein Alibi und das Datenprotokoll der Wartungsfirma vorliegen haben, drängt sich mir der Eindruck auf, und das ist vorsichtig formuliert, dass das Ganze eine Demonstration war, um sein Alibi, das er zumindest schon im Kopf hatte, zu unterfüttern. Die Geschichte von dem Lift, der immer stehen bleibt.«

»Wie schätzt du ihn ein?«, fragte Lüthje Malbek. »Ich kenn ihn ja nicht. Würde er nicht zumindest die Möglichkeit erwägen, dass die Wartung online gemacht wird und alles protokolliert wird, was mit dem Aufzug gemacht wird? So was macht man doch auch mit Bürocomputern. Oder ist er so dumm?«

»Dumm ist nicht das richtige Wort. Verschlagen ist er. Er hat mit seinem geschäftlichen Aufstieg einfach sehr viel Glück gehabt. Aber um deine Frage zu beantworten: Selbst wenn er die Onlineübertragung von Daten seines Fahrstuhls nicht für möglich hält oder in Betracht zieht … wenn er wütend wird oder unsicher, kann es sein, dass er über das Ziel hinausschießt. Er wollte sein Alibi unterfüttern, das er sich im Kopf schon lange zurechtgelegt hatte oder das sogar schon in der Schublade lag. Er war nervös. Dass er dabei etwas vergessen hat … nun ja, das kann Gott sei Dank jedem Straftäter passieren.«

Hoyers und Vehrs hatten bei dem Wort »Straftäter« überrascht aufgesehen. Lüthje hatte nur zufrieden geschmunzelt.

»Hat jemand was dagegen, wenn ich jetzt zunächst weitermache?«, fragte Malbek.

Er berichtete von seinem morgendlichen Besuch bei Uwe und Uschi in der Schaßstraße.

»Es gab da drei Überraschungen für mich. Erstens erstklassig belegte Frühstücksbrötchen. Zweitens wussten Uschi und Uwe, dass Kuhlbrodt früher ein kleines Motorschiff hatte, mit dem er Ausflugsfahrten auch durch die Eider veranstaltete.

Bis Süderstapel. Und dort konnten seine Fahrgäste auch das Atelier von Ben Friese besichtigen und Postkarten mit seinen Bildern und Landschaftsbilder zu mehr oder weniger günstigen Preisen erstehen. Und drittens, dass Leptien und Kuhlbrodt in der Kneipe miteinander umgegangen sind wie alte Bekannte. Sie sollen sogar Erinnerungen ausgetauscht haben.«

»Es gab also eine Verbindung zwischen Friese und Kuhlbrodt? Und zwischen Leptien und Kuhlbrodt?«, fragte Vehrs ungläubig.

»Jetzt brauchst du nur noch eins und eins zusammenzuzählen, Volker«, sagte Hoyer zu Vehrs und sah ihn gespannt an.

»Der gehörte früher mit zur Clique?« Vehrs konnte es immer noch nicht fassen.

»Aber damals war er noch nicht obdachlos und bei Kasse. Kuhlbrodt war so lange Mitglied der Clique, bis er sozial abgerutscht ist«, sagte Malbek. »Ich hab Friese die Einzelheiten aus der Nase gezogen, und als ich mich gerade verabschieden wollte, hat Nina Sinjen ihn in meiner Gegenwart angeschrien.«

Er zog die Tüte mit dem Beweismittel aus seiner Jacke und hielt sie noch. Lüthje kam näher und nahm sie Malbek aus der Hand.

»Lass mich raten.« Er drehte die Tüte hin und her und spitzte die Lippen. Schnalzte mit der Zunge, runzelte die Stirn, schob die Unterlippe vor. »Der Absender hat eine Berliner Adresse angegeben.«

Hoyers und Vehrs sahen erwartungsvoll zu Malbek.

»Stimmt. Steht ja auch auf dem Umschlag, den du durch die durchsichtige Tüte sehen kannst.«

Malbek war genervt. Er hatte das Gefühl, dass Lüthje ihm wie ein Holzklotz am Bein hing. Die Besprechung hatte Malbek vorher genau durchdacht, sie sollte Hoyer und Vehrs die Ermittlungsschritte, die er ohne ihr Wissen gegangen war, nachvollziehbar machen. Zu diesen Schritten gehörten seine Befragungen in den Hempels-Lokalitäten, im Friese-Atelier, seine Fotos aus Frieses Küche.

Malbek hatte den Verdacht, dass es einfach Lüthjes berufliche

Frustration als Chef war, die ihn so aufgedreht machte. Er hatte es bisher nicht geschafft, sich neben seiner Arbeit als Behördenleiter in diesen Fall hineinzuknien, obwohl er es während ihrer ersten Besprechung in den Seeterrassen angekündigt hatte.

So war es zu erklären, dass er einen Ehekrieg riskierte, nur um spätabends nach Kiel zu fahren und Pelin in die Mangel zu nehmen. Und dort Malbek anzutreffen, der dieselbe Idee gehabt hatte. Er hatte etwas auf eigene Faust ermitteln wollen, so wie er es die vergangenen Jahrzehnte immer gemacht hatte, aber er war zu spät gekommen. Und hatte versucht, gegenüber seinem alten Freund und Kollegen Malbek die Wahrheit zu vertuschen, indem er so tat, als hätte er, Lüthje, auf Malbek gewartet.

Allerdings hatte Lüthje die Ermittlungen mit seiner Befragung von Mönkemeier weitergebracht. Malbek hatte Lüthjes Gedächtnisprotokoll und seine Auswertung dazu gelesen. Es war super.

Er hatte sich dabei in die Situation der Clique hineingedacht und war den Veränderungen des Beziehungsgeflechtes nachgegangen, die auf den ersten Blick durch die Ermordung Leptiens ausgelöst worden waren. Lüthje hatte die Schlussfolgerung gezogen, dass die Wurzeln für diese Entfremdung der Freunde in der Vergangenheit zu suchen sein müssten und dort vielleicht auch ein Motiv für den Mord gesetzt worden war.

Lüthjes rein hypothetische Schlussfolgerungen waren durch Malbeks neueste Ermittlungsergebnisse bestätigt worden. Die Geschichte der Clique war eine Zündschnur, die immer heller brannte.

Malbek hatte das Gefühl, dass die Zeit plötzlich rasend schnell ablief.

»Ich habe den Brief gelesen und Friese dazu auch befragt«, sagte Malbek. »Er ist von Kuhlbrodt an Friese gerichtet und wurde von ihm während seines Aufenthaltes in Berlin geschrieben. Der Poststempel ist unleserlich, der Brief ist nicht datiert, aber wir haben ja nach Kuhlbrodts Befragung seinen Aufenthaltszeitraum in Berlin ermittelt. In dem Zeitraum wurde bekanntlich in einem leer stehenden Haus, dem sogenannten Pintsch-Haus, ein Mord begangen. Die Fallakten liegen hier ja auf den Schreibtischen.«

Malbek hielt inne. Vehrs und Hoyer nickten zustimmend. Lüthje räusperte sich nur.

Malbek berichtete, wie Kuhlbrodt im Brief den Mord geschildert hatte, wie in seinen und in den Augen des Mörders ein Erkennen aufgeglimmt war und ihm die Flucht vor der rasenden Bestie geglückt war. Eine nähere Täterbeschreibung hatte er nicht geliefert.

»Wieso hat Friese den Brief nicht der Polizei übergeben, spätestens jetzt, nach dem Mord an Leptien?«, fragte Lüthje.

»Er weiß es nicht genau.«

»Du hast dich doch nicht damit zufriedengegeben?«, fragte Lüthje ungeduldig.

»Auf Nachfrage hat er mir erklärt, dass er den Brief ignorieren wollte. Er hat ihn für unglaubwürdig, aber auch für schädlich gehalten. Und hatte ihn deshalb all die Jahre unter einer Treppenstufe versteckt, die wohl deshalb knarrte. Und da hat er ihn vor meinen Augen dort herausgeholt. Er sagte etwas von Unterbindungsgewahrsam und Selbstversuch.«

»Hört sich so an, als ob er nicht alle Tassen im Schrank hat«, sagte Hoyer.

»Möglich. Aber er scheint ein Idealist zu sein, ohne den Boden unter den Füßen zu vergessen«, sagte Malbek. »Ich könnte auch sagen: Ich habe keine Ahnung, was in seinem Kopf vor sich geht, weil er in einer Welt lebt, zu der ich keinen Zugang habe. Aber das könnte man auch von krankhaften Straftätern sagen. Für einen solchen halte ich ihn aber nicht.«

»Ist er oft in Berlin?«, fragte Vehrs. Er schien von Malbeks Einschätzung nicht überzeugt zu sein.

»Er hat ja da einen Galeristen, der seine Bilder verkauft. Nina Sinjen sagte mir, dass er bald wieder hinfahren wollte. Nach einem Alibi für die Zeit des Mordes am Ostbahnhof habe ich ihn nicht gefragt, einfach weil ich ihm das nicht zutraue. Es passt irgendwie nicht zu ihm. Aber auch das können wir noch nachholen. Die Frage ist, ob wir das überhaupt noch brauchen.«

»Was weißt du, was wir noch nicht wissen?«, fragte Lüthje.

»Wollte ich gerade erzählen. Und dann kommen auch Hoyers und Vehrs dran.«

»Noch ein paar Fragen zu Friese ...«, sagte Vehrs zögernd. »Wussten die anderen in der Clique von dem Brief?«

»Angeblich nicht. Friese hat sehr wahrscheinlich nur Nina Sinjen erzählt, dass er einen Brief von Kuhlbrodt erhalten hatte, und dann auch nur dunkle Andeutungen über den Inhalt gemacht. Aber er hat ihr nicht das Versteck unter der Treppenstufe verraten.«

Malbek zog sein Handy aus der Jackentasche, tippte ein paarmal auf das Display, bis man das Foto sehen konnte, das er vor ein paar Stunden in der Küche von Frieses Haus gemacht hatte. Er reichte das Handy herum.

Malbek erläuterte dabei, dass er den Ausschnitt einer Malerei von Friese auf dem Küchenschrank in seinem Haus gewählt hatte, auf dem eine Picknickszene dargestellt war.

»Ich glaube, er hat es nach einem Gemälde eines französischen Malers gestaltet. Man sieht fünf Männer bei einem Frühstück in einem Park, eine nackte Frau serviert ihnen das Essen ...«

»Typische Männerphantasien«, murmelte Hoyer und gab das Handy kopfschüttelnd an Lüthje weiter.

Der zuckte nur mit den Schultern und sagte: »Na ja.«

Vehrs stand auf und sah Lüthje über die Schulter.

»Mir kam es nicht auf die Frau, sondern auf den Mann an, dessen Strohhut auf dem Kopf verrutscht ist«, erläuterte Malbek. »Man erkennt, dass er einen kahlen Kopf hat.«

Vehrs pfiff durch die Zähne. Hoyers stand auf und sah Lüthje auch über die Schulter.

»Das Bild hat meine Aufmerksamkeit zum ersten Mal verstärkt auf Mühlenstedt gelenkt. Denn er hat bekanntlich einen kahl geschorenen Kopf.«

»Wieso hat Friese so ein Bild gemalt?«, fragte Lüthje.

»Ich habe ihn gefragt, warum es fünf und nicht vier Männer sind. Wohlgemerkt, das habe ich ihn vorgestern gefragt. Da wusste ich noch nicht, dass Kuhlbrodt sozusagen der Fünfte der Clique war. Friese aber sagte davon nichts, sondern gab mir eine andere Begründung. Er wolle nicht, dass jeder gleich eine Parallele zu den Bandenmitgliedern ziehen sollte. Fünf statt vier soll also eine Tarnung gewesen sein. Wir wissen jetzt, dass Friese gelogen hat. Es war keine Tarnung, sondern eine Anspielung auf Kuhlbrodt, das vergessene, verdrängte Mitglied der Clique.«

»Und was sagte er zu dem Mann mit dem verrutschten Strohhut?«, fragte Vehrs.

»Ich habe ihn nicht auf die Glatze des Mannes angesprochen, weil er und seine Freunde, vor allen Dingen Mühlenstedt, nicht wissen sollen, dass ich darüber nachgedacht habe. Irgendwo unter dem Bild habe ich so etwas wie eine Jahreszahl entdeckt, ich meine, es war 2008. Kuhlbrodt war zu diesem Zeitpunkt schon nicht mehr dabei. Trotzdem sind auf dem Bild fünf Männer abgebildet und nicht nur vier. Warum er so was gemalt hat? Irgendwas hat ihn an Mühlenstedt besonders beschäftigt, eine Lüge, eine Beleidigung, ein Versteckspiel. Oder eine Ahnung. Vielleicht hat Friese auch etwas in den anderen Picknickteilnehmern angedeutet, was uns nur nicht auffällt.«

»Ob sie darüber gesprochen haben?«

»Sehr wahrscheinlich. Aber sie werden es schon längst vergessen haben. Denn der Küchenschrank ist voller solcher kleinen Bilder und steht verdeckt hinter einem Tisch in der großen Küche.«

»Und was folgt nun daraus für uns, was die verdächtige Person Mühlenstedt betrifft?«, fragte Lüthje etwas spitz. Zur Abwechslung mal ganz der Chef.

»Als ich das gesehen hatte, waren meine ersten Gedanken: Ein Mann mit Glatzkopf kann sich ganz schnell tarnen, indem er eine Perücke überzieht«, sagte Malbek, ohne auf Lüthjes Frage einzugehen. »Ein Mann mit Haaren auf dem Kopf hat es da nicht so leicht, er müsste seinen Kopf kahl scheren, und dann würde es Wochen oder Monate dauern, bis er seine ursprüngliche Haarpracht wiedererlangt hat. Versteht ihr? Für Mühlenstedt wäre eine Perücke eine ziemlich wirkungsvolle Verkleidung!«

Vehrs und Hoyer sahen sich an.

»Dürfen wir hier mal direkt einhaken?«, fragte Hoyer.

Malbek nickte und spitzte die Ohren. Lüthje stand auf, stellte sich hinter Hoyer und sah ihr interessiert über die Schulter. Sie ignorierte ihn.

Ausgezeichnet, dachte Malbek.

»Ich versuche, es kurz zu machen«, begann Kommissarin Hoyer. »Wir haben zu dem Thema Perücke etwas Interessantes in den ungelösten Fällen gefunden, die Sie uns gestern zur Durchsicht gegeben haben«, sagte sie.

»Ich hab Ihnen die Akten doch erst gestern Nachmittag gegeben?«, fragte Malbek. »Wie haben Sie das geschafft?«

»Wir haben die Akten mit nach Haus genommen«, sagte Hoyer. »Und als mir die Buchstaben vor den Augen tanzten, hat Volker weitergemacht.«

»Bis wann?«, fragte Malbek.

»Bis drei …«, gestand Vehrs.

Erst jetzt fielen Malbek die Ringe unter Vehrs' Augen auf. »Bei genauer Betrachtung sehen Sie mehr nach vier Uhr aus«, sagte Malbek tadelnd.

»Ich mach jetzt mal weiter«, sagte Hoyer etwas verschämt. »Wir sollten die Beiakten der Kriminaltechnik vor allen Dingen danach durchsehen, ob an den Tatorten Baumwollfaserspuren gefunden worden sind. Die Antwort: Ja, in jedem der Fälle wurden Spuren gefunden, in unterschiedlicher Menge und in unterschiedlicher Streuung um den Tatort. Ich hab jemand bei der Kriminaltechnik angerufen, der sich damit auskennt. Er sagte mir, dass die Menge der gefundenen Baumwollfasern nicht mit dem Preis des Kleidungsstückes korreliere. Auch teure Kleidungsstücke können eine miserable Qualität haben. Auffällig war, dass die gefundenen Baumwollfasern in den alten Fällen und in unseren aktuellen Fällen, also dem Mord und dem

Raub der Kamera bei der Fotografin, die gleiche Faserstruktur, Farbe und Größe haben, also mit an Sicherheit grenzender Wahrscheinlichkeit von demselben Kleidungsstück stammen.

»Und die Farbe ist …?«

»Schwarz.«

»Friese, Mühlenstedt und Mönkemeier haben schwarze Overalls bei ihrem nächtlichen Möbeltransport getragen, Friese trägt ihn auch beim Malen«, sagte Malbek. »Weiter bitte, Frau Hoyer.«

»Und jetzt kommt der Grund, warum ich Sie unterbrochen habe, Herr Malbek. In den alten ungelösten und in unseren aktuellen Fällen wurden von der Kriminaltechnik in unterschiedlicher Menge Spuren von …«, sie sah auf ihr Notizblatt und las langsam und stockend ab, »… Mastica…dienonsäure und … Isomastica…dienonsäure gefunden. Das ist eine Harzverbindung. Und dies sind zur Hauptsache Bestandteile von Mastix. Mastix wird bei der Produktion von Kaugummi, Gewürzen, Zahnpasta, Duschgel und so weiter verwendet. Die Suche danach ist für einen Kriminaltechniker so schwierig, weil an Tatorten beziehungsweise Leichenfundorten auch noch Spuren von Klebstoffen gefunden werden, wie zum Beispiel Klebstoffreste aus der Bautechnik in Rohbauten …«, sie machte eine bedeutungsvolle Pause und sah kurz auf, »… ich denke da an den Tatort in der Gablenzstraße … oder Schmieröle, Motoröle, Nasenschleim und andere unaussprechliche Substanzen. Eben alles, was ein Mensch und seine Maschinen und Werkzeuge so an Spurenteppich hinterlassen können. Und darunter so etwas wie Mastix zu finden, ist nicht einfach. Die Sache wird auch dadurch nicht einfacher, dass Mastix ebenfalls in Gebisshaftcreme vorkommt. Oder in der Malerei als Firnis oder Mischungsbestandteil.«

Sie sah wieder auf. Und bemerkte, dass jetzt alle gebannt an ihren Lippen hingen. Sie glühte vor Stolz.

»Aber es gibt eine Verwendung für Mastix, die für uns hochinteressant ist. Mastix ist der Hauptbestandteil von professionellem Perückenkleber, der auch am Theater verwendet wird.«

Malbek fiel ein, dass Vera Hansen ihm erzählt hatte, dass Mühlenstedt um zwei Ecken Kontakt zu Theaterleuten hatte. Einer von denen hatte ihr die Theatertournee vermittelt. Mühlenstedt hatte vielleicht dort den Tipp für den Perückenkleber bekommen.

»Mastix ist ein sogenannter Hautkleber, mit dem Maskenbildner Schnurrbärte, dichte Augenbrauen und natürlich auch Perücken befestigen«, fuhr Hoyer fort. »Nur: Man muss es sorgfältig machen. Gleichmäßig auftragen. Sonst verrutscht die Perücke im Eifer des Gefechtes oder handgreiflichen Auseinandersetzungen. Und wenn sie sogar auf den Boden fällt, bleiben mit Sicherheit Spuren des Mastix am Boden haften.«

Deshalb hatte Kuhlbrodt ihn nicht erkannt, dachte Malbek. Mit Perücke sah Mühlenstedt sicher ganz anders aus. Und trotzdem blieb ein Funke des Erkennens, ein Anhaltspunkt, der in der Gesichtspartie um Augen und Nasenwurzeln zu finden war.

»Ich glaube, das reicht«, sagte Hoyers erschöpft. Sie sah etwas blass aus. »Und ich bitte um Entschuldigung, dass es doch etwas ausführlicher wurde.«

Noch während sie Beifall klatschten, rief Nina Sinjen auf Malbeks Handy an. An ihrer Stimme erkannte Malbek, dass es etwas sehr Wichtiges sein musste.

»Herr Friese hat mich gefragt, was Sie in der Küche wollten. Er hat es an den Geräuschen gehört. Wir kennen hier jedes Geräusch aus jedem Winkel des Hauses. Ich hatte gesehen, dass Sie in der Tasche nach Ihrem Handy griffen. Aber ich habe Sie nicht telefonieren hören. Ich habe ihm gesagt, dass Sie wahrscheinlich die Frühstückszene mit dem verrutschten Strohhut fotografiert haben. Stimmt doch, oder?«

»Ja. Wieso fragen Sie?«

»Wissen Sie, die Freunde hatten hier gestern spätabends ein stürmisches Treffen. Herr Friese hat mir eben ein bisschen davon erzählt. Mönkemeier hat einen Anwalt, der ihm die Sache mit der Meldepflicht von Obdachlosen erklärt hat. Ich dachte mir, dass Sie das besser wissen sollten. Der Anwalt hat ihm erzählt, dass ein Obdachloser als wichtiger Zeuge sich sehr wahrscheinlich im 4. Revier in Gaarden melden muss. Täglich. Und Friese hat auch gesagt, dass Mühlenstedt sich für diese Frage sehr interessiert hat. Herr Friese sitzt in seinem Atelier hinter einer Staffelei und schmollt. Er überlegt noch, ob er Ihnen diese Sache erzählen soll. Ich hatte ihm dazu geraten, aber er meint, er würde seine Freunde damit verraten. Und Verrat sei das Schlimmste, was man einem Freund antun könne, sagt er.«

Verräter. Verräter. Die blutige Schrift am Tatort.

»Bevor Herr Friese sich nun wegen dieses Konfliktes was antut …«, fuhr Nina Sinjen fort, »… habe ich es Ihnen erzählt. Dann braucht er sich nichts mehr antun. Der Mühlenstedt weiß also von Kuhlbrodts Meldepflicht auf dem Polizeirevier. Das wollte ich Ihnen damit sagen.«

»Danke. Sie wissen gar nicht, wie sehr Sie uns geholfen haben. Grüßen Sie Herrn Friese von mir.«

»Das mach ich gern.« Sie beendete das Gespräch.

Malbek informierte die anderen über den Inhalt des Anrufes. »Ihr wisst, was das heißt?«, fragte Malbek.

Einen Moment herrschte Stille.

Dann klatschte Lüthje in die Hände und sagte genüsslich: *»It's showtime!«*

20

Hoyer wurde plötzlich etwas blass, und sie ließ sich ein Taxi rufen, um nach Hause zu fahren. Malbek brauchte Vehrs jetzt, aber schlug ihm vor, doch mitzufahren. Vehrs reagierte wie ein erfahrener werdender Vater und meinte gelassen, das sei in letzter Zeit öfter vorgekommen, die übliche Schwangerschaftsübelkeit.

»Schließlich dauert es nur noch höchstens acht Monate«, sagte Hoyer.

Kurz entschlossen rief Malbek einen Streifenwagen, und das Taxi wurde abbestellt.

Malbek war der Einzige von ihnen, der den Zugang zu Mühlenstedts Wohnung schon einmal gesehen hatte. Außerdem wollte er dabei sein, wenn das Sondereinsatzkommando Mühlenstedt »besuchte«.

Mit Preblins Leuten von der Kriminaltechnik wollte er die Wohnung auf den Kopf stellen. Brockhaus vom SEK gab am Telefon zu bedenken, dass Mühlenstedt sich vielleicht in einem seiner Restaurationsbetriebe im Erdgeschoss aufhielt, was wegen der Gäste Komplikationen geben könnte. Man müsste also zuerst eine unauffällige Vorhut hineinschicken, um die Lage zu sondieren. Lüthje allerdings glaubte aus einem reinen Bauchgefühl heraus nicht daran, dass Mühlenstedt sich überhaupt im Haus aufhielt. Was Brockhaus nicht gelten ließ und ankündigte, dass er noch ein paar Männer mehr mitnehmen würde.

Vehrs kümmerte sich um den Haftbefehl, die Auslösung der überregionalen Fahndung und organisierte die elektronische Übermittlung von Informationen und Fotos von Kuhlbrodt und Mühlenstedt an die Kieler Reviere.

Er wies Malbek darauf hin, dass es von Kuhlbrodt zwei Fotos gab: das Fotos aus seinem Personalausweis, das schon über zehn Jahre alt war, auf dem er aber zwanzig Jahre jünger aussah. Und das Foto, das der Polizeifotograf am Tatort von ihm gemacht hatte, auf dem er zwanzig Jahre älter als in Wirklichkeit aussah.

Malbek entschied sich für beide Fotos. »Die Kollegen müssen den Mittelwert schätzen.«

Die andere Frage war, ob man auch ein Foto digital herstellen sollte, das Mühlenstedt mit Haarfrisur zeigte. Malbek winkte ab.

»Wir wissen nicht einmal, welche Haarfarbe er heute bevorzugt.«

Lüthje sagte, dass er sich im 4. Revier unbeliebt machen wollte. Dort würde er die Einsatzleitung einrichten. Er wickelte sich drei Kuchenstücke in eine Papierserviette ein und verschwand mit zufriedener Miene. Malbek wusste, dass das nicht nur am Kuchen lag.

Im 4. Revier war nämlich seit knapp drei Monaten ein junger Polizeirat namens Liesegang Revierleiter geworden, der seit der Ernennung die Kollegen siezte, mit denen er sich vorher geduzt hatte. Diese Geschichte hatte sich bei der Kieler Polizei schnell herumgesprochen. Lüthje hatte den jungen Mann gegenüber Malbek als dummen Schnösel bezeichnet.

Malbek wusste, dass Lüthje das 4. Revier für den Einsatz als Herrschaftsbereich beanspruchen würde. Nun hatte der junge Revierleiter als Polizeirat formal einen höheren Dienstgrad als Lüthje, der »nur« Kriminalhauptkommissar war. Aber Lüthje war auch Leiter der Bezirkskriminalinspektion Kiel, ein Job, der sonst von einem Polizeirat ausgeübt wurde, nämlich Polizeirat Schackhaven, der sich aber leider noch krankheitsbedingt in der Rehaklinik aufhielt. Außerdem war Lüthje Einsatzleiter, und Malbek akzeptierte ihn als solchen.

Malbek fragte sich, ob es zwischen den beiden Konkurrenten einen für beide Seiten zermürbenden Stellungskampf oder einen entscheidenden Erstschlag geben würde, der die Befehlsgewalt im 4. Revier regeln würde.

Malbek ging allein durch Mühlenstedts »Bierbistro« und das angrenzende Restaurant. Das war besser als zwei auffällig unauffällige Männer, die die Gäste scannten und wieder verschwanden. Malbeks Erscheinung war den Angestellten vielleicht wenigstens unterbewusst in Erinnerung geblieben und würde deshalb nicht als Gefahr wahrgenommen werden. Aber Mühlenstedt war nicht da.

Das Gebäude war bereits umstellt. Vor dem Lift wurden drei Männer postiert. Malbek zeigte dem SEK den Eingang zum Treppenhaus. Sie öffneten innerhalb von Sekunden die Tür und stürmten nach oben. Malbek wartete am Treppenabsatz, bis er oben ein Krachen hörte.

Es wurde still, sie waren also in der Wohnung. Nach knapp drei Minuten hörte er Brockhaus' Stimme in seinem Funkgerät: »Zielperson eins nicht angetroffen.«

Die Wohnung kam Malbek noch leerer und unpersönlicher vor als das erste Mal.

»Wir mussten die Vorhänge erst öffnen. Hier war ein gemütliches Halbdunkel«, sagte Brockhaus.

Die Wohnung machte einen aufgeräumten Eindruck. Die Tische waren leer geräumt, die Sessel akkurat im rechten Winkel zueinander gestellt. Kein Glas, keine Flasche stand herum. Keine Schublade stand offen.

Malbek kam sich vor wie bei der Besichtigung einer möblierten Wohnung. Nur dass die vielen Leute, die hier herumwuselten, seine Kollegen waren.

Das gleiche Bild in der Küche und im Schlafzimmer.

Nur im Bad war es anders. Es gab zwar keine herumliegenden Handtücher, alles lag gewaschen und akkurat gefaltet im Schrank, und der Korb für schmutzige Wäsche war leer. Aber im Medizinschrank an der Wand lagen eine Salbe gegen Blutergüsse, Schmerzgel für Prellungen, antiseptische Wundsalbe, Pflaster, Mullbinden, Desinfektionsmittel, Schmerztabletten. Eigentlich normal für eine Hausapotheke.

Aber da waren auch noch vier Fläschchen Mastix-Perückenkleber mit Pinsel. Eines war fast leer. Alles zusammen rief vor Malbeks geistigem Auge die Vorstellung eines Opfers hervor, das sich mit allen zur Verfügung stehenden Mitteln gegen eine tödliche Umklammerung wehrte, mit Fingernägeln, Faustschlägen, Fußtritten oder Bissen. Dann brauchte man natürlich so eine Hausapotheke.

Wo waren die Perücke und der Overall?

Als sie auch die letzten Ecken der Wohnung und des Balkons durchsucht hatten, fiel Malbek die Beschriftung in der Fahrstuhlkabine ein. »P E K«. Penthouse, Erdgeschoss, Keller.

Malbek schickte das SEK über das Treppenhaus zum Keller. Er selbst wartete am oberen Treppenabsatz. Nach zwei lautstark aufgebrochenen Türen und weiteren drei Minuten Stille bekam er über Funk wieder eine Meldung.

»Zielperson eins nicht angetroffen.«

Als Malbek Mühlenstedts Keller betrat, kroch ihm ein penetranter Geruch wie eine stachelige Schlange durch die Nase in sein Hirn. Die Männer vom SEK schienen es auch zu riechen, aber offenbar längst nicht so intensiv wie Malbek. Die Luft war feuchtwarm. Im Flur befanden sich Rohre der Fernheizung, deren Isolierung teilweise in Fetzen herunterhing. Wahrscheinlich hatte man Möbel durch die Kellerflure geschleppt und dabei nicht auf die ziemlich niedrig hängenden Rohre geachtet.

An der Decke des Mühlenstedt'schen Kellerraumes war eine Leuchtstoffröhre montiert, die unruhig flackerte, als würde sie jeden Moment den Geist aufgeben. Zwei Männer hatten große Taschenlampen eingeschaltet, mit deren Lichtkegeln sie den Raum absuchten. An den kahlen Betonwänden links und rechts der Tür standen Tapetenrollen, verschlossene Farbtöpfe, Umzugskartons, ein Stapel alter Zeitungen lag auf einem ebenso alten Tisch, daneben standen zwei große Stapel flacher Kartons. Brockhaus öffnete den obersten. Er enthielt einen zusammengefalteten schwarzen Overall, eingeschweißt in Kunststofffolie. Alle anderen Kartons enthielten ebenfalls schwarze Overalls. Es waren neun.

An der gegenüberliegenden Wand stand ein großer grauer Stahlschrank, der mit seiner Breite den ganzen Raum beherrschte.

Brockhaus empfahl Malbek, den Raum zu verlassen, solange sie den Stahlschrank elektronisch sondierten und dann wenn möglich aufbrachen. Malbek trug keine Schutzkleidung, Schussweste und keinen Helm wie die Männer vom SEK, nur die Kleidungsstücke der Kriminaltechnik, die er sich bereits oben vor dem Betreten der Wohnung angezogen hatte: einen weißen Kunststoffoverall, Handschuhe und Fußtüten.

Es ging schneller, als Malbek gedacht hatte. Ein scharfer Knall signalisierte, dass die Türen nun offen waren.

»Okay«, gab Brockhaus per Funk an Malbek durch.

Der Stahlschrank enthielt links und rechts hinter jeder der aufgebrochenen beiden Türen jeweils zwei Metallregale mit je zehn Böden. Der süßlich-kalte Geruch getrockneten Blutes strömte Malbek entgegen. Er schien sich etwas daran zu gewöhnen. Vielleicht stellten seine Geruchsnerven auch nur aus Protest ihren Dienst ein.

Auf jedem Regalboden war ein kleiner Altar aus Gegenständen dekorativ aufgeschichtet worden, als ob Mühlenstedt sie aus religiöser Hingabe oder Ehrfurcht verehrt hätte. Auf jedem Boden des linken Regals lag, akkurat zusammengefaltet, ein schwarzes Kleidungsstück. Overalls, wie Malbek feststellte, als ihm Brockhaus mit der Lampe assistierte. Obwohl der Baumwollstoff schwarz war, sah er die dunklen Flecken im Stoff, die die Faserstruktur zudeckten, wie ein tiefer See schwarzroten Wachses.

Das Blut der Opfer. Auf jedem Overall lag ein schlichtes, aber großes Küchenmesser, an dem das angetrocknete Blut in Schlieren von der scharfen Spitze bis zum Schaft verlief. Neben den Küchenmessern waren rechts und links Einmalhandschuhe und Fußtüten abgelegt, die gleichen, die Malbek trug.

Auf den Böden des rechten Regals lagen Perücken aus glatten dunklen Haaren, die bestimmten »Altaren« auf der anderen Seite des Regals zugeordnet schienen. Ganz oben auf einem eigenen Regalboden lag Jettes Fotoapparat.

Malbek verstand jetzt, warum der Täter an den Tatorten außer der unbekannten DNA keine persönlichen Spuren hinterlassen hatte: Er hatte sie buchstäblich mit nach Hause genommen, auch die Spuren der Opfer. Der Stahlschrank war voll davon.

21

»Streifen sind unterwegs. Verposten abgeschlossen«, meldete der Diensthabende im 4. Polizeirevier, als Malbek vom Einsatz bei Mühlenstedt kam. Offensichtlich legte der Polizeirat Liesegang in seinem Revier Wert auf polizeiamtlich korrekte Sprache. »Verposten« nannte man das Besetzen von bestimmten Positionen im Gelände oder in Gebäuden.

»Und wo ist mein Chef verpostet?«, fragte Malbek.

»Ihr Chef Herr Lüthje macht vom Zimmer unseres Chefs Standobservation. Oben erster Stock erst links, dann letzte Tür rechts.«

Sämtliche Türen im oberen Flur standen offen. In fast jedem Zimmer sah er einen Kollegen, der mit einem Fernglas vor den Augen nach draußen sah.

Auch Lüthje stand am Fenster und sah hinaus, allerdings ohne Fernglas. Das hatte er neben sich auf das Fensterbrett gestellt. Auf dem Schreibtisch stand ein großer Pappteller mit Fischbrötchen.

Er hatte es sich also gemütlich gemacht.

»Wie hast du das gemacht?«, fragte Malbek und legte seine Tasche auf den Besprechungstisch in der Ecke.

»Was?«, fragte Lüthje und wandte sich um.

»Wie hast du Liesegang aus seinem Zimmer vertrieben? Oder sind das seine Fischbrötchen?«

»Nein, die hab ich mir kommen lassen, mit dem Taxi. Und Liesegang hat sich selbst nach draußen verpi… verpostet.«

Malbek ging zur Tür und schloss sie.

»Wir hatten eine kleine Diskussion …«, fuhr Lüthje fort, »… über die Frage, ob ich sein Zimmer für eine Standobservation nutzen dürfte. In diesem Zimmer gibt es keine wärmedämmende Verglasung, die die Sicht behindert, und dank des Herbstes keine Blätter in den Baumkronen an der Straße, zwei Gründe für klare Sicht. Schließlich konnte ich ihn davon überzeugen, dass man von hier am besten den Zugangsbereich zum Revier, unseren Polizeiparkplatz, den angrenzenden Firmenparkplatz, die Parkplätze zur Post und zum Paketdienst auf der gegenüberliegenden Seite und einen Teil der Straße einsehen kann. Die toten Winkel habe ich durch Zivilstreifen verpostet. Hab ich dich auch überzeugt?«

Malbek ging nicht auf seine Frage ein. »Ich glaube, dass ihr beide es keine fünf Minuten in einem Raum aushaltet, und Liesegang hat bei eurem Streit den Kürzeren gezogen.«

»Du magst das so sehen, aber ich kann das weder dementieren noch bestätigen.«

Lüthje hob sein Fernglas an die Augen und sah zur Post auf der gegenüberliegenden Straßenseite.

»Wo ist Liesegang jetzt?«, fragte Malbek.

»Irgendwo im Bereich der großen Rampe vor der Postfiliale. Er meinte, dass er mit dieser Postierung perspektivisch den Gegenschuss erfassen könnte.« Lüthje versuchte mit den letzten Worten, eine arrogante Stimme zu imitieren, und rollte dabei himmelwärts gerichtet mit den Augen. Es gelang ihm recht gut.

Er bedeutete Malbek, das zweite Fernglas zu nehmen, das auf dem Fensterbrett neben einem Kaktus stand.

»Liesegang hat es vorhin auch einmal benutzt. Wenn es dich nicht stört …«

Malbek konnte Liesegang an der Rampe auch mit dem Fernglas nicht entdecken. Sie könnten ihn über Funk erreichen, aber Malbek nahm stark an, dass es innerhalb von Sekunden ein Kompetenz- und Strategiegerangel geben würde. Lüthje wusste das auch, sonst hätte er seine Position per Funk abgefragt.

»Komm, greif zu«, sagte Lüthje und wies auf die Fischbrötchen.

»Mir ist vorhin der Appetit vergangen.«

Malbek hatte Lüthje bereits telefonisch davon unterrichtet, dass Mühlenstedt nicht in seiner Wohnung war. Jetzt erzählte er Lüthje vom Stahlschrank und seinem Inhalt. »… und an der gegenüberliegenden Wand waren zehn Kartons neuer schwarzer Overalls gestapelt, in durchsichtige Folie eingeschweißt. Vorrat.«

»Wenn Kuhlbrodt heute nicht zur Meldung auftaucht, ist nicht auszuschließen, dass Mühlenstedt schneller gewesen ist als wir.« Lüthje hielt einen Moment inne und schüttelte sich dann. »Ich frage mich immer wieder, wie ein komplett durchgeknallter Mensch als solcher nicht von seiner unmittelbaren Umgebung wahrgenommen werden kann. Dafür gibt's doch Anzeichen, und wenn sie noch so unauffällig sind!«

Friese musste etwas geahnt haben, da war Malbek sich sicher. Er nahm sich vor, ihn danach noch einmal zu fragen.

Malbek öffnete die Tür und ging in das gegenüberliegende Zimmer, in dem niemand war. Das Fenster hatte eine wärmedämmende Beschichtung, sodass auch mit Fernglas das Erkennen einer Person auf der gegenüberliegenden Straßenseite schwierig war.

Man überblickte von hier die große Kreuzung Werftstraße/Gablenzstraße, über die fast der gesamte Verkehr zwischen Ostufer und Westufer der Förde lief. Der Feierabendverkehr war in vollem Gange. Autos stauten sich im Kreisverkehr, zwei Linienbusse konnten sich trotz der bevorrechtigten Ampelschaltung nicht in die Gablenzbrücke einfädeln.

Fußgänger strömten aus allen Richtungen auf den Mittelstreifen zu den Haltestellen am Kreisverkehr.

Das wäre für Kuhlbrodt auch eine gute Tarnung, dachte Malbek. Und für Mühlenstedt. Vielleicht besser als Dämmerung und Dunkelheit.

Wenn Mühlenstedt mit dem Auto zum Ostufer gefahren war, müsste er schon seit mindestens einer Stunde in der Nähe sein, um nicht Gefahr zu laufen, im Feierabendverkehr zum Ostufer stecken zu bleiben.

Vermutlich war er schon den ganzen Tag in der Nähe. Seinen Wagen hatte man inzwischen in einem Parkhaus an der Eggerstedtstraße gefunden. Vehrs hatte danach eine Abfrage bei sämtlichen Mietwagenunternehmen gestartet. Negativ. Und die bundesweite Fahndung nach Mühlenstedt war gerade erst angelaufen.

Malbek ging wieder zu Lüthje hinüber. Er hatte sich den Schreibtischsessel ans Fenster gezogen und sah wieder durchs Fernglas. Malbek stellte sich daneben. Auf der Karlstal Straße, die zwischen der Post und der Einfahrt zum 4. Revier verlief, floss der Verkehr zähflüssig, und es schien Fußgängern unmöglich, die Straße zu überqueren.

»Ich hab die Brocken hingeschmissen«, sagte Lüthje plötzlich. Er lächelte und griff nach einem weiteren Fischbrötchen.

»Was hast du weggeschmissen?«, fragte Malbek.

Aus dem Lautsprecher der Funkkonsole hörte man, wie sich zwei Streifenwagen am Dreiecksplatz über einen verdächtigen Fußgänger unterhielten, den sie dann aber doch unbehelligt ließen.

»Ich hab vorhin im Ministerium angerufen und meinen Job als Chef hingeschmissen«, sagte Lüthje kauend. »Ministerialdirektor Schnoor hat es erstaunlicherweise gelassen gesehen. Er hat gesagt, dass sie meinen Chef aus Flensburg, Polizeirat Miesbach, fragen würden, ob er hier weitermacht. Ist das nicht herrlich?« Lüthje strahlte. »Aber Harder hab ich vor einer Stunde schnell noch nach Steinburg versetzt. Hört sich gut an, nicht?«

»Gratuliere, Eric, ich kann es kaum …«

»Wadde mal … da drüben …« Er bedeutete Malbek, sein Fernglas zu nehmen, und legte sein Brötchen aufs Fensterbrett.

Schräg gegenüber auf der anderen Seite des Karlstals parkte ein unbekannter weißer Kombi in der Parkbucht. Auf der Seite stand eine Firmenbeschriftung: »Pelin GmbH, Flämische Straße«.

»Da hat er sich das Auto geliehen!«, rief Malbek. »Bei seinem Vermieter!«

Am Steuer saß ein Mann in schwarzem Overall, mit Rallyekragen und dichtem dunklen Haar. Malbek erkannte Mühlenstedt.

»Zielperson eins ist da, ich kann ihn aus dem Fenster auf

der gegenüberliegenden Straßenseite sehen, einhundert Meter südlich von der Post, abwarten«, sagte Lüthje in das Mikrofon der Funkkonsole auf dem Schreibtisch.

Aus der Funkkonsole hörte man, wie ein Posten sagte, dass sich auf der Werftstraße aus Norden Richtung Ecke Karlstal Straße die Zielperson zwei nähere. Kuhlbrodt.

»Der Polizeirat will Held werden!«, rief Lüthje plötzlich und wies zur Rampe.

Malbek sah hinter der Rampe Liesegang langsam hervortreten.

»Der bringt uns alles durcheinander!«

Malbek ging zu den beiden Fenstern auf der Giebelseite des Zimmers, von der man die Einmündung Karlstal/Werftstraße sah. Hier präsentierte sich Malbek das Geschehen, das sich auf der gegenüberliegenden Straßenseite der Karlstal Straße abspielte: Von links auf dem Bürgersteig kam Kuhlbrodt und versuchte, die Straße zu überqueren, um zum Polizeirevier zu kommen, was ihm jedoch wegen des dichten Verkehrs in beiden Richtungen nicht gelang. Deshalb ging er die Karlstal Straße weiter hoch, aber immer den Blick auf den Verkehr, sodass er Mühlenstedt nicht sah, der in etwa einhundert Meter Entfernung aus dem Wagen ausgestiegen war und ihm entgegenging. Kuhlbrodt lief Mühlenstedt also quasi in die Arme, ohne ihn zu sehen.

Etwa zweihundert Meter weiter auf dem Bürgersteig, also in Mühlenstedts Rücken, sah Malbek Liesegang, der sich erst langsam und dann immer schneller Mühlenstedt von hinten näherte.

Mit einem lauten »Scheiße!« lief Malbek die Treppe hinunter, am Diensthabenden vorbei, griff sich einen der Besucherstühle neben der Eingangstür und rannte zur Straße. Malbek erkannte sofort, dass er wegen des dichten Verkehrs Zeit brauchen würde, um die Straße zu überqueren, zu viel Zeit. Also lief er so weit am Straßenrand nach links, bis er auf Mühlenstedts Höhe war, der nur noch fünfzig Meter von Kuhlbrodt entfernt war.

Mühlenstedt öffnete den Mund und bleckte die Zähne.

Seine Hand fasste in eine lange Hosentasche an seinem linken Bein. Malbek fasste den Stuhl mit der rechten Hand, begann, ihn zweimal in der Luft zu schwingen.

Der Stuhl war klein, leicht und trotzdem sperrig. Aus Stahl und Hartholz. Genau richtig für Malbeks Zwecke.

Malbek sah die vor Schreck geweiteten Augen einer Autofahrerin, die gerade an ihm vorbeifuhr. Er nahm noch einen letzten Schwung und versuchte, den Stuhl auf die andere Straßenseite auf Mühlenstedt zu werfen.

Es misslang. Der Stuhl fiel vorher herunter, auf das Dach eines Wagens, der gerade etwas Gas gab, als er sich der Kreuzung näherte und kurz hinter Mühlenstedt war. Aber der Stuhl war nicht genau auf die Mitte des Daches aufgeschlagen, sondern auf den Querholm über der Windschutzscheibe.

So bekam der Stuhl beim Aufschlag durch das Anfahren des Wagens wieder Schwung, wurde hochgeschleudert und landete schließlich doch auf der anderen Straßenseite, da, wo Malbek ihn haben wollte, genau vor Mühlenstedt, der weiter Richtung Kuhlbrodt gelaufen war und jetzt über den Stuhl stürzte.

Er kam nicht mehr hoch.

Der Vorfall hatte in dieser Sekunde zu zwei Auffahrunfällen geführt, direkt vor Malbek, was wiederum den gesamten Verkehr auf der Straße komplett zum Erliegen brachte. Malbek schlängelte sich blitzschnell zwischen den Wagen hindurch auf die andere Straßenseite, ließ sich mit den Knien auf Mühlenstedts Rücken fallen und zog ihm den linken Arm so fest er konnte nach hinten. Es gab ein hässliches Geräusch, das nicht von den Wagen und ihren laufenden Motoren auf der Straße kam.

»Den kenn ich aus Berlin«, sagte Kuhlbrodt fassungslos, als er auf den Mann unter Malbek sah, dem die Perücke verrutscht war.

22

Es hieß, dass man Serienmörder zuerst über die am weitesten zurückliegenden Fälle befragen solle, weil ihnen das Geständnis dazu am leichtesten fiele. So war es auch bei Mühlenstedt. Er plauderte über die Mordfälle, die Malbek ihm aus den alten Akten vorhielt, als würde er von einem lange zurückliegenden Urlaub in einer Gegend reden, die ihn nicht mehr interessierte. Er gestand alle Morde, die Malbek ihm aus den alten Akten vorhielt.

Als sie in der Gegenwart angekommen waren, wurde es schwieriger.

Wenn er manchmal so tat, als wenn er nicht weiterwusste oder einfach nicht wollte, sah er Malbek mit einem schiefen Lächeln an. Dann senkte er immer den Kopf, sein Blick glitt zu seinem linken Arm, der mit einem Kunststoffgestell und einem bereiten Brustband an den Körper fixiert war.

Das Armgelenk musste wieder an seine richtige Stelle gerückt werden, und es hatte am Oberarmknochen einen kleinen Bruch gegeben. Aber es war nichts, was operiert werden musste.

Malbek hatte geglaubt, dass Mühlenstedt ihn deswegen während der Vernehmung angreifen und beschimpfen würde. Aber er redete nicht darüber, sah nur manchmal auf seinen Arm, der sich nicht bewegen ließ und mit dem er nichts anstellen konnte. Vielleicht gab er sich auch nur so pflegeleicht, weil auch seine rechte Hand am Köper fixiert war.

Die drei stämmigen Vollzugsbeamtem, die man sich im Untersuchungsgefängnis ausgeliehen hatte und die jetzt neben und hinter Mühlenstedt bereitstanden, hatten ihn mit einer Fußfessel ausgestattet, sobald er auf dem Stuhl saß. Da das Ergebnis des HIV-Tests bei Mühlenstedt negativ war, was bedeutete, dass er nicht infiziert war, hatte man ihm keinen Spuckschutz oder eine Mundmaske angelegt. Einen Sicherheitsabstand hielt Malbek trotzdem ein.

Rechts neben der Tür stand eine Bahre mit extrabreiten Gurten bereit. Für alle Fälle.

Von der Besprechungsecke aus verfolgte Lüthje die Vernehmung. Merkwürdig war, dass sich Mühlenstedt beim Betreten des Raumes kurz umgesehen, ihn aber nicht registriert hatte. Sein Blick war einfach über ihn hinweggegangen.

Er hatte angeblich nur leichte Schmerztabletten genommen, aber was hieß das schon? Es gab Momente, in denen er abwesend zu sein schien, aber das hatte Malbek auch bei dem Gespräch in Mühlenstedts Wohnung an ihm beobachtet. Nur waren diese Phasen der Abwesenheit jetzt länger als damals.

Er gehörte zu den Serienmördern, die sich nach Öffentlichkeit sehnten und froh waren, endlich mit jemandem darüber reden zu können. Der Zwang zu morden war bei ihnen wie eine Sucht, und sie hatten wiederkehrende, fast könnte man sagen wache Momente, in denen sie sich wünschten, es würde aufhören. Und je öfter er wiederkam und sie zum Morden trieb, desto intensiver wurden auch diese Momente.

Aber das galt nur für Serienmörder, bei denen der empathische Teil, der das Mitgefühl in bestimmten Bereichen zuließ, sich nur manchmal abschaltete, noch lebte und sogar normale sexuelle Beziehungen zuließ, die funktionierende Ehen und sogar Kinder hatten. Und deren Umgebung es nicht fassen konnte, dass dieser nette Mann, geschätzte Kollege und langjährige Freund in einer Clique ein mordendes Monster war.

Malbek glaubte an die Theorie, die er in einigen der vielen Fachbücher über Serienmörder gelesen hatte, dass die meisten von ihnen mit jedem Mord Rache übten an einem Unbekannten, einer oder mehreren verdrängten Personen, die ihnen in früher Kindheit einen Schmerz zugefügt hatten, den sie nicht ausgehalten hatten.

Deshalb hatte Malbek Vehrs beauftragt, Einzelheiten aus Mühlenstedts Kindheit zu ermitteln. Denn auf Malbeks Frage nach der Kindheit oder den Eltern hatte er immer nur mit den Schultern gezuckt: Er könne sich an nichts erinnern.

»Sie wollten also Kuhlbrodt auf dem Bürgersteig mit dem Messer töten?«

»Ja.«

»Warum?«

»Ich hatte Ihnen eben ja erzählt, dass ich das eigentlich schon damals in Berlin vorhatte. Aber er war mir entwischt. Vielleicht hätte ich es ja geschafft, alle, wirklich alle, Spuren zu beseitigen, auch die Spuren seiner Tötung. Inzwischen glaube ich, es war besser so. Es wäre zu viel geworden. Gleich zwei Tötungen auf einmal. So kurz hintereinander. Das hab ich noch nie gemacht. Das konnte nicht klappen. Dazu fehlte mir nach einer Tötung die Kraft. Denn jede Tötung ist ein besonderer Kontakt, etwas ganz Besonderes, das jedes Mal einmalig ist. Verstehen Sie das?«

Mühlenstedt beugte sich zu Malbek vor, soweit es ihm in seinem Zustand möglich war. Sein verstörter Blick bekam etwas Hilfesuchendes, in dem Malbek Worte las wie: Versteh mich bitte, das ist doch etwas, das ich selbst nicht verstehe. Es quält mich. Ich möchte, dass es aufhört.

»Ja, ich höre Ihnen zu, Herr Mühlenstedt.«

Mühlenstedt lehnte sich wieder zurück. Der Augenblick der vorsichtigen Öffnung war schon vorbei. Als er jetzt weiterredete, war es Malbek so, als würde Mühlenstedt wie vorgestern in seiner Wohnung von langweiligen Geschäftsverhandlungen berichten. Gleichgültig, teilnahmslos, nur manchmal Aufmerksamkeit durch Heben der Stimme erheischen wollend. Bis dann wieder ein paar Sekunden der Abwesenheit, Nachdenklichkeit oder leise Hilferufe kamen, die Malbek überhörte, weil er mit seinem Entsetzen zu kämpfen hatte.

»Ja, nach dem Töten fehlt mir immer die Kraft. Keine Kraft. Zu viele Fehler. Ist doch logisch, nicht? *Nobody is perfect.* Doch dann habe ich begriffen, dass ich Kuhlbrodt auch strafen kann, indem er an mich denken muss. Er muss denken, ich könnte jeden Moment hinter ihm stehen, um ihn zu töten. Außerdem hatte ich mir eigentlich vorgenommen, nur Menschen zu töten, die ich nicht kenne, die keine Spur in meinem Leben hinterlassen haben. Aber man soll nie nie sagen, nicht wahr? Ich wollte nicht versagen, nur weil es jemand war, den ich kenne. Wie Leptien.«

»Warum haben Sie Leptien getötet? Er war doch Ihr Freund, genau wie Kuhlbrodt es einmal gewesen ist. Sie alle gehörten demselben Freundeskreis an.«

»Außer Vera … Aber es gab noch einen Grund …«

»Haben Sie den anonymen Anruf in Leptiens Schule gemacht? Und der Sekretärin Frau Fieder erzählt, dass Leptien ein Verhältnis mit einer Schülerin hätte?«

Er kicherte. »Die dumme Pute ist darauf reingefallen, oder? Die war ganz schön durch den Wind.«

»Und warum haben Sie das getan?«

»Es war doch nicht ausgeschlossen, oder? Passiert doch ständig. Und dann hätte ich Vera klargemacht, dass sie den Falschen genommen hat. Ich geb ja zu, ich war immer noch scharf auf sie. Aber sie hatte mich ja beim ersten Mal auflaufen lassen. Eigentlich hätte ich sie auch bestrafen können …« Er starrte nachdenklich zu Boden und versank wieder in einen Moment der Abwesenheit.

»Sie sagten, dass Leptien ein Verräter war. Was meinten Sie damit?«

»Sein Verrat gab den Ausschlag. Er wollte sich mit den Obdachlosen anfreunden. Lauter Versager. Und er war mir im Wege. Seit ich Vera kennenlernte. Seitdem er sie mir ausgespannt hatte, wusste ich, dass er wegmusste. So oder so. Ich hab lange nach einer Gelegenheit gesucht. Und dann sagt er eines Tages, er will dieses Obdachlosenprojekt machen. Das allein hätte schon gereicht.«

»Warum?«

»Es war einer der guten Gründe, ihn zu töten. Er wollte sich mit diesen Versagern anfreunden. Das war Gernots Verrat. Wir waren in unserer Clique immer Gewinner. Deshalb haben wir Kuhlbrodt auch verstoßen. Das ist eine Frage der Ehre.«

»Wie haben Sie das konkret gemacht, Kuhlbrodt auszuschließen aus Ihrem Freundeskreis?«

»Ganz einfach. Wir haben ihn abgelehnt. Den Kontakt abgebrochen. Und wir haben ihm kein Geld gegeben.«

»Hat er Sie danach gefragt?«

»Nein. Keinen von uns.«

»Sie haben also Leptien gemeint, als Sie am Tatort das Wort ›Verräter‹ mit seinem Blut geschrieben haben?«

»Ja, Leptien.«

»Woher haben Sie gewusst, dass Kuhlbrodt sein Nachtlager in dem Bau an der Gablenzstraße hatte?«

»Darüber haben Sie lange nachgedacht, stimmt's? Als ich hörte, dass Dirk sich mit den Obdachlosen befassen will, dachte ich, dass er Kuhlbrodt begegnen wird. Aber da hatte ich Kuhlbrodt hier schon aufgespürt!«

Er sah Malbek erwartungsvoll an. Er wartete auf die Frage, die Anerkennung für das Geleistete ausdrücken sollte. Der Mühlenstedt war kein Versager. Der Sohn, der sich nach der Liebe des Vaters sehnt.

»Wie haben Sie das gemacht?«, fragte Malbek deshalb.

»Wenn ich in Kiel war«, begann er, in plötzlich eilfertigem, fast unterwürfigem Tonfall, »habe ich nachmittags oft in der Nähe von den Obdachlosenkneipen in meinem Auto gesessen. Auch abends. Und dann hab ich eines Tages gesehen, wie er rausgekommen ist. Fett geworden und alt. In der kurzen Zeit. Finden Sie nicht auch? Ich bin ihm gefolgt bis in den Neubau an der Gablenzbrücke und hab einmal sogar neben ihm gestanden, als er gerade in das Gebäude gehen wollte. Nur ein paar Meter war er von mir entfernt. Und bin wieder gegangen. Ich wusste, dass er da übernachtet und dass er da auch mit Leptien hingehen würde.«

»Sie sagten vorhin, dass es noch einen Grund außer Vera und seinem Verrat für Sie gab, Leptien zu töten?«

»Mönkemeier. Es war sein Projekt, dieser Neubau. Ich wusste schon seit Monaten, dass er finanziell an der Kante jonglierte.«

Malbek glaubte plötzlich eine Ähnlichkeit der Nasenform zwischen Vater und Tochter zu erkennen. Aber trotzdem konnte er nicht verstehen, dass er Sybilles Vater gegenübersaß. Malbek spürte einen zunehmenden Druck im Bereich der rechten Schläfe. Irgendein Stirnmuskel zuckte. Er versuchte, seine Gesichtszüge zu entspannen. Er war doch bald durch mit dem Monster. Ja, Mühlenstedt war ein Monster und keine bemitleidenswerte Kreatur. Der Gedanke entspannte Malbek paradoxerweise etwas.

»Und wieso ergab die finanzielle Situation Ihres Freundes Mönkemeier einen Grund mehr, Ihren Freund Leptien zu töten?«

Mühlenstedt beugte sich wieder zu Malbek vor. Aber diesmal waren die Augen nicht voller Angst, sondern mit Hass erfüllt. »Seine finanzielle Situation hat sich durch Leptiens Tötung weiter verschlechtert. Das wollte ich erreichen, und es ist eingetreten. Die Presse zerreißt ihr dreckiges Maul über ihn. Die Banken machen sich vor Angst in die Hose und kündigen seine Kredite. Das halb fertige Gebäude ist von der Polizei immer noch beschlagnahmt. Jeder Tag kostet ihn Unsummen. Mönkemeier hat es verdient. Er ist ein Verräter. Und Friese auch. Das ist alles konsequent und logisch.«

So hatte Jette Mühlenstedt also einen Gefallen getan. Sie war, ohne es zu wissen, zu seiner Gehilfin geworden. Denn dass Jette es war, die ihr Wissen an die Presse verkauft hatte und so den Blätterwald vorgestern zum Rauschen gebracht hatte, daran gab es für Malbek keinen Zweifel mehr. Sie kannte die Clique nur ohne Kuhlbrodt, deshalb war er in der Presse in diesem Zusammenhang auch nicht aufgetaucht. Außerdem konnte es nur jemand sein, der auch auf der Architektenparty gewesen war und dort Einzelheiten über das Engagement des Staatssekretärs Mönkemeier in Immobiliengeschäfte und die Verflechtungen mit den Interessen seiner Freunde mitbekommen hatte. Sie wusste außerdem mehr von dem Mord als jeder andere, der nicht bei der Polizei war. Sie wusste, dass der richtige Zeitpunkt für die Medien gekommen war.

Und sie brauchte dringend Geld.

»Mönkemeier und Friese sind auch Verräter?«, fragte Malbek.

»Sie haben sich nicht von Leptien distanziert, Friese trauert sogar um ihn.«

»Das wäre ein Grund für Sie, die beiden zu töten?«

Er versuchte, mit den Schultern zu zucken, und verzog das Gesicht vor Schmerz.

»Haben Sie Jette Rasmussen niedergeschlagen und ihre Kamera geraubt?«

Die Kriminaltechnik hatte die Fotos auf dem Chip in der Kamera schon durchgesehen und nur Kuhlbrodt und Leptien bei ihrem Streifzug durch die Stadt gefunden. Die Bilder waren ausdrucksstark. Besonders gut hatten Malbek die Fotos gefallen, auf denen Jette mit einem Teleobjektiv die Gesichter von Kuhlbrodt und Leptien formatfüllend eingefangen hatte und dabei die Dämmerung und die Lichter der Stadt als Ausdrucksmittel eingesetzt hatte. Jetzt waren es wirklich dokumentarische Fotos mit dramatischem Gehalt. Die letzten Stunden des Dirk Leptien.

Ob Vera Hansen sie sehen wollte? Wohl nicht.

»Ich wollte nur sehen, ob ich auf einem der Fotos bin«, sagte Mühlenstedt mit Mitleid erheischender Miene.

»Und? Haben Sie sich gefunden?«

»Nein. Die Mühe war also überflüssig. Eigentlich hätte ich die Kleine auch töten sollen.« Er blickte abwesend zu Boden, als ob ihm der Gedanke erst jetzt gekommen wäre und er sich überlegte, wie er es anfangen sollte.

»Und warum haben Sie Abstand davon genommen?«

»Ich hatte keine Lust. Nichts hat mich dazu gezwungen. Und sie war es nicht wert. Nichts Besonderes.«

Er hatte also noch Mönkemeier und Friese als Verräter auf seiner Liste, und Jette war nur durch eine Laune des Mörders dem Tod entronnen.

Wer wusste, wie lange das angehalten hätte. Es zeigte sich jetzt, dass sich die Anzahl der Morde tatsächlich dramatisch gesteigert hätte. Das in den Büchern über Serientäter beschriebene Muster hatte sich auch hier bestätigt. Die Phasen der Unlust wären bald der permanenten Mordlust gewichen.

»Haben Sie Jette Rasmussen Drogen, zum Beispiel Kokain verkauft?«

»Selten. Man konnte mit ihr keine großen Geschäfte machen.«

»Haben Sie ihr große Geschäfte angeboten?«

»Natürlich. In ihren Kreisen ist der Bedarf groß. Aber sie wollte nicht. Obwohl sie doch eine Menge damit hätte verdienen können.«

Das Drogendezernat würde sich sicher auch noch gern mit ihm unterhalten. Vielleicht würden die Kollegen Mühlenstedt auch Details über Wassil Pelins Geschäfte entlocken können. Ob Pelin wusste, was für eine Monstrosität der Keller seines Mieters Mühlenstedt verbarg?

»Wir haben in Ihrem Keller den Stahlschrank gefunden.«

»Ach!« Er klang enttäuscht. Er sah Malbek ungläubig an, als könne er es nicht fassen.

»Können Sie mir den Inhalt des Schranks erklären?«

»Da gibt's nix zu erklären. Entweder Sie verstehen das oder eben nicht. Das ist was Persönliches und mein gutes Recht. Das ist was für sich.«

»Wir haben da viele schwarze Overalls gefunden. Neue und alte. Sozusagen gebrauchte. Ben Friese hat auch immer einen schwarzen Overall an. Wieso?«

»Er bekommt sie immer von mir.«

»Und Sie hatten bei dem Umzug für Leptiens Junggesellenparty alle schwarze Overalls an?«

»Ja.«

»Mönkemeier auch?«

»Ja.«

»Und sein Overall war auch von Ihnen?«

»Ja.«

»Dann haben Sie also Ihre Freunde mit diesen schwarzen Overalls im Rennfahrerdesign ausgestattet. Genau dieselben, die Sie bei Ihren Morden getragen haben. Hat Ihnen das etwas bedeutet?«

»Ja, es war gut. Da waren wir wirklich eine Bande. So wie Ben es immer wollte.«

»Ich verstehe. Bei welchen Gelegenheiten haben Sie den Schrank geöffnet?«

»Wenn ich etwas reingetan habe.«

»Sie haben die Sachen so drapiert, als ob es sich um Schmuckstücke handeln würde, Erinnerungen, die Ihnen etwas bedeuten, die Sie lieben oder zumindest verehren. Sind es sogar kleine Altäre?«

Mühlenstedt warf seinen Kopf nach hinten und sah an die Decke. Malbek glaubte, dass er seinen, Malbeks, Anblick vermeiden wollte. Oder er wollte sein Gesicht verbergen.

Ja, das musste es sein. Malbek sah eine Träne aus seinem linken Auge hervorquellen und sich langsam den Weg über die Wange suchen.

»Hab ich recht mit dieser Annahme?«, fragte Malbek.

Mühlenstedts Kopf senkte sich wieder nach vorn, bis seine Augen sich mit Malbeks trafen. »Wollen Sie damit sagen, ich hätte den Überblick verloren?«, fauchte er.

Seine Augen schwammen in Tränen und glühten vor Hass. Seine Miene verzerrte sich, sein Mund stand halb offen, sein Speichel troff aus den Mundwinkeln.

Malbek hatte, ohne es zu ahnen, einen wunden Punkt getroffen. Er warf den Beamten einen warnenden Blick zu, denn sie sahen Mühlenstedt nur von hinten, nicht sein Gesicht.

»Sind Sie religiös?«, fragte Malbek.

Es war so weit. Als Mühlenstedt begann, sich bebend zu erheben, hatten die Vollzugsbeamten ihre Hände bereits an seinen Beinen und dem rechten, gesunden Arm und umklammerten ihn wie Schraubstöcke.

Mühlenstedt schnaufte und quietschte wie ein verletztes Tier. Seine Augen traten hervor.

Lüthje war aufgestanden, hielt sich aber zurück. Sein Gesicht war bleich, er schien um Jahre gealtert zu sein. Malbek nahm sich vor, erst morgen wieder in einen Spiegel zu schauen.

Die Vollzugsbeamten fixierten Mühlenstedt mit den Gurten auf der Bahre und trugen ihn hinaus.

Malbek öffnete alle Fenster und atmete tief durch.

»So was hab ich noch nicht erlebt«, sagte Lüthje. Er begann, im Zimmer hin und her zu gehen. »Nein, so was nicht. Das Böse in Reinform.«

Malbek sah auf die Straße, beobachtete die Autos, die vor dem Dienstgebäude vorbeifuhren, wie sie in den Knooper Weg einbogen oder in der entgegengesetzten Richtung den Lehmberg hinunter zur Holtenauerstraße fuhren, um dort in den Dreiecksplatz einzubiegen.

Menschen, die auf der gegenüberliegenden Straßenseite ein Teegeschäft betraten. Eine Frau, die mit einem Kinderwagen die Straße überqueren wollte. Ein Auto hielt und wartete, bis sie die andere Straßenseite erreicht hatte. Bilder, die er erleichtert begrüßte. Ihm war, als hätte das Böse vorhin seine Klauen nach ihm ausgestreckt und würde ihn jetzt wieder freilassen.

»Hey, sag mal was, Gerson, oder hat es dir die Sprache verschlagen?«, fragte Lüthje. Er war stehen geblieben.

Malbek wandte sich ihm zu. »Mein Vater war nicht nur Pastor, sondern auch Pessimist. Trotzdem redete er immer von Verheißung, Erlösung und dem Sieg des Guten, nicht nur, wenn er auf der Kanzel stand. Als ich kurz vor dem Abitur stand, dachte ich, ich hätte die Weisheit mit Löffeln gefressen, und habe ein paar Worte zusammengebastelt, die ihn überzeugen sollten, dass das Böse nicht auszurotten ist. Denn Pessimisten sind genau dieser Meinung, auch wenn sie es nicht wahrhaben wollen. Es waren zwei Sätze. Ich habe sie ihm aufgeschrieben und eines Tages vor die Nase gehalten. Er hat sie mehrfach durchgelesen. ›Nicht schlecht‹, hat er schließlich gesagt. Das war das einzige Lob, das ich je von ihm bekommen habe. Ich weiß, dass ich ihn damit beeindruckt habe. Das einzige Mal in meinem Leben. Meine Mutter war sowieso immer meiner Meinung.«

»Weißt du noch, wie die Sätze lauteten?«

»Natürlich. ›Das Gute ist ein Versprechen, das in die Zukunft vertröstet. Das Böse ist eine Drohung, die an die Ewigkeit erinnert.‹«

Lüthje dachte einen Moment nach und sagte dann: »Typisch Pastorensohn. Dabei fällt mir gerade ein … was ist eigentlich mit Jette?«

»Was soll mit Jette sein?«

»Ist da wieder was mit Jette und dir?«

»Wer sagt das?«

»Mein Bauchgefühl.«

»Nimm doppeltkohlensaures Natron. Altes Hausmittel. Hat meine Mutter immer meinem Vater gegeben. Das hilft sogar bei Spökenkiekeritis«, sagte Malbek.

»Ich hab gehört, dass Jette eine Entziehungskur hinter sich hat«, sagte Lüthje. »Die Kriminaltechnik hat aus ihrer Wohnung ein Briefchen mitgenommen. Und das ist keine Spökenkiekerei!«

»Ich wollte ihr noch einige Fragen im Krankenhaus stellen und die gute Nachricht überbringen, dass ihre Kamera wieder aufgetaucht ist. Und noch ein paar mahnende Worte sprechen. Das ist alles.«

»Denn ist ja gut«, sagte Lüthje. »Ach ja, du musst auch noch eine Schadensmeldung machen, wegen des Autos …«

»Welches Auto?«

»Dem du den Stuhl aufs Dach geworfen hast.«

»Das war eine göttliche Fügung und kein Schadensfall!«, protestierte Malbek.

»Ich hab schon eine Schadensmeldung. Von Polizeirat Liesegang …«, sagte Lüthje gequält.

»Ich hab ihn überhaupt nicht mehr gesehen, nachdem Mühlenstedt mit dem Krankwagen abgeholt worden war. Ist er enttäuscht, dass ich ihm die Show gestohlen habe?«

»Ich glaube, ja. Er will einen neuen Stuhl für sein Revier haben …«

Es klopfte. Vehrs betrat mit Notizen in den Händen das Zimmer.

»Ich hoffe, ich störe nicht …« Er sah unsicher zwischen seinen beiden Chefs hin und her.

»Wir wissen, dass wir etwas blass aussehen. Aber wir sind

schon wieder aufnahmefähig, stimmt's?« Malbek sah Lüthje fragend an.

»Hab mich nie frischer gefühlt«, sagte Lüthje ernst.

»Worum geht's, Herr Vehrs?«, fragte Malbek. Er fühlte sich plötzlich unendlich müde.

»Der Kombi, in dem Mühlenstedt unterwegs war, ist auf eine Pelin GmbH zugelassen. Alleiniger Inhaber und Geschäftsführer ist Wassil Pelin.«

»Dann lassen Sie doch mal gleich die Kriminaltechniker an das Fahrzeug. Und einen Drogenhund, der auch winzigste Restspuren findet«, sagte Lüthje und sah Malbek freudestrahlend an.

»Nur mal eben einen Wagen ausgeliehen. So ein dummer Fehler aber auch, Wassil«, sagte Malbek kopfschüttelnd.

»Und dann habe ich ein paar wenige Details über die Eltern von Mühlenstedt ermitteln können«, fuhr Vehrs fort. »Die Mutter lebt seit fünfzehn Jahren in Tutzing am Starnberger See. Ich hab bei den Kollegen da unten angerufen. Es soll ein recht ansehnlicher Apartmentblock sein. Und …« Vehrs sah suchend auf seine Notizen.

»Sagen Sie bitte nicht, dass der Vater Pastor ist!«, rief Malbek und hielt sich die Ohren zu.

»Nein, wieso denn?«, fragte Vehrs irritiert und suchte noch immer. »Da, ich hab's! Es war nämlich nicht ganz einfach, den Vater ausfindig zu machen. Er ist schon vor acht Jahren gestorben. In Berlin. Er war obdachlos gemeldet.«

23

Die Nachricht von der Ergreifung des Serienmörders war von der Presseabteilung des BKI Kiel sofort als Erfolgsmeldung an die Presse gegeben worden. Es war sozusagen Lüthjes Vermächtnis vor seinem Abschied aus dem Amt als kommissarischer Leiter des BKI. Malbek war es sehr recht, dass er nicht im Mittelpunkt stand.

Er erreichte Tanja, als sie mit dem Wagen unterwegs war zu ihren Freunden, bei denen sie mit ihrer Tochter Sybille Unterschlupf gefunden hatte. Er bat sie, sich einen Parkplatz zu suchen, um ihr eine gute Nachricht und zwei schlechte Nachrichten sagen zu können.

Die gute Nachricht war natürlich, dass der Mörder gefasst worden war. Die erste schlechte Nachricht war, dass es Mühlenstedt war. Er erzählte Tanja von dessen vordergründigen Motiven, der Eifersucht auf Dirk Leptien wegen seiner Verlobten Vera Hansen und dem Hass auf seinen Freund Mönkemeier, der jetzt vor einem finanziellen Zusammenbruch wegen der gekündigten Bankkredite stand. Aber Malbek vermutete, dass Mönkemeier schon sein Schäfchen ins Trockene gebracht hatte und den Rohbau mit Hilfe einer neuen Gesellschaft mit einem neuen Partner fertigstellen würde. Vielleicht mit Wassil Pelin, von dem er sicher schon über Mühlenstedt gehört hatte und sich bei Besuchen in seinem gemütlichen Büro an der Flämischen Straße über gemeinsame Interessen ausgetauscht hatte. Allerdings war die Frage, wie lange Wassil Pelin noch in Freiheit war.

Die zweite schlechte Nachricht war, dass Mühlenstedt ein Serienmörder war.

Malbek und Tanja beschlossen, dass sie zusammen mit Sybille einen Gesprächstherapeuten aufsuchen würden, um das alles gemeinsam verarbeiten zu können. Auch um eine Antwort auf die Frage zu finden, ob und wann sie Sybille mit der ganzen

Wahrheit konfrontieren konnten. Niemand kannte den Namen ihres Vaters, sodass sie in der Schule keinem Mobbing ausgesetzt sein würde.

Sie hofften es jedenfalls.

Stationsschwester Annegret begrüßte Malbek überschwänglich, als er das Stationszimmer betrat.

»Wie schade, dass Sie Ihre netten Schutzbeamten schon abgezogen haben. Sie gaben uns so ein Gefühl von Sicherheit. Jetzt weiß ich erst, wie ängstlich ich mich sonst immer gefühlt habe!« Fast hätte sie ihn umarmt.

»Warum haben Sie denn nicht den nettesten der Schutzbeamten einfach nach seiner Telefonnummer gefragt?«, fragte Malbek.

Sie errötete und holte ein Buch aus einer Schublade ihres Schreibtisches. Es war die Bibel, die Malbek dem ersten Wachtposten, Polizeihauptmeister Bargholz, als Lektüre empfohlen hatte. Die Bibel stand also nicht mehr im Wandregal, sondern war im Schreibtisch von Schwester Annegret verwahrt. Sie schlug die erste Seite auf und zeigte sie ihm wortlos. Mit Bleistift war in kleiner Schrift eine Telefonnummer auf dem Vorblatt notiert.

»Ganz schön frech, nicht?«, sagte sie.

»Das ist eine Durchwahlnummer des 2. Polizeireviers in der Falckstraße«, sagte Malbek. »Wissen Sie denn, welcher von den Schutzbeamten es war?«

»Herr Bargholz«, sagte sie bestimmt und legte die Bibel wieder in ihre Schublade.

»Werden Sie anrufen?«, fragte Malbek.

Sie zuckte mit den Schultern. »Ich weiß noch nicht. Das hängt von anderen Dingen ab, auf die ich keinen Einfluss habe. Das Leben geht manchmal seltsame Wege. Finden Sie nicht auch? Nun aber ab zu Frau Rasmussen. Sie soll übermorgen entlassen werden. Sie dürfen ihr die gute Nachricht überbringen.«

»Hallo, Gerson!« Sie richtete sich schnell auf. Als er sich zu ihr hinunterbeugte, griff sie nach seinem Hinterkopf und zog ihn zu sich heran. Er beugte seinen Kopf weiter nach unten, sodass ihre Lippen auf seiner Stirn landeten.

Der Verband an ihrer Schläfe war nur noch ein Pflaster, der Tropf war verschwunden, und ihre Augen leuchteten.

»Wie geht es dir?«, fragte er.

»Besser. Viel besser. Und dir?«

»Ebenso.«

»Wie hast du ihn geschnappt?«

»Woher weißt du es?«

»Schwester Annegret hat es mir gleich erzählt. Sie hat es im Radio gehört. Kurz danach war die Bewachung vor meiner Tür weg.«

»Du brauchst keine Angst mehr zu haben. Ich hab Mühlenstedt einen Stuhl zwischen die Beine geworfen und ihm den Arm umgedreht. Aber mehr darf ich nicht verraten.«

»Mein Held!« Sie lachte und drückte seine Hand. Und ließ sie nicht los. »Warum hat er das getan? Es war doch sein Freund. Und zugetraut hätte ich ihm das nie! Er war … einfach nett.«

»Klar. So sind Mörder eben.«

»Man muss ihnen doch was anmerken!«

»Wenn du es merkst, ist es meist zu spät.«

»Wie meinst du das?«

»Weißt du, wer dich in deiner Wohnung überfallen, niedergeschlagen und deine Kamera geraubt hat?«

»Du meinst doch nicht …«

»Doch, das war auch Mühlenstedt. Und du hattest unglaubliches Glück. Er hatte gerade keine Lust, zu morden.«

Sie öffnete den Mund und wurde blass. Sie ließ seine Hand los und richtete sich auf. Er füllte ihr Glas mit Wasser und gab es ihr.

»Verdammte Scheiße«, hauchte sie und gab ihm das geleerte Glas zurück.

»Das sagt eine Dame nicht.«

»Eine Dame war ich noch nie. Das weißt du doch.«

»Ach ja, ich vergaß. Und weil du keine Dame bist, hast du dein Wissen über Leptien, seine Clique und die Sache mit deiner Kamera auch an die Medien verkauft? Welches Gebot war das höchste?«

»Ich hab dir doch damit keine Schwierigkeiten gemacht, oder?« Sie sah ihn unschuldig an.

»Da hast du Glück gehabt. Ich hatte damit kein Problem. Aber Mönkemeier.«

»Tatsächlich? Sind Mühlenstedt und Mönkemeier jetzt wirklich mit ihren geschäftlichen Mauscheleien unter Druck gekommen?«

»Ich sag dir lieber nichts, sonst zitierst du mich noch!«

»Du bist mir also doch böse.«

»Du hättest mich vorher fragen müssen, und ich hätte es dir natürlich verboten. Ich bin sicher, dass du es dann trotzdem gemacht hättest. Aber es hat die Sache gut aufgemischt, das gebe ich zu, und ich war mit dem Ergebnis zufrieden. Ich bin auch sicher, dass jemand anders das Geschäft gemacht hätte, wenn du nicht da gewesen wärst.« Vielleicht Nina Sinjen, dachte Malbek. »Hat es sich wenigstens für dich gelohnt?«

»Ich kannte jemand bei einer Presseagentur. Ich hab ihn angerufen, und er hat mich hier besucht. Er hat mir gleich einen Vertrag mitgebracht.«

»Schwester Annegret hat mir vorhin gesagt, dass du übermorgen entlassen wirst.«

»Endlich«, sagte sie erleichtert und strahlte. Sie wurde plötzlich ernst und fasste wieder nach seiner Hand. »Du hast eine andere, nicht?«

»Ja.« Er lächelte und zuckte mit den Schultern. So, als ob er sich dafür entschuldigen müsste. Er hätte sich ohrfeigen können.

Sie presste die Lippen zusammen, lächelte und wischte sich mit der freien Hand eine Träne von der Wange. »Aber ich darf dich doch wieder anrufen, wenn es brennt?«

»Natürlich.« Er umarmte sie und küsste sie zum Abschied auf die Stirn.

Als er sich in seinen Dienstwagen gesetzt hatte, fiel ihm ein, dass er sie noch fragen wollte, ob es stimmte, dass sie Kokain von Mühlenstedt gekauft hatte. Aber das empfand er nicht als dienstliche Frage, sondern als eine persönliche Sache. Sie würde denken, dass er sich um sie kümmern wollte. Und das stimmte ja nicht.

24

Eine Woche später fand Leptiens Beerdigung auf dem Friedhof Eichhof statt.

Als Malbek Lüthje fragte, ob er mitkommen wolle, hatte Lüthje gesagt: »Fang nicht mit solchen Sentimentalitäten an.«

Da Malbek Trauerfeiern hasste, war er in der Nähe der Kapelle auf dem Friedhof spazieren gegangen und hatte den verschwommenen Klängen der Orgel und dem Gesang der Trauergemeinde zugehört, die zwischen den Gräbern, Bäumen und Büschen herüberwehten.

Auch dem Gang der Trauergemeinde zum Grab hatte er aus einiger Entfernung zugesehen. Er schätzte die Trauergemeinde auf über zweihundert Personen.

Erst am Grab hatte er sich dazugestellt. Die größte Gruppe war die der Schüler, daneben standen die Lehrer, unter ihnen Dr. Casper und, direkt neben ihm, die Schulsekretärin Frau Fieder.

Am Grab selbst, neben dem Pastor, standen Vera Hansen und Leptiens Eltern. Sie schienen sich alle gegenseitig zu stützen. Malbek erkannte die Eltern, als er sich Leptiens Passfoto in Erinnerung rief.

Als die Trauergemeinde sich auflöste und in Gruppen den Rückweg antrat, mischte sich Malbek unter sie. Er sah Ben Friese, allein, mit ernstem Gesicht zu Boden blickend. Er näherte sich ihm. Friese nickte ihm zum Gruß zu. Sie gingen eine Weile schweigend nebeneinanderher. Um sie herum hörten sie das leise Gemurmel der Trauergemeinde, die zum Ausgang strebte, die harten, knirschenden Schritte, die schwarze Schuhe auf weichem, von frischem Herbstlaub bedeckten Sandboden machten, die Windböen, die wie Geistergesang in verschiedenen Tonhöhen durch die Baumkronen strichen.

»Haben Sie irgendwann geahnt, dass etwas nicht mit Mühlenstedt stimmt?«, fragte Malbek.

»Über seine Kindheit hat er nie gesprochen«, antwortete Friese nach längerem Nachdenken. »Von seinen Eltern auch nicht. Sie sind beide schon tot, hat er irgendwann einmal gesagt. So, als ob er sich darüber freue. Das war komisch. Damit war das Thema für ihn erledigt. Er hat auch nie von Geschwistern erzählt, war wohl Einzelkind. Wissen Sie, in dem Bild, das auf dem Küchenschrank, das sie so interessierte, hab ich Mühlenstedt ein bisschen den Hut vom Kopf gezogen, um hineinsehen zu können. Wie Sie gesehen haben, ist es mir nicht gelungen, ich habe auch nur den kahlen Kopf gesehen. Nein, das, was sich darunter verbirgt, das hab ich nicht für möglich gehalten. Wird man ihn im Gefängnis oder in der Psychiatrie einschließen?«

»Ich weiß es nicht. Falls eine Haftstrafe kommt, dann sicher mit anschließender Sicherungsverwahrung.«

»Wenn er keine Schuld hat, wer dann? Es muss doch jemanden geben, den man verantwortlich machen kann. Ich meine nicht die Gesellschaft, die ist sowieso anonym.«

»Ich glaube, dass es in seiner Kindheit angefangen haben muss«, antwortete Malbek. »Jemand hat ihm einen unerträglichen Schmerz zugefügt, bei dem er aus seinem Ich geflohen ist. Sein Unterbewusstsein hat das nicht vergessen. Und deshalb hastet er bis heute zwischen beiden Zuständen hin und her, Ich und Außer-sich-Sein. Ich war einmal bei so einer Gerichtsverhandlung dabei, habe mir das alles angehört, was der Psychiater über einen Täter mit wahrscheinlich gespaltener Persönlichkeit berichtete. Ich glaube, dass ich das verstanden habe, was der Fachmann berichtete. Aber wie sich das im Kopf des Täters abgespielt hat, darüber hat er nichts gesagt. Wahrscheinlich wusste er das auch nicht.«

»Haben Sie noch was bei Mühlenstedt gefunden?«, fragte Friese. »Ich meine in seiner Wohnung in der Eggerstedtstraße? Er hatte ja noch andere Wohnungen, in Berlin, Frankfurt, München, Köln …«

»Ja, das ist alles durchsucht worden. Nein, wir haben nichts Besonderes gefunden. Nur ein paar schwarze Overalls«, sagte Malbek.

Friese sah ihn skeptisch von der Seite an, sagte aber nichts. Aber Künstler hatten ja genug Phantasie, um sich den Rest auszumalen.

»Wir reden gerade so, als ob wir Mühlenstedt begraben hätten und nicht Dirk«, sagte Friese.

»Ist Mühlenstedt für Sie als Freund nicht begraben?«, fragte Malbek.

»Ja, sicher. Was nicht heißt, dass ich ihn nicht im Gefängnis besuchen würde. Aber ich weiß noch nicht, ob ich mir das zumuten will.«

»Und jetzt sind's nur noch zwei. Was wird aus der Bande?«, fragte Malbek.

»Es sind wieder drei! Was sagen Sie nun?« Friese warf Malbek einen Blick mit hochgezogenen Augenbrauen zu.

Malbek dachte einen Moment nach. »Drei? Sagen Sie bloß …«

»Gernot. Wir haben ihn vorhin gefragt.« Er wies zu Kuhlbrodt, der rechts hinter ihnen ging und sich angeregt mit Mönkemeier und Nina Sinjen unterhielt. »Ich habe ihm Dirks Zimmer bei mir angeboten, mietfrei natürlich, und er hat zugestimmt. Er wird dann erst mal so was wie ein Hausmeister bei mir sein. Bei den Bilderrahmen, die nach Berlin sollen, wird er mir helfen. Vielleicht auch das Atelier reinigen. Er will auch ein bisschen malen. Und kochen und sauber machen kann er auch. Er habe es noch nicht verlernt, sagte er.«

»Und was macht Frau Sinjen dann?«, fragte Malbek mit verschmitztem Lächeln.

»Dann hat sie wieder mehr Zeit zum Malen!« Friese zwinkerte Malbek zu.

Als Malbek sich auf dem Friedhofsparkplatz in sein Wohnmobil gesetzt hatte, dachte er an den Strand im Naturschutzgebiet zwischen Laboe und Stein, das Ziel der gemeinsamen Jungfernfahrt mit dem von Meister Röchricht perfekt wiederhergestellten Wohnmobil am vergangenen Wochenende. Mit Tanja, Sybille und seiner Tochter Sophie hatte er einen unbeschwerten und warmen Herbsttag in der Sonne genießen können. Die Versuchung war groß, jetzt auf der Stelle noch mal dahinzufahren und sich wieder ein Stück davon zu holen. Vom Lachen, vom blauen Himmel und dem weiten Horizont am Meer.

Malbek entschied sich, ins Büro zu fahren, um den Bericht über den Mordfall endlich abzuschließen und den liegen gebliebenen Papierkrieg zu beginnen.

Der ewige Kampf gegen das unbesiegbare Böse musste schließlich weitergehen.

Dank

an den Vorstand des gemeinnützigen Vereins »Hempels« in Kiel, der seit 1997 mit seinen Beschäftigungsprojekten für Obdachlose, wie z.B. seiner Zeitschrift »Hempels«, der Suppenküche, dem Sozialdienst und den in diesem Roman genannten Kieler Treffpunkten für Obdachlose, Hilfe für arme und ausgegrenzte Menschen in Schleswig-Holstein leistet,

an Morten, Ronja, Felix und alle, die ungenannt bleiben wollen, und natürlich dem Earl Grey; ohne den ging's auch diesmal nicht.

Und an meine Muse.

Wer mehr über die wechselvolle Beziehung zwischen Kriminalhauptkommissar Malbek und der Journalistin Jette Rasmussen erfahren möchte, sollte meine Kriminalromane »Totenschlüssel« und »Totenschleuse« lesen, die beide im Emons Verlag erschienen sind.

Dietmar Lykk
TOTENSCHLÜSSEL
Broschur, 416 Seiten
ISBN 978-3-89705-586-5

»Ein an Spannung kaum zu übertreffender Roman. Für jeden Schleswig-Holsteiner und alle, die packende Kriminalromane lieben, ein absolutes Muss.« Moin Moin

Dietmar Lykk
TOTENUHR
Broschur, 336 Seiten
ISBN 978-3-89705-671-8

»Ein selten intensives Lokalkolorit, das dem deutschen Küstenkrimi eine typisch norddeutsche Atmosphäre verleiht.« Lesen

www.emons-verlag.de

Dietmar Lykk
TOTENSAND
Broschur, 256 Seiten
ISBN 978-3-89705-749-4

»Ein kurzweiliger Krimi mit Ostseefernwehpotential.« taz

»Ein genial durchdachtes Buch von einem großartigen Autor.«
Der Nordschleswiger

Dietmar Lykk
TOTENSCHLEUSE
Broschur, 224 Seiten
ISBN 978-3-89705-856-9

»Dietmar Lykk verbindet See-Romantik mit spannender Action. Von der Holtenauer Hochbrücke geht es über den Nord-Ostsee-Kanal bis nach Sylt.« Husumer Nachrichten

www.emons-verlag.de

Dietmar Lykk
TOTENREIGEN
Broschur, 240 Seiten
ISBN 978-3-95451-025-2

»Dietmar Lykk ist ein neuer Coup gelungen.« Förde Kurier

Dietmar Lykk
TOTENMAL
Broschur, 288 Seiten
ISBN 978-3-95451-165-5

»Hochspannung zwischen Schleswig und Eckernförde verspricht der sechste Küstenkrimi ›Totenmal‹ aus der Feder von Dietmar Lykk.« Eckernförder Zeitung

www.emons-verlag.de